Staread
星文文化

U0450991

天下无双

十四郎 著

江苏凤凰文艺出版社

图书在版编目（ＣＩＰ）数据

天下无双 / 十四郎著 . — 南京：江苏凤凰文艺出版社，2023.8

ISBN 978-7-5594-7945-7

Ⅰ.①天… Ⅱ.①十… Ⅲ.①长篇小说 - 中国 - 当代 Ⅳ.① I247.5

中国国家版本馆 CIP 数据核字（2023）第 158580 号

天下无双

十四郎 著

选题策划	澜 亭
责任编辑	王昕宁
特约编辑	澜 亭
出版发行	江苏凤凰文艺出版社
	南京市中央路 165 号，邮编：210009
网 址	http://www.jswenyi.com
印 刷	三河市嘉科万达彩色印刷有限公司
开 本	700mm×1000mm 1/16
印 张	16
字 数	326 千字
版 次	2023 年 8 月第 1 版
印 次	2023 年 8 月第 1 次印刷
书 号	ISBN 978-7-5594-7945-7
定 价	49.80 元

江苏凤凰文艺版图书凡印刷、装订错误，可向出版社调换，联系电话 025-83280257

十四郎 作品

番外三 今夕何夕	番外二 君如月	番外一 魂灯	尾声 神之心	第七章 心之归处	第六章 不让你如愿
243	237	231	227	203	165

目 录

楔　子　冷浸溶溶月　001

第一章　既见君子，我心则休　005

第二章　无双神女　037

第三章　美人在侧，风景如画　071

第四章　说你喜欢我　103

第五章　绝不会忘　133

冷浸溶溶月

楔子

距离子时还差二刻，癸煊台上所有贡品都已摆放整齐。僧侣们点燃八方长明灯，火光摇曳，照得四下亮如白昼。

癸煊台高三十丈，自底至顶有数千台阶，每隔十阶便有两尊青铜香炉，山风吹过，那暖而不滞、清而不浮的香气令人神清气爽，胸中一片祥和宁静。这是族内最名贵的香料，每六十年一甲子祭神的时候才会用到。

源仲第一次闻见这样的香气，忍不住伸长脖子，山风一会儿把香气送来，一会儿又把它们吹散，他总是嗅得不真切。一旁的僧侣辛卯慈和地拍拍他瘦弱的肩膀，低声道："源仲，不要乱动。"

"天神什么时候来？"源仲望向癸煊台正中那片被仙花玉栏圈起的禁地，稚嫩的脸上浮现出向往的神情。

按照有狐一族的年龄来算，他今年虚岁才十一，第一次经历这六十年一次的祭神典礼，看什么都又新鲜又好奇。癸煊台平日里都是封禁的，连长老们都不允许擅自进入，一般的小庆典不会在这里筹办。据说再过一会儿，天神就会降临在台上，探视他们这些被遗留在凡间的子民，癸煊台是属于天神的禁地。

"你在心里数数，数到一千下，就可以看见天神了。"

僧侣辛卯笑呵呵的，不忍心提前说出真相让这孩子失望。每个有狐一族的少年第一次经历祭神的时候，都充满了期待与梦想，他们一族对天神有着本能的亲近与崇拜，倘若让他们知晓，近万年来天神从未出现过，那将是何等失落？连他们这些老一辈的僧侣，甚至更早期的长老们，都经历过这种失落，甚至曾有人怀疑天神从未存在过。

族里史料记载，数万年前那场传说中的神魔大战后，诸神皆隐，在此之前，有狐一族曾是服侍天神的高贵的部族。这个记载每个族人都知道，并从出生开始便铭刻心头，他们是高贵的，是属于天神的，与众不同。然而时间过去那么久，这些记载越来越被当作是虚妄的传说，他们所信仰的越来越像一个执念而非真实，就连他们这些做僧侣的，也不再相信祭神典礼时天神会出现，典礼只是一个让执念圆满的仪式而已。

源仲不知道僧侣辛卯心里那些沉甸甸的想法，他充满虔诚地闭上眼，在心里默默数数。癸煊台上风一阵大一阵小，长老和太长老这些身份高贵的人整整齐齐地跪在地上，台下黑压压的全是普通族人，这么多人，除了风声呼啸却没有一点异声响动。离子时更近了些，有人打开了贡品中最珍贵的十坛贡酒——天下无双，醇厚浓郁的酒香霎时随风而至，源仲差点要打喷嚏。

他屏住呼吸不敢真打出来，只是在心里认真数数："九百九十五，九百九十六……"僧侣辛卯离开他身边，向正中被圈起的禁地走去。

"九百九十七，九百九十八……"

僧侣辛卯慈和中略带清冷的声音传来："洒酒，祭天地。"

"九百九十九……"

马上就要数到一千，源仲紧张地睁开眼，看着僧侣辛卯长袖一挥，十坛天下无双打着圈儿飞起来，"哗啦啦"，金色的酒液洒了一地，酒香越发浓郁。

"子时到。"僧侣辛卯郑重跪下，开始吟诵古老的祭神祷文。

"……一千。"源仲胸膛里那颗小心脏快蹦出来了，双眼急切地望向正中的禁地，眨也不敢眨一下。

禁地忽然光芒大作，并不是他想象中那种柔和的神光，而是刺目的、不可逼视的。源仲被那光芒刺得双眼泪水直流，可他舍不得不看，只能把眼睛眯成一条缝，勉强直视。

台上台下的长老与族人们都发出不可思议的惊呼声，数万年了，从未发生过这样的异动。禁地居然会发出光芒？那是天神的光辉吗？

光芒越来越盛，渐渐地如同太阳一般，僧侣辛卯浑身颤抖，叩首至地，激动的泪水顺着脸庞落在地上。难道数万年过去，天神终于想起了他们遗留在凡间的子民吗？

源仲用手捂着眼睛，透过指缝往外看，只见禁地的光芒渐渐又弱了下去，从太阳光一般的肆意刺目变成了月光的清冷银白。遥远的天外挂着一轮玉盘似的月亮，癸煊台上仿佛还有一轮小月亮，光华万丈，清莹玲珑。

他在这片月光里依稀见到一个身影，朦朦胧胧，飘浮轻盈，却怎样也看不清楚。源仲情不自禁地把手放了下去，怔怔地望着那个人影。没有人管束他的无礼行为，天神降临，他们是不被允许抬头直视的，连僧侣辛卯都战战兢兢地把额头叩在地上。

人影越来越清晰，像是个穿着白衣的女子模样，似真似幻。源仲呆呆地看着她，觉得她离自己好近，可是又仿佛离自己非常远。她的头发很长，发髻古朴，他从未见过。她像是站着，又像是飘着，白色的衣衫随风轻轻舞动，高高在上。

源仲迫切地想要看清她的模样，他慢慢从地上爬起来，慢慢走向禁地。跪在地上心神激荡的僧侣辛卯终于发现了这个胆大包天的孩子，立即伸手拉住他的衣衫，压低了声音斥责："大胆！速速跪下！"

源仲听不见僧侣辛卯的声音，他的神魂已经被那抹人影尽数吸去。他觉得自己快要看清她的眉眼了，那对眉，那双眼……多么美丽的眼睛，族里最珍贵的黑色宝石也不及其万分之一。看清的那一瞬间，他觉得自己全身所有的灵窍都被打开，忍不住微微发抖。

冷浸溶溶月——是梦？是幻？

衣衫被拉扯的力道骤然加大，源仲一不留神被拉得摔了下去。僧侣辛卯已经满脸怒容地瞪着他，台上的长老们都起身了，禁地的光芒也已消失，那个人……那个人也消失不见，刚才的一切像一场梦。

"回去再好好罚你。"僧侣辛卯将他推到一旁，不再理会。

那是丙酉年的初秋，时隔近万年，天神再一次降临癸煊台，没有任何旨意，只出现了短短的一瞬间，却已成为有狐一族最大的荣耀。

其后的三个甲子，天神再也没出现过。

第一章

既见君子，我心则休

时值盛夏七月，阳光万丈，风里好似带着火，庭院池塘里的莲花都被晒得有些发蔫。

谭音斯斯文文地掏出手绢擦额上的汗，放眼向前望去，队伍还很长，前前后后不下百名姑娘在烈日下被暴晒。有的面上精致的妆容都已被汗水冲花，有的身上精致的绫罗衣裳被汗水浸湿，各有各的狼狈，却没一个人敢吭声。

这是个很大的庭院，正中还有一座用白石建起的巨大喷泉，水柱变化多端，虹光笼罩，一旁还有假山、池塘、小桥，塘里种了大片大片的莲花，红白交错，清丽动人。

喷泉对面的树影下放了一张紫檀木的华丽长桌，一位紫衣公子摇着折扇坐在那里，姿态十分优雅闲适，排队的年轻姑娘们，十个里倒有八个都在偷偷盯着他看。

最前面的姑娘被问了几句话，紫衣公子摇了摇头，似是拒绝了她，她面色苍白，转身一路小跑出去，啜泣声低低压抑在喉咙中，不敢发出声来。随后又连着五六个姑娘被拒，气氛一时间跌到了谷底，甚至有人开始微微颤抖。

选一个婢女居然这么严苛，谭音又擦了擦汗。

她已有许多年不曾见识世间繁华，听说这有狐一族每年都会从附近城镇中选一些年轻能干的女孩子，留在这座方外山洞天中，为有狐的仙人们做一些除尘洗衣之类的杂务。

想不到现在仙人都这般高高在上了，更想不到居然还来了这么多人，大多还妆容精致、衣着华贵，做杂务的婢女怎会这样打扮？

或许是因为天气太过炎热，那位优雅的紫衣公子没什么耐心，每个姑娘都是随意问一两句话便立即摇头打发走，队伍越来越短，片刻工夫便轮到谭音了。

那紫衣公子百无聊赖地用折扇点了点紫檀木桌，声音朗若清风："靠前些，多大了？哪里人？"

谭音朝前走了两步，平静地介绍自己："姬谭音，年十七，沉城人士。"

紫衣公子听她声音淡定，谈吐从容，便抬头看了她一眼。她身上穿着干净简单的浅蓝布衣，映着白皙的肌肤，十分清爽，虽然姿容算不得明艳，倒也斯文大方，很让人有好感。

他破天荒地点了点头，又问道："擅长做什么？下棋？琴艺？还是工笔白描？"

谭音愣了一下，摇头道："我都不会，打扫除尘倒是可以。"

紫衣公子叹了口气，正欲挥手让她离开，忽见她将腰间的破旧描金皮囊打开，一只手在里面掏啊掏，说道："我虽不会下棋之类，但我手艺很好，修门修车都成，家具也会做。"

说着，她从那小小的皮囊里掏出一把黑色的小锤子，颇有信心地晃了晃。

紫衣公子看了看她手里的锤子，再看看那绝不可能装得下锤子的小皮囊，他好看的眉毛忽然皱起，神情也不再闲适，目光中带了一丝研判和警惕，静静打量她。

谭音还在期待地望着他，顺便补充一句："我真的很能干。"

这话说得紫衣公子身后站着的两个婢女都笑了，笑声似银铃般好听。谭音这才发觉两位婢女虽然服饰式样简单，用料却十分名贵，甚至耳上的坠子都是明珠，两人明眸皓齿，美色惊人，与这位俊逸非凡的紫衣有狐仙人在一处，艳光简直将刺眼的阳光都压了下去。

左边那位婢女轻轻笑道："她好有意思，还修门修车，这些事都有专门的工匠来做，哪里用得上娇滴滴的姑娘。"

右边的婢女亦笑道："我和你说，此次是因为我家棠华公子和族中数位仙人的侍女们到了该放回家的年纪，公子这才纡尊降贵来这边亲自挑选合心的侍女。我再和你说，做公子的侍女，不用你修门修车、做家具、除尘打扫，你须得识字，会磨墨添香，琴棋书画总要略通一些。你既然一样都不会，还是快些走吧，莫要耽误其他人。"

谭音垂头想了想，只得将小锤子放回皮囊，转身干脆利落地走人。

这下不好办了，混不进有狐一族的地方，她要不要换个方法？可她还不能确定到底是有狐一族中的哪个人……

她一路沉思，不知不觉走近那种满大片莲花的池塘旁。正午时分日光强烈，她发觉莲花渐渐开始变色，白色的变成了粉色，粉色的又渐渐变作白色，花瓣色彩渐变，如梦似幻。

原来是仙品之莲，谭音伸手想要碰一下，忽然眼前寒光一闪，两只铜戟堪堪抵在离她手腕不到三寸的地方，头顶响起冰冷的声音："大胆！仙家的一草一木，你如何敢擅自触碰采摘！"

谭音抬起头，便见那原本四处巡逻的两名仙家守卫一左一右立在她身侧，居高临下地瞪视她。她顿了一下，耐心解释："这是仙品之莲，不会那么容易死的。每一朵花都是九九八十一片花瓣，凭凡人之力是无法扯下的，它的根比铁丝还坚韧，结出的莲子也十分坚硬……"

铜戟抵在了她脖子上，守卫冷冷地道："起来！速速离开！"

谭音只得站起来掸掸衣服，忽听头顶传来一阵极悦耳极动听的啼鸣声，紧接着细碎的金光落下，半空悬着一只巨大的极乐鸟，翎毛似白雪，尾部数根金色尾羽拖了很长，摇曳晃动，气势非凡。

鸟背上倚了一个皂衣男子，领口与袖边都绣了密密麻麻的金色花纹，十分华贵。他好奇地低头看着下方，半响，笑眯眯地开口："发生了什么事吗？"声音很温柔，语调却显得略轻浮。

那两个守卫立即丢下铜戟伏跪于地，声音十分恭敬："拜见大僧侣殿下。"

"大僧侣殿下"五个字一出口，庭院中的姑娘们纷纷低呼起来，这位就是有狐一族中身份极其高贵的大僧侣吗？

有狐一族的僧侣与凡世僧人并不相同，凡族中各类庆典仪式，都由僧侣主持，族内除了长老，便是僧侣们身份最为高贵。而所谓的大僧侣，并不是他的名字，这三个字不过代表了他的身份，是有狐一族僧侣中地位最高的。

衣衫飘动，皂衣男子轻飘飘地落在地上，双手合十，面朝姑娘们行了个礼，用那略带轻浮的语调柔声道："怎的有许多姐姐在此处？"

……姐、姐姐？

姑娘们出了一头汗，大胆的便偷偷抬头打量他。他长长的黑发随意绾着，服饰虽然华贵，可穿在他身上偏偏显得特别随性。传说仙人们都是绝色人物，譬如那坐在树影下的紫衣公子，再不济也应当容貌端丽，可这位仙人长得……真是让人过目就忘，旁边那两个守卫好像长得都比他有特色些。

姑娘们心中暗暗有点失望。

谭音在一旁默默打量他，从头看到脚，再从脚看到头，最后目光落在他的左手上。这种盛夏烈日，他左手居然戴着一只黑丝手套。

她的眼睛忽然眯起，没有错了，就是这个人，有狐族的大僧侣，那是什么？既然是僧侣，怎么还留那么长的头发？

源仲笑吟吟地打量着姑娘们，个个都是芙蓉面杨柳身，里面不乏几个容光绝艳的，甚是赏心悦目。看着看着，他的目光落在了谭音身上，待看到她腰上挂着的描金皮囊，他的眉梢微微一挑——那是乾坤袋吗？

他别开视线，笑问："你们还没告诉我呢，这许多姐姐在子方院做什么？"

守卫答道："回大僧侣的话，她们是棠华公子从沅城选出的好人家的妙龄女儿。前几日放出几批年满二十二的侍女，棠华公子见人手紧张，便先选了一批进来挑选。"

源仲故意促狭道:"棠华公事甚多,难为他还记着这个,果然是本性难移。"

话音未落,那树影下的紫衣公子便恼怒地接口道:"你摸摸自己脸皮,是不是又厚了几寸!"

说着,棠华便带着两位绝色侍女走了过来,其之清雅俊美,一瞬间就把旁边的大僧侣比到了泥里去,简直连头发都在发光似的,姑娘们都快醉了,这才是仙人的范儿!

源仲果然摸了摸自己的脸皮,语气很是正经:"好像确实厚了那么点。"

棠华唯有苦笑,他没办法跟这个人一本正经地说话。好吧,其实族里从来也没人能跟大僧侣正经地说上几句话,他专爱说笑话打岔,还常说那种让人浑身发冷的笑话。

"我要继续选人,你有事便走,无事也请走。"棠华不客气地赶人。

源仲扶着下巴懒洋洋地笑:"我正好缺个能干的侍女,且让我先挑一个。"

说着,他的眼睛来回在姑娘们脸上身上晃来晃去,被他打量到的姑娘个个都把头埋得低低的,恨不能缩成小球。

源仲笑眯眯地踱步过去,看看这个,再看看那个,每个姑娘都避之不及的模样,唯有谭音愣愣地看着他。他直接走到她面前,忽然抬手,手指头轻佻地在她额头上轻轻一点:"就你了。"

在一片庆幸的低叹声中,谭音清淡的声音听起来竟有一丝惊喜:"我叫姬谭音,今年十七岁。能服侍大僧侣殿下,是我的福气。"

棠华若有所思地望着源仲,这人素来急懒无赖,更兼身份特殊,从来没有要侍女服侍过,此次居然主动要了个侍女,十分少见。他的见识比自己要广阔许多,必是看出了这女子的违和之处,她腰上悬挂的,难道正是传说中的乾坤袋?

这天下间数量极其稀少的至宝居然被一个凡人女子随意悬挂,她是什么人?有狐一族仇家并不少,只怕来者不善。

源仲忽然转头望了他一眼,棠华立即会意,看样子要先彻查一下这女子的真实身份。

那已经是很久很久之前的事了,久到很多细节她已经记不清。

她只记得每天钻研家族的玲珑屋绝技,每日每夜,废寝忘食。她出身的家族人丁稀少,女孩儿更是没几个,母亲因病早亡,到了她快十五岁的时候,家族里只剩她与老父相依为命。

姬家这一门绝技,名扬万里,故而吃穿用度上倒不缺乏,可家族凋零也是不争的事实。老父临死前说:"谭音,还是找个好人家嫁了吧。这门手艺逆天而为,以后不要再用,更不要再传子女。我们姬家到如此境地,实乃遭遇天谴。"

她听了,可是没有听进心里去,身为姬家的女儿,钻研家传绝技已经成为她的本能,她是那么投入而狂热，从来没有考虑过嫁人或者爱人的事情。

她的手艺比老父还要精湛，做出的玲珑屋小可放入袖中，大可占地万顷。

天地间，唯有成仙者能够开辟洞天，而要成仙，则需经历天雷之劫。姬家不过一群碌碌凡人，凡人具备了开辟洞天的技巧，却没有经历成仙者雷劫洗礼，不亚于逆天。

与家族中所有人一样，她患上了绝症，无药可救。

老父的遗言犹在耳边，她却无法罢手。那时她正在做另一件鬼斧神工的器具，与玲珑屋可大可小不同，她要做一件天下从未有过的东西，天下万物都可收纳入内。

十七岁的时候，她终于做了四件天下绝无仅有、鬼斧神工的乾坤袋，随后呕血数斗，悄然逝去。

谭音睁开眼，窗外阳光明媚，花红柳绿，陌生的景色。

她愣愣出了一会儿神，才想起这里是大僧侣的住处。他人怪，住的地方也怪，名为六角殿。有狐族的房舍建得甚是别致，六角殿却有一半埋在土里，楼分三层，到了二层才勉强能看见些阳光，好在卧房都在三层。

六角殿门前庭院并没有种松柏之类的树，反倒开了一大片一大片的仙花，色如白雪，整朵花有巴掌大，花蕊都是白色的，竟不知是什么品种。南边有一方小小湖泊，岸上花红柳绿、色彩斑斓，与殿前一片白茫茫形成鲜明的对比。

陌生的景色谭音无心观赏，她昨晚好像做梦了。

她记不得有多久没做梦了，如今乍然还世，这身体居然会让她做梦。

多么熟悉又陌生的感觉。

她合上眼，片刻后又睁开，忽见窗户被人从外面毫不客气地打开，皂衣的大僧侣殿下兴奋地站在外面朝她招手。

谭音不明所以地走过去，源仲撑着下巴饶有兴味地看着她，不看不知道一看吓一跳，他领回来的小侍女睡觉不躺下，居然盘腿坐在床上，好像很厉害很神秘的样子。

"你是坐着睡觉？"

谭音挠了挠头发，似是为难地想了想，才结巴着答道："这个……因为、因为我很羡慕仙人，所以自己学着做点修行……"

是笨得连说谎都不会，还是装出来的憨厚？

源仲笑得不怀好意："我可没听说哪个仙人是坐着睡觉的，腿麻了没？来，我抱你出来。"

他等着谭音或娇羞或色厉内荏地拒绝，有狐一族的大僧侣素来是个轻浮之徒，戏弄美女姐姐是他的专长，遭遇各式各样的拒绝后依旧百折不挠也是他的专长，这毛病连曾经的僧侣辛卯都拿他没办法。

谭音连连摆手，她干脆利落地在窗上一撑，整个人就跳出去了。源仲傻眼地看着她主动伸手扶住自己的肩膀，目光慌乱地从她清婉的脸上移动到肩膀上，再移到头发上，最后又移回她手上——好爽快的丫头！总觉得这第一局自己要败了似的，憋了一肚子的花言巧语都用不上。

"大僧侣殿下。"谭音清淡的声音这会儿听在他耳朵里有点不太舒服，"请问我需要做什么？"

其实他也不知道。身为大僧侣，他向来行踪不定，由于和战鬼一族近年争端不断，长老们还时常塞给他一些不甚光彩的任务。三个甲子了，他身边从来没有过侍女，他自己不需要，长老们也不会给他安排。

只是这次情况特殊。

源仲扶着下巴想了良久，双眼忽然一亮，堆满了笑意看着她，柔声道："我们下棋？"

谭音为难地道："我、我不会……"

源仲还是笑："对诗？"

"……我也不会。"

"来个琴瑟和鸣？"

"我还是……不会。"

源仲叹了口气："你会什么？"

一提到自己擅长的，谭音面上简直要放光："我会很多手艺的！你们这边要是有什么东西坏了，我一定会修得比原来还好！对了，外面那车——"她指向停在院后的一辆金碧辉煌的车，"那车我可以帮忙看看有没有部件需要更换修补。"

那可是大僧侣专用的爱车，她居然这么大胆直白地提出要染指。源仲再度失笑，无论她是真笨还是假装如此，她确实是个人才。

"我不需要你帮忙修车。"他直截了当地回绝。

谭音苦恼地垂下头，她从来没想过，当侍女居然也要精通琴棋书画，她想了半天，才低声道："我愿意去学，下棋什么的，我一定努力学。"

源仲"哼哼"一笑，忽然轻佻地捏住她形状漂亮的下巴，凑过去轻浮地开口："天怪热的，要不服侍我沐浴？"

他等着看她失态的模样，谁知这位木头脑袋的小侍女居然愣了一下，不是他以为的那种娇羞恼怒的发愣，而是十分体贴为他着想的那种："这样好吗？大僧侣殿下高贵的肌肤被我看见?你不介意的话,我愿意啊。"

有狐一族的大部分族人都住在这座方外山,离沅城不远。

据说很久以前,有狐一族还在鼎盛时期,并不曾挑选凡人进来做杂役,那个时期,人与仙的界限还是非常清晰的。后来诸神皆隐,他们这些曾经侍奉天神的部族也逐渐凋零,族人越来越少,又因山下凡人仰慕仙人,便渐渐开始挑选凡人进入方外山的仙境洞天做些杂役的粗活,到了现在,更变成每隔几年便要挑选一次的公事。

或许对这些有着长久生命的仙人来说,那几年一换的新鲜面孔也是一种排解寂寞的途径。万物都怕孤独,人如此,仙亦如此。

仙家洞天有大有小,大的当属香取山,那位山主甚是大手笔,占了十几座山头,养了几百个美貌少年男女做弟子,山中四季如春。小的就如眉山居,只有一座小小山头,庭院精致,眉山君不收弟子,只有灵鬼做伴。

有狐一族的方外山虽然不如香取山那般豪放,却别有一番婉丽景色,多以木桥流水、假山仙花为铺陈,更兼族人归属天然,一年四季顺应节气,故而这七月盛夏分外炎热。

谭音在日头下面走了一会儿,热得背后都湿了。

方才大僧侣改口说要出来走走,他们就从开满仙花的六角殿一路南行,走过小湖泊,穿过幽静清凉的竹林。沿途他一句话都不说,背影好像泄了气的皮球,整个人都瘪下去了。

他是不是不开心?谭音有些犹豫,她一向不擅长与人相处,有时候可能无意一句话就会得罪人,她不愿跟这位大僧侣闹出什么龃龉,只想安安静静地和平相处。

想了很久,她终于试着开口:"大僧侣殿下,你心情不好吗?有什么事不要憋在心里……"

"你暂时闭嘴,保持安静,我心情就好了。"源仲回头朝她皮笑肉不笑。

谭音立即把嘴巴闭得死死的,再也不说一个字,开始欣赏风景。

过了木桥再穿过一座假山,只听水声潺潺,眼前景色大为不同。一带小小翠嶂横贯南北,数道玲珑瀑布顺着长满青苔的大石倾泻而下,飞珠溅玉一般,最后归入下方的池塘内,池塘上建了一座松木亭,更有一道九曲玲珑桥连接松木亭与岸边。

景色纵然精致,然而此刻岸边和桥上密密麻麻地挤了一群姑娘,再好的风景也显得十分违和。

源仲一见姑娘们眼睛登时发亮,瘪了气的皮球立即胀圆了,脚不沾地飘过去。那些女孩子都是侍女,有认识大僧侣的,也有不认识的,但不管认不认识,面对大僧侣这样的厚脸皮,讨厌是真讨厌不起来,可喜欢也绝对不可能。大家嘴上跟他叽叽喳喳地说笑,眼睛却都盯着亭子里那位清雅高洁的紫衣公子。

谭音远远地站在树影里，看着大僧侣一会儿转头跟这个说笑，一会儿又回头逗那个说话，满场就他最活泼，像只大猴子。

他的心情又好了吗？好得真快，真是个喜怒无常的怪人。

谭音的目光顺着大僧侣的头发一直往下落，最后定在他左手的黑丝手套上，看得目不转睛。眼前那油滑嬉笑的皂衣男人仿佛也变成了另外一个人，时而青衫落拓，时而银甲铮亮，那时候她也始终是一个人静静在暗处，看着那人神采飞扬的背影，看着他与旁人的热闹。

她也曾想要融入那热闹的色彩中，可是到最后，她始终是孤零零的一个人。

谭音微不可闻地叹了一口气。

有几个小侍女见她面生，便凑过来与她说话，问她："姐姐，你也是来看棠华大人的吗？"

棠华？谭音想了一会儿，才想起这名字昨天好像听过，是那个穿紫衣的仙人吗？她朝松木亭望过去，果然棠华在里面自斟自饮，自得其乐。

谭音摇摇头："我是陪大僧侣殿下出门散心，刚好路过这里罢了。"

"大僧侣殿下？"小侍女们立即对她露出崇拜又怜悯的表情。多可怜的姐姐，长得怪好看的，看上去也很温柔的样子，怎么就做了他的侍女？真是一朵鲜花插在那什么上。

源仲跟侍女们在亭子外大声说笑，嬉笑声不绝，本来打算忙里偷闲，找个没人的地方解解酒馋的棠华终于被吵得放下了酒杯。

他怎么就这么倒霉，刚好遇上大僧侣回方外山呢？这泼赖回来，他就别想有清静的日子过。

"婉秋，兰萱，我们还是换个地方吧。"棠华长叹一声，决定落荒而逃。

三人刚出松木亭，就见源仲两眼放光地迎了上来，棠华只觉头皮都硬了，索性抱着胳膊给他让路。果然下一刻他便扑到婉秋面前，黏着她不放，声音温柔得能滴出水来。

"婉秋姐姐，你可有偷偷想我？"

那个名叫婉秋的侍女居然不生气，笑吟吟地给他行礼："大僧侣殿下，您又换了张面具戴？昨天差点没认出您。"

面具？谭音下意识地朝他脸上看一眼，原来他脸上竟戴了面具？世上真有这等惟妙惟肖的面具？她之前竟半点没看出来。

源仲乐得恨不得摇尾巴，连谭音都觉着他脸上好像刻着"色鬼"两个字。他摸着脸皮，眼睛都笑开花："如果是婉秋姐姐想看，我就把面具摘下来，让你看个够。"

棠华鼻子里发出不屑的哼声，又来了！当年婉秋小丫头刚被送进来，源仲就用这套花言巧语逗她玩，都过了三四年，他居然还来这套。

婉秋果然不上当，笑道："您这假脸揭了下面还是一层假脸吧？您脸上成天挂那么多脸皮，可真够厚的。"

源仲仿佛没听出她在骂人，他摸摸自己的面皮，再揪上一揪，叹道："咦，好像是挺厚的。"

棠华实在看不下去，皱眉道："你有空在这里胡闹，不如去找丁戌长老，昨日你领了侍女便该过去登记了！"

源仲懒洋洋地笑道："好烦，好远，我才不去。"

棠华又是恼火又是错愕，查明姬谭音来历一事他才算真正负责的，丁戌长老一直等着他说清情况，这种时候他居然还摆无赖样，棠华眉头皱得更紧："丁戌长老早上还要我带话，再不去活剥你的狐狸皮！"

源仲一听这话懒得骨头都没了，恨不得瘫在地上："你记得剥皮的时候一定叫婉秋姐姐亲自动手。"

棠华气得脸色铁青，揪着他的领子朝池塘里一摔，紧跟着拂袖而去。

源仲在池塘里哈哈大笑，把水扑得到处乱溅，一点也不觉得有什么丢人的。岸上那些侍女们都慌了，想要把他拉上来，他却玩得开心，谁靠近泼谁水，人人都被他泼得如同落汤鸡。

几个新来的小侍女没见过这阵仗，吓得花容失色，忽而想起大僧侣有个侍女还在一旁，急忙去找谭音，其中一个都快骇哭了，拽着谭音的袖子哽咽："姐姐你看……你看这怎么办？要是叫其他仙人看到了，我们会不会被赶出去？"

谭音也有些慌神，老实说，她遇过的最会胡闹的人都没这大僧侣一半的本事。她实在不晓得怎么办是好，只得先安抚那几个快哭出来的小侍女："没事没事，我来。"

她走到岸边，小心翼翼离水远一些，行礼道："大僧侣殿下，你快上来吧，万一呛水怎么办？"

话没说完，她就被他兜头浇了一捧水，半个身子都湿了。源仲笑眯眯地在水里歪着脑袋看她，眼里满是促狭："小姬，天这么热，下水来玩玩。"

小鸡？这是什么称呼，这位大僧侣殿下未免太没仙人的样子了！众侍女愤愤不平。

水滴顺着谭音的下巴落在衣服上，她顾不得擦，又朝前靠了一点，蹲下把手伸出去："大僧侣殿下，抓住我的手，我拉你上来。"

源仲叹了一口气："这样，你下来，我就上去。"

谭音没动，她固执地伸着手。这个人的任性胡闹令人匪夷所思，她都快有点火气了。

源仲冲她做个鬼脸，笑道："快下来！要不要我玩个变脸游戏给你看？"

他拿手在脸上一抹，瞬间换了张脸，还是毫无特色，然而与之前的相貌截然不同。再一抹，又是一张不同的脸。他一口气换了十几张脸，居然没有重样的，个个都是路人甲。不单是岸上的侍女们，连谭音看得都有些傻眼——他脸上到底戴了多少面具？

"小姬，要看我的真脸吗？"源仲自己玩得兴致勃勃，在池塘里扑腾得一塌糊涂，抬头对她笑，平淡的眉眼竟无端生出一股妩媚之色。

他说："你下来，我就给你看。"

谭音还没来得及有什么反应，其他侍女们却暗暗激动起来，谁也没见过大僧侣的真容，每一个初来方外山的人，都会被他各式各样的面具骗了去。也曾有人问过其他仙人，大僧侣究竟长什么样，可就连棠华都摇头不知。偌大的方外山，竟无人见过他的真容，他将自己保护得实在是严密。

源仲见谭音依旧动也不动，只得又叹一口气："好吧，我可要摘面具了，我不信你看了我的脸还这么顽固。"

侍女们屏住呼吸看他抬手，慢慢从下巴上揭起极薄的一层面皮。他弄足了噱头，故意揭得极慢，半天才露出个下巴，光洁如玉，形状甚美。慢慢地，是嘴唇，鼻梁，无一不美，众侍女心情激荡的同时，却隐隐觉得有些眼熟。

源仲手一扬，整张面具被揭落，阳光直直洒落他面上，一时间满园秀丽景色都暗淡无光。侍女们惊愕地捂住嘴，好久没有人说话。

他摸着下巴笑："如何？我这张脸可好看？"

一旁看呆了的小侍女弱弱地拉了拉旁边人的袖子，轻声问："那……那是不是棠华大人的脸啊？"

源仲耳朵尖，早听见她的话，"哼"了一声："告诉你们一个秘密，棠华那张脸是抄我的。"

小侍女们见他说话轻浮，行事调皮，心里都不怎么敬畏他了，便有一个人大着胆子说："信、信你才有鬼！"

源仲哈哈大笑，手指在脸上一搓，眨眼又换了张路人甲的脸。他朝小侍女们眨眨眼睛："大僧侣殿下的脸乃是无价之宝，小丫头们是看不起的。"

侍女们见他虽然轻浮，但为人并不讨厌，何况那路人甲的脸乃是假脸，看不到才更有想象的余地，都不由自主地对他起了亲近之心，一时都舍不得走。一个人在水里，一群人在岸上，说说笑笑倒也挺热闹。

谭音在池塘边蹲了半天，他就是不上来，她只好就地坐下，无声地等待这位胡闹的大僧侣自己上岸。

源仲偏头跟小侍女们说笑，眼角余光却看着谭音。她半边身子还是湿的，几绺长发黏在腮边，整个人藏在树影里，又安静又寂寞的样子。

昨天谭音人刚到六角殿，关于她生平的所有事迹记录也同时到达他手上。有狐一族延绵近万年，倘若没有一点警惕之心，只怕早就灭族了。

但她的生平实在找不出一丝一毫的疑点，出生于沅城，父母早亡，被舅父母养大，年初舅父母也因病过世，所以她便来了方外山。关于她的父母包括舅父母，甚至祖宗八代都被查过了，没有疑点，她实实在在是个最平凡人家的最平凡的女孩儿。

是他想得太多吗？那个乾坤袋又是怎么回事？

日照渐渐西斜，池塘边的侍女们也渐渐散去，毕竟她们来方外山是做事的，不是来犯花痴的，偶尔偷空看看仙人们的美色是正常，成天偷看就是真傻了。

喧闹的松木亭安静下来，只有水声潺潺。

源仲把湿漉漉的长发拨到耳后，在水里朝谭音招手："小姬，我在水里泡了一个多时辰，你忍心吗？"

明明是他自己胡闹，居然这样泰然自若地把罪过推到她身上！谭音心里有些怒意，可随即又无奈起来，凭她的身份，何必与这乱来的家伙计较？

她起身拍拍尘土，然后行礼，声音中满是无奈："大僧侣殿下，你快点上来好吗？"

"不好。"源仲朝她使劲做鬼脸，仰面躺在水里，感慨道，"哎呀，你只会说这两句吗？"

谭音想了想，改口："水里泡太久会着凉的。"

他简直不知道是气得立即跳上岸好，还是抱着肚皮在水里打滚发笑好。憋了半天，他长叹一声，撑着下巴仰头看她，一本正经地告诫："小姬，我告诉你，女孩子太不解风情的话，男人不会喜欢的，特别是像你这样的。算了，扶我上岸。"

他伸出手，作势要上来。

谭音松了口气，急忙扶住他的胳膊，不料他突然反手一把抓住她的手腕，紧跟着一拉，谭音站立不稳，来不及发出惊呼，被他拉着"扑通"一声摔进池塘里，水花四溅。

源仲哈哈大笑，拍手道："水里滋味不错吧？"

谭音在水里扑腾不休，像一只惊慌失措的猫。她不会水，这池塘好深！她惊惶中两手乱抓，岸边其实不远，但对她这个旱鸭子而言，乱扑腾非但不能让她够到岸，反而越跑越远，偏偏这池塘不知道有多深，她一会儿浮上来，一会儿沉下去吃水，脚完全够不到底。

源仲好像一点也没有要出手帮忙的意思，他笑眯眯地看着谭音在水里艰难挣扎，最后沉了下去，水面只留一长串泡泡。

哎呀哎呀，会死人吗？他靠在岸边石头上，看着渐渐平静的水面，她好像再没浮上来过，难道真沉下去了？好歹也是个美人儿，喝了一肚子水胀死淹死只怕都不会怎么好看，可惜可惜。

他无声无息地潜下去，果然见谭音还在水里微弱地挣扎，不知喝了多少水。他游过去揪住她的后领子，她乱挥乱舞的手终于能摸到东西，立马死死抓住不放。源仲提着她飞快浮上水面，他的衣服都快被她扯破了，溺水的人力气偏偏特别大，她死绞他的衣服，勒得他也快喘不过气。

"放手……"源仲脸色发青，"我要被你勒死了。"

也不知她能不能听到，他提着她跳上岸，谭音双手双脚踏实地落在了地上，顿时浑身发软地瘫了下去，张口就呕，"哗啦啦"吐出好多水，喘得差点死过去。

耳边模模糊糊听得源仲在说："你这么犟？叫几声救命会要了你小命吗？"

罪魁祸首有什么资格这样说！谭音咳得两眼发红，半天爬不起来，后领口忽然被人毫不客气地一把提起，这一下勒得她又是一阵惊天动地的呛咳。

"好了，上岸了，回去吧。"

源仲粗鲁地提着她拽着她朝前走，谭音手脚全无力气，时而被提时而被摔在地上拖着走，要多狼狈就有多狼狈。她心中的怒意再也抑制不住，他方才将自己拉进水里，任凭自己挣扎扑腾却无动于衷，世上竟有这样恶劣的人！

谭音抬手用力推开他，声音里带了怒意："放开我！"

源仲瞥她一眼，动也不动，神态冷淡，自认识他以来，他除了笑还是笑，要么就是胡闹耍无赖，这种冷淡的表情从未出现过。

"生气了？"他淡淡一笑，语气却仿佛要在她的火气上浇油一样。

谭音怒视着他，目光不由自主地又落在他的黑丝手套上。手套湿透了，他似乎并没有取下来拧干的打算。

她怔了一会儿，忽然移开视线，一言不发地朝前走。

她要忍耐，费尽千辛万苦才来到这里，无论什么事她都不可动容。

走了没几步，身后传来一阵脚步声，源仲忽然又笑眯眯地追上来，拽着她的袖子轻摇："小姬姐姐，我错了，和你开玩笑而已，你可千万别生气。来来，笑一个。"

世上还真有这种无赖。

谭音还是不说话，只是埋头朝前走，将一切聒噪之声都丢在了脑后。

死亡是冰冷的。她死后生魂不散，看着人们把她的尸体收殓，因为死的时候呕血，只怕有什么病，她又看着自己的身体被烧成灰烬，被风吹得到处都是。

挫骨扬灰，这是罪大恶极的人才会遭遇的惩罚，也是姬家的天谴。

她怀着一腔对姬家绝技的追求与热血，竟不能够过奈何桥，每日便在姬家老屋游荡。她还有许多想做的东西，她还不想死。

她只有守在老屋，就这样每日每夜守着，飘浮在自己曾经坐着的椅子上，想要用笔画出那一个个奇思妙想。

她不知道自己会等到一个什么结果，或许某日会来个厉害的人物把她当作作祟的鬼收了，也或许终于能等到过奈何桥轮回的那天，更或许，她就永远这样遗憾地飘浮着，抱着一腔热忱的心血。

那是她对凡间最后的一点回忆。

谭音醒来的时候，外面正"噼里啪啦"下着暴雨，她没关窗，地上一片潮湿。

如今她又做回凡人，只有凡人才会做梦，无论她愿不愿意，那些早已泛黄的古旧回忆还是要在午夜时分来侵袭，仿佛在梦里重新经历她那单薄的一生。

或许她潜意识里是期待的，想要梦见那个人。她已见不到他的音容笑貌，所以即使是梦，可以令她重温的话，已是极致的喜悦了。

窗外的雨丝毫没有变小的趋势，谭音走到窗边，正打算关窗，忽听外面传来一连串极乐鸟悦耳的啼鸣声，金光如屑，丝丝缕缕洒落，几乎是一眨眼，一辆金碧辉煌的马车就停在了窗外，浅金色的上古文字在车身上如水波般荡漾起伏，平和淡雅的香气充斥鼻端——这是有狐一族的气派，她也是第一次见识。

车帘被一只戴着黑丝手套的手揭开，露出一张清汤寡水的路人脸。源仲明显又换了一张脸，此人真是千面千像。

他两眼发亮地看着她，特别兴奋："小姬，你醒了！要不要跟我出去玩？"

谭音原本想也不想便要拒绝，这个人能让她讨厌成这样，确实少见。可她不能不去，她必须保证他时刻在自己身边。

她犹豫了一下，源仲的半个身体已经从车里探了出来，扭麻花似的："小姬姐姐，外面那么多坏人，只有你宽阔的肩膀可以保护奴家，你一定要来啊！对了对了，要不要玩变脸戏法给你看？"

源仲得意扬扬地揉着脸皮，这可是他的绝活，只此一家别无分店。

谭音对他那些数不清的脸皮确实有一丝好奇心，做工如此精细的面具，而且不是一张，是无数张，他是怎么将它们全部套在脸上却毫无破绽的？

"为什么总是换脸？"她问，"你平时把那些脸皮全戴脸上吗？"

源仲一脸神秘莫测的笑容，低声道："你想知道？跟我走我就告诉你呀。"

谭音突然就能理解为什么棠华那么痛恨他，还把他丢进池塘里，换了是谁都忍不住的。这人从来没有正经的时候，简直无法交流。

谭音微叹一声："好吧，我去。"

源仲从善如流地钻回车里，下一刻她便翩若蝴蝶般飘了进来。车里十分宽敞，除了可供人休憩的软垫蒲团，甚至还摆了一张檀木小几，几上放一尊琉璃缸，缸里满满的全是葡萄，有青有紫。源仲津津有味地挑了最大最圆的葡萄丢嘴里吃。

一大早吃葡萄？谭音突然想起狐狸都爱吃葡萄的那个传说，心中不由得莞尔，对他的厌恶之情也淡了几分。

源仲见她眼神老往葡萄那边瞟，他小气得很，急忙声明："这是大僧侣殿下的早饭。"

谭音未置可否，只揭开车帘一角静静看着外面变幻的风景。袖子突然被人轻轻一拉，刚回头就见两只被包在油纸里的金黄麻团被送到鼻子前面。

源仲捧着热气腾腾的麻团看着她："这个是你的。"

难得他居然有心，谭音接过来，忽然朝他微微一笑："谢谢。"

源仲陶醉地抚掌低语："小姬姐姐，女孩子应当常常笑，你笑起来才好看。"

这话……好像曾经那人也对自己说过。

谭音默然咬了一口麻团，忽道："没人看过你的脸，难道也没人知道你的名字吗？"

他明显有一瞬的意外："你想知道我的名字？"

谭音摇了摇头，过一会儿又点点头："我只是略好奇。"

好奇为什么他要把自己藏得那么严密，长相不知，姓名不知。虽然不是很明白有狐一族的大僧侣是怎样神秘的身份，但看他的模样，明显不是需要把一切都藏起来的，为什么要弄得那么神秘？

源仲捏着一颗葡萄把玩，他的手指生得很长，指节分明，指劲却极巧。青色的葡萄在指尖滴溜溜打转，就是不掉下来。

他笑容满面，眼神明亮，声音却一反常态地低柔："小姬姐姐，据说女人对一个男人感到好奇的时候，就是产生好感的时候，你挺喜欢我吧？"

他得意扬扬，满面桃花泛滥，葡萄从右手颠到左手，再从左手飞回右手，玩得不亦乐乎。

谭音毫不犹豫立即用力摇头。

"哎呀哎呀，"源仲捂着脸，十分娇羞，"人家好伤心、好难过、好羞涩……"

和这个人相处交流，一定要培养视若无睹的淡定精神，对他的所有异常行为都要装作看不见，否则就会像棠华一样失去理智，做出可怕的事情来。

"可就算小姬姐姐喜欢我，我也不能把名字告诉你。"源仲叹了一声，朝她眨眨眼，"我的名字也是无价之宝。"

谭音咬着麻团假装没听见，她决定这一路上不管他说什么，她都绝不搭腔。

极乐鸟拉车比寻常灵兽快上数倍，还未午时便已到了千里之外。谭音见外面渐渐有了人烟，不再是延绵万里的山林，便情不自禁盯着外面看得出神。

她只活了十七年，从出生到死亡，一辈子都没离开过姬家祖屋方圆百里的范围。后来……后来更是没有涉足凡间半步，外面的一切对她来说仍是新鲜的。

眼看车窗外风景变换，先是只有几座小农舍的村庄，炊烟笔直升起，像白色的烟雾做的龙，后来便是小小的村镇，卖彩色小风车的老人手里那么多风车，像花一样五彩斑斓，一晃而过。最后来到一座繁华的城池，极乐鸟飞得越来越慢，越来越低，街角有玩杂耍的，好几个不满十岁的小孩子一个接一个地翻跟头，锣鼓声"乒乒乓乓"响声震天；街口的赌场门口围了好多人，吵吵闹闹，大概是哪个赌鬼输光了本钱被人打出来；对面有卖油煎豆腐的，香味夹着烟火气被风吹散开。

谭音看得目不转睛，这是她从未去过的城镇，房屋的风格、颜色，甚至人们的穿着打扮都与她以前熟知的一切截然不同，她觉得又有趣又新奇。

车停了，周围所有人都敬畏地避开。虽说如今人妖仙混杂，但动用极乐鸟拉车还这么气派的实在罕见，指不定是哪位山上的大仙，不可得罪。

源仲看了看谭音，她还盯着外面，街对面不过是个最普通的卖陶罐的店铺，她都能津津有味地看这么久，有那么新奇？他平日出门办事，甚少这么大排场，外面龙蛇混杂，出风头是给自己找麻烦。他今日见谭音看得开心，便故意将车驶进城镇，她居然没发现半点不妥，他不由得沉吟。

"我们找个客栈住吧。"他终于开口说话，一开口就相当不正经，"人家一直期待可以和美女姐姐来一次同住客栈一间房的机遇，小姬姐姐，我们今晚要不要秉烛夜谈呀？"

谭音根本没注意他在嘀咕什么，这新奇又繁荣的城镇已将她的注意力全部吸引走。她跳下车，左右打量，只觉琳琅满目，竟不知从哪里开始看起好。

迎面走来一个摇着拨浪鼓的小贩，身后背着半人高的木箱，上面插着各式各样的小风车和小玩意，一路走一路叫卖。谭音的目光瞬间又被吸引过去，不由自主地走上前，拿起他挂在木箱上用珠串打的小鲤鱼仔细端详，舍不得放手。

"……你喜欢？"源仲神色怪异，这珠串鲤鱼做工既不精美，也不别致，随处可见，到底怎么入了她的法眼？

谭音一门心思玩赏那些珠串小玩意，压根没注意他说什么。在她活着的那个时期，凡间还没有那么繁华，更不用说这些有趣的小玩意了，纵然姬家工艺绝顶，却没人会做这些东西。她见一个红色珠串打的小狐狸活灵活现十分可爱，忍不住放在手里摩挲。

小贩见她喜欢，便笑道："这都是手工做的小玩意，没几个钱。姑娘喜欢，买一个我再送你一个。"

谭音果然十分心动，忽然袖子被轻轻拉了一下，源仲凑过来，充满期待地看着她："小姬姐姐，你那么喜欢狐狸？回头我变个给你看好不好，保证比这个好看一千倍……"

话没说完她就走开了，注意力又被另一边做泥人的吸引过去。

小贩见她走远，便回头看了大僧侣一眼，微微点头。源仲笑了笑，径直捏起那只方才被她百般摩挲的珠串狐狸，问："多少钱？"

小贩苦笑，却没说话，将那珠串的狐狸和鲤鱼都取下来递给他，顺便还送了只小风车，接着便走了。

源仲一面吹着风车，一面将珠串鲤鱼在掌心里捏碎，霎时有密语萦绕耳边："查了许久，一无所获。那姑娘身世甚是怪异，继续追查中。"

他把风车吹得滴溜溜乱转，慢慢走到谭音身边，拍拍她，笑道："小姬姐姐，来，送你玩。"

谭音明显很喜欢那只风车，珠串的小狐狸她把玩一阵就放进了袖袋里，风车却一直拿在手里端详，一会儿轻轻吹一下，看着它晃晃悠悠地转。

源仲扶着下巴，百无聊赖地趴在桌子上，叹息道："这个有那么好玩吗？到处可见，只有三岁小孩才会喜欢。"

他见谭音不说话，赶紧笑眯眯加了一句："我可不是说小姬姐姐你幼稚，你童心未泯，我喜欢得紧。"

谭音还是不说话，和他实在没什么可说的，她闷头喝茶。

源仲像是非要逗她说话似的，挤眉弄眼地说道："来来，咱们先喝完这杯茶，然后小姬姐姐你在客房里歇息半日，我去城里寻个工匠。我的车许久没整修，颠得人浑身骨头疼，车修好咱们去橘子湖，那是我族的地方，安安静静的，我再给你看，好不好？"

谭音一听修车，立即两眼放光地站了起来："车在楼下？"

源仲愕然看着她下楼，奇道："小姬姐姐你去哪儿？"

"修车。"她的回答简洁明了。

修车？她是修车还是砸车！源仲眼见自己心爱的小车有要被摧残的危险，赶紧跟了上去。

他那辆气势非凡、金碧辉煌的车停在客栈后院，伙计们毕恭毕敬地照料着，不敢有丝毫怠慢，连拉车的四只极乐鸟都被打理过羽毛，越发雪白俊俏了。

谭音正弯腰查看车中轴，她手里不知道什么时候多个漆黑的小锤子，这边敲敲，那边敲敲。源仲的小心肝都快被她敲出来了，赶紧赔笑："小姬姐姐，这种粗活怎敢劳烦你……"

谭音直起身子，将小锤子朝腰间的乾坤袋里一丢，说道："中轴有裂缝，歪了，须得换一根车轴。"

源仲的下巴差点掉下来，原来她真的会修车？他望向她的目光渐渐复杂起来，这女人身上全是各种破绽，该犯的、不该犯的错误，她早已犯了一堆，不管是谁派来的卧底，选她都是个无比愚蠢的错误。他有些厌倦与她虚与委蛇下去，盯着她腰上的描金皮囊，直接点破："这是乾坤袋？"

谭音微微一笑，面上甚至有一丝让人实在参不透的得意之色："你认得？"

她死得早，虽也料想过自己做的四只乾坤袋必然使千万人趋之若鹜，但却没想到过了那么多年，依然有人认得。

源仲转了转眼珠，道："自然认得，这可是件罕见的宝物。"

乾坤袋是上古某位工匠制造的，做了多少至今无人知晓，他只知道一只藏在琼国皇宫内，一只在战鬼一族，还有一只听闻曾在东方大燕国出现过，其余传闻都是假的。她腰上这只乾坤袋，是谁的？

"罕见？"谭音不解，她一直以为这么多年过去，凡间必然有能人异士可以再做许多乾坤袋。

源仲摇摇头，换了个话题："小姬姐姐，你会修车？"

她难得有些赧然："不甚通晓，但乌木纵然名贵，却不适合做车轴，因其质硬脆。不如换个柏木轴，要舒服许多。"

源仲不由得沉默，片刻后笑道："小姬姐姐竟懂这许多，莫非家传渊博？"

谭音默然摇头："去找工匠换个车轴吧。"

源仲正要说话，忽听极遥远的东面山里传来一阵凄厉的嘶吼，他脸色不变，扭头去看，只见遥远的东面天空一线红色雾气缓缓散开。

他脸色依然不变，回过头笑道："我可不懂木料好坏，小姬姐姐既然懂，你陪我一起去山上看看什么木料好，怎样？"

对谭音来说，去山上一般只有一个目的：挑选木材。

那时候她小小年纪，却少年老成，不像家族里其他孩子，上山还知道嬉笑玩耍，她永远跟在老父身后，听他说各种木料的用途。到后来，老父病重弥留之际，放心不下她，只说："谭音，你从小就没跟别的孩子一样放肆地玩过，爹这就要去了，对你并没什么不放心，只是你这样少年老成，孤僻罕言，将来又怎么寻得如意郎君？"

她真的没有好好看过山里的风景，那时候满脑子都是做东西，除此以外别无他物。

如今她骑在极乐鸟背上，它飞得很慢，贴着树顶，好几次叶子都拂过裙角。远处青山影影，天高云淡，这是凡间才有的景致。源仲也骑着一只极乐鸟，跟在她旁边，一直"叽叽咕咕"不知说些什么，他的废话永远那么多。

谭音停在一棵树的树顶，弯腰捞起一片叶子细看。源仲也跟着凑过来，恨不得贴在她身上，问："这是什么树？"

"柏树。"

源仲伸了个懒腰，笑道："干脆就砍了这棵树，拿去做车轴……"

话未说完，只听"嗖"的一声裂空巨响，他骑的那只极乐鸟发出凄厉的啼鸣，一边的翅膀被生生截断，鲜血四溅，几乎瞬间就栽落下去。

谭音吃了一惊，正要低头看看源仲的情况，树下却突然又响起古怪的口哨声，她自己骑的那只极乐鸟被那哨声勾引得左右顾盼，神情不安，忽然张开翅膀一阵乱飞。谭音险些被掀翻下去，她急忙抱住它的脖子，试图安抚这只惊慌失措的灵禽。

"嗖——"又是一声破空锐响，这次却不是打在鸟身上，谭音只觉膝盖一阵冰凉，紧跟着便是剧痛，她低头一看，膝盖那里不知被什么利器划出一道又深又长的口子，鲜血还未来得及涌出。她心中惊愕更甚，四处张望却见不到半个人影。

不容她反应过来，锐响再起，谭音后背像是被刀狠狠戳了一下似的，痛得她浑身一颤，两只手再也抱不住极乐鸟的脖子，身子一歪，从高空中笔直摔落。

源仲早在极乐鸟被截断翅膀的瞬间就翻身跳了下去，待得轻飘飘落地，忽见对面树顶有人影一闪，他想了想，却没有追。抬头张望，就见谭音骑的那只鸟乱飞乱撞，一路飞远了。他故意大叫："小姬姐姐！你别怕，我来了！"

说罢他拔腿便追，却哪里追得上，没一会儿她就飞得没影了。源仲猛然停下脚步，山风习习而过，带来一阵优雅的香气。他面沉如水，循着这香气慢慢朝东面走，只见对面地上像被巨人挖空了一般，有一个极其深广的坑。

源仲慢慢走过去，朝下一看，只见坑底躺了一只浑身是血的红狐，早已死去多时。尸体旁歪着一只破碎的半人高的木箱，许多珠串的小玩意散落一地。有狐一族善制香料，血液中都含有香气，血越多，香气越浓，然而那香气也渐渐要被山风吹淡了。

他长叹一声，双手合十，朝红狐的尸体默然行礼。那只红狐的尸体渐渐变得透明，最后化作许多莹莹絮絮的光点，依依不舍环绕在他身侧，良久才缓缓消散。

这是族人留下的最后一点讯息。源仲摊开手掌，上面一行荧光闪烁的小字：遭遇战鬼余孽，目测六人，急报橘子湖我族加以防范。

源仲面无表情，用手指将那一行字轻轻擦去，他缓缓转过身，忽然又叹了一口气，说道："战鬼一族如今也学会暗地偷窥，群起而攻之了？"

过了半晌，树林中缓缓走出数人，均是黑衣打扮，面容冷峻，每个人脸上的眼瞳都是血红的，森然看着他。

一，二，三，四……源仲数了数，五个战鬼。怪不得这传讯的族人死得那么快、那么惨。

为首的战鬼冷道："你们伤了我族郦朝央大人在先，今日我等要屠尽橘子湖的狐狸，为郦朝央大人报仇。"

源仲哑然失笑，抚着自己的右胳膊摇头道："原来是为郦朝央，我倒也有一笔账要与她算。把她封在冰里的人正是我，可我的右手也被她斩了，好不容易接回去，到现在还不利索。"

战鬼们脸色登时变了，早就听说过有狐一族的大僧侣，却不承想面前这毫不起眼的人居然就是他。一旁有个战鬼早已忍不住，抽出腰间长鞭，照着他的脑袋就砸过来。

源仲退了一步，脚边立即被砸出一个大坑，他摇摇手："慢着慢着，我这人懒得很，你们人不齐，我等齐了再一起杀。"

为首的战鬼冷笑道："你能伤到郦朝央大人，我们心底也不敢怠慢，今日且让你与你心爱之人一起下黄泉。"

心、心爱之人？源仲呆了呆，只见山林中又出来两人，一人黑衣红瞳，是第六个战鬼，而他手上提着的那个……满身是血的姑娘，正是谭音。

她被战鬼像麻袋一样提着，一动不动，也不知是死是活。

源仲沉吟一番，接着却慢慢笑了："她不过一介凡人，战鬼一族也要痛下杀手？"

没有人说话，战鬼一族遇敌素来只有战，战不过就死，绝不废话半句。六人一齐挥舞长鞭，砸向源仲站立之处。长鞭是战鬼一族最常用的武器，因其灵活且后劲奇大，六根长鞭砸在地上，几乎要把这座山给掀翻似的，地面登时一阵颤动，草皮灰尘腾扬而起，遮蔽视线。

源仲早已溜到一边，眼见谭音被人扔在地上，后背似乎有一道伤口在汩汩流血。他犹豫了一下，正准备将她捞起，身后狂风忽至，他整个人顿时化作一团金光急速闪开。只见那根小腿粗细的长鞭刚好砸在谭音身边，她整个人被弹得飞起，紧跟着又狠狠摔在地上滚了无数圈，大片鲜血洒落在地，也不知道她还能不能活了。

可惜了一个如花似玉的美人儿，他心中暗叹。原本还怀疑她身份有异，对有狐一族只怕存着什么不轨之心，想不到就这样死了，怪可惜的。

六根长鞭像长了眼睛一样，战鬼灵敏得简直令人感到恐惧，他躲到哪里都会瞬间被找出来。他丝毫不怀疑假如自己被鞭子舔上一口，半条小命只怕就要丢掉。上次他去对付郦朝央，人家的方天画戟不过随便一挥，他的右手就没了，还好他逃命功夫高超。

"轰！"又是一声巨响，一小片山林被铲平了。源仲继续叹气，战鬼、战鬼，听名字就知道人家擅长打架，而他们呢？有狐，什么玩意啊，一听就觉得弱爆了，而且他偏偏还是有狐一族里最不会打架的，一天到晚杀来杀去，多不优雅啊。

他本来想悄悄逃走，可对方有六个人，希望实在渺茫。他低头将左手的黑丝手套拉了拉，少不得今天又要大开杀戒。

战鬼们虽然杀伤力巨大，这座山头都快被夷平了，可那只狐狸却逃得更快，长鞭无论如何也卷不到他。为首的战鬼略感烦躁，他们是喜欢速战速决、正大光明面对面较量的一族，遇到这种只会跑的，心中的郁闷可想而知。

烟尘阻挡了视线，那只死狐狸不知又躲在何处，战鬼灵敏的耳目也无法察觉。战鬼甲长鞭平平一挥，切断烟尘，对面山林的树已被打断许多，上下左右看过，却没有人。

眼角余光忽然瞥见左侧有红光闪烁，依稀还有个人影，他大惊之下立即挥鞭，谁知长鞭挥出却被那人一把抓在手里，毫不费力。定睛一看，果然是那个有狐僧侣，他皂衣上满是灰尘，头上脸上也灰扑扑的，看上去甚是狼狈，然而信手抓住他的长鞭，款款而笑的模样却十分悠闲。

"小心了，别摔跤。"源仲笑眯眯地提醒他。

战鬼甲重瞳收缩，正要迈步扑向他，谁知脚底竟然像突然被钉在地上一样，他竟真的狠狠摔了下去，吃惊之余低头一看，骇然发觉脚底结了一层冰，而且这层冰正自脚踝往上飞快凝结，一瞬间就冻住了两条腿。

"毛皮畜生！"他骇极怒骂，欲将手里的长鞭狠狠收回砸出，谁知长鞭竟"咔咔"裂成数段——鞭子也被冻住了！他仰头发出愤怒的号叫，才出声，整个人都已被裹在冰里，动弹不得。

周围五个战鬼早已闻声而动，长鞭夹杂着尖锐的风声挥舞过来。源仲左手在地上轻轻一按，整个人又化作一团金光，眨眼便闪到远处。

他这种东躲西闪的行径早已让人不耐烦，战鬼们索性丢下长鞭，向着香气浓郁处扑去——有狐一族的人受伤流血均会散发出香气，那只死狐狸必然受伤了。

谁知脚底渐渐地便开始粘连着地面，直到步子再也迈不出去，众人这才发觉地面不知何时结了厚厚一层冰，竟将他们的脚底都冻住了，无论怎样使力都无法拔出。更可怕的是，那层冰正沿着小腿慢慢冻结上来，令人有麻痹之感。

烟尘渐渐散开，源仲一身皂衣被风吹得猎猎作响，他就站在不远处，而在他身前直至山林边缘，方圆数十丈的范围居然都结了极厚的冰，甚至连谭音都被冻在冰内。

他脸上破了皮，面具从额头到嘴角撕开一条口子耷拉在下巴上，血染半边脸，然而露出的那只眼却精光璀璨，眼尾狭长上挑，不沾半点狼狈。

此时其余五个战鬼全身都已被冻在冰里，只有一人还剩余半颗脑袋在外，用血红的重瞳死死瞪着他，嘶声道："这是什么妖法……"

源仲淡淡地道："没人知道，我也不知道，见识过的人除了我和郦朝央，没人活着。你们也请安心地去，我会为你们六人祈福。"

说罢他双手合十，默然行礼。

那战鬼这时才发觉他左手上的黑丝手套不知何时取下了，手背与胳膊上均是暗红一片。战鬼正要张口狂呼，下一刻冰雪覆顶，他将永生永世被冻在冰里，不得翻身。

源仲闭目双手合十，默念祷文。

不知过了多久，他才缓缓睁开眼，看着被冻在冰里的六个战鬼，长舒一口气，突然不知想到了什么，"哎哟"一声，跑到冰上一看，果然见谭音被冻在冰里。

这下不死也得死了，源仲蹲下来隔着冰摸摸她的脸。可怜的美人，死的时候满脸血，也不知是不是被毁容了。

"抱歉了。"他低声道，"没能救你，过几日再来为你收殓尸骨，安心回归故乡。"

她血染的胸前有一只断开的五彩小风车，还是他之前送的。多漂亮的小姑娘，就这么阴错阳差地死了。源仲伤心地拍拍身上的灰，起身走了。

谭音慢慢睁开眼，浑身上下只有一个感觉：冰冷。

她试着动动手脚，但身体却仿佛被冻住了一般，纹丝不动。后背和脑袋上的剧痛让她心生警惕，她这具身体只怕是受了致命伤，左腿膝盖以下更是没了知觉，不知道是不是断了。

她不能让这个身体死掉。

她张开嘴，轻轻吹了一口气，冻住身体的寒冰立即像粉末般碎开，她艰难地坐起，两只手好像都骨折了，手指不听使唤。她的额骨似乎也碎了，鲜血染红视线，看不清周围的景象，只隐隐约约地感觉极其寒冷，触手可及之处全是冰。

冰……她忽然惊觉了什么似的，艰难地用袖子抹去眼前的血迹，四处张望。

身周方圆十几丈都覆盖着厚厚的冰雪，似乎有六个人也被冻在冰里。这不是普通的冰，或许这凡间再也没有人比她更熟悉这冰雪中所蕴含的威力与霸道。

那是泰和的手的力量。

谭音心神激荡，一个猛子站起来，左腿立即一阵无力，她又狠狠摔了下去。

泰和……她满心感慨地触摸寒冰。时隔五千年，终于再见这片死寂的冰海。

四下里一片安静，唯有山风轻拂。谭音怅然四顾，周围山地扭曲，树林被夷平大片，除了被冻在冰里的六个战鬼，周围半个人影都没有，那个狡猾的狐狸僧侣想必是全身而退了。

她太大意了，出了这样的事，她要怎么回到大僧侣身边，她又怎么才能解释得清楚？

和他说其实你没冻住我，还是我命大没死掉？这种谎言三岁孩子都不会相信，更何况大僧侣面热心冷，聪敏多疑。

可眼下这问题并不是最重要的，这具身体全身骨头几乎碎了一半，不知道以后还能不能用。

谭音无力地躺下去，缓缓闭上眼，破碎的额头慢慢合拢，骨折的小腿与手臂也在慢慢消肿。过了小半个时辰，她才慢慢从地上爬起来，除了脸上身上触目惊心的血迹，她已经完全恢复原样。

她摸了摸心口，胸膛一片冰凉，这具身体还是死了，心脏停止了跳动。这样下去就算身体被修补好，过不了多久也会开始腐烂，那情景自然是十分恐怖的。

谭音长叹一声，双手疲惫地捂住脸，全身上下笼罩在清冷的白光中，远远望去，就像一团清莹玲珑的小月亮。

不知过了多久，天色渐渐暗了下来，谭音慢慢起身，环视四周。这里经历过一场激烈的死斗，地形都变了，加上这六个被冻在冰里的战鬼，倘若被人发觉，只怕会带来麻烦。

她在乾坤袋里掏了一阵，取出一件拇指大小的小玩意，洁白莹润，形状像一只螺蛳壳。这是她生前做的玲珑屋，就连老父都没有这种细致精湛的手艺，可以把玲珑屋做得这么小。

玲珑屋抛出，见风就长，瞬间将这小半个山头都吞噬了进去，渐渐地，却又变成透明的，与溶溶月色合在一处。此时山风依旧，树林隐隐，变形的山地与战鬼们被冻住的尸体早已不见踪影。

谭音转身便走，突然，怀里掉出个五彩斑斓的东西，却是方才那只断了的小风车。

她拨了拨它，它晃晃悠悠地转了起来。她想起第一次见到泰和，他坐在天河畔，手里正玩着一只同样五彩斑斓的小风车。

她又想起离开时韩女的泪水，泰和倘若醒着，不会爱看韩女流泪的模样。

她还想起自己默默守了五千年。五千年沧海桑田，她却没有变，什么都没有变。

谭音叹息一声，扬手把小风车抛了出去。

菁菁者莪，在彼中阿。既见君子，乐且有仪。泛泛杨舟，载沉载浮。既见君子，我心则休。

这是她的选择，也是她可以为他做的最后一件事。

这世间纷纷扰扰，有多少生离死别，上穷碧落下黄泉，两两相望不相守。她却可以为泰和做一件最重要的事，她已经是其中的幸运儿。

源仲回到客栈的时候，早已有两个族人守在那里，一见到他毫发无伤地回来，都松了口气。

"丁戌长老已知悉子非的死讯，您能全身而退，实乃大幸。"两个族人带着敬畏的表情半跪下去。

源仲笑了笑："假如不能全身而退，我还来这里做什么？"

大僧侣性格古怪，喜怒无常，心情好的时候跟谁都能嘻嘻哈哈，心情不好的时候谁也不搭理。众人都知晓他的毛病，两个族人顿时不敢说话。

"丁戌这些老头子们还不悔改？"他脱下脏污的外袍说道，"跟战鬼一族打架，今天是子非死，明天不知是谁死，一起死光他们大约就满意了。"

两个族人面面相觑，不知怎么回应。

源仲将纠缠的长发拆开慢慢梳理，忽然道："你们走吧，我要沐浴更衣。"

族人甲犹豫了一下，急道："大僧侣殿下，我二人是丁戌长老派来辅助您……"

"回去。"他放下梳子，转过身来，面无表情，然而一双眼却冷冰冰的。两个族人被他的眼神一扫，登时心中悚然。

"可是……橘子湖的族人……虽说他们脱离方外山已久，但我族与战鬼一族龃龉颇深，所有族人都要被牵制，团结一致才是正道。今日是您替他们出了头，想来他们也不会拒绝方外山……"

"不要让我说第三遍。"源仲冷淡地打断他的话，"回去告诉丁戌长老，右手被斩断后，有劳他替我接上，此情我已还，此后他如何行事与我无关。"

难道连大僧侣也准备脱离方外山了？两个族人大惊失色，他们自小就生活在方外山，丁戌长老这些老一辈长老的规矩在他们心中简直是铁律，大僧侣此番行事已经可以算离经叛道。

"但……"族人甲还想说，然而此刻大僧侣面沉如水，他们竟感到恐惧，踯躅片刻，还是行礼告退了。

一天到晚打架打架，搞得好像他们有狐一族真的很擅长打架似的，不过是仗着他的左手，将他当作杀人利器而已。

源仲放出结界笼罩客栈，抬手将假脸摘了，露出下面满是血污的半张脸，揽镜一照，果然额头上被撕开一道血口。他也不去管，扯了衣服，一头扎进放满冷水的浴桶里。

他心情不太好，任谁看到族人死在自己面前，心情都不会好，何况子非原本无事，是他派了子非四处调查姬谭音的身份。结果姬谭音的事是他自己多疑，她也死了，子非的死越发显得不值得。

僧侣辛卯临死的时候唯一担忧的便是他，他跟着丁戌长老他们的时间长了，做了无数不光彩的事，变了太多。丁戌长老曾说，这是他的命运，那么多年了，那只手终于又出现在族里，他注定要成为有狐的刀尖，毫不留情地斩杀任何敌人。

僧侣辛卯问过他："源仲，我问问你，你现在除了自己，还会相信世上任何人吗？"

他那个时候没有回答，现在也依然无法回答。

僧侣辛卯说："我族曾经何等逍遥自在……"那是他的最后一句话，说完便过世了。

源仲发出一声轻微的叹息，撩起冷水胡乱泼在脸上，靠在浴桶上怅然四顾。桌上放了一只茶杯，中午姬谭音还用那杯子喝过茶，一眨眼一条人命就没了。其中当然也有他的推波助澜，或许再来一次，他还是会这么做，并且毫不犹豫，但可能是子非死得太冤，连带着他对姬谭音也有了一种愧疚。

他要离开了，僧侣辛卯说的逍遥自在是怎样的，他不知道，但继续留在方外山，一切只会更糟糕。

他取了巾子擦脸，正准备起身，忽听窗棂"喀拉"一响，锁得好好的窗户就这么被打开了。应该已经死掉的姬谭音从窗台刚探了半边身子进来，却不料见到他光溜溜地靠在浴盆里，两个人都是一愣。

谭音一路上想了无数种解释的方法，譬如我体质特殊，所以没死，再譬如我是工匠所以冻住我没用。可仔细想想，这些借口只有白痴才会相信，她毫无办法，只好骑着机关鸟在外面绕圈，苦思冥想。

难道再借一个身体吗？但是，她与大僧侣虽然相处时间极短，也能看出此人极其多疑，只怕从来不用侍女，之前会用她，不过是建立在疑心的基础上而已，她即便再借一个身体，毫无破绽地进入方外山，也抓不住他半根狐狸毛。

更何况，能借到这具身体，也是因缘巧合，世间又哪里有那么多巧合呢？

她想破头也想不出什么妙计，索性不想了，直接去见他。

客栈窗户的锁对她而言就像不存在似的，随便拿一根细铜丝就打开了，有狐一族的结界她更是毫不在乎。她原本做好了大僧侣不在客栈的准备，也做好了他正在睡觉，或者正在吃饭等等状况的准备，可偏偏没想到他正在沐浴。

他头发上还滴着水，长长的睫毛上也挂着水珠，摇摇晃晃，颤颤巍巍。睫毛下两只眼湛然有神，眼尾上挑，面上肤色极白，想必是常年戴假脸皮的缘故。谭音突然理解他为什么要戴假脸，这样一张脸，无论是谁看了一眼便再也不会忘掉，那种浓冽却又冷酷的风情，足以让人为之疯狂。

源仲先是定定地看着她，目光惊讶中带着愕然，可是几乎只有一瞬间，他的目光变得比冰还要寒冷，"哗啦"一声水响，谭音被他拽得一个趔趄半趴在浴桶边，窗户在身后无声合起。

他的左手没有戴手套，离她的脖子只有不到半分的距离，她可以清晰地感觉到他指尖散发出的幽幽寒意。她面不改色，平静地抬头直视他。

"……你是什么东西？"源仲声音低沉，问得毫不客气。

他不相信一个凡人能活下来，被战鬼打碎了全身骨头，又被他的冰封住，她却可以毫发无伤地出现在他面前，是被什么妖物附身了？还是什么别的他不知道的东西？

杀不死的妖他遇见过，南蛮二十四洞的那些妖物，就算把脑袋割下来，再切成一片片的，也死不了。可杀不死的凡人他从未见过，也不相信会有。莫非他看走了眼，姬谭音不是凡人？可她身上确实没有半点妖气，他也不相信自己会看走眼，人与妖还有仙人的区别，他再清楚不过。

谭音想了很久，才道："我是姬谭音。"

源仲露出一个古怪的笑，紧跟着她只觉整个身体一阵麻痹，厚厚的冰雪几乎眨眼间就将她封住。她在心底暗叹一声，张嘴轻轻一吹，那层厚厚的冰雪顷刻间变成粉末，扑簌簌掉在地上。

她静静看着他，柔声道："我不会害你。"想了想，又补充一句，"也不会害有狐一族。"

源仲像看怪物一样看着她，一个字不说。

直到这时，他才发觉眼前这个姑娘似乎与曾经有些微不同，可他却说不出有什么不同。鼻子眼睛嘴巴还是一模一样，连发髻都没变，可确实有什么东西不一样了。

记忆里的姬谭音似乎更像凡人一些，漂亮却无神的眼睛，沉静却略青涩的气质，是一个真正十七岁的小丫头模样。现在她的眼睛太亮，久远的记忆里，那双黑色宝石般的眼睛一晃而过，他自己也觉得荒谬。

他退了一步，转过身，挂在架子上的皂衣像长了眼睛一般飞来，自动附在他身上，再转身时，面上已经换了张平淡无奇的面具。

谭音觉得自己还是要说点什么，她想过大僧侣勃然大怒要杀她，也想过他会毫不犹豫问上一堆问题，可他什么话都不说，她反而不知道该怎么办了。

"那个……"她刚开口，大僧侣突然化作一道金光，眨眼便消失在了客房里。

他居然跑了。

源仲骑在极乐鸟背上，他本来心情就不好，眼下更不好了，一连串疑问和未知的恐惧牢牢锁住他。

他自信没有杀不死的仙妖，就连威名赫赫的战鬼也要臣服在他的左手之下，可是他为什么杀不死姬谭音？杀不死，他只有离开，有狐一族的大僧侣何曾这般狼狈过。

突然觉得身后不对劲，他回头一看，就见谭音骑在一只怪模怪样的机关鸟背上，远远地跟着他。

阴魂不散！她到底是什么东西、什么来路？

源仲从怀里掏出一枚玉棋子，这还是他从棠华那里摸过来玩的，当下瞄准了机关鸟的胸口位置，他缩指把玉棋子弹过去，只听"咔"的一声，估计那只怪鸟身体里什么精密的机关被打坏，歪歪斜斜地掉下去了。

他松了一口气，这才发觉背后一片冷汗，自己也苦笑，今晚发生的一切简直荒谬到了极点，难道他是在做什么噩梦吗？

前方不远处金光闪烁，源仲一眼便认出那是有狐一族的结界，这里应当是橘子湖族人的地方了。此情此景，他心头突然升起一股"总算到家了"的安全感，不由得感到一阵无奈和好笑。

橘子湖曾经是一片湖，因形状颇像橘子而闻名。传说湖水一夜之间干涸，橘子湖变成了平地，还开始闹鬼，时常有猎户、樵夫在此失踪的传闻传出，这里慢慢就变成了人迹罕至的地方。

诚然这些是橘子湖的有狐一族搞的鬼，与方外山的族人不同，橘子湖的族人更加避世，并不与凡人有过多接触。事实上，连源仲也有近百年没来这边了。

他刚从极乐鸟背上跳下，对面早已迎上一群白衣族人，为首的那个老者须发俱白，一把好长的胡子已快垂到腰间。

源仲笑眯眯地对他双手合十行礼："辛丑长老，好久不见，您的胡子越发长了。"

当年这位长老第一个与丁戌长老闹翻，带了一群族人迁移至橘子湖的事件他虽没有经历过，但也大为辛丑长老的魄力倾倒，毕竟族里敢和丁戌长老唱反调的人实在不多。

辛丑长老双手合十还礼，神态甚是亲密："小源仲，战鬼前来挑衅的事，多谢你了。"

源仲笑道:"辛丑长老,多少年前的名字了,这会儿就别提了吧?"

辛丑长老淡声道:"你跟着丁戌那么多年,也学会搞这神神秘秘的一套了。"

源仲仿佛没听见,他眼尖,早看见辛丑长老身后有一个白衣窈窕的身影,登时笑成了花儿,脚不沾地飘过去扭麻花似的黏着那姑娘,连声道:"子清姐姐,许多年不见,你越发好看了。可有想我?"

子清笑着拍拍他的肩膀:"你可真是老样子,一点儿都没变。"

"子清姐姐却变了不少。"源仲恨不得黏她身上,"变得那么好看,方才差点没认出来。"

子清大大方方牵着他,道:"这嘴甜心苦的性子还没改,也罢,既然来了,多住几日,把子非的事和我说说,这次还未来得及见到他,他已经死了。"

她虽然竭力掩饰情绪,但说到子非死了的时候,还是哽咽了一下。

源仲不由得沉默,慢慢站直身体,良久,才低声道:"抱歉。"

子非是子清的弟弟,子清随着辛丑长老离开的时候,子非还小,被丁戌长老强行留下。源仲对子非的死始终不能释怀,加上那个莫名其妙的姬谭音又没死……想到姬谭音,他心情更坏了。

子清急忙拉住他的胳膊,笑道:"与你无关,不用自责。这次多住几日,夫君一直埋怨你不来便没人陪他饮酒。"

源仲没心情说笑,勉强应付两句,随众人绕过中庭,却见小湖泊上建了六座高台,分别有六个族人盘踞高台施法,接连不断地加强外围结界。

他望向辛丑长老,苦笑:"倘若我赶不及,长老便打算加强结界来防御那群战鬼吗?"

有狐的结界纵然厉害,但六个战鬼同时发难,结界做得再厚,也一下就会被打碎。倘若遇到郫朝央那种百年难遇的完美战鬼,结界更比瓷器硬不了多少。

辛丑长老抚着雪白的长胡须笑眯眯地看着他:"连你都能想到的事,我会想不到?此番是为了迎你,等你出去了,想再进来,只怕难了。"

源仲"咦"了一声,此时才发觉那并不是平时有狐一族所做的防御结界,似真似假,如梦如幻,与其说是结界,倒更像一个幻境。其性质,倒与挽澜山皇陵周围的云雾阵有些相似,却又比云雾阵高明许多。

"我族与战鬼一族世代龃龉,可倘若丁戌不主动挑衅,原也没那么多事情。"辛丑长老叹息一声,"这几层结界不过是缓兵之计,他日若有战鬼寻来,也可以为我们橘子湖的族人腾出逃命的时机。"

他见源仲欲言又止,心里明白他要说什么,淡声道:"我与丁戌道不同,归顺方外山不可能。他野心太大,而我,只求逍遥二字。"

源仲摸了摸肚皮,看看他,突然笑起来:"我只是想问,有吃的吗?我饿坏了。"

辛丑长老哈哈大笑:"有!你跟我来。"

昔日辉煌无限的有狐一族是什么样,源仲并不知道,史料的记载也不过是空洞的文字。

可眼前鲜花似锦,幽香笼罩,夜明珠的光晕将姑娘们的脸映得如白玉一般,悠扬的笙箫与婉转的歌声隐隐约约,似真似假,空中无数巨大莲花下雨般纷纷坠落。他便觉得,或许曾经的有狐一族正应该是这样,无忧无虑,逍遥自在。这是方外山不会出现的景象。

辛丑长老将斟满名为"醉生梦死"美酒的青铜酒爵递给他,浓烈醇厚的酒液让全身的血都沸腾了,满腹心事渐渐远去,子非之死的内疚哀伤也慢慢淡化。

辛丑长老的声音也变得很遥远:"小源仲,不如就在这里住下吧。你不小了,该娶个合意的姑娘,为我们添更多的族人。"

源仲笑眯眯地看着周围的姑娘们,有狐一族颇有美色之名,明珠下看美人,更是别有一番风情。他也爱美人,谁不爱呢?他最喜欢在美人堆里打滚。

"可是那么多美女姐姐,我娶了谁都会遗憾。"他嘴里说着没品的玩笑,把脑袋枕在一个姑娘的大腿上,好软,好香,他仰头看美人的眼睛,灿若星辰,温柔多情。

脑海里却浮现很久很久以前,他在天神的高台上望见的那双眼眸,他全身所有的灵窍都为那双眼睛而开,他甚至不知道自己是怎么回事,再也找不到同样的一双眼。找不到,天下所有的美人便都没有什么不同了,他的时间好像一直停在高台上,再也没有流逝过。

你当然找不到——心里有个冷然空洞的声音回荡,你看到的是天神,你怎么找得到?

源仲遗憾又满足地翻个身,搂住美人的腰,开始耍赖:"姐姐我醉了,我要吃葡萄。"

外面突然传来一阵隐隐的躁动,源仲嚼着葡萄醉意蒙眬地扭了脖子去听,有个守门的族人正与辛丑长老交代情况:"有人闯入了结界,但并不是战鬼,竟好像是个凡人女子。"

源仲一个激灵就蹦了起来,送到嘴边的葡萄掉在了衣服上,又滴溜溜滚到了地上。

"我走了。"他的脸都变色了。

辛丑长老大为惊讶:"这么快就走?"

源仲化作一道金光,眨眼就闪到了数丈之外,只留下一句话:"别放那女子进来!"

他急匆匆找到正在吃饭的极乐鸟,很显然这漂亮高傲的灵禽很不乐意被人打扰吃饭,冲他十分不满地尖叫。

"下回请你喝最好的天下无双酒!"源仲情急之下乱许诺,"赶紧给我飞!"

极乐鸟颇不情愿地拍打翅膀,缓缓飞起,还没飞多远,源仲就看见了后面的姬谭音。她又骑在一只怪模怪样的机关鸟背上,慢吞吞地在自己身后跟着。

她到底是怎么回事啊!源仲头皮都硬了,在怀里摸了半天,玉棋子没了,倒是钱袋里有几锭银子，当下想也不想，丢了一锭出去，果然那只怪鸟又"咔咔咔"地掉下去了。

这口气还没松出去，只见谭音又从乾坤袋里取出一只巴掌大的小机关鸟，迎风一晃变老大，骑上去继续孜孜不倦地追着他。

源仲只觉这噩梦仿佛不会停了，他又丢一锭银子，机关鸟被砸中掉下去，他鼓舞极乐鸟赶紧飞，没飞一段，谭音召唤出新的机关鸟，继续追在后面，他再继续丢银子……

然后……他的银子丢光了。

源仲仰天长叹，吹了一声口哨，极乐鸟安安静静停在了半空。

"喂！"他隔了老远，对着后面的谭音大喊，"你到底跟着我做什么？"

谭音想了想，回答得很认真："保护你！"

"我不要你保护！"源仲气急败坏，有狐一族的大僧侣倘若沦落到被一个凡人小姑娘保护的地步，他的脸要往哪里放？

谭音继续想了想，回答："照顾你！"

"谁要你照顾！"

谭音又继续想，最后犹豫着问："我会修车？"

"我早就不用车了。"源仲声音冷漠。

谭音绞尽脑汁地想："我……"她再也想不出什么有利的条件。

源仲冷冷地看着她，夜风很大，她满头青丝被风吹得凌乱，青丝下的两只眼睛那么亮，像……黑色宝石一样。

他沉默片刻，突然开口："你到底是什么人？"

"姬谭音，工匠。"她回答得很快。

"我不是问这个。"他笑起来，语带讽刺，"你也挺会装傻，你知道我问的是什么。"

谭音默然摇头，良久，方道："我不会害你。"

她翻来覆去只有这几句话吗？源仲心中怒意凝聚，说她有心机，她偏生这么蠢，做事不漂亮，说话也不漂亮；说她没心机，她身份却又瞒得那么好，他先前竟一点也没看出她有这么厉害。

"哦……"他突然拉长音调，笑了起来，声音暧昧，"你看上我了？喜欢我？"

谭音摇摇头，静静看着他，目光澄澈。

"别不承认了，女人最爱口是心非。"源仲哈哈大笑，"你看到了我的真脸，又看了我的身子，你暗恋我，这有什么不好意思的？"

她还是不说话。

源仲潇洒地拨动长发，叹息道："我只有多谢你这番情意了，抱歉，我早已心有所属，你找别人吧。"

谭音轻声道："请让我跟着你，我不会害你。"

大僧侣唯有苦笑，软磨硬泡，对她都没用。他杀也杀不了她，跑也跑不过她，他能说什么？

"跟着我，跟一辈子吗？"他问。

谭音的声音轻得像微风："是的，直到你的生命尽头。"

源仲"哎哟"一声，又叹又笑："我好感动，第一次有女人对我说这话。"

说完，他的脸色又慢慢冷下来，盯着她，一个字一个字地慢慢说道："可是我不想让你跟着，你滚远些，别叫我看见，我不想看你。"

他吹了一声口哨，极乐鸟长啼一声，飞入长空。

第二章

无双神女

泰和是掌管天河数亿星辰的神君,乍一听好像很厉害很威严的样子,不过第一次见到他,他却坐在天河畔的石头上吹着小风车玩儿。

她站得老远望他,心里不敢确定他的身份。

神君应该是什么样的她还不是很清楚,但总不会是随便着一件青绸长袍,披头散发半躺在石头上的模样。

他脚下数亿的星辰,被天河浅浅的云雾缭绕包裹,闪闪发光,好像撒在丝绸上的金屑。

他一下子就发现了她,好奇地和她对望,目光清澈且温和。

"来,过来。"泰和冲她招手,好像招呼一只陌生的小野猫。

她躲得越发远了,缩在长生树后,只露出两只凶光闪烁的眼睛。

泰和笑眯眯地不再理她,张嘴吹着手里五彩斑斓的小风车。天河里轻薄的云流随着他吹拂的节奏上下翻卷,星海沉浮,斗转星移,令人目眩。

突然,天河中蹿出一尾巨大的鱼,色泽如血般鲜红,它在空中漂亮地打个卷儿,尾巴不客气地狠狠甩一下,像是抱怨他的吹拂动作打扰了它。

"哗啦啦",它的尾巴甩落一蓬巨大细密的金色细砂,下雨一样淅淅沥沥落下。

她的眼睛又亮了,不是戒备的凶光,而是工匠见到稀世奇材的那种光芒。

天河里的星沙,那是神话传说中才会出现的材料,她难免开始遐想可以用它做什么惊世绝伦的东西。

泰和用丝囊收集那些星沙,想了想,将丝囊放在青石上,自己却跳下来,吹着风车走了。

她守了好久,眼睛都瞪涩了,确定周围确实没人,这才静悄悄地溜过去,拿了丝囊就跑。

不料背后突然传出"扑哧"一声笑,她惊慌失措地回头,却见方才明明已经走掉的泰和半躺在青石上,笑吟吟地看着她。

"小心些，"他声音很温和，"别贪玩掉天河里，我可捞不上来。"

谭音睁开眼，入目是阴云密布的天空，天早已亮了。

这具身体应该已经死了，可她还是会做梦，为什么？

只怕没有人能回答这个问题。

谭音起身拍拍尘土，她也没想到自己会露宿山林，居然忘了放一只玲珑屋出来，昨天是怎么睡着的？

她远远跟在大僧侣后面飞，他停下来休息吃饭，她也停下来休息吃饭，他起身继续飞，她也跟着起身继续飞，反正就是不叫他看见自己。这样飞了四天四夜，两人都没睡过觉，大僧侣后来骑在极乐鸟上很明显歪歪倒倒，好像随时会摔下来似的。

昨天晚上他大概终于撑到极限了，气呼呼地找了块平地落下去，生了一堆火，像是要露宿找东西吃的样子。

谭音躲在暗处，瞅见他瞄准一只野兔，她立即出手帮忙。乾坤袋里装的大多是她做的各种器械工具，她翻出小弩箭，装上铜针，无声无息地把山坡上能找到的兔子都给扎了麻药，这样他捉的时候就毫不费力了。

不过好像他并不是很满意这个局面，在遇到第十只扎了麻药的兔子后，他放弃了，胡乱摘了些野果生吃，吃完倒头就睡，看也不朝她这里看一眼。

谭音只好找了块离他不太远的平地，坐地上发呆。

她一生中遇到的男人实在是屈指可数，做人的时候，姬家本身就人丁单薄，到了她稍微懂事的年纪，死得就只剩她和她老父了。后来……遇到的是泰和还有其他几位神君。

泰和性格随和，其他几位接触不多的神君也是一派潇洒，没一个有大僧侣这么狡猾难缠的——又多疑，又警惕，遇到不能解决的人立马就跑，完全不能接近。

夜晚的山林凉风习习，夹杂着各种不知名的虫鸣声。谭音低头数着地上的蚂蚁，这些脆弱的小生灵在忙着搬家，想必明天要下雨了。好吧，明天，明天大僧侣这只狐狸又要往哪里瞎逛呢？

她想着想着居然感到困倦，不知是这山风吹得太舒服，还是风送来的香气太好闻的缘故。

香气？

谭音回头，却见本来应该睡着的大僧侣又起来了，他手里捧着一只小小的紫铜香炉，正往里面添香，那些香料不知是什么做的，点燃后冒出的青烟极其清甜温和，山风把香气送到她这里来，虽然变淡了许多，但悠悠远远，反而更加销魂蚀骨。

听闻有狐一族善制香料，她虽然只给大僧侣做了短短几天的侍女，但他们平时身上都会带着香炉香料的事她倒是很清楚。他赶了四天四夜的路，风尘仆仆，此时熏个香再正常不过。

谭音打了个呵欠，完全无法抵御那香气的包围，困得眼睛也睁不开了，连一丝警惕之心都没来得及起，就沉入梦乡。

所以……其实她还是被那狡猾的狐狸摆了一道。

有狐一族是仙人，仙人岂会饥饿疲惫？就算有，也不该短短四天就撑不住，她经验不足，又让他跑了。

谭音走到昨晚大僧侣露宿的那块平地，他升起的火堆早已熄灭，人去火灭，想必昨天夜里她刚睡着的时候他就跑了。

真是难缠，谭音暗暗摇头。

地上散落着一些极其细小的黑色颗粒，她弯腰拾起，放在鼻子前轻轻一嗅——正是昨天那香料的味道。

此时天色不好，想必很快要下雨，趁着气味还浓，她得尽快找到大僧侣的踪影。

谭音从乾坤袋里取出一只巴掌大小的盒子，揭开盒盖，里面却是一只极其精巧的小笼子，笼子里居然还有一只比小拇指还小的通体翠绿的鸟。她将那些细碎的香料颗粒一粒粒慢慢喂给它吃了，这只小鸟立即兴奋起来，发出清脆的啼鸣声，翅膀扑腾，脑袋转向南方，长而尖的鸟喙可笑地朝那个方向一个劲点。

是飞往南边方向了？谭音骑上机关鸟，朝同一个方向追随上去。

自由了！自由了！

源仲心情愉快地骑在极乐鸟背上，此刻阴沉沉的天也不能影响他的好心情，他终于甩掉了那个怪女人！什么叫神清气爽？什么叫扬眉吐气？什么叫逍遥自在？他觉得自己此刻完全明白僧侣辛卯那句逍遥自在的意思了。

接下来要去哪里？这个问题他不愿想，随便去哪里！只要是没有姬谭音的地方，就是好地方。

他在漫无边际的山林里胡乱飞了半个多月，一会儿往南，一会儿往西，一会儿又往东，直到确定身后确实没有人跟着，这才指使极乐鸟向着西方慢慢飞去。

姬谭音的事不能这么算了，子非查不出来，他索性自己来查。

到白头山是四个时辰之后的事，源仲还未飞到山顶，便觉淅淅沥沥地落下雨来，雨点还颇大。

他抬头看看，白头山的半个山头都笼罩在烟云之中，这可是从未见过的景象。白头山是眉山君度过天雷劫坐化成仙的地方，这里一草一木，天气诸般变化，都与眉山君有千丝万缕的联系，这样"稀里哗啦"地下雨，莫非眉山君近来情绪不佳？

极乐鸟显然很不喜欢被雨淋湿的感觉，长啼一声，拍着翅膀闪电般窜上山顶。

山顶的情况好像更糟糕的样子……源仲跳下来，四处打量，他记得那边好像原本有座小木桥呢？怎么……怎么木桥没了，变成一条河了？门前种的花被雨打得垂头丧气，随时会掉下来的模样。

源仲一肚子疑问，举起木棒敲了敲门旁的小皮鼓，等了老半天，才有两只灵鬼打着伞哭丧着脸开门，一见门口站着一个陌生男人，灵鬼甲毫不客气地说道："主人说了，近日不见客，请回吧。"

源仲笑道："连我也不见吗？"

两只灵鬼盯着他看了半天，直到发现他身后牵着一只巨大华丽的极乐鸟，灵鬼乙才惊呼："您、您莫不是有狐一族的大僧侣！又换了张脸？差点没认出来！"

源仲看看头顶下个不停的暴雨，奇道："这里怎会下雨？眉山出了什么事？"

小灵鬼们嘟起嘴巴咕哝："还不是为了那个什么小湄……"

小湄？什么人？好像很耳熟的名字。源仲更奇怪了，随着灵鬼们进入院子，看见小路都被水给淹没了。曾经开满院落的鲜花个个凋零，好好的眉山居死气沉沉的，似乎后院那边涨水更厉害，灵鬼们打着伞在那边忙着扫水，时不时传出惊呼声，想必是被水溅到化成了白纸原型。

"大僧侣殿下……"把人领到后院，灵鬼们小心翼翼地看着他，低声道："您别在他面前提起辛湄这个名字，不然眉山居真要被淹了。"

源仲转着眼珠子答应下来，推开门，只见满地酒壶酒杯，屋里酒气冲天，眉山君半醉半醒地靠在矮桌上，手里还钩着一壶酒，眼看就要掉到地上。

源仲笑吟吟地走过去坐在他对面，张嘴第一句话就是："原来你真喜欢辛湄那个凡人小丫头？"

眉山君蒙眬间乍听见辛湄二字，胸口就疼，张嘴便号啕大哭起来。

源仲哈哈大笑："原来是真的？"

他扶着下巴回想自己与辛湄接触的记忆，嗯，小丫头长得是不错，不过那脾性，只怕没人敢吃下去。

"你你你……"眉山君一面哭一面抬头看这个笑得极其欠扁的人，一见是大僧侣，他的哭声立刻弱了。

他与大僧侣交往并不多,不像傅九云、甄洪生那么肆无忌惮,何况此人身份是有狐一族的大僧侣,血统高贵。眉山君不敢无礼,当下立即止住哭声,双手合十,带着鼻音行礼:"大僧侣殿下今日怎有空大驾光临?"

源仲笑道:"有空了便来看看你,却想不到你为情所困,一个人喝闷酒,不如我陪你喝两杯?"

眉山君苦笑道:"您……您也要来笑话我……"

"非也非也。"源仲摇摇手,轻笑,"相思刻骨,人之常情,我何必笑话你。只是这样一个人喝酒一个人哭也不是个办法,再哭下去,白头山便要发大水了。"

眉山君长叹一声,半晌不说话。

灵鬼们手脚麻利地换了酒,源仲举杯望着他,道:"听说找你办事,须得在酒量上赢了你,可是这样?"

眉山君那几分蒙 的酒意立即醒了,愕然道:"您要找我办事?"

"嗯……"源仲沉吟片刻,又道,"族里许多美酒,只是我出来匆忙没带上几坛,酿酒的册子也不在手边,只能陪你喝几杯。"

有狐一族的美酒那可都是曾经供奉天神的!眉山君想起傅九云曾经带给他的那几坛"醉生梦死",登时两眼放光,手里的酒一下子就成了不屑一顾的渣渣。

"不妨事、不妨事!"他恨不得亲切地握住大僧侣的手,"下回用两坛醉生梦死补上也就罢了!您要查什么?只管说!"

源仲啼笑皆非,用手指蘸了碧绿的酒液,在桌上缓缓写下三字:姬谭音。

"查一下这个女子。"

眉山君张大了嘴,为难地看着他:"天下重名的人何其多,这、这个……"

"查不到?"源仲似笑非笑地起身,"那我告辞了。"

"等着,我马上查!"眉山君实在舍不得那两坛醉生梦死,当即叫出小乌鸦,让它往金蛇一族跑一趟,借了它们的天书来查。

姬谭音,女。上下一千年,天下间叫此名的女子,共有五十万三千五百二十四人。年十五到二十间,剔除大半。沅城附近人,再剔除十之八九,剩余的人数依旧很可观。

眉山君整理得手足酸软,这也罢了,可怕的是,他翻了又翻,居然找不出完全符合大僧侣条件的那个女子。更可怕的是,按照大僧侣条件找出的那个沅城少女,本名不叫姬谭音,也不是工匠世家,天书上甚至清清楚楚地写明:此女卒,年十八。

眉山君抹着满头汗,把天书递给大僧侣,小心翼翼地问:"您看,是不是您记错名字了？是她吗？"

源仲看了又看，直到看到左上角的画像，不由"咦"了一声。

不会错，画像上正是他认识的那个姬谭音，沉城人。可她既不叫姬谭音，也不是工匠，而且十八岁就得急病死了。

如此说来，只有借尸还魂这一可能了，怪不得子非查不出破绽。

他认识的姬谭音是个工匠，而且技术似乎相当精湛，有乾坤袋，他的左手杀不死她……源仲突然开口道："这里是上下一千年的名册，可有更早期的？"

眉山君脚都软了，叹道："最多只得上下五千年。"

"乾坤袋是谁造的，可否能查出？"

眉山君摇头："那是上古工匠所造，神魔大战后资料都被毁，天书也没有记载，上古的事，天下无人能查。"

源仲不由得沉吟，半晌，他忽然笑了，低声道："也罢，就到这里吧。"

眉山君快哭了，他花了整整十天时间，不吃不喝不睡给他查东西，结果居然什么都没查到，这十天岂不是做了白工？有损他眉山君的名声倒还是小事，那两坛醉生梦死可就打水漂了！

"两坛醉生梦死过几日我托人送来。"源仲看穿他的小心思，笑得更欢，"总还是有了些线索，多谢你了。"

眉山君的脸色登时如同雨后天晴，淅淅沥沥下了许多天雨的眉山居也终于开始放晴，莲花池上出现了一道彩虹，灵鬼们叽叽喳喳手舞足蹈地互相庆幸。

源仲牵着极乐鸟出了眉山居大门，门前那条泛滥的河消失了，露出藏在下面的小木桥，桥畔开满鲜花，幽香阵阵。

他左右看看，回头朝眉山君笑道："虽然不知你为何伤心，不过日后莫要这般一惊一乍，否则辜负了这片大好景致。"

眉山君不由得满脸通红，其实他不过是找辛湄告白，结果刚好被那位战鬼将军撞上了而已。傅九云曾说，喜欢一个人就得让她知道，他鼓足了勇气去跟辛湄告白，虽然结果相当不尽如人意，但小湄过得幸福，他纵然神经兮兮地干嚎两场，心里到底还是替她高兴的。

"至少……"源仲轻叹一声，"至少她真实存在，活在你能看到接触到的地方……也罢，我走了，保重，眉山。"

大僧侣最后两句话大有深意，眉山君送走他，合上门想了好久也没想明白是啥意思，有狐一族老是这么神神秘秘的。

现在，要去哪里呢？

源仲骑在极乐鸟背上，极目远眺，远方天高云淡，暖暖的夏风吹拂脸庞衣衫，天下之大，他竟一时不知该去哪里，之前甩掉姬谭音的兴奋早消失了。

姬谭音的事情查不出眉目，他感到一丝疲惫。

从少年起，他就跟着丁戌长老，因为他有一只世上无坚不摧的左手，丁戌长老要将他培养成有狐一族最锐利的刀锋。他学了很多不甚光彩的东西，也做了很多不甚光彩的事情，导致僧侣辛卯见到他只能摇头叹息。

他必须多疑，对有狐一族怀有不轨之心的人太多，对他的左手觊觎的人更多，只要有一丝松懈，有狐一族就会遭遇灾难。为了天神，为了再见到天神，他们要付出一切——这些都是丁戌长老教导他的。

可是他越来越累，梦里那双黑宝石一般的眼眸，离他越来越远，远得好像真的只是个梦，他甚至怀疑高台之上是他自己的一场幻想。

这些年，他身边的许多族人死去，其中有很多是非常年轻的族人，包括子非。他们死得都很不值，丁戌长老没有表示，他却慢慢无法接受，僧侣辛卯临死前望着他的眼神在脑海里越来越清晰。

后来丁戌长老下了诛杀郦朝央与辛湄的命令。郦朝央是谁他很清楚，辛湄却不过是个凡人，因为嫁给了郦朝央的儿子，丁戌长老便要他杀了她，用以激怒战鬼一族，以求争斗最大化。

他不想完成这个指令，他厌烦了。

就这么离开也好，不管去哪里，失去他的左手，丁戌长老也不敢太放肆。

至于姬谭音……源仲四处看了看，青山峦峦，阳光万丈，她大概追他追得早就没影了吧？

她到底是什么人呢？天书查不出，寒冰也冻不住。他查她，从开始的疑心，已经慢慢变成了好奇心，难道她和傅九云一样，是个老鬼？

源仲骑着极乐鸟漫无目的地飞，心底竟隐隐约约有点后悔，倘若姬谭音在这里，他俩一个追一个跑，想必还有些意思。

这念头一起，他赶紧丢出脑海，再也不愿想一下。

八月的兖都已是秋高气爽，这北方大国陈商国的都城，虽然没有天原国皋都的气派，却是人妖仙最混杂的一个地方。

陈商国地势险峻，周围是茫茫无际的崇山峻岭，诸多仙人在山中开辟洞天，成就仙家福地，山中更有无数稀世灵草和珍贵灵禽野兽，就连那最有名的豢养灵禽灵兽的辛邪庄在兖都也有分部，所以当源仲骑着华丽高贵的极乐鸟落在兖都某客栈门前时，伙计连眼皮都没抬一下，十分镇定。

"这位仙人，现在我们客栈正在搞活动，您如果入住仙字号上等客房，单日房费是一两银子，住满三日可以减免一天，也就是二两银子；倘若您住上十天半个月，优惠更是多得数不完。以此类推，我们还有仙字号一等客房、二等客房各项优惠，欢迎您酌情选择。"

伙计淡定地递给他一本制作十分精美的小册子，上面从仙字号到妖字号各类客房看得人眼花缭乱。

源仲下意识地摸了摸钱袋——空的！他痛苦地想起自己那天晚上好像为了躲开姬谭音，把身上的银子全丢出去砸她的机关鸟了。

他在怀里摸了很久，摸摸袖子，再摸摸头发，又把鞋子脱下来看了看，实在没找出半点可以卖钱的东西。最后他镇定地整理了下衣袖，在伙计鄙夷的眼神中牵着极乐鸟走远了。

这才是一文钱难倒大僧侣，他何曾过过没钱的日子，难道他要像那些不入流的小仙人小妖怪一样，用树叶、草根变成银子欺骗凡人吗？

他越想越觉得这方法可行，此时差不多是午膳时分，街头各种吃食香飘万里，把他的馋虫都给勾出来了，只觉饥肠辘辘，刚巧对面有家卖扁食的小店，牛骨熬的汤，简直香得没天理。源仲顺手扯下两根极乐鸟羽毛，在它不满夹杂鄙夷的眼神里，把那两根羽毛变成了银子。

"老板，来两碗扁食。"源仲从容自若地把银子递给那看上去老眼昏花的老板。

老板"呵呵"一笑，从怀里取出一只紫铜镶嵌的琉璃镜片，对着银子看了几眼，紧跟着怒容满面，一把将银子抛回来，怒道："这无耻的仙人！居然用鸟毛变作银子骗老汉我！"

源仲登时傻眼了，现在凡人都这么厉害了？他、他是怎么看出那是假银子的？那个小镜片是什么他不知道的神器吗？

"看上去年纪轻轻的，居然做这种坏事……"路人甲"叽里咕噜"地道。

"牵着这么漂亮的坐骑也不知是哪家的仙人，怎么这样……"路人乙"叽里呱啦"地道。

"上回也有个猴妖用猴毛变银子骗人。唉，世道变了，人心不古啊！"路人丙十分感慨。

源仲面无表情，牵着极乐鸟又慢慢走了。

天下之大，他却连吃碗扁食的银子都没有，何其萧索，何其落魄！

走到拐角处，他默默替饿坏了的极乐鸟擦一把眼泪。

衣衫下摆忽然被什么东西轻轻拽了两下，源仲回头，却见一只大黄狗热切地瞪着他，在它爪子边上放着一只小布袋，里面鼓鼓囊囊不知装的什么。

源仲看看狗，再看看布袋，再看看狗，突然发现这只狗好像有什么不对劲。

他将黄狗的爪子握住，入手不是动物毛皮温热的感觉——这是一只机关狗吗？居然做得如此惟妙惟肖！

那这个布袋里莫非……

源仲急忙翻开布袋，果然里面五锭银子一粒不少，正是那天晚上他扔出去砸机关鸟的。

他急急抬头，四处张望，只见远远的一个小巷子里，姬谭音青色的衣角一闪而过。她躲在巷口的树后，只露出两个眼睛，一会儿看看他，一会儿看看他手里的银子。

到最后，他还是没躲开她，她一直躲在暗处跟着吗？

源仲捏着手里的银子，不知道为什么只想笑，而且他真的笑了。

他慢慢走到谭音面前，一面笑一面叹气，开口："好吧，吃扁食吗？"

一团团小白云般的扁食泡在雪白的牛骨汤里，上面撒了一层碧绿的葱花，香气诱人。

老板怒容犹存，对源仲很没有好脸色，将扁食重重放在桌上，转头对谭音和颜悦色地说道："你认识的仙人？姬小姐这样的好姑娘，别被这种混账仙人带坏了！"

源仲装聋作哑，他馋得很了，抢过一碗放在自己面前，一面捞扁食一面低声问："这儿的老板好像跟你很熟？"

方才跟她一路来到扁食店，沿途好多小食老板笑眯眯地跟谭音打招呼，他怎么不知道这怪女人人缘如此好。

谭音摇头："不算很熟，不过我做了些'鉴伪镜'卖给他们，他们好像都很喜欢。"

鉴伪镜……源仲突然觉得嘴里发苦，香喷喷的扁食也吞不下去。原来……原来那小镜片是她做的！他早就该猜到，如此可恶凶狠的工具必然是出自可恶的怪女人之手。

"迟早有一天你要被人套麻袋群殴……"源仲愤愤地嘀咕，一眼就识破他的障眼法，这也太狠毒了，有狐一族的面子今天被他丢光了。

"他们都是小本生意，"谭音见他狼吞虎咽了一碗扁食，又两眼放光地看着一边极乐鸟的扁食，她赶紧把自己手边没动的那碗推过去，"隔三岔五被使障眼法，拿假银子，怎么赚钱养家？"

"就你好心。"

源仲一口吞了扁食，毫不客气起身便走，谭音急忙跟在他身后，没走两步，他突然又停下，回头恶狠狠地瞪着她："你跟着我到底为了什么？"

她又不说话了，漂亮的脸上现出为难的神色，乌溜溜的眼珠子转来转去，就是转不出什么动听的借口，源仲对她这种样子又厌恶又无奈。

蠢货，白痴！连说个好听的借口都不会。别人不了解情况，看他们这样，还以为他做了什么负心薄情的事呢。

"你真的叫姬谭音？是个工匠？"他想起眉山君在天书里翻了十天也没找出个结果的事情。

"是。"谭音爽快地点头。

"你这身体，是拿了别人的吧？"

源仲转身继续走，说话的语气虽然风轻云淡，可内容却让她微微一惊："你怎么知道？"

源仲笑得讽刺："因为我不是蠢货。你借别人的身体，不怕遭天谴？"

谭音默然摇头。

好吧，不管她是什么人，敌人也好，什么乱七八糟的东西也好，这样蠢而天真的女人，能成事才怪。

"你要跟着我，我可是很能吃的。"源仲背着双手，摆出有狐一族大少爷的气派，"锦衣玉食美人，缺一不可，养不起我，我就要跑了。"

谭音赶紧翻开自己的钱袋，她这几天卖的"鉴伪镜"相当热销，赚了不少钱。虽然不太清楚他嘴里的"锦衣玉食美人"要花多少钱，但姬家身为工匠世家，从来就不会缺钱，只要一双手还在，就饿不死。

"我有五十两。"她如实报出家底。

源仲抢过来掂了掂，塞进自己怀里，跟着讥诮地笑："这点钱，养我的坐骑都不够。"

"这个……我可以继续做东西卖，很好卖的。"她对自己的手艺还是相当有自信。

源仲被她煞有其事的样子气笑了："那走吧。"他加快脚步，脚下生风似的。

谭音一路小跑跟在他后面，又惊又喜，不敢相信他居然就这么听话地不逃了，她小心翼翼拽着他的袖子，小心翼翼地问："那……那我可以跟着你了？"

源仲"嗯哼"一声："现在不是跟着吗？"

"可以一直跟着？"

"那要看你表现。"

身后的姑娘突然沉默了，半天不说话，源仲回头一看，她满脸感激，眼睛里甚至还有泪光闪烁。他反倒被这种表情吓了一跳，他见过各种美人的各种表情，轻嗔薄怒，厌烦调笑，可从没见过美人对他这样感激涕零。

"谢谢你。"谭音无比诚挚地道谢。

源仲突然有些不好意思，脸上发热，低声道："好了，不说这个，去客栈。"

他现在有钱了，他要用钱砸死那个势利眼的客栈伙计。

很明显，源仲之前用假银子骗扁食店老板的事情在这一带传开了，客栈掌柜拿着鉴伪镜对着他给的银子左右看，上下看，翻过去颠过来地看，最后还是颇不放心地望着谭音，问："姬小姐，这鉴伪镜不会坏掉吧？"

源仲脸色发绿，恨不得掐死这多事的丫头。

"以后不许做这种害人的东西！"上楼去客房的时候，他毫不讲理地抢走谭音的乾坤袋，"袋子我保管了，要什么材料跟我说。"

其实他想看看这乾坤袋里究竟装了什么，问姬谭音，她什么也不会说，只会露出那种死蠢的表情，看了就讨厌。查又查不出她的身份，他干脆抢了乾坤袋满足一下自己的好奇心。

乾坤袋表面上看起来不过是个极其普通破旧的描金牛皮囊，一般人拿来放碎银子和杂物的。打开束口的牛筋绳，内里却大为不同，影影绰绰，竟好似里面藏着另一个小千世界。这般鬼斧神工的技术，实在难以想象是凡人所制。

源仲一件一件从里面掏东西，先是几只胸口有大洞的小小机关鸟，想来是他那天晚上砸坏的，她还没来得及修。然后是几个包裹，装的换洗衣物和各类杂物，还有几包绷带药瓶之类，零零碎碎，竟全是日常所用，毫无奇特之处。剩下都是各种材料，他甚至还掏出一截金丝楠木来。

最后，他从最里面掏出了一只小小的五彩风车并一只半旧的丝囊。

源仲拿起风车轻轻吹了一下，它"咿咿呀呀"地转起来，与外面小贩卖的差不多，但要更小一些，手柄与连接彩绸的不是竹丝，而是十分柔软的白银。或许是被人长期摩挲，白银丝泛出乌黑的颜色，应当十分古旧了。

他吹了一会儿风车，想不出所以然，索性拿起丝囊看。

丝囊是半旧的，但洗得非常干净，触手柔软，颜色像天刚蒙蒙亮时那种淡淡的青色，里面空空如也，什么也没装。

他还是想不出所以然，姬谭音居然没有装半点会透露身份的东西在乾坤袋里，她不像如此谨慎的人。

他对姬谭音的好奇心已经膨胀到一个不可收拾的地步，恨不得把她关起来严刑拷打逼问。可是她方才那样牵着他的袖子，含着眼泪满脸感激地说"谢谢"，让他一肚子的阴谋诡计像撞在铜墙铁壁上，脸皮再厚，也使不出恶毒的法子。

客房门被人轻轻敲了两下，谭音清淡的声音在门外响起："大僧侣殿下，我可以进来吗？"

"进。"他把东西飞快地装回乾坤袋，坐直了身体。

"我需要乌木三段，杨木两段，青铜一块，外加四十粒铆钉……"

谭音对乾坤袋里的材料如数家珍，一口气说下来大气也不喘一下。源仲手忙脚乱地在乾坤袋里乱翻，他哪里认得乌木和杨木长什么样，翻了半天索性把乾坤袋还给她："拿回去。"

谭音利索地取出材料，稀里哗啦丢了一地，她似乎不打算离开，就地挑选起需要的东西。

源仲这是生平第一次亲眼见工匠制作东西，起初见她一会儿锯一块木头，用小刀又雕又凿，怪没劲的，可她那双手像变戏法似的，没几下就弄出个小小的木头人来，有鼻子有眼睛，头上还戴了一顶可笑的帽子，栩栩如生，他不由得看得入迷。

她又用杨木替小人做五脏六腑，巴掌大的木头人，五脏六腑得有多小？源仲只觉她那双手简直不可思议，连个战都没打一下，又稳又快，一颗小小的心脏渐渐在她掌心现出雏形。

天色渐渐黑了下去，源仲点燃蜡烛，只见谭音替做好的小小木头人穿上一件十分合适的小小的白色袍子，式样十分古老——她这是做木偶玩吗？

没有人回答他的疑问，谭音从桌上拿了茶壶，轻轻揭开小木头人头顶的帽子——那帽子原来是个盖子，下面的头顶藏着一个比针尖大不了多少的小孔。她又取了一个更小的漏斗，漏斗下方的嘴插进那小孔里，然后灌了小半壶茶水进去。

小木头人突然动了起来，起初只不过是动动胳膊动动腿，动作十分笨拙可笑，紧跟着突然双手朝上，开始跳起舞来，舞姿十分古老。

源仲目瞪口呆地看着木头人脸上的五官动起来，眼睛眨动，嘴唇翕动，然后它突然张开嘴，听起来十分可笑的尖细歌声从它嘴里传出。

"简兮简兮，方将万舞。日之方中，在前上处。"

木头人一边唱一边跳，身上的白袍子飘来飘去，颇有潇洒之意。

"硕人俣俣，公庭万舞。有力如虎，执辔如组。左手执龠，右手秉翟。赫如渥赭，公言锡爵。"

这本是歌颂舞者雄壮英姿的诗，却让这细小的木头人跳出十分滑稽的味道来。它头上的帽子一会儿歪过来，一会儿歪过去，好像随时会掉下去。

它忽又捧心做思念仰慕状："山有榛，隰有苓。云谁之思？西方美人。彼美人兮，西方之人兮。"

歌声袅袅，渐渐微不可闻，小木头人转了个圈，给大僧侣恭恭敬敬地双手合十行礼，跟着再也不动了。

源仲觉着自己的下巴好像快要掉下去了，他一把捞起那个小木头人，扒开衣服帽子，翻来覆去地看，怎么也看不出它到底是怎么能唱能跳的。

"你……"他盯着谭音，什么也说不出来，什么叫神乎其技，他直到此刻才真正明白。

谭音抬头看他，烛火映在她眼底，亮晶晶的。

"你喜欢吗?"她问得很真诚很期待。

他应该会喜欢吧?当年她第一次做了会唱歌跳舞的木头人给泰和看,泰和的眼珠子都快掉下来。大僧侣现在的表情跟泰和一模一样。

可是她等了好半天,源仲也不说话,他只是怔怔地看着她,好像第一次认识她。

"喜欢吗?"谭音有点担心,小木头人能把泰和逗笑,怎么这只狐狸却毫无反应?

源仲还是不说话,他只是盯着她,一直盯着,她雪白的脸还有乌溜溜的眼珠子,她黑宝石般的眼睛里充满了单纯的期待,他情不自禁又想起高台上的那双眼眸。

好像有几万只蝴蝶飞进了耳朵里,他略显狼狈地垂下头,此时此刻,此情此景,他完全没有办法昧着良心说不喜欢。

"嗯。"他微不可闻地表示肯定,捏着小木头人舍不得放,拇指来来回回把它的帽子拨来拨去,又慌张又心不在焉似的。

"那就送给你。"谭音面上第一次露出开心的笑意,"谢谢你,你是个好人。"

源仲一夜都没睡好,他把那个会跳舞会唱歌的木头人捏了又捏,时不时往里面灌点茶水,看着它神态滑稽地跳着唱着,他就乐得不停。

到了第二天再看到姬谭音,他不知道为啥就觉得她顺眼多了。

他想起棠华时常以身边有两个绝色侍女而骄傲,那又有什么值得炫耀的,自己身边可是有个巧夺天工的工匠。

源仲莫名地心情奇好,盼着她再做点什么有趣的东西,见她一大早就在客房里埋头努力凿啊磨啊,他充满好奇地凑过去看——她正在打磨一个琉璃镜片,而且手边已经有十几个已经做好的镜片。

"你还在做这讨厌的东西。"他对鉴伪镜恨得牙痒痒,恨不得全砸碎了。

"这不是鉴伪镜。"

谭音满脸都在放光,充满了高级工匠对自己作品的成就感与自豪感。她把小镜片递给大僧侣,示意他放在眼睛前,叮嘱:"来,看我。"

源仲依言望过去,透过琉璃镜片,她的样子变得非常滑稽可笑,脑袋又圆又大,上面两只眼睛傻兮兮地眨巴着。

"什么都没出现?"他把镜片抛来抛去地玩,"什么玩意啊?"

"这叫好运镜。"谭音一本正经地给它命名,"你去看看街上的人。"

透过镜片看街上熙熙攘攘的行人,他这才发觉有的人头顶有一片小红云,有的人头顶是一片小黑云,而且颜色深浅不一。他亲眼见到一个头顶的小云黑得像墨一样的男子被小偷顺走了钱袋，他半点没有察觉，反而兴冲冲地进了一家赌馆——估计他很快会被人打成破抹布。

"这个有点意思！"源仲看得津津有味，又把镜片对准谭音，她头顶什么都没有。

"什么都没有是怎么回事？"他略好奇。

"那就是一两个时辰内既没好运也没厄运。不过好运镜只能看凡人，是看不出仙和妖的运势的。"

源仲拿着好运镜玩了半天，忽见半空中翩翩落下数只仙鹤，仙鹤背上骑着几个仙风道骨的仙人，透过好运镜看，他们周身居然放出璀璨金光，偌大的"仙"字印在他们脑门子上，十分可笑。

居然还能识别仙和妖！源仲对着铜镜照自己，果然自己脑门子上也有个偌大的"仙"字，看起来蠢极了。

他本来想建议谭音把这个很蠢的字改改，谁知她两眼放光地凑过来，问："大僧侣殿下，你觉得好运镜能不能卖个好价钱？"

他一对上她充满期待的眼珠子就没辙，只得信口胡诌："一百两银子一个吧。"

谭音肩负养好大僧侣的重担，听见好运镜这么值钱，水都没喝一口，抱着镜子脚不沾地地跑出去兜售了。

莫非她是惦记着他昨天说的锦衣玉食美人？这孩子真实诚。

源仲难得泛起了一丝内疚，推开窗轻飘飘地落下去，刚好落在才出客栈门的谭音面前。

"小姬啊……"他清清嗓子，用少见的温柔声音说道，"一百两银子一个，卖给我好了。"

他都快被自己的善良与好心打动了，难道他真像姬谭音说的，是一个好人吗？

谭音乌溜溜的眼珠子怀疑地看着他，突然道："你有钱吗？我不赊账的。"

"哗啦啦"，他的好心情与一个好人的伪装顿时碎了一地，立即端起刻薄脸斥责："还不赶紧去卖，卖不完今天不许吃饭！"

这一番恶毒又刻薄的嘴脸，惹得路人们纷纷摇头，替旁边那个柔弱少女心疼。作孽啊，这年头连仙人都能"逼良为娼"，人心不古，人心不古啊！

源仲一肚子气，眼瞅着谭音慢慢走远，突然她又掉头跑回来，在他面前踯躅半响，才小声道："你……你会等我吧？"

她脑袋微微垂着，长长的睫毛翕动，一副担心他会耍她一个人偷偷溜掉的样子。源仲一肚子的气突然不知道跑哪里去了，心里有不可一世的得意，还有说不清道不明的软云般的情绪。

没有人这样对待过他，特别是女人，她这种死缠烂打与柔弱实在是满足了任何一个男人的梦想，他不可能不得意。可他也非常明白，姬谭音接近他，肯定有一个目的，虽然他不知道那目的是什么，也不知道她的真实身份。

他对她的感觉很复杂，厌恶、好奇、赞叹、恐惧，甚至还包括一种隐隐约约的失望。

但是此时此刻，他实在不愿在她脸上看到这种表情，还没有反应过来，已经开口了："走，我跟你一起去。"

姬谭音不是那种热情开朗的少女，虽然外表斯斯文文，但其实与温柔贤惠沾不了边，更谈不上精明能干。

她卖东西的方法也十分原始笨拙，抱着好运镜一家一家店铺问过来，本来老板们见是做出鉴伪镜的姬小姐，都十分客气，结果一听好运镜要一百两一个，脸都黑了。

她在日头下跑了一上午，脸被晒得通红，鼻尖上全是汗，却一个好运镜都没卖出去。

源仲牵着极乐鸟远远跟在她后面，看着她认真地和老板们介绍这款好运镜的妙用，指手画脚，傻乎乎的。她居然就信了他的胡扯，好运镜一百两一个，只怕卖到下辈子也卖不出。

眼看就到午时，太阳晒得极乐鸟都打蔫了，躲在阴影里不肯出来。源仲叹了一口气，正准备阻止姬谭音的愚蠢行径，忽然见她朝自己这里走过来，雪白的脸上满是汗，不过却是在笑——她这两天笑的次数明显多了。

"卖出一个。"她的汗水顺着脸颊淌到脖子上，一排白牙很耀眼，"可以吃好的了，要吃饭吗？"

源仲眯了一下眼睛，突然朝她招招手："来，过来。"

谭音愕然地走过去，却被他一把抢过她怀里那一包好运镜，不由分说丢进他自己的袖子里。

"一百两一个卖给我。"他笑了笑，"我不还价。"

谭音叹道："这个……我不赊……"

话没说完他就抢着道："不算赊账，你的钱反正总归会到我手里，你自己想想是不是这个理。"

谭音盯着他看，他依旧是平淡的假脸皮，眉头故作不耐地皱着，嘴角撇着，好像市井小混混的模样，可湛然有神的眼睛里却藏了一丝很深的笑意。又或许是不习惯被人这样盯着看，他不自然地把眉头皱更深，咳了两声。

"吃饭吧，我请客。"她丢下一句话，利落地转身走了。

源仲赶紧牵着极乐鸟追上去，连声问："吃什么？我不吃扁食，我要吃美酒好菜。"

"牛肉面。"

"我不吃牛肉。"

"那就鸡肉面。"

"我不吃鸡肉。"

"羊肉面。"

"我不吃羊肉。"

"狐狸肉面。"

"恶女人。"

最后不知老板端上来的是什么肉面，谭音刚喝了一口面汤，就听外面街上一阵喧哗，紧跟着一排华丽非凡的长车呼啸而过，拉车的灵兽居然是麒麟。

面食店里客人们纷纷赞叹："好气派！这种气派也就香取山山主能有！"

香取山？很耳熟的名字。谭音一边吃面一边埋头苦思。

没吃几口，外面又有一行避水兽拉的长车飞过去，客人们继续赞叹："这是西边白河龙王家的避水兽啊！天光开阖，连龙王也要凑热闹？"

天光开阖？谭音停下了吃面条的动作。

就一顿饭的工夫，陆陆续续过去无数仙妖，谭音从没见过这么多仙和妖聚集在一个地方。他们说的天光开阖，到底是什么？连她也没听说过。

"吃你的面。"源仲把她脑袋轻轻一推。

谭音冷不丁被他一推，筷子都掉在了地上，她也顾不得捡，问道："天光开阖是什么？"

源仲吩咐伙计送双干净筷子过来，才道："是一种吉兆，传说看到天光的都能交上好运，心想事成。这次天光开阖被婆罗山的玉清仙人算出在陈商国兖都，仙家妖魅便都来了。"

吉兆？心想事成？她怎么从来没听过？

不过，怪不得这位怪里怪气的大僧侣会在兖都停留下来，想必也是想看天光开阖。

"你有什么心愿吗？"谭音问得很认真，也做好了他会胡言乱语一通的准备。

源仲却只笑了笑，什么也没说。

天光开阖这个吉兆说大并不大，说小却也不小，不过很少有事能让仙妖两家同时出动那么多人。一天之内，兖都大大小小各种客栈都被挤满了，还是有许多仙妖没找着地方住。偏偏陈商国有条不成文的规矩，无论仙妖，一律不许在兖都方圆百里内动用开辟小洞天的手段，以免扰乱兖都微妙的平衡。

这些平日里娇生惯养的仙妖们少不得租民居，甚至在郊外露宿，只等着天光开阖的那一刻。更有许多尚未渡过天雷劫的妖物们躲在深山老林中，祈盼天光笼罩，祥瑞笼罩，护佑他们顺利渡劫成仙。

谭音回客栈的路上，果然见满地灵兽灵禽，各种华丽的长车马车，都排到了数里开外，兖都各个大小客栈住满了人，乐得老板们笑出了皱纹花。

不过烦恼永远伴随着喜悦而来，此时的兖都仙妖混杂，各路各方，有名的没名的那么多，难免会出现昨天那种用障眼法变作银子欺骗凡人的坏蛋，所以沿途过来，谭音被许多商铺的老板围着，求买鉴伪镜，她刚瘪下去的钱袋瞬间又胀圆了，此等敛财的速度，让源仲望尘莫及。

"三百两。"谭音掂了掂手里的钱袋，虽然已经把各种碎银子兑成了大银锭，它依然胀得快裂开，"我第一次一天赚这么多钱。"

源仲一把抢过来放自己怀里："归我了。"

谭音正要说话，忽见客栈门前熙熙攘攘看热闹的人群突然朝两边分开，当中一个紫衣公子摇着扇子走出来，身后还跟着两名绝色侍女，他一出来，这乱糟糟的大街仿佛都安静了片刻。

"哦，天啊！这是哪里的仙人公子？"路边有年轻姑娘快要晕倒了，"他的一根头发丝儿比方才那些仙人加在一起都好看！"

那位又清雅又高贵的仙人公子显然很习惯被人围观赞叹了，眼皮都不跳一下，抬头看看天色，摇着扇子十分风雅地开口："婉秋、兰萱，听闻附近驼山有个温泉馆，且随我同去。"

他转个身，步子还没迈出去，突然瞅见人群中的源仲和谭音，眼睛登时瞪得老圆，张开嘴，扇子尖点着他俩一个劲打战，像傻子似的。

"你你你你……"他甚至不能完整地说完一段话。

源仲笑眯眯地看着他："棠华，舌头被战鬼叼走了？"

"你、你、你还好意思出现！"棠华终于成功吼完一句话，看看四周，实在不是说话的地方，他恨恨地扯住源仲的袖子，低声道，"给我过来！"

他把源仲拉去角落里，这才恨恨地开口："丁戌长老发了好大一通火！你走也罢了，去没人的地方啊！这样大摇大摆来看天光开阔，你是要气死他？"

源仲笑得像个无赖："我走了，不是还有你？"

棠华罕见地没有发火，反而摊开手苦笑："我？我有什么用？不要说六个战鬼，就是让我只对上一个，我也打不过，族里除了你，谁能对付？你杀了六个战鬼，毁尸灭迹做得再精细，战鬼一族总还是会发现，他们一旦来寻仇，你让我们引颈待戮吗？"

源仲还是笑，揉了揉鼻子："棠华何必妄自菲薄，你实力如何，你自己最清楚。"

棠华默然片刻，低笑："看样子你对我暗地里也打探了不少，是丁戌长老的吩咐吗？"

"我烦了。"源仲拍拍他的肩膀，声音淡漠，"族人之间也搞这种钩心斗角，我烦得很。总而言之一句话，我不会回去。"

"此话当真？"

"真。"

"那你不再是我族大僧侣了？"

源仲不由得沉默，他会选择成为僧侣，最初最原始的原因，是僧侣负责主持庆典祭祀。他忘不了高台上那双眼睛，少年时夜夜梦回，魂牵梦绕，着了魔一样。可是三个甲子过去，那双眼睛再也没有出现过，他甚至有些恨那双美丽的眼睛，自己也说不上为什么。他整个少年时代，最纯真最狂热的一切，都献给了那双眼，像个毫无道理的疯子。

可就算离开了方外山，大僧侣的身份他还在用着，舍不得丢掉，他觉得丢掉了就再也看不见那双眼。他很自私，很卑鄙，棠华的问题让他无话可说。

"或许再过一段时间……"源仲怅然低语，"再过一段时间，我会放弃大僧侣的身份。"

棠华自己也觉得这问题太沉重，他咳了两声，索性换个话题："接下来你打算去哪里？"

"四处游山玩水吧……"源仲笑了笑，"对了，你方才说什么温泉馆好像很有趣的样子……"

棠华不等他说完已经勃然色变，开什么玩笑，他才不要跟这胡搅蛮缠的祖宗混在一处。他当机立断，直接打断他的话，高声吩咐："婉秋，兰萱，这客栈有脏东西，我们还是换一家吧。"

源仲钩住他的脖子，对着他耳朵吹气，笑吟吟地低声道："小棠华这么怕我？"

棠华一身鸡皮疙瘩撒了满地，使劲挣开，怒道："你再这样我可不客气了！"

"傻货，我对男人半点兴趣也没。"源仲又朝他脸上吹口气，笑眯眯地转身走了。

棠华见他走向一个青衣少女，正是他当日选中的侍女姬谭音，想不到她居然还可以跟在这多疑古怪的大僧侣身边。他心中一动，忽然高声道："你自己小心！丁戌长老气你不过，只怕要派人来抓你。"

源仲头都没回，只摆了摆手。

谭音听见"派人来抓"几个字，便忍不住回身望向棠华。他双眼盯着她，警戒之色一闪而过。

这个仙人对她有敌意。

谭音垂下头，一言不发加快脚步追上源仲的步伐。

源仲在前面对温泉馆垂涎三尺，连声道："小姬，要不要跟我去泡温泉？我们可以一起做点很快乐的事……"

话音未落，却听客栈中一阵躁动，一个骨瘦如柴的男子吵吵嚷嚷地从里面跑出来，神色十分不善。

"不过来迟一天，居然到处找不到客房！你打探的什么情报？"

他肩上飞着一只浑身墨黑娇小玲珑的小乌鸦，正十分不满地冲他哇哇乱叫，像是在争辩什么。

源仲眉头一挑——眉山君，这喜爱收集各类隐私八卦的仙人果然也来了。

"眉山君。"他客气地打招呼。

眉山君一见他眼睛便亮了，腆着笑脸小跑过来，搓手道："大僧侣殿下，想不到在这儿也能遇见您。对了，您上次说的两坛醉生梦死，我至今还未收到，那个……"

源仲恍然："我忘了。"

忘了……眉山君背过去擦了一把眼泪，好吧，谁叫人家是有狐一族的大僧侣呢？他忍！

"你找不到客房？"源仲笑吟吟地道，满脸真诚，"我这里倒是可以给你空出一间，你要的话，就给你。正好我近日没空回家，那两坛醉生梦死，抵消了吧？"

这才真是头可断，血可流，美酒不可无。眉山君满脸正气凛然，张嘴便要拒绝这狐狸的可耻行径，偏巧身后又有个人叫他："眉山。"声音醇厚沉稳，十分好听。

众人一齐回头，就见路边站着一个白衣男子，长眉入鬓，肤色犹如古铜，长得可称英气，然而眼角下生着一颗凄婉的泪痣，眉眼似笑非笑，和煦风流间，便显得有一丝忧郁。

"傅九云！"眉山君又惊又喜，"你这个东西！这几年去哪里了？"

傅九云含笑过来，先双手合十向源仲行礼："想不到会在这里偶遇大僧侣殿下，在下十分荣幸。"

源仲与他先前仅有一面之缘，并不十分熟稔，但傅九云来历十分特殊，乃是神器魂灯中生出的一只鬼，有狐一族侍奉天神，难免对他有亲近之意。源仲还没开口说话，却见傅九云把脸转向谭音，笑得更深，目光犹如融融春水，让人欲醉。

"不知这位姑娘是？"

源仲瞬间起了一丝不快，因见谭音也直愣愣地盯着傅九云那张脸，他更不快了。

眼珠子要看掉下来了！他别过脑袋，神色淡漠。

谭音死死盯着傅九云，越看越疑惑，半晌，突然"咦"了一声："你……你是……"

他绝不是人，但也不是仙，身上的气息她很熟悉。是魂灯的，不会错，是已经遗落的神器魂灯的气息。

"在下傅九云。"傅九云假装没注意大僧侣冷淡的表情，朝谭音微微一笑。

"你很奇怪。"谭音犹豫着开口。

傅九云不解："哪里奇怪？"

谭音默然摇头，不再说话。

眉山君拽着傅九云"叽里呱啦"一通说，无非是问他这些年跑去哪里了，他少个酒友很是苦恼。

傅九云笑道："我近来云游四方，心有所感，想要作一支曲子，到时还要请你品鉴品鉴。"

"哈哈，小事！你也是来看天光开阖的？"眉山君一见着他就犯酒瘾，拉着不肯放，找了家酒馆强行把他拽进去了。

源仲见谭音还盯着傅九云看，实在忍不住，悄悄地、又用了点力气在她脑门儿上弹了一下。

"你一个姑娘家这样盯着男人看，不害臊？"他声音很低，语气却很不善。

谭音捂着被弹的地方，眼珠子却说什么也不肯从傅九云身上离开，老半天，她才道："他……不是人。"

"你又看出来了。"源仲语带嘲讽。

谭音摇摇头，这种事只发生在传说里，那些凝聚了工匠至诚心血的器皿工具，年月久了也会生出自己的精魅来，想不到现实中魂灯竟真的生出一只鬼。

傅九云从小酒馆里款款出来，一身白衣，一张脸要多风流就有多风流。路上女人十个有九个都在看他，没看的那个是盲人。

"大僧侣殿下，这位姑娘，不如来饮一杯？"他话对着大僧侣说，眼睛却看着谭音。

谭音心底对他生出一股又亲切又自豪的感情，她亲手做的魂灯，当年被泰和评价太过毒辣，导致她再也做不出能超越魂灯的厉害神器。可她的魂灯里生出一个有自己意识的精魅，她有种看到自己亲生孩子的感觉。

"好。"她不等大僧侣开口，直接答应了。

源仲的心情瞬间很坏，好像从没这么坏过。

小酒馆破且旧，没几个客人，眉山君正喝到兴头上，整个酒馆里就他声音最大。

"傅九云你这老不死的，有事就叫我帮忙儿，没事就自己躲一旁逍遥快活……这么多年甄洪生那只狐狸又成天闭关，喝酒都只得我一人，好生没劲……"

傅九云不去理他弃妇般的唠叨，他这会儿注意力全在谭音身上。看到他第一眼就露出热切眼神的女人没有几千也有几百，但像谭音这么热切的……倒也不多。

他低头斟酒，感觉对面那漂亮的姑娘死死盯着自己，从头发梢看到手指尖，恨不得把他看穿的那种看。他心中略感诧异，面上却丝毫不显，给谭音递了杯酒，笑道："不知姑娘芳名？"

"姬谭音。"

谭音不喝酒,把杯子攥在手里摩挲。她看着傅九云,他的一言一行,一举一动,和普通人没有任何区别,而且算算年龄,差不多有三千岁了,比世间许多仙人活得都要久。但无论是仙还是妖,活得长久的代价是渡雷劫,这魂灯中的精魅没有渡劫的命格,便只得轮回——他身上没有忘川的味道,是带着记忆反复轮回吗?

谭音看着他的眼神难免有些怜悯,这眼神让傅九云内心隐隐发毛。

"姬小姐……"傅九云欲言又止,眼角余光瞥着大僧侣,他正与眉山君闷声喝酒,离着姬谭音老远,看都不看她一眼。

"我们……曾见过?"傅九云试探着问。

谭音想了想:"算是吧。"

傅九云不由得沉吟,他的记性向来不坏,姬谭音又是个外表挺出众的姑娘,他有自信只要见过一次必然不会忘掉,可他搜肠刮肚回想一番,怎么一点印象都没有呢?

对面源仲已经把絮叨个没完的眉山君灌倒在地,回过头来朝傅九云若有所思地笑,低声道:"说完了?"

傅九云笑吟吟地给他斟满酒,神态从容:"大僧侣殿下,我且敬你一杯,多谢上次你送的五坛醉生梦死。"

源仲捏着酒杯,似笑非笑看着他,却不说话,也不喝酒,过了老半天,才慢悠悠地道:"许多年没见,你依然风流倜傥。"

傅九云恍若未闻,端了杯子淡声道:"这些年云游四方,心有所感,想要作一支曲子,大僧侣殿下素来清雅,不如帮我想个曲名?"

此时民间乐坊作出的曲子大多套用现成的曲牌名,俗不可耐,他要作的这一支曲子,前无古人,后无来者,天下无双,他想了许多曲名,只是都不满意。

源仲笑道:"你有如此雅兴,我岂能谦虚,曲子作完没?也先让我听听再说。"

傅九云取下腰间长笛,细细吹了一阕短曲,曲子没作完,这只是他灵光初动作的一小阕。笛声纵然悠扬,却难免有单薄之感,然而曲调缠绵婉转,如清风,如流水,谭音听了也不由得心旷神怡。时隔千万年,凡间居然也有此等好曲。

源仲手指轻叩桌面,和着节拍,一阕短曲终了,良久,他方道:"此曲婉转多情,大有春色玲珑、万花绚丽之意……东风桃花曲,如何?"

眉山君此时醉意大盛,拍手道:"不好不好!我听得昏昏欲睡脑袋发晕,就叫催眠曲!"

傅九云仿佛没听见他的醉话,只是默念"东风桃花"四字,像是极喜爱的模样。

源仲眼见谭音的目光恨不得贴在傅九云脸上,再让这傻姑娘看下去,只怕没什么好事。

他起身双手合十道:"我不胜酒力,先告辞了。日后有机会,再与诸位畅饮。"

说罢他拽着谭音便走,不由分说。

"看够了吧?"他一面走一面笑眯眯地低头问谭音,态度要多和蔼就有多和蔼。

谭音被他拽得踉踉跄跄,好不容易才稳住身体,冷不防他又丢下一句:"没看够的话,要不要回去再看看?"

谭音抬头盯着他看了一会儿,源仲笑得十分温柔,特别真诚,好像真是发自肺腑地好心问这样一个问题。

"嗯,我回去再看看。"她有件事放心不下。

源仲猛然甩开她的手,好像上面有刺一样,他一言不发,拂袖而去。

他……是不是生气了?谭音摸了摸被甩得有点发疼的手腕,就算他是只狐狸,但也和泰和一样是男人,男人的心,她永远摸不透。泰和也有过这样忽冷忽热喜怒无常的阶段,实在让人无奈。

她推开小酒馆虚掩的门,傅九云果然还坐在原处,倒是眉山君喝高了,伏在桌上睡着了,酒气冲天。

"傅……九云?"谭音试探着轻唤,他是叫这个名字没错吧?

傅九云略有些意外地望着她,这姑娘居然回来了,她不怕大僧侣气急之下杀掉她吗?

"姬小姐有事?"他稍微放冷了些态度,这姑娘的眼神太热切,可她似乎与有狐一族的大僧侣有一些瓜葛,他不想莫名其妙惹麻烦。

谭音四处看了看,小酒馆里客人不过三三两两,可毕竟傅九云外形出众,包括掌柜伙计都偶尔会抬眼朝这边打量。她眸中清光闪烁,忽然一挥手,周围所有的声音都停下了,眉山君酒醉的梦话也骤然停止,伙计正在给邻座的男子斟酒,酒液定定停在半空。

小酒馆的一切活动都突然被暂停,仿佛陷入另一个奇异的境界。

傅九云微微一惊——她是什么人?居然有这等本领!

"你是我所造魂灯中生出的精魅。"谭音一步步慢慢走向他,眸中清光渐盛,雪白的肌肤里仿佛都透出那种炫目清冷的光辉,令人寸步难移。

傅九云震惊得一句话也说不出来,想要动,却发现身体全然动弹不得。她身上清冷的光辉渐迷人眼,他心中竟慢慢有种昏昏欲睡的冲动。

"魂灯已遗失在凡间,我也没有取回的想法。"她走到傅九云面前,伸出一指,缓缓触碰他的眉间,指尖馥郁柔软,带着一种令人安心的温暖。

"可他日魂灯若被点燃,你便要魂飞魄散。纵然侥幸可以再度复苏,却依然要受那无穷无尽的轮回之苦。"谭音凝聚光芒在指尖,送入他眉间,声音低柔,"你将来命运如何,我也不知。今日且赠你一些好运，教你免受轮回之苦。"

清冷的光芒被傅九云眉间吞噬进去，谭音抽离手指，低头细细打量他。傅九云的存在，是她工匠手艺的至高成就，她心中实在是十分自豪的。当年身患绝症，吐血而亡，生魂在凡间徘徊多年，也不能磨灭她心中工匠的火焰。而神魔大战，她造出的魂灯却被泰和否定，说太过狠毒，以至于她心中的火焰快要熄灭。

可是今天，她的火焰再度燃起，他是她的成就。

她是天下无双的工匠。

傅九云像是突然从梦中惊醒，低头一看，杯中酒还在，眉山君依然酒气冲天地说着醉话，酒馆内三三两两的客人，伙计刚替邻座的男子斟满酒，因漏出来一些，还被骂了几句。酒馆外人来人往，阳光璀璨。

刚才发生了什么事吗？他自嘲一笑，似乎出了会儿神？

大僧侣已经拽着姬谭音走了，桌上残留两只空酒杯……等下，姬谭音？她是谁？他皱眉凝神，却怎样也想不起她的容貌，身体里仿佛有一股不可抗拒的力量阻止他去想这个人，而念头一动，他转瞬又将这些事忘了，见眉山君睡得正香，他也不去管眉山君，细细琢磨起自己的东风桃花曲。

源仲心情很坏，可恨的是，他对自己这种坏心情感到很不爽，因此更不快了。

怀里的银子沉甸甸的，他随手丢在床上，数了数，这些天他零零碎碎地从姬谭音手上抢了四百多两银子。四百多两，给凡人过日子可以很长一段时间衣食无忧，甚至享受富贵，但他是仙人，这点钱估计连他的坐骑也养不了几个月。

抢她的钱做什么？他也对自己这种蛮横无理的行为感到厌烦。

是她自己执意要跟着他，还要跟一辈子，明里暗里追着他，追得他跑都没地方跑。她满足了他身为男人的狂妄与得意，他都快被迷惑了。

她简直像个万能的守护神，他想要钱，她就给；他生气烦躁了，她逗他开心。为什么要这样做？难不成她还真的暗恋他？

源仲自己也为这个荒谬的想法苦笑，他接触的女人很多，可是对她们却一点都不了解，也没有想过去了解。他喜爱美人的皮相，却从不想了解美人的心，所以，他不懂，姬谭音的心究竟是什么样的？

她对他做下种种可恨可恶又可爱的行径，转过头又死死盯着别的男人看，女人是这么可怕的动物吗？难怪有许多老人家要说，最难消受美人恩，他现在就很难受。

源仲缓缓撕下假脸皮，简直不由自主地要去照照镜子。

铜镜里映出他的脸，苍白，略有些瘦削——哪里不如傅九云？

照了半天，他突然觉着这行为蠢到家了，一把丢开铜镜，想出去走走，突然门被人敲了两下，他心情不好，懒得理会。

门外的人好像站了一会儿就走了，源仲心情更加不好，他最近心情不好的次数实在太多，该吃点清心丸什么的补补。

不知过了多久，客房里突然响起"咔嚓咔嚓"的声音，像是有许多人在走路。源仲猛然睁开眼，已然暮色四合，他这才发觉自己居然倚在床边睡着了。

手指一搓点燃蜡烛，那"咔嚓咔嚓"的声音越来越近，他低头一看，却见客房门半掩着，好几只比先前那只小木头人更小的木头人穿着各式各样颜色的衣服，笨拙地朝床边走。

源仲看傻了，那些小木头人一直走到他脚边，整整齐齐排成三排，双手合十行礼，然后开始跳舞唱歌，唱的还是那首《简兮》，然而众多小小木头人一起却比那天晚上一个木头人的声势浩大多了，衣袂摇摆，歌声尖细，煞有其事的模样很是可爱。

然而还不止这些，门后又飞进数只小小的机关鸟，体态玲珑，叫声清脆，除了没有鲜艳的羽毛，其他与真鸟一般无二。这些小机关鸟嘴里叼着花，绕着木头人飞，花瓣撒落似雨。

一曲终了，源仲的下巴还没合上，只见门后又"扑簌簌"飞进一只体型略大的机关喜鹊，嘴里叼着个小纸条，停在他胳膊上上下左右地晃脑袋，十分有灵气。

源仲慢慢抽出那张纸条，上面只有三个字：吃饭吗？

他抬头，客房门后，谭音只露出一双眼，愚蠢至极地盯着他看。

他又好气，又想笑，白天那一股脑的坏心情都烟消云散了。

他是有多傻？多傻？

为何要笑？为何一下子遍体神清气爽？

源仲故意丢下纸条，挥手赶走机关喜鹊，在床上翻个身，一声不吭。

不一会儿，"叽叽喳喳"的鸟啼声如下雨般密密麻麻地响起，胳膊上一重，竟停了七八只机关鸟，有喜鹊，有乌鸦，还有一只活灵活现的小鹰。每只机关鸟嘴里都有字条，上面都写着同样的三个字。

源仲被鸟叫声吵得脑袋发麻，只得叹着气起身，回头再看看客房门，谭音依旧老姿势躲在门后，充满期待地看着他。

"唉……"他长叹一声，正要说话，忽觉窗外一阵白光闪烁，像闪电般，瞬间照得四下里亮若白昼，紧跟着许多人低声惊呼："天光开阖！"

天光开阖，居然比玉清仙人推算的早来了八个时辰。

兖都城外的隐山已被诸多仙妖挤得水泄不通，从天上到地下，满满当当、密密麻麻，无数仙妖笼罩在那奇特的白光中。

天光开阖，属于凡间的神迹。

此时天色已暗，可天穹中却有一道强烈的白光直射而下，笼罩大地，绵延千里。许多尚未成人形的妖物跪倒在地，沐浴天光，仿佛这样就可以马上修成人身一样。

四下里安静得甚至有些诡异，除了偶尔响起一两声近乎祈祷的呻吟，没有一个人说话。

三个甲子前，当天光第一次落在西方海霞山时，所有的生灵都为之激荡。仙人们揣摩推算着天意，但除了婆罗山的玉清仙人勉强能推算出下次天光开阖的时辰，其余一无所获。

谁也不知道天光是从哪里来，它又究竟代表着什么？神魔大战后，诸神皆隐，可天神的存在依然是所有仙妖的向往与敬畏，这莫测又炫目的天光，是不是代表着天神遗留的旨意？

谭音骑在机关鸟背上，眯眼仰望天光。

她第一次见到传说中的天光，这清冷却又炫目的清光，没有人比她更熟悉，那是神格落入凡间才会有的光辉。

是韩女？还是……泰和？

谭音的呼吸骤然停了，手心里一阵阵发汗，心中隐隐有种不好的预感——难道是泰和出事了？

当日通过天牙台下界，她与韩女有过约定，非到万不得已，不得随意在凡间使用神格，这也是神界的至高铁律，纵然如今诸神早已消散，可也是她们必须遵守的。

天光倾泻，白纱般笼罩着隐山，微微荡漾。不知过了多久，忽然那炫目的白色光芒发生了细微的变动，渐渐地从炫目的白色变作晚霞一般的淡红，艳丽无匹，莹莹絮絮的光点花瓣一般缓缓落下，仙妖们情不自禁发出赞叹声。

在天顶，一团浓烈的淡红光芒如水墨般缓缓晕开，丝丝缕缕，幻化出一个女子的轮廓。谭音倒抽一口凉气，周围无数人在惊叹，在狂喜地号叫，她什么都没听见，她的整副心神都被那个巨大而模糊的人影吸引了去。

女子的轮廓渐渐变得清晰，长裙与发髻都十分古朴，衣袂如水波般摇曳，漫天霞光铺开，带着无上的庄严与天威——上古时代便已消失的天神，在所有人猝不及防的时候，忽然现身了。

她缓缓睁开眼，黑宝石一般的眸子——谭音浑身僵硬地看着这出现在凡间的神格，无声地唤出她的名字：韩女。

天光开阖，居然是韩女在天牙台放出神格，她不要命了吗？

难道，泰和真的出事了？

谭音双眼清光渐盛，她必须立即赶回天牙台。泰和失去左手，陷入神力衰竭的无限沉睡中，谁也不知道他会不会像其他神君那样化作金光陨落。

她以手抵额，立刻便要放出神识，就在这个瞬间，耳边忽然掠过一道锐利的风声。她微微一怔，眼睁睁看着两道巨大的黑色长鞭划闪电般划破长空，将她身前的大僧侣从坐骑背上一扯而下。

源仲不是第一次见到天光，这清冷的光辉，他少年时期曾在癸煊台上见过。

世间传闻见到天光开阖可以心想事成，就连许多仙人都相信这个传闻，可他知道那不是，那是天神的光辉。虽然三个甲子以来他见过许多次天光，但从没有一次像这次，天神会这样出现在他眼前，而且比少年时期那惊鸿一瞥更加清楚。

他整个灵魂都被那双黑宝石般的眼睛吸引过去，心中觉得熟悉，可又觉得那么陌生。是她？不是她？记忆里的那双眼眸似乎是不一样的，应当更……更怎样他也说不清。天神之眼，令他敬畏臣服，心底却没有那燃烧灵魂般的痛苦与迷惘。

他记得癸煊台上的眼睛，虽然只有短短一瞬，那双眼睛里除了清冷，应当还有些别的东西，正是那些微妙的蕴涵，令他为之神夺，食不知味、寝不安眠地度过许多年。

源仲缓缓闭上眼，记忆里的双眸与天穹中那双眼睛重叠在一处，他心里有终于重见天神的至上喜悦，还有一种茫然的失望，涩涩然，仿佛天地之间只剩他一个人，对着遥不可及的月亮发愣。

耳畔骤然响起的锐利风声令他警觉，紧跟着身体被两道长鞭捆住，无法抗拒的巨力拉扯着，他被狠狠地从极乐鸟背上拽下。

是战鬼一族？居然在天神现身的时候下手，好大的胆子。

源仲撕开左手的黑丝手套，一把握住长鞭，红光吞吐，两根长鞭眨眼便开始结冰，巨力拉扯下，寒冰承受不住，轰然碎裂。他被捆住的身体终于得到自由，化作一道金光，轻飘飘落在地上。

没有人发现这异常的动静，就算发现了也不会在意，天神现世这种神迹不知有多少千年没出现了，就算世间资格最老的仙人，也对上古那场神魔大战不甚了解。最后一次神魔大战如同一个巨大断层，隔开了两个时代，没有任何交集。如今天神再现，谁还会管那些仙家之间的仇怨？

源仲望着对面不远处两个战鬼，冷笑道："天神现世，你们战鬼一族不也曾是侍奉天神的部族？居然敢在这里动手。"

两个战鬼没有回答，他们忽然双双跪下，向天穹中天神的虚幻巨像叩首三次，紧跟着解下腰间短刀，竟然再度攻上。

源仲心中恼怒，左手缓缓扬起，红光吞吐，手臂与指尖那层暗红色的斑纹骤然亮起，像是活了一样开始缓缓流动。这一招杀伤力太大，这里有诸多仙妖，如果伤了其他人，等于自找麻烦。

他眼见一个战鬼向自己扑来，当即化作金光想要离开这漫山遍野的仙妖，谁知左手突然一紧，那个不知死活的战鬼居然一把抓住了他的左手！

源仲立即发力，谁知左手被那个战鬼抓住后，不知套了什么东西，红光竟瞬间熄灭了。他大骇之下顾不得细看，金光一闪直窜出十几丈远，这才发觉自己的左手上被套了一层黑灰色的晶体，晶体覆盖手腕，正以一种缓慢的速度向上蔓延。

他这一惊非同小可，他的左手战无不胜，但由于太过凶恶，所以只有以黑丝手套覆盖住。手套的材质以不在五行之内的龙皮所制，糅合龙蚕所吐的丝，恰好可以挡住左手的威力。而此刻吞噬他左手的黑灰晶体不知是什么东西，不但无法发力，他的整个左胳膊都发麻，渐渐失去知觉。

那个不知死活用晶体套他左手的战鬼双臂已开始结冰，他冷笑地看着大僧侣用力剥离左手的晶体，却一丝也不能撼动。

"毛皮畜生！"战鬼嘶声冷笑，"你不过是窃取天神之物的蝼蚁！"

一言未毕，他胳膊上的冰飞速蔓延，瞬间将他整个人吞噬包裹。

源仲从未遭遇过这等奇事，此时他左手被封，两个战鬼也死了一个，他不欲恋战，金光一闪，便要逃开。可第二个战鬼早已鬼魅般扑到他面前，手中短刀对准他的左手一挥而下——他们的目标是左手？源仲又惊奇又骇然，然而此时他躲避不及，眼看左手要被一刀切断，头顶突然有一物被飞快掷下，挡在他左臂上，战鬼一刀斩在其上，发出"扑"的一声闷响，听声音像是砍进了木头里。

源仲不等战鬼反应过来，金光闪烁，退了十几步，这才发觉方才救了他的，居然是一截金丝楠木，那丫头救了他？他目瞪口呆地看着谭音从机关鸟背上跳下，挡在他身前。

谭音低头看了看他左手上的黑灰晶体，微微皱眉。

"喂，你傻了？"源仲一把扯住她的袖子，"给我走！别待在这儿碍事！"

她肯定是眼睛被屎糊了，难道看不出对面那是个战鬼吗？她是小丫头也好，来历奇特的鬼魂也好，人家一巴掌就能把她拍烂。

谭音摇摇头，正要说话，对面的战鬼又一次袭来。这精于战斗的部族，在战斗中无论对象是谁，也无论对象有几个，永远不会退缩。

刀光一闪而过，又是"扑"的一声，源仲傻眼地看着谭音手里拿着一截木头棍子，不知道又是什么珍贵的木材，战鬼的短刀也劈不断，被她拿着挡住了第二刀。

源仲见她满脸严肃，好像真要上沙场那种煞有其事的样子，不知道怎么就想笑，左手被莫名晶体封住的惊骇也暂时不知去了哪里。他低声问："喂，你这是在保护我？"

谭音从乾坤袋中取出一截一人高的木材，重重砸在身前，眼中清光大盛，掌心在木材上一拂而过，那截木材瞬间被流水般的清光切割，眨眼之间就切割出一个机关人，谭音将手里的木棍放在它手里，它"咔嚓咔嚓"地活动活动手脚，颤巍巍地迎上那个战鬼。

"嗯，我保护你。"她淡声道。

她不是傻瓜，天光开阖、韩女神格现身、战鬼与有狐一族的恩怨突然变成了封印抢夺左手，只能说明一件事：韩女等不及了。

一定是泰和出事了，否则韩女不会这样。

她心急如焚，可现在还不能走，她不能让泰和的手被人抢走。

那个瞬间被清光切割出的机关人动作毫无章法，明显根本不会打架，可却又跟猴子一样灵活，手脚怪异地划来划去，也不知怎么的就将战鬼一次次犀利的攻击给挡了下来，战鬼无论怎么猛攻，也无法突破它的阻挡。

"走。"谭音扶着源仲的胳膊，将他送上极乐鸟背。

天穹中的天神虚像忽然动了一下，朱唇微启，天地间所有仙妖都听见她缓缓吐出两个字："无双。"

谭音浑身一震，韩女在叫她！叫她的名号！

她是无双，以无双天下的工匠手艺被赐予神格，天神赠名号：无双神女。

身后的战鬼发出凄厉的号叫，短刀染上血一般的色泽，那笨拙的机关人被他瞬间切成碎片，拼命的战鬼动作快得几乎看不清，几下兔起鹘落，闪电般落在谭音身边，高举手中短刀——这一刀劈下，只怕她整个人就要碎了。

谭音只觉整个人被大力一拽，她原本就心神不宁，一时不查，竟狠狠摔在地上，耳后凄厉的风声响起，她垂在肩上的一绺长发被利风生生切断。

后背被滚烫的液体染湿了，浓郁的香气霎时飘散开。谭音像被雷劈了一样跳起来，是血！大僧侣被战鬼劈中了！

她急急转身，却见周身丈许范围有一层浅浅的金光荡漾——是有狐一族的结界？源仲挡在她身前，双手合十，两眼紧闭，嘴唇翕动，不知在默念什么。

战鬼的短刀狂风暴雨般劈在结界上，每劈一下，金光就淡一些。结界可以挡住他的短刀，却挡不住刀劈出的狂肆利风，源仲胸前被劈出许多血口，鲜血一滴滴落在地上，香气浓郁至极。

这样下去他会死。

谭音将手伸入乾坤袋,摸索到最后一根金丝楠木,正要取出来,源仲突然一脚狠狠踩上她脚背,她疼得手一滑,金丝楠木又掉回乾坤袋里了。

"唉,你这个累赘!"他大声叹气,十分嫌弃,"男人打架,女人掺和什么!乖乖在后面待着!"

他合拢的双手忽然缓缓张开,一团浓烈的金光盘桓在掌心,翻滚流动,像一颗小小的金色心脏。

"当"的一声巨响,结界终于被战鬼劈碎,源仲掌心中的金光轻盈地飞了出去,瞬间炸开。金屑像长了眼睛一样团团笼罩战鬼,他慨然不惧,手中短刀舞得好似一团翩跹蝴蝶,然而刀锋却劈不开这浓郁的金屑,它们渐渐缩小收拢,将他裹成一团金色人影。

"走!发什么呆!"

源仲一只手将谭音的后领子一拽,硬生生把她抛上极乐鸟背,他双手合十,念一声:"长!"

包裹住战鬼的金色碎屑突然化作千万根细长的尖刺,硬生生将那个战鬼穿透。

源仲又念一声:"爆!"

金色的尖刺剧烈地爆炸开,那只战鬼连痛呼的时间都没有便成了碎片。

源仲长出一口气,浑身是血地回头看看谭音,突然笑了笑,语带诙谐:"我还是挺厉害的吧?"

一语未完,他再也撑不住,双脚一软便要摔下去。

谭音赶紧把他捞起来,吹了声口哨,极乐鸟被满地血液中散发出的浓郁香气刺激得十分狂躁,原地转了好几圈才拍着翅膀飞高。

"你……你这个累赘……"源仲还在埋怨,脑袋靠在她肩上,忽然抬手撩了一下她的头发,声音低微,"傻姑娘,你是不是喜欢我?"

谭音没有说话,他也没有听到她的回答,伤势太重,他很快就晕死过去。

天穹中的天神虚像还在呼唤:"无双,无双……"

谭音紧紧握住裙角,将韩女的呼喊丢在了身后。

包裹住源仲左手的晶体是神水晶,神界至宝之一,可以封住神力。不过战鬼用的并不是最纯净的神水晶,所以颜色呈黑灰。

谭音捧着源仲的左手,轻轻触摸。

神水晶平时是一团黏稠晶莹的液体,一旦接触到神力,便自动贴合包裹,变成最坚硬的晶体，无论什么利器也不能将之破开。曾经的神魔大战，她用神水晶为泰和做过盔甲，那具神水晶的盔甲，伴随着他打了无数胜仗。

不过眼下最紧要的并不是这不知从何处来的神水晶，而是源仲胸前的伤口。虽然有狐一族的结界保护他没有受到什么致命伤，但他胸前伤口还是纵横交错，被刀风划出无数道又深又长的血口。

仙人并没有那么容易死，可为战鬼所伤又是另一回事，刀风划开的伤口恢复得极其缓慢，战鬼带来的伤像毒药一样，侵蚀他的血肉，令他流血不止。

谭音拧干一块干净的帕子，替他擦了擦身上的血迹，但伤口不能愈合，帕子很快被血浸透，血反而越擦越多，血液中挥发出的香气简直令人头晕。

这样下去不行，他很可能在今夜死去。

谭音撸起袖子，双眼清光涌动，事到如今，她必须用神力替他修补身体了。

可是……心底突然响起一个淡漠的声音：你来到凡间，找到这个人，不就是为了等他死去吗？

谭音抬起的手又慢慢放了下去，她低头，静静看着源仲昏睡中苍白的脸。

泰和的左手在他身上，那只被魔魅斩断的左手陨落凡间后，几经辗转轮回，已经成为有狐族的圣物，融入血脉，有了自己的命数。而眼前的这个人，不过是好运继承到了而已。她身为天神，心态高傲地等待他的自然死亡，然后取得泰和的左手。

是的，泰和还在等着，他失去左手，神力衰竭，被封在神水晶里。倘若不快些，他只怕会像其他神君那样陨落消散，那是她最不想看到的局面。

到后来，她无论做什么，泰和都看不惯，不喜欢。现在他睡着了，她终于可以真正为他做一件事，她一个人等了五千年，等的就是这一刻。

谭音闭上眼，不去看源仲身上狰狞的伤口。不管这件事是不是有韩女的掺和，最终的目的还是达到了，她要等着这个人慢慢死去，然后取下他的左手。

心底的声音又淡然响起：你本就不该保护他，人反正不是你杀的，不用担心神格陨落，就这样安安静静等着取他的左手，不好吗？

可是她还是保护了，完全是潜意识的一种直觉行为，当利刃劈向他的时候，她想也没想就把他护在身后。

不对，她应当只是不想看到那只左手被砍下来。曾经也有神君发生同样的事，一只手陨落凡间，自己神力衰竭。那位神君亲自下界寻找，最终找到了那只手的新主人，当场将那只手取下接回自己身上，可他的结局却并不是恢复神力，而是在手接回去的那个瞬间更快地化成金光陨落消散，那是他扰乱命数的结果。

她不能让泰和也遭遇同样的事情,她下界找到左手的新主人,是为了等他自然死亡,然后用最顺应天数的方法将手还给泰和。

所以,现在源仲要死了,她要等的就是这个,她应当高兴才对。

谭音心烦意乱地站起来,她觉得有什么东西不对,可是又不愿去深想,她不能继续待在这里,血液中散发出的香气让她头痛欲裂,她要出去等着,出去就不用看着他在自己面前死去。

袖子突然被人轻轻拉住,谭音如同惊弓之鸟,整个身体都绷紧了,骇然低头。源仲不知何时醒了,两只漆黑的眸子静静看着她。

"去哪儿?"他声音很虚弱,好像随时要断气了。

谭音实在不擅长撒谎,脑门子出汗才结结巴巴地憋出一个理由:"你、你伤得很重,我去、去找大夫……"

他笑了笑,缓缓松开手,声音轻得像一阵风:"早点回来,别乱跑,外面很危险。"

他又沉沉晕死过去,鲜血已经将床褥浸透,只要一个时辰……不,半个时辰,他就会彻底死去,仙人也不例外。

谭音觉得喉咙一阵阵发痛,好像被人在狠命地拉扯。

心底那个淡漠的声音在催促她出去,可声音越来越轻,渐渐淡不可闻。

韩女在叫她,泰和一定出事了,泰和还在等着她,如果不把左手拿回去,他会彻彻底底消失。谭音觉得浑身都在发抖,眼前一片模糊,等她反应过来的时候,她已经放出神力,替他修补身体了。

她一面哭一面修补,哭得像个茫然无措的小孩子,不知是为了泰和,还是为了床上奄奄一息的大僧侣。五千年没有流过的眼泪,怎么也止不住,她自己都觉得害怕。

修补身体的剧痛令源仲又醒来很多次,他昏暗的黑眼珠最终准确对上她的眼睛,然后突然用力抓住她,抓得十分紧,以至于他的指节都发出令人牙酸的声音。

"我是在做梦?"他昏昏沉沉,神志不清,眼前那双黑宝石般的眼睛,是梦?非梦?他那么多年的寻找与祈求,如今正在眼前。他忘不掉这双眼睛,清冷,却又藏着燃烧灵魂一般热烈的东西,那不该是天神的眼睛。

"看着我,看着我……"他乞求。

那双眼睛徘徊躲闪,最终静静与他对视。

他复又惊觉了什么似的,喃喃问道:"姬谭音呢?她去哪儿了?"

没有人回答他,他眼前阵阵发黑,很快再次陷入深深的梦乡。

修补仙人的身体要费力许多,等大僧侣的伤口完全愈合时,天已然大亮。

谭音摸了摸他的额头，他已经没事了，大约要睡上五六个时辰才能醒。她长长出了一口气，有种虚脱感。

外面人声鼎沸，所有仙妖，包括凡人都在热烈地讨论着昨夜的天神现世。

谭音厌烦地合上窗户，指尖泛出一缕清光，轻巧地弹入大僧侣眉间——下个印记，他有任何异常她就会知道。想了想，她又从乾坤袋里取出最后一根金丝楠木，用清光切割出一个机关人，护在他床边。

现在，她可以走了，她要去找韩女谈谈昨天的事情。

第三章 美人在侧，风景如画

谭音一直觉得自己不了解韩女，也不了解泰和。她钻研工匠技巧废寝忘食，可以做出巧夺天工的东西，对人心的了解却一塌糊涂。

韩女比她晚成神两百年，有一手好绣工，绣出的花鸟鱼虫往往可成精魅，也因此遭了天谴，早夭而亡。

他们这些被赐予神格的神君神女，与源生的天神是截然不同的存在，为人的时候大多活得辛苦，就算成了神，也总还保留那么点儿怪僻之处。就连谭音自己，也不怎么爱搭理人，最常做的事不过是钻研那些工匠技巧。

可韩女不一样，她做人的时候体弱多病，遭人毁谤，被当成魔女，还差点被烧死了，成了神女后，她的脾气却好得很，对所有人都笑呵呵的，温柔体贴，看不出半点乖僻。

谭音一度很喜欢韩女，她像个好姐姐，什么话都可以和她说。那段时间泰和总是对她忽冷忽热闹脾气，倒多亏了韩女在中间劝和。

后来，神魔大战开始了，她身为天下无双的工匠，自然不能袖手旁观，不得不停止做那些有趣的小玩意，转而研究杀伤力巨大的神器。

泰和的手，是她做的第一件神器。

她做了很久很久，一刀一刀，将神语和天河中的冰寒精华刻入泰和的左手里。那是她第一次在人身上动刀，神力发挥不稳，泰和时常被冰寒精华反噬，难受得死去活来的样子。她急得不行，没日没夜地拿木头手试验，祈盼可以减少泰和的痛苦。

那天她终于成功地将冰寒精华完全封入一只木头手里，兴奋得立刻就要去找泰和，帮他做完左手上的封印，路上却遇到神色悲戚的韩女。

"泰和晕过去了，你快去看看。"韩女说。

谭音大惊之下飞奔至泰和殿，果然泰和被冰寒精华反噬，半边身体都被冻在冰里，双目紧闭，不管她怎么叫，他也没能睁开眼。

韩女流着眼泪叹道："第一次在他手上刻下封印难免如此，你也不用自责。但如今战事吃紧，你要不要再找个神君试试？"

这句话提醒了谭音，她找了另一位神君，将太阳金沙封印在对方的右手里，这次下刀十分顺畅，再也没有出现反噬的迹象。

然而，之后她再去找泰和，他便再也没有笑过。曾经无论怎样被冰寒精华反噬，怎样痛苦，他都是笑眯眯的。

谭音将剩下的封印全部雕凿完毕，抬头看着他，想说点什么，泰和却只将袖子放下盖住暗红色的左手，淡声道："多谢。"

他再也没对她笑过。

韩女安慰她："泰和或许是担心战事，你莫要想太多。如今那些魔物猖狂，许多神君都陨落在它们爪下，你不如把心思放在研究神器上，你可是天下无双的工匠。"

是的，她是天下无双的工匠，可她之前只喜欢做一些乱七八糟、派不上大用场的小东西，杀伤力巨大的神器，她根本不知道要怎么做，好不容易为泰和的左手做一次封印，还害他吃了那么多苦。

如果她再有用些，或许泰和就能笑得多一些。

谭音花了五十年的时间，做出了魂灯。

这件可怕的杀伤力巨大的神器，刚出世便引来阴云密布，天雷咆哮，诸神沉默。

阴山神龙将四只凡人的魂魄点燃其上，收遍天下所有妖魂魔魅，神魔大战毫无悬念地飞快结束了。

谭音充满自豪地去找泰和，他闭门不见。三天后，他终于开门，韩女跟在他身后，笑容温婉妩媚。

谭音第一眼见到泰和，便惊呆了。他的左手处空荡荡，那只她耗尽心神为他封印了神语与冰寒精华的左手，不知被哪个魔物斩断了，神力像金屑，飘浮在他的断臂处。

"你不该打扰我们。"泰和神色淡漠，说的话也很怪异，"不懂事。"

谭音眼睁睁地看着他与韩女挽在一处的手，再眼睁睁地看着他残缺的左臂，她找不到自己的声音。

"有事吗？"泰和问。

谭音觉得胸口发涩，过了很久才能勉强发出声音："你、你的左手……"

泰和神情平静，语气更加平静："被魔物斩断了。抱歉，你费心做的神器，没能爱护。"

她整个脑袋都蒙蒙的，感觉像在做梦一样，说出的话像飘在云上："那、那你和、和韩女在、在……"

"我们在一起了。"他打断她结结巴巴的话，略不耐烦。

谭音猛然闭上嘴，差点咬到舌头，那种锐利的疼痛迅速把她拉回现实。她垂下头，过了很久，低声道："恭喜你们。"

泰和点点头，挽着韩女与她擦肩而过。韩女经过她身边，抬手摸了摸她的脑袋，声音温柔："无双，头发乱了，还是这么不会照顾自己。"

谭音本能地退了一步，不愿让她触碰自己。韩女的手尴尬地停在半空，半晌才没事人似的收回去，又朝她温柔地笑。

"你做的魂灯真厉害，"韩女羡慕地赞叹，"大战终于结束了，多亏了你。"

泰和冷冷地道："魂灯太过狠毒，有负你天下无双之名。"

韩女嗔怪地拍了他一下。

谭音木然地站在原地，木然地看着他俩携手慢慢离开自己。

她想起这五十年，每日每夜钻研魂灯，每次感觉做不下去的时候，便想起泰和。她想看到他对自己笑，想要从前那个泰和回来，这样的念头支撑着她，怎样的难关她都克服过去了。

可是她忽然觉得自己再也做不出任何东西了，任何东西。

她好像从没认识过韩女，更没认识过泰和，那个坐在天河畔青石上吹着小风车的神君，他去哪儿了？

谭音落在天牙台上，四处打量。这里云雾缭绕，杳无人烟，与她离开时没有半点区别。她不由得苦笑了一声，如今诸位源生天神消散，神界还没有陨落的神君屈指可数，天牙台自然也不可能会有当年繁荣的盛况。

现在，她该去找韩女了。

是兴师问罪？还是疾言厉色？谭音不知道现在该用什么表情去对待韩女，她对韩女的温柔体贴已经不再依赖，甚至，从心底隐隐排斥。

天牙台离天河不远，那璀璨绚烂的天河永恒不变，无论泰和是不是在河畔坐着。源生天神消散后，神界被源生天神最后残留的神力牢牢保护，一切星河运转，日升月落，都不再需要神君插手，或许这也是神君们一个接一个陨落的缘故之一。

泰和殿就建在天河不远处，谭音缓缓步入其中，第一眼便见到了大殿中巨大的神水晶晶体。这是最纯净的上等神水晶，透明，没有一丝瑕疵。泰和被包裹其中，闭目沉睡，黑发柔软地披在肩上，穿着式样简单的青色长袍，神态安详，仿佛随时会醒过来。

谭音不由自主屏住呼吸，轻轻走近，双手缓缓贴在冰冷的神水晶上。

泰和。

他没有变，一如五千年被封入神水晶时。五千年的时光流逝，他却只做着一个悠久绵长的梦，那个梦里，会不会有她？

"你来了。"

身后响起的温柔女声突兀地打断了谭音的沉思，她回过身，便见韩女含笑站在不远处，长发蜿蜒，眉目如画，只粗粗一眼，便要被她浑身上下如水的温柔融化似的。

谭音愣了一下，跟着皱起眉头打量她完好无损的身体，奇道："你怎么……"

韩女笑着摇摇头："我放出神识而已，身体还封在神水晶里不能动。"

谭音微微一惊："可以放出神识？"

她以为封入神水晶后，是无法放出神识的。泰和陷入沉睡后，韩女也因为手脚开始消散，不得不把半边身体封入神水晶。这样自然是很痛苦的，她清醒着，却因为半边身体封在神水晶中而无法动弹，所以下界寻找泰和左手的事只能由谭音来做，她很理解韩女急切的心情。

可既然身体封入神水晶可以放出神识，那为何泰和……

像是知道她在想什么，韩女叹了一口气，抬手勾勒着泰和的轮廓，低声道："或许他不愿醒来？这里有他不想面对的人？"

谭音不由得沉默，神界剩余的神君十个指头都数得过来，平日里各司其职，互不干扰，谈不上交情，也只有她和韩女与泰和熟悉些。韩女是他心爱之人，他自然会不想见，所以所谓不想面对的人，必然只有她了。

"不说这些，无双，你回来找我，是想责怪我吗？"韩女望着她，温柔含笑。

谭音冷不防被她占据了主动权，一时倒不知该说什么，她口齿本就不伶俐，与人交往更是生疏得很，嗫嚅半晌，才道："战鬼一族，是你的吩咐？"

韩女笑了笑："他们两族本就有宿怨，何须我来吩咐？"

"战鬼不会知道神水晶，更不会想要把泰和的左手砍下。"

"所以你疑心我，对吗？"

谭音默然，不说话，等于默认。

韩女缓缓走了几步，忽然爽快承认："是我。"

谭音心底的怒气缓缓涌动，沉声道："你明知道左手被硬生生砍下也接不回去！泰和只会消散得更快！"

"可那个有狐族的僧侣身边有你，不是吗？"韩女款款而笑，"你会护着他。"

"强词夺理。"谭音皱眉。

韩女盯着她:"无双,我的时间不多了,不到千年。"

怎么会?她明明将韩女开始消散的身体封入了神水晶。谭音怀疑地凝视她。

"你跟我来。"韩女转身,向殿东飘然而去。

当初是韩女求她将她的身体封在泰和附近,这样可以天天看到他,所以韩女的身体被安置在正殿东角,那里视野最好,正对着泰和。

谭音立即就见到了韩女那被封在神水晶中的半边身体,与泰和不同,她的右手和两只脚看上去像是半透明的,这是即将消散的征兆,所以她替她将手脚封住。可如今再看,她的左半边身体竟有小半都变成了半透明的。

谭音骇然地看着她的身体,再看看韩女的神识,喃喃道:"怎么会这样……"

韩女凝视她,低声道:"无双,我时间不多了,所以我急。不能砍手,那我只好将那人杀了,人死了,手失了命数,自然无须惧怕什么了。"

她忽又笑起来:"我知道,你和我一样急着让泰和醒来。无双,现在你还要怪我吗?"

谭音的眉头慢慢皱了起来,她对韩女那种视人命如草芥的清淡语气感到一丝厌恶。

"假如泰和醒着,不会喜欢你这种法子。"她声音冷淡。

"不管泰和,那就是说,你不反对我这样做。"韩女笑眯眯地握住她的手,"我知道你比我还急。"

谭音慢慢把手抽回来,转过头,冷声道:"我反对,我不会让你杀了大僧侣。"

韩女的表情有了微妙的变化,过了一会儿,她恍然大悟似的,奇道:"你莫非对有狐族的僧侣有好感?为何这样护着他?"

谭音眉头皱得更深:"我不想和你说这些。你的身体变成这个样子,只能全部封入神水晶了,这样可以撑到泰和醒来,到时候我们一起想办法。你可以不用那么急。"

韩女像没听见似的,笑道:"我一直以为你对泰和痴心一片,想不到,我竟有看错的时候。"

"你够了!"谭音沉下脸,怒视她。

韩女不以为意地笑道:"你恨我抢走泰和,我知道,但你也不用勉为其难跟下界仙人搅在一处,未免有失你无双神女的身份……"

谭音抬手,定定地看着她:"你可以再说下去。"

她掌心有一枚金色的小封印,神力勃发,不要说韩女如今的身体已经开始消散,就是没有消散,这枚封印也可以拍得韩女享受魂飞魄散的痛楚。

韩女面不改色,看看她手里的封印,再看看她冷若冰霜的容颜,眼里忽然闪过一抹奇异的狂热。

"好吧，是我错了。"韩女柔声道歉，"把你这只小傻瓜逼急了，倒不好看。"

谭音沉默地收起封印，韩女的话令她浑身不舒服，她不喜欢韩女语气里那种高高在上，将大僧侣看得如同尘埃。

但其实她自己刚开始又何尝不是将大僧侣看成尘埃般的人物？韩女的话戳破她心底那层阴影，她突然感到后悔，后悔自己那种无聊的狂妄。

就算知道她来历诡异，目的不明，大僧侣还是允许她跟着他。虽然他脾气比泰和还古怪，一会儿高兴一会儿生气，让人摸不着头脑，但他至少光明磊落，嬉笑怒骂浑然天成，至情至性，纵然知道自己会死，也要为她挡在利刃前面，他其实比她这个心怀叵测的神女要强得多。

"下次不要再说这样的话。"谭音深深吸了一口气，"好了，我去找神水晶替你将身体封印。"

神水晶是神界至宝，数量十分稀少，谭音利用工匠的特权才囤积了许多，可是这次替韩女封住身体后，剩余的量只够一个人用了。她取了盛满神水晶的匣子，回头看了一眼韩女，想了想，还是决定将剩余的神水晶全部带在身上，省得被韩女拿去又捣什么古怪。

"泰和会伤心的。"韩女看着她替自己封印身体，冷不丁冒出来一句没头没脑的话。

谭音不说话，好像没听见。

韩女看着她的背影，半晌，轻声道："我也会伤心的。"

谭音手下的动作停了一瞬，很快又继续流利地封印。

"你三个甲子前就确认了泰和的左手在有狐一族，为什么那么久都不去？"韩女不介意她的沉默，低声问。

谭音淡声道："因为我下界没动静，所以你三个甲子以来经常在凡间放出神格探视我吗？"

如果让凡间仙妖们知道，所谓的天光开阖，不过是一个神女放出神格寻人，不知他们作何想法。

韩女促狭一笑："你的一切我都知道，就当我不放心你好了，我知道你不会信。好了，现在回答我的问题。"

谭音摇头，她不想说。

泰和沉睡前的那几天，由于神力衰竭，几乎足不出户。谭音没有去找他，或许她表现得大度开朗一些，所有事都会不一样。想让泰和笑，她应该和以前一样去找他，和以前一样，三个人谈笑，她更应该对泰和与韩女在一起表示衷心的祝福，神界辽阔清冷，有个伴很幸福。

可她就是不想去，甚至远远地望见泰和的身影，都会默默躲开。她在自己乱糟糟的神殿里琢磨了很久，拿起平日里最熟悉的木锤铆钉，却完全不知该做什么，明明之前有那么多想做的东西，可是现在脑子里只剩一片空白。

在她木然对着自己的小木锤发了好几天呆的时候，泰和突然来了。

他来的时候毫无声息，谭音猛然回头发现他，他不知在后面站了多久，神情平静。

她几乎是下意识地飞奔到柱子后面，只露出一双眼睛，惊愕又茫然地看着他。她不想见他，她想走，可是没地方走，她只好像一根碍事的铆钉，钉在柱子后面。

泰和突然笑起来，在她愕然的目光中，笑着笑着，又叹了一口气。

"谭音，抱歉。"他低声道歉，"我上次说的话，你别放在心上。"

他叫她谭音，她做人时候的名字，之前他一直这样叫她，后来不知从什么时候开始，他也和韩女一样，开始叫她无双。可是现在他又叫她谭音了。

谭音慢慢从柱子后面挪出半个身子，还是不说话，只看着他。

泰和静静凝视她，她看不懂他的眼神，好像很悲伤，却又带着决绝，他从没用这种眼神看过她。

"我恨过你。但还是会做东西的姬谭音才是姬谭音。"他低声说着，忽又转身离开，"别了，谭音。"

谭音仔细琢磨他的话，却只是一片茫然，等她再次离开神殿的时候，泰和已经由于神力衰竭，陷入了沉睡，是她亲手将他的身体封入了神水晶。

他临走的那句话，令她想了很多年，很多年。天河畔的长生树开花结果足有五次，她仿佛惊觉了什么，忽然醒悟他话语里的无力失落感。

她做人十七年，生魂又在凡间徘徊几百年，成为天神五千多年，无时无刻不以自己天下无双的手艺自豪，然而一朝被泰和否定，她便再也做不出东西了。可是泰和临走说的话，令她心中的死灰又燃起了一星火焰。

她隐隐约约，对他的话似懂非懂，她在姬家祖屋附近隐居三个甲子，只是想找回那个热爱做东西的姬谭音。天神曾经告诉她，至诚执念者成神，偏执者成魔，她凭着一腔至诚的执念成了神，她不可以放弃。

这些事，她不想告诉韩女，她与韩女再也亲厚不起来，甚至心底隐隐排斥。

"好了。"谭音取下龙皮手套，擦干净丢进乾坤袋，回头望向韩女。韩女也正静静看着她，目光深邃，看不出所以然。

"我走了,你最好不要再对大僧侣出手。"谭音想了想,又道,"下次我再也不会那么客气了。"

韩女淡淡一笑:"我知道,你帮我做这些,都是为了泰和。可是我想知道,如果我不照做,你要拿我怎么样?"

谭音皱紧眉头,复又缓缓松开,冷声道:"破开神水晶,让你自生自灭。"

韩女笑道:"好可怕,你下界这些年,居然有了脾气。"

谭音不理她,转身便走,韩女在身后道:"无双,你恨不恨我?"

她的脚步停了一下,又继续往前走。

"无双,我会一直看着你的。"韩女温柔的声音被她远远甩在身后,她头也不回,离开了清冷的神界。

回到凡间,天还亮着,大僧侣睡在客栈的床上,还没有醒。

谭音坐在床边,看着他的睡颜。这一趟回神界,像是过了许多年,可无论如何,他没有再出什么事,太好了。

谭音看着他的脸,看着,看着,突然忍不住伸手轻轻摸过去,在他下巴边缘摸了半天,摸到一层薄薄的皮,她轻轻一揭——下面还是一张假脸皮。

她继续揭,一层,一层,又一层,然后她揭下来三十多层,低头看看,感觉还有很多的样子。

他的脸皮也可以算得上神器之一了,谭音感慨地看着手里那些惟妙惟肖的假脸皮,旁人永远揭不开他最下面那张假脸,唯有他自己,一揭就能露出真脸,这一手她还真没见过。

谭音充满研究热情地低头继续打量他的假脸皮,用手轻轻拨了拨,感觉摸起好几层,正打算揭下来,手腕突然被人握住了。

"毛手毛脚,做什么?"源仲睁开眼,似笑非笑地看着她。

谭音挥了挥手里厚厚一沓假脸皮,奇道:"你脸上究竟戴了多少假脸皮?"

这要全戴上去,那脸皮得多厚啊?

源仲动了动身体,胸前的伤口没有任何感觉,好像完全没受过伤的样子。他转了转眼珠,再看着谭音殷切的眼神,突然笑了。

"你想让我摘下假脸?"他声音促狭。

"我想知道你用的什么法子,让这么多脸皮挂上脸却看不出来。"谭音很老实地说出想法。

"不过一个不入流的小仙法而已。"

源仲不以为意，忽然自己抬手，将假脸皮摘了下来，露出一张略显苍白的脸。与棠华迫人的风采不同，他眉目清朗，双唇微抿，显得冷漠，乍一看有些不太好接近，可他的眼睛生得太好，湛然有神，里面藏着不为人知的笑意，与他目光对上，便很难再离开。

"如何，英俊吗？"源仲捏着下巴，得意地问她。

谭音淡淡笑了："大僧侣殿下，你觉得如何？好些了没？"

源仲没回答，偏头打量她。

她……好像又变了一些，是什么缘故？应该不是他的错觉，总觉得她的眉眼还有周身的气场越来越不像最开始的那个姬谭音，他说不出有什么具体的不同，可是他的所有感知都告诉他，她与以前不同。

他摸了摸胸前那本该伤口纵横狰狞的位置，现在不但一点不疼，似乎连伤疤都没有了。

他想起当日战鬼将姬谭音的身体几乎打碎，她晚上却又毫发无伤地出现在自己面前，从那开始，她的精气神就与以前大有不同，而今天，这种感觉更明显了。

"是你替我疗伤？"他突然问。

谭音犹豫了一下，默默点头。

源仲伸手，把她手里那厚厚一沓假脸皮拿过来，轻声道："源仲。"

谭音不明就里："什么？"

"源仲。"他咳了一声，一本正经地看着她，一抹笑意出现在他迷人的眼睛里，"我的名字，我不爱听人叫我大僧侣殿下。"

谭音觉得自己一点也不讨厌他眼底那种笑意，曾经的大僧侣是多么轻浮又多么谨慎，就算笑得脸皮开花，眼里却始终冷冰冰的。现在却仿佛冰消雪融，就算皱着眉头，眼睛也是笑的。

见她傻兮兮地不说话，只是盯着自己发笑，源仲被她看得有点赧然，伸指在她脑门儿上轻轻一弹，板着脸道："笑什么，傻货，说句话。"

谭音茫然："说什么？"

源仲简直恨铁不成钢："我都告诉你名字了！没礼貌的丫头！"

谭音呆呆盯着他看，眼见他脸色发白，一会儿又红了，一会儿又白了，最后变成绿的，咬牙切齿的，她突然就悟了。

"源仲。"她微微一笑。

他发绿的脸色瞬间恢复正常，又慌张又得意似的，从鼻孔里不屑地"哼"了一声："我要起床，你回避一下。"

眼看谭音推门出去，源仲长长出了一口气，低头看着自己被古怪晶体封住的左手。

他到现在都不明白这晶体究竟是什么东西,从出生开始,他继承了这只左手,几乎战无不胜,攻无不克,现在它居然被封住,再也无法发挥威力。这种变化不亚于天翻地覆,或许他也该开始考虑,放弃这只威力巨大的左手后,自己该用一种怎样的心态走下去。

他现在不是孤身一人,他身边有个姬谭音,他要将她保护得好好的。昨天晚上的事,不可以再发生。

他换了一身干净的皂衣,因见换下的衣服与床褥上血迹斑斑,回想昨夜,只觉惊心动魄。

房门忽又被敲了两下,谭音的声音响起:"大僧侣殿……源仲,我可以进来了吗?"

他赶紧对着铜镜照了照,还好,头发不乱,衣冠也还算比较整齐,他将血迹凌乱的衣服与床褥揉成一团丢在角落,走过去打开门,却见谭音手里端着一只木头匣子,上面还放着锤子铜钻之类的东西,他突然联想起一些很可怕的事情,脸色登时变了。

"你、你要做什么?"他结结巴巴地问。

谭音往胸前套了块白布,又从乾坤袋里取出另一块白布,走过来轻轻挂在他胸前,道:"替你把左手的神水晶取下来。"

源仲怀疑地看着她:"你会吗?"

那什么锤子钻子,总感觉会弄断手的样子。

谭音安抚地拍拍他肩膀,将他推坐在椅子上,神水晶包裹的左手被她握在手中,低头细看。

"你放心,一点皮也不会擦破。"

这点自信她要是没有,那算什么天下无双的工匠。

她戴上龙皮手套,自乾坤袋内取出各种瓶瓶罐罐和杂七杂八的东西,一会儿倒一点颜色古怪的水在上面,一会儿又拿火来烤,一会儿再撒一些黑色粉末,忙了有小半个时辰,才拿起铜钻,定在他掌心神水晶凝聚最厚的地方,举起锤子轻轻一敲——"咔"的一声脆响,黑灰色的下等神水晶轻轻裂开了一道缝隙。

幸好这不是上等神水晶,否则会更费事。

源仲不说话,低头静静看着她忙碌,她洁白如瓷的下颌,漂亮的鼻尖,上面凝了一颗小小汗珠。她额发浓密,绾的发髻略有些古朴,耳边垂了两绺长发,阳光穿透其上,纯黑中泛出淡淡的透明的红色。她睫毛很长,翻飞翩跹,灵气十足,藏在下面秀气的眼睛,此刻正全神贯注地看着他的左手。

他知道,这不是她的身体,真正的姬谭音长得不是这样,而是个截然不同的人。他试图通过她的皮相看透她的真面目,却什么也看不到。

源仲把脑袋稍稍低下,想看她的眼睛,眼神是不会骗人的,她再如何改头换面,那双眼睛却不会变。

她有一双黑宝石般的眼睛,眼神专注,既不妩媚,也不妖娆,甚至显得清冷孤僻,可她专注做东西的时候,却有着热烈得几乎像燃烧灵魂般的热度。

他忽然想起自己重伤的晚上,昏昏沉沉,弥留之际,见到了让自己魂牵梦萦的那双眼睛。

他的手猛然抖了一下,谭音以为弄疼了他,急忙轻轻握住,低声道:"别动。"

他没有说话,眼睫缓缓垂落,紧跟着又不甘心似的抬起眼,凝视着她的双眼,胸膛里的那颗心像是要破胸而出,无法抑制,他的手情不自禁地微微发抖。

谭音停下动作,愕然看着他:"是我弄疼你了?"

源仲慢慢摇头,用右手撑住额头,宽大的袖子遮住了他的脸,他的声音低沉,带着一丝沙哑:"不是,你继续。"

左手上的神水晶很快全部被剥离,谭音将那些碎片细细整理,一齐放进木头匣子里,舀了一碗水,对着水中轻轻吹了一口气,再倒入匣子中,那些黑灰色的碎片飞快地膨胀开,最后变成一团黏稠的黑灰色东西,像糨糊一样。

她小心翼翼将木头匣子扣好,封起来,这才放回乾坤袋。

"好了,你可以试试这只手是不是像以前一样好用。"做完一切,谭音满脸放光,眼里又泛出那种工匠的自豪与成就感。

源仲把暗红色的左手放在眼前,握紧再松开,良久,才低声道:"嗯,和以前一样。"

谭音摇头:"你可以试试能不能唤来寒冰。"

他放下撑住额头的手,轻笑道:"那只能对人用。"

她指着自己:"对我用,试试。"

他抬眼看着她,带着笑意,扬起左手,慢慢按向她头顶,掌心却没有红光吞吐,那只左手轻柔地抚摸在她头发上,顺着柔软的长发下滑,最后停在她的后脑勺。

他凑过去,像是要环抱住她似的,嘴唇在离她的耳朵三寸距离的地方,停住了。

"可是,我突然……"突然舍不得了。

他看着她垂在颈后的柔软黑发,心里有冲动,想要跪下来向她乞求,虔诚地亲吻她的鞋子,又想就这样紧紧抱住她,将她这副假皮囊揉碎了,看看她藏在下面的真容。

是她?不是她?他不相信,不敢相信,她的一切都那么扑朔迷离。

他忽然觉得自己停滞的时间开始走动,像被堵塞住的沙漏一瞬间通了一样。三个甲子前,在癸煊台上停止流逝的时光,突然开始丝丝缕缕地移动,少年浑身的灵窍被打开,食不知味、寝不安眠的那么多年，都要过去了。

这是解脱，还是狂喜？可他还不敢确定，或许这一切只是他的错觉？

谭音茫然地看着他收回手，看着他站了起来，将黑丝手套重新套回去，伸个懒腰，然后回头对她笑："你刚才说那东西是神水晶，你认识？"

他刚才满脸写着"我有话想说"，可一眨眼就变了，男人总是这么奇怪的吗？

"嗯，我认识，是一种很稀有的材料。"她老实回答，"不过这个是最下等的，如果他们用的是上等神水晶，那我要花两三天的工夫才能弄干净。"

源仲转了转眼珠子，笑问："神水晶，是……天神的东西？"

谭音张嘴正要回答，突然警觉，急忙摇头："不是，极西的荒山会出。"

她家大人肯定从没教过她怎么撒谎。

源仲懒得揭穿她，推开窗看着外面熙熙攘攘的人群。由于昨夜天神现世，兖都到处都挤满了仙妖，甚至邻县的许多凡人也跑过来凑热闹，所有人都在谈论着天神的事情，以及那位天神呼喊的"无双"究竟是谁。更有许多仙人当街开始收徒，言明只要兖都出生的名为"无双"的人，试图与天神攀上点关系。

他看了一会儿，回头道："可以离开兖都了。"

谭音正准备掏出材料继续做好运镜，不由得愣住了："呃……可、可是我还没把好运镜卖完，我、我还没赚多少钱……"

源仲笑眯眯地从怀里掏出一个鼓鼓囊囊的小袋子，打开，里面全是她做的好运镜。

"怎么没赚多少钱？"他眨眨眼，"我都包了，一百两一个，童叟无欺。"

他掏出一个好运镜，对着她照，透过好运镜，谭音的脸大得像南瓜，乌溜溜的眼珠子傻乎乎地眨动。

可是，有什么不一样。

源仲忽然发现她脑门子上不再是空白一片，像他照仙人，仙人脑门子上会出现偌大的"仙"字，照凡人，凡人脑门子上会出现"人"字，照妖，就是个"妖"字。

谭音脑门子上的字他看不清，像被模糊的云雾遮挡住了。

"离开兖都，去哪里呢？"她丝毫没发现异状。

源仲默然收起好运镜，笑了笑："回家，我还欠眉山仙人两坛醉生梦死，倒要把这笔账销了。"

谭音有些讶异，他好像说过不会回方外山？还是决定回去了吗？

看出她在想什么，源仲摇头："不是方外山，我在靠近挽澜山的地方，有自己开辟的洞天。"

他盯着她黑宝石般的眼睛，忍了许久，到底还是忍不住，慢慢走过去，双手合十，想要行礼，可又不太敢相信，最后只摆了个古怪的姿势，叹道："你……会一直跟着我吧？"

谭音点头，回答得毫不犹豫："会的。"

"一直一直跟着吗？"

"是啊。"

"真的一直、一直、一直，跟着？"

谭音听他语气有那么点儿怪异，小心翼翼地抬头望他，源仲靠在窗前抱着胳膊，又专注，又有些紧张，两只眼紧紧盯着她，怕遗漏她最细微的表情。

"是的。"她喃喃道，"你同意吗？"

他不会又要跑吧？

源仲摸了摸鼻子，垂下头，良久，才低声道："那就一直陪着我，别走，你不许走。"

挽澜山位于西方琼国边界处，延绵万里，传闻琼国历代的皇陵就建在山中某处，由一位战鬼将军镇守。

源仲骑着极乐鸟，一经过这里便开始抓耳挠腮、坐立不安、叹气连连，显见着是想起什么不好的回忆了。

谭音奇道："你怎么了？"

源仲痛苦地垂头："想起一个让人肝肠寸断的小姑娘。"

那位比战鬼将军还要彪悍的战鬼夫人……是叫辛湄吧？他不会忘掉的！她一巴掌险些把他两颗槽牙打断，还趾高气昂地指使他驾车飞过来飞过去，把他当便宜车夫。他都快被折磨出心理阴影了，见到十五六岁水灵灵的凡人小姑娘就腿肚子发抖。

谭音显然会错意了，怕伤到他，刻意小心翼翼地发问："是……你的恋人吗？要不要下去看看她？有什么误会还是说开比较好……"

源仲把脑袋摇得如同拨浪鼓，开什么玩笑！辛湄那种姑娘，也只有战鬼将军能消受，他宁可跟棠华过一辈子，也绝不和辛湄待上一天。

"你误会了。"他朝谭音瞪了一眼，"我喜欢的女人才不是她。"

"哦……"她不晓得回答什么，只好"哦"了一声。

"傻货。"他见到她这死蠢的模样就想叹气。

此时天气晴朗，天上原本一丝云都没有，可慢慢飞了一段，周围眨眼就冒出大团大团的云雾遮蔽视线。源仲吹了声口哨，极乐鸟缓缓放慢速度，停在半空中。

"下面应该就是皇陵，这是战鬼将军放出的云雾阵。"他拨开眼前密闭的雾气，可是很快又有更多的雾气汹涌而来，谭音离他不超过十尺，他却已经连她的脸都看不清了。

源仲眼珠转了两下，突然回头好心笑道："看不清路吧？来，到我这里。"

"还好啊，我可以跟着你。"完全不解风情的回答。

他锲而不舍："这里不过是云雾阵外围，等再深入一些，就看不到我了。"

"没事，你别担心，只管往前飞，我能跟上。"还是不解风情。

他皱眉："过不过来？"

"好吧。"谭音无奈地屈服了。

她将机关鸟驱使到他身边，轻盈地站起来，像一片羽毛似的落在他身后，极乐鸟背柔软的绒毛确实比机关鸟要舒服许多。

"我能感觉到，同心镜在皇陵里。"她低声说，声音含笑。

"那是什么？"源仲吹了一声口哨，极乐鸟拍着翅膀，用最慢的速度开始飞越云雾阵。

"我以前做的一件有趣的东西，只有两个有姻缘的男女一起照它，才能照出人相来，不然镜子上永远是空白一片。"

她成神后，做的第一件东西就是同心镜，还用了从泰和那儿抢过来的天河金砂。记得完工的时候，她捧着镜子四处想找人照照看。可神界哪里像凡间那么繁华，又清冷，又广阔，神君神女们平日里都忙着自己的职责，脾气也都怪异得很，她半天没找到人，只好端着镜子发呆，考虑要不要下界给人照照看。

泰和就在那时候突然出现在她身后，看着她手里的镜子奇道："咦？你做了一面铜镜？"

她先是吃了一惊，回头见是他，然后就想起自己抢走天河金砂的恶行，她做贼心虚，一溜烟跑了，躲在柱子后面瞪他。

泰和捡起她没来得及带走的同心镜，对着里面一照，失笑："怎么照不出东西？"

她结结巴巴地解释："那、那个要有、有姻缘的男女才、才能照出来。"

泰和很惊奇："你做的？听起来很有趣啊。"

谭音见他外貌清秀，谈吐温和，估计是不太会计较自己抢走金砂的恶行，不由稍稍放下心，从柱子后面露出半边身体，小声道："那个……还用了上次的天河金砂。"

泰和笑了："够用吗？我那里还有很多。"

谭音大喜："可以再拿吗？"

他笑着点头，抚摸着铜镜粗糙暗淡的镜面："镜子叫什么名字？"

"同心镜。"

"好名字。"泰和赞了一声，端着镜子缓缓走到她面前。

谭音仰着脑袋，怔怔地看着他走过来，走到自己身边，然后举起同心镜——镜面一派粗糙暗淡，什么都没照出来。

"哎呀，真的有用吗？"泰和苦笑着挠头。

谭音急道："这个只有有姻缘的男女才能照出来。"

"好吧。"他将同心镜递给她，微微一笑，"我好伤心，我们居然没有姻缘。"

这当然只是一句玩笑话，可她当时那么单纯，却没听出来，赶紧绞尽脑汁地解释："这、这个……可能、可能对天神没用吧……"

泰和微一愕然，紧跟着又笑了，笑得很柔和。

"我知道你是谁了。"他说，"你是新来的无双神女，天下无双的工匠。"

谭音点了点头："那、那你是……"

"我是泰和，泰和神君，掌管天河星辰。"

谭音想起这些久远又有趣的往事，唇角的笑意更深了。

源仲在前面，默然半晌，忽然掉转鸟头，朝下飞去，道："同心镜听起来很有趣，咱们去看看。"

谭音赶紧拉住他："那个镜子平时照、照不出人……"

"看看而已。"

"可是下面有战鬼……"

"不怕，有我在。"

极乐鸟这会儿快得像脱弦的箭，破开云雾，几乎眨眼就可以望见皇陵神道上那一排红红白白的花树。战鬼将军的云雾阵难不倒这只灵禽，它打着旋儿，轻盈高贵地落在神道上，傲然顾盼道旁的石人石马。

源仲抓了一绺凤尾细细一闻，笑道："那只战鬼不在，走吧。"

谭音是第一次来到挽澜山皇陵，她对皇陵并不了解，但见满眼花树芬芳红白，远处青山影影，景色秀丽，与想象中阴暗颓败的气象大不相同，唯有东南角那里阴气冲天，想必是厉鬼煞魂聚集之处。

源仲双手合十，默念一阵，很快便有一层淡青色结界笼罩二人周身，他把身子歪过来斜着坐在极乐鸟背上，这样就可以回头看谭音了。

"放一层结界，这里的人发现不了咱们。"

他见谭音入迷地看着皇陵景色，偷偷伸出手，一点一点挪过去，小心又轻轻地握住她一片衣角。她就坐在自己身旁，吐气如兰，身体上带着各种味道，木材味、铜腥味，还有清冷的肌肤上的香气，糅合在一处，比这里浓烈的花香更令人陶醉。

美人在侧，风景如画，梦耶？醒耶？

他忽然觉着皇陵深处的辛湄一点都不可怕了，姬谭音在这里，连带着战鬼将军都变得有点可爱。

极乐鸟走得很慢很慢，路上遇见许多小妖怪，长着翅膀的小少年、妖娆美丽的莲花女妖、老鼠尾巴从衣服下面伸出来透气的老头儿，一路说一路笑，叽叽喳喳地走远了。

一旁还有青竹林，林中放着玲珑的白石桌椅，有个漂亮的小姑娘坐在椅子上吃甜瓜，她身后站着一个大汉。两人不知在说什么，大汉的脸色一会儿青一会儿白，好像要被气晕过去的样子。

源仲见着那姑娘还是忍不住抖了下，拍拍极乐鸟的脑袋，它走得更快了。

"我能感觉到同心镜。"谭音扭头向南方望去，那里隐隐约约有一行黑瓦长屋，被浓密的树影遮挡，想必应当是主人住的地方。

她手指微微一弹，不远处一道细细的金光忽然冲天而起，带着喜悦的清朗呼啸声，如同欢快的小鸟扑进她怀中。待浅浅的金光消散，她怀中忽然多了一块铜镜，上面沾满灰尘，显然这一任的主人并不太爱惜它。

谭音怜惜地用手绢将镜面上的灰尘细细擦拭干净，那暗淡无光的镜面渐渐清晰，镜面粗糙，像是没有打磨干净似的，那暗淡的色彩里，隐隐透出细细碎碎的金光，是当年她糅合在内的天河金砂。

"看。"她笑眯眯地举高同心镜，"就是这个。"

源仲捧着同心镜翻过来掉过去地看，最后凑到她身边，两人一起望向镜面，粗糙无光的镜面一点反应都没有。他伸一根指头敲在镜面上，很怀疑："有没有用啊这东西？你肯定没做好。"

谭音急忙辩解："当、当然是好的，我说了只有有姻缘的男女才能照出来！何况我现在的身体不是自己的，你能照出什么来？"

"那你露出真容来咱们再照。"源仲很执着。

谭音摇了摇头。

他转着眼珠子笑："你不肯露出真容，想必你原本一定长得丑怪无比，不能见人。"

谭音张口结舌，简直不知道要怎么给自己洗脱丑女的名头，憋了半天，正要说话，忽然像是察觉了什么似的，猛然转身，神情凝重地望向东南方——那个充满了阴煞之气的地方，有一丝不寻常的波动被她感受到了。

"怎么了？"源仲见她突然不说话，而且神情严肃，有些奇怪。

"去那边看看。"谭音手指一弹,同心镜依依不舍地化作金光,回到了主人卧房的床底下。

极乐鸟缓缓向东南方飞去,不一会儿,停在一片巨大的杏花林上空。这片无边无际的杏花林,在这种晚夏初秋的天气依然花朵盛放,色泽雪白莹润,远远望去,如同望不到尽头的雪海,虽然美丽,却带着森森的鬼气。

"这里是皇陵的殉葬坑。"源仲低声道,"历代许多琼国皇帝葬在皇陵中,殉葬坑里也死了无数人,终日阴云惨淡,厉鬼出没,幸好这里有一个战鬼将军镇守,这些厉鬼煞魂被困在此处,出不了杏花林。"

谭音没说话,她双眼紧紧盯着那片杏花林,她可以望见林中漆黑的地宫入口,那一丝令她不安的熟悉的波动正从里面传出。

忽然,地宫漆黑的洞口仿佛扭曲了一下,紧跟着,一团极大的半透明的雾气一般的东西从里面缓缓爬出,她双手骤然握紧——不会错!果然是魔物!

没有人比她更清楚那是什么东西,低等的魔物靠吞噬灵魂变得强大,昔日神魔大战,她虽然没有亲身参与那惨烈的战斗,却也见过一些魔物。这只魔物应该是最低等的,连人形也没有,只是半透明的一团煞气,被皇陵殉葬坑的厉鬼们吸引过来吞食它们。

谭音神色渐渐变得凝重起来,当年的神魔大战,天下魔物应当都已被扫荡而空,而神界亦是损失惨重,源生天神逐一陨灭,化作了天地间的灵气。所以神魔大战后,诸多仙妖就此冒头,形成了如今世间人妖仙混杂而居的局面。

而此时此刻,居然有一只活生生的魔物出现在她面前。这消息传回神界,不亚于石破天惊,早已凋零的神界,再也承受不起又一次的神魔大战。

谭音忽然翻身从极乐鸟背上跳了下去,源仲吃了一惊,她突然让极乐鸟飞到杏花林上空,然后就盯着空无一人的地宫入口看,这会儿还跳下去,难道中邪了?他紧跟着跳下,落在她身边,轻轻攀住她纤细的肩膀,低声道:"怎么了?"

谭音还是不说话,忽然紧紧握住他的手,她的手冰冷的,掌心全是汗。源仲心中又是一惊,慢慢张开手掌,将她的手严密地护在掌心,整个人往前靠了一步,微微挡在她身前——虽然完全不知发生了什么事,可她此时明显心神不宁,他须得保护她。

那团未成形的魔物明显吞噬了太多厉鬼,身体笨重得飞也飞不起,缓缓爬出地宫,像是稍作休息。它仿佛察觉到有两个人在不远处窥视它,猛然把身体掉转方向,缓缓朝谭音这里爬来。

谭音只觉浑身都僵住了,她只是个后方支援的工匠,根本没有什么战斗力,就这样一只没成形的魔物,她也不知道要怎么对付,只能眼睁睁看着它爬到自己面前不到五尺的地方。

忽然，它像是看清了她的模样，一阵奇异的低呼声从雾气般的身体里传出——略耳熟的女人声音，可是仿佛又变了许多。谭音一时分辨不出那究竟是谁，便见它转身飞快地跑走，像是不敢面对她。

谭音下意识追了几步，突然之间，身后仿佛被一只手轻轻拽了一下，她惊愕间回顾，身后空无一人，倒是源仲在一旁不明所以地看着自己。

错觉？

她转过身，双眼清光渐盛，探手入乾坤袋，紧紧捏住一道符印——她不确定这枚符印能否解决面前的魔物，可她不能眼睁睁看着它在自己面前逃走。

这只魔物太过贪吃，以至于身体笨重，无法腾飞，只能朝杏花林深处爬去。谭音紧随其后，谁知裙角又被什么东西轻轻一拉，像是阻止她追赶的行为，她心中惊骇，低头一看，依旧没人。

"呵呵……"

脑后响起一个虚幻如云的声音，紧跟着，她垂在身后的长发被人轻轻吹拂，气息冰冷。

谭音的后背密密麻麻沁出一层冷汗，此时此刻，此处所发生的事情太过诡异，连她也是闻所未闻。是那只尚未成形的魔物搞的鬼？她凝神望过去，那只魔物连腾飞都不能够，笨拙地在地上爬滚，它不可能有这种本事。

谭音将那枚符印从乾坤袋中取出，警惕地四处张望。

突然，那只急着躲闪的魔物停止了翻滚，它整个身体像是被一只无形的手抓住了，无论如何也挣扎不开，它剧烈地发抖，半透明雾气般的身体狠命地扭动着，发出尖锐的嘶吼声，紧跟着，它巨大的身体猛然被拉起，朝正西方被狠狠拽飞而去。

这番突如其来的变故让谭音目瞪口呆，而脑后又被一道冰冷的气息轻轻吹了一下，令人毛骨悚然。

"还没有渡过人劫的小小神女。"

方才那个虚幻如云的声音骤然在耳畔响起，谭音手里的符印毫不留情地拍过去，却扑了个空，紧跟着她忽然觉得浑身像被密密麻麻的绳索捆住，一丝一毫也动弹不得，登时惊得浑身僵住。

"你来……你过来……让我看看你……"那个声音十分柔软空灵，却没有一丝感情。

谭音只觉无数只冰冷的手自头顶钻入她体内，抓住她的神识，她双目登时清光大盛，然而只一瞬，周身的神力便被尽数压制，她发出短促而惊惧的呼声，神识被那无数双冰冷的手拉扯出来，毫无反抗能力地被一股大力朝着方才那只魔物被拖走的方向拉扯而去。

神识一离体,她眼睁睁看着自己借来的那具人身软软地栽倒在地,被一头雾水的源仲一把抱住,接下来的一切她再也看不清,无数双冰冷的手包围着她,拖曳着她,竟然令她的神识感到头晕目眩,无法动弹。

耳旁风声凄厉地呼啸,犹如厉鬼号哭,她被拽着,风驰电掣般,穿过重重云雾,紧跟着又猛然下落,眼前景致骤然转换,竟像是被拖进了一片巨大的湖泊中。

她勉强仰头望去,只见这座湖泊中建了一座通体赤红的宫殿,殿壁上涂满朱砂,下方还雕凿了火焰花纹,火焰也被涂了朱砂,乍一看,就像这座宫殿被放置火上焚烧一般。

这是极古老极厉害的咒术!

谭音只来得及看清这些,她的神识突然被高高抛起,色泽如火的宫殿大门轰然开启,她被一路拖进这座放置咒术火焰上烧烤的宫殿内,殿内漆黑无光,而随着她被拖进去,墙壁上的古老油灯一盏接一盏地跟着擦亮,再熄灭。

最后,一扇漆黑的木门缓缓打开,谭音只觉神识被拖入门中,紧跟着眼前一片漆黑。她的神识受到剧烈的震荡,再也支持不住,竟晕了过去,迷离中,只听见木门"吱呀"一声轻轻合拢,再无声息。

不知过了多久,谭音忽然一惊,猛然睁开眼,入目是华丽而古老的殿顶雕花,殿顶极高,殿脊被雕凿成一条恶龙的形状,更罕见的是,它竟是桃木所制。

桃木镇鬼辟邪,却如何能做屋脊?谭音头昏脑胀,只觉身下像是有烈火焚烧,滚烫无比。她是天神,神识强悍,却也被那无形的烈火烤得极其痛苦。

她勉强撑着坐起,四处张望,这似乎是一座极大的殿宇,光线昏暗,隐隐约约可以望见墙壁上自上而下画满了各种符文,柱子上更雕凿着栩栩如生的天神像,威严无匹,她甚至可以感觉到雕像中真有丝丝缕缕的神力散发出来。

一阵阵水波拍打墙壁的声音细细传来,谭音晕眩的脑袋忽然想起昏迷前她似乎被拖进一座以咒术为支撑的火红宫殿内,她登时惊觉,猛地从滚烫的地板上跳起,与此同时,那个虚幻如云的声音再次响起。

"尚未渡过人劫的小神女,你过来。"

谭音飞快转身,只见殿西角有一扇小小的木窗开启着,水波拍打墙壁的声音正是从那里传来,这座宫殿建于湖上,湖水夜间涨潮,眼看竟要与窗口齐平。而木窗下放置一张巨大的床,帐幔垂落,层层叠叠,里面依稀有个人影。床边有一汪幽蓝的小小池塘,只有井口那么大,里面有几尾半透明的红头鲤鱼摇曳游动,时而无声无息地跃起,透明的身体瞬间化作一团幽蓝雾气,落回水中,再继续化作鲤鱼。

这里是什么地方?床上的人是谁?谭音将神识扩散到极致,却怎样也看不清帐幔下那个人样貌如何，是神是魔，自她成为天神以来，这是从未有过的事。

"你过来。"对方又在呼唤她。

谭音情不自禁，缓缓向那张巨大的床走去，而靠得越近，她越能感觉到一种无上的诡谲感。这一切都太过离奇，她又感觉不到魔物的波动，难免警惕不安。

快到大床边上，她忽然睁大了眼睛——床边盘踞着方才那只吞食厉鬼的魔物！谭音下意识地就要从乾坤袋里掏出符印，可一摸之下腰上空荡荡的，她才想起自己是神识被不知名的东西拖来这里，乾坤袋还留在那具凡人的身体上。

为什么？她震撼地看着那团半透明的魔物，为什么它近在眼前，她却感觉不到魔物的波动了？

"我已经很久没有见过魔了。"床上的人低声说着，"你不要杀她，她很有趣。"

谭音一个字也说不出来，那层层叠叠垂下的帐幔忽然被无形的手拉开一道缝隙，床上的人似乎在与那只魔物做无声的沟通，过了许久，帐幔缓缓放下，那个虚幻如云的声音轻道："我知道了，且让我助你一把。"

那只魔物无声地咆哮起来，它巨大的身体被数只无形的手高高举起，然后另有两只手毫不留情地向它身体上撕扯而去，一团团半透明的雾气被撕扯落在地上，变成纯白的雾气，再回归到它的身体上。

谭音几乎看呆了，不过盏茶工夫，那只巨大的没有人形的魔物便被那几只无形的手撕扯出一个人的形状来，它似乎痛苦无比，摔落在地后，盘在地上瑟瑟发抖。

"去吧。"那声音淡淡地道，"不知还能不能再见到你。"

那只魔物起身，似是向床上的人行了个礼，虽然它的身体还是一团半透明雾气，却已经有了人的形状，它扭过头，谭音觉着它好像看了自己一眼，然后它轻飘飘地飞出了木窗。

"等一下！"她急追两步，脚下忽然被一只无形的手拉住，她险些站立不稳摔下去。

"你……"谭音惊骇地望着床上的人，"你助它成了人形，还放走它……"

"你生气了？"那个声音淡淡问道。

谭音深吸几口气："你是谁？"

帐幔被无形的手缓缓揭开，一只通体雪白的大猫从里面慵懒地蹦出，双眼碧绿，像是会说话似的看着她，一步步慢慢走到池塘边，用爪子拨弄水里的鲤鱼玩耍。

"你尚未渡过人劫，算不得真正的天神，只是一个神女，你看不出我的真相。"

床上的人伸出一只手，那只手细瘦苍白，向她招了一下。

"数千年过去，如今无论是神还是魔，都令我亲切。你过来，靠近一些。"

谭音缓缓走到床边，忽然，帐幔被无形的手飞快撑起，玉石钩无声无息地将它们钩好，床上的人身形娇小单薄，竟是个看上去只有十一二岁的小女孩，如丝绢般的浓密长发在浅紫色的床褥上铺开。她穿着白色的单衣，细瘦且憔悴，像是随时要碎裂死去。

然而这些，都比不上她脚踝与脖子上锁扣的那三根铁圈来的震撼，谭音乍一看到那铁圈，脸色登时变了，她认得，那是、那是她亲手做的神器之一，戮魔圈。彼时神魔交战，戮魔圈可以压制魔魅们的力气，令它们不能反抗，为天神们活捉。

"你认得它们。"小女孩侧过头，露出形状优美的下颌，她的唇是淡青白的，没有一丝血色，"你是天下无双的工匠，这是你做的。"

谭音默然点头："不错……是我做的。"

小女孩面上微微浮现出一层笑意："你却是个还未渡过人劫的小神女。"

她已经不止一次提到"尚未渡过人劫"了，谭音犹豫了一下，却没有问，眼前的事与人太过诡谲，超过她的认知范围，她不能妄动。

"我会告诉你人劫是什么，作为交换——"小女孩轻轻动了一下脚，铁链发出冰冷的碰撞声，她的双腿已经萎缩得十分细瘦，一碰就会断了，"作为交换，你将戮魔圈取下。"

谭音面色不变，断然拒绝："我不会这样做，你可以不说。"

虽然看不出她的身份，但戮魔圈可以圈住她，足以说明她必然极度危险，她不会让这样一个危险的东西得到自由。

小女孩低声道："不怕我让你魂飞魄散吗？"

谭音只觉无数道看不见的软绳一样的东西将她紧紧捆绑，骤然收紧，她的神识感到一阵剧烈的痛苦，仿佛随时会被捏碎，魂飞魄散。她死死闭上眼，咬紧牙关，一个字也不说，更不求饶。

不知僵持了多久，她身上的紧缚突然尽数消失，小女孩柔软空灵的声音缓缓响起："你叫什么名字？"

谭音拼命忍住神识上的剧痛，低声道："姬谭音。"

"谭音。"小女孩唤了她一声，她蜿蜒的长发被许多双看不见的手细细捧起梳理，最后环绕成发髻，"成为源生天神有天地人三劫，天劫是你以凡人之躯做出逆天的神器，故而重病灭族而亡，地劫是你生魂徘徊凡间数百年不得解脱。"

谭音听得呆住，她成神以来，从未有人与她说过这些，一时半信半疑。

"你只是个被赐予神格的神女，你没有赐予他人神格的能力，因为你人劫未过。"

谭音实在忍不住插嘴："所有天神……都有三劫？"

小女孩缓缓点头："是的。"

"可是……天神没有与我说过……"

"天地人三劫都是无意中历劫，你有所防备，算不得渡劫。"

谭音只觉这一切都十分玄妙，闻所未闻，可她也知道，这孩子说的没错，神君神女与源生天神截然不同，他们被赐予神格，各司其职，却没有赐予别人神格的本领，是因为人劫没过吗？

"你……你是……你怎么知道这么多……"谭音盯着她，结结巴巴地问。

小女孩垂下头，被钩起的帐幔瞬间放下合拢，阻绝了谭音的视线。

"你走吧，今日再见一神一魔，甚是欣慰，待你能渡过人劫，自然知晓我的来历。现在，你可以叫我湖公主。"

谭音还想再说，忽觉一股巨力朝自己当胸推来，就像当初被抓来一样，她无法抗拒，又被推出去，耳旁风声犹如厉鬼号哭，不过一眨眼，她感觉神识被狠狠砸在地上，一阵剧烈的震荡，她忍不住发出短促的呻吟，紧跟着，一只温暖的手紧紧握住了她的手，源仲苍白焦急的脸出现在视线里。

"你醒了！"他明显很激动，握住她的那只手在极细微地发抖。

谭音愕然看着他，再低头看看自己，她居然就这么被推回这具凡人的身体里了。

"我……"谭音张开嘴，只说了一个字，再说不下去。

她脑子里像被一只手狠狠搅过，一片混沌。她闭目扶住额头，勉强让自己平静下来，她记得，好像是去皇陵看同心镜，后来……后来发生了什么？她怎么想不起来？

"你忽然晕过去，我将你带回来了。"源仲摸了摸她的脑门子，触手冰冷潮湿，她竟出了那么多冷汗。

晕过去？她怎么可能晕过去？谭音将手掌放在眼前细看，这只手虽然纤细，却略粗糙，是凡人的手，她的神识与这具凡人的身体重合得十分完美，不可能会发生晕过去之类的事情。

"你睡了一天，要喝些水吗？"源仲低声问。

谭音揉了揉额角，她还有些晕眩，糊里糊涂，身体里仿佛有一股力量不允许她去想一切的原委，她疲惫地点了点头，看着源仲从茶壶里倒了一杯茶，笨拙地端着送到自己嘴边。

她张嘴喝了一大口，然后——一口喷了出来。

好烫！

她给烫得眼泪都出来了，捂着嘴半天说不出话。

"喀喀……"源仲很有些尴尬，把茶杯捏来捏去，"好像是有点烫……"

他从没伺候过人喝茶，想不到第一次做这种事就把人给烫着了。他又取了一只杯子，将茶水倒进去，两只杯子来回换水，见她还捂着嘴，他将她的手掰开，低头看着她被烫红的嘴唇，轻声道："没事吧？张开嘴我看看。"

谭音使劲摇头，他皱眉道："张开。"

她还是摇头。

他不耐烦地捏住她下颌，刚好卡在她齿关，谭音不由自主地傻兮兮张开嘴，她舌头明显给烫红了，嘴唇好像还肿了起来。

"你看看你，没事非要占据一个没用的凡人身体，喝口水还能烫肿。"源仲借题发挥，把她狠狠数落一通，他凑过去，对着她红肿的嘴唇轻轻吹了一口气，她唇上的红肿顿时慢慢消了下去。

"还疼吗？"他问。

谭音摇了摇头，她下颌被捏着，说不出话。

源仲忽然觉得他们现在的姿势很暧昧，他离她那么近，她白腻的鼻尖还有柔软的红唇就在眼前，就算明知道这不是她真正的身体，可他竟还是怦然心动，这种蠢蠢欲动令他的胆子突然大了起来，忍不住再靠近一些。

其实他有事没告诉她，中午她在皇陵殉葬坑不是晕倒，而是突然没有了气息，变成了一具真正的尸体。她不会知道，当他抱住那具失去气息的冰冷的尸体时，是怎样的感觉。

她身上的事情神秘莫测，他不是不想问，可他知道问多少遍，她也不会告诉他，只会用那种为难又坚持的眼神看着他。他挫败、不甘，甚至愤怒，但他也只能藏在心底不去想。

姬谭音的出现对他是颠覆性的改变，她不顾一切跟着他，黏着他，让他从开始的惊骇逃避，变成了期待喜悦。她简直是一个从天而降的神，属于他一个人的女神。

然后，他的神忽然离开了他，丢下他一个人在床前坐了一天一夜，守着这具冰冷的尸体，那是什么感觉，他一点也不想告诉她，好像这样就能坚持自己最后一点小小的矜持似的。

明明心都已经被泡在糖水里，他还要露出獠牙摆出一副凶狠的样子；明明利爪早已缩回去，他还会偶尔露出来给她看看。这可笑的小小自尊，让他察觉到自己在她面前的卑微与无助。

可是，他毫无办法，没有一点办法。

他可以跪在她脚下，如同尘埃般亲吻她的鞋子，祈求她的一缕注视，他全身心都臣服于他的女神。可他不会让她知道这些，她是天神，是他千万回梦里的那双眼，他也不会告诉她。

面对她的隐瞒来历，他仅剩这点骄傲了。

像是察觉到他略带侵略性的目光，谭音终于也发觉他靠得太近了，她不着痕迹地朝后缩了一下,他的手立即轻轻松开,坐直了身体看着她。

谭音不自然地四处打量,有些结巴地问道:"这、这里是?"

源仲起身,将放凉的茶水递给她:"我开辟的洞天,许久没回来,略有些杂乱。"

谭音一面喝水一面张望,但见满地灰尘,桌椅上积尘都不知道有几寸厚了,更可怕的是帐幔,上面居然还有蜘蛛网!大概因为她睡在床上,他才换了新床褥被子,可她分明瞧见床头有一只蜘蛛缓缓爬过,朝她微笑。这……这哪里是"略有些杂乱",简直、简直就像几百年没住过人一样啊!

谭音闪电般蹦下床,由于动作过大,还扬起了一大片灰尘。

源仲在一片灰尘中显得十分平静:"这个……几十年没回来了,我马上打扫。"

谭音木然看着他双手合十,默念了一阵,只见楼下突然飞出一根脏兮兮的扫帚,对着屋里就是一顿打扫,霎时间弄得满屋子像下起灰尘雨,两人满头满脸全是灰。

两只灰人对着呆呆望了半天,谭音突然笑了,一面笑一面叹气。

"还是我来吧,走,咱们出去。"

两人顶着满头满脸满身的灰出了大门,谭音只觉眼前豁然开朗,背后是源仲住的小楼,形状古怪,有几分像他在方外山的六角殿,而面前的庭院,大半都种着一样的雪白的花朵,琼苞雪蕊,晶莹剔透。

庭院外是一方不大不小的湖泊,湖畔杨柳依依,随风舞动,远方青山高耸,天色如洗,薄薄的一层霞云,是正要日出的时辰。湖对岸隐隐有几方药田,另有一座小小树林,林前还立了白石碑,谭音眼力非同寻常,一眼便看出碑上写着"撷香林"三字,走近湖边,微风拂面,青草野花药草水汽诸般气味扑面而来,还夹杂着一种她并不陌生的悠扬香气,想必那撷香林中种植的是有狐一族制香所用的香料木。

这一座仙家洞天福地并不大,甚至可以称得上小巧玲珑,诸般景致都在山谷中,格外幽静。

源仲有点紧张,干咳两声,故作自然地问:"你觉得……怎么样?还能住吧?"

谭音不由微微一笑:"很漂亮。"

他满面喜色,却又使劲掩饰,挽着她的袖子轻轻一拉:"跟我来。"

他领着她分花拂柳来到小湖边,湖畔杨柳下拴着一只通体碧绿的木船,两人上船刚解开绳子,只见湖中缓缓行来一只巨大的老鼋,色如白玉,眼中灵气十足,想必快要成精了。

老鼋对着源仲点了三下头算是行礼,紧跟着潜入船下,将那只玲珑木船托在背上,一路缓缓向湖心游去,又稳又快。

谭音坐在船头极目远眺,远方那几块药田,或许是这里日久没有人住,更无人照料药田，纵然仙家洞天灵气旺盛，药草长得也蔫蔫的。她看看湖泊的位置，再看看药田的位置，心中不由自主开始筹划要怎样做个将湖水引入药田灌溉的工具了。

湖心有一座非常玲珑的湖中岛，上面长满了芦苇。谭音一见芦苇，立即道："可以去那边吗？"

托船的老鼋立即掉转方向，没一会儿便靠在小岛旁，谭音轻盈地跳上这座小岛，四处顾盼，这座岛只有一座凉亭的大小，长满了芦苇，只有中心一块空地，放了一个半旧的蒲团与一张很小的酒几，想必源仲曾在这里自斟自饮，夜观星空，倒是逍遥得很。

"能采一些芦苇吗？"她问得很客气，毕竟他才是这洞天的主人。

源仲似乎并不喜欢她这种客气，一言不发地耸耸肩膀，抬手就扯了一大把芦苇抛在地上。

"不要这些嫩的，我来吧。"她从乾坤袋中取出一把小镰刀，专门挑那些又粗又长甚至有些干枯的芦苇切割，不一会儿就切了许多，然后坐在蒲团上慢慢编织，很快就做出四根略有些粗糙的芦苇扫帚。

紧跟着，她又从乾坤袋中挑出数根材质十分一般的木料，并铆钉青铜管青铜棒之类，"哗啦啦"倒了一地。见她的模样，像是又要做东西了，源仲索性坐在她身边，颇有趣味地看着她麻利地切割木料，将里面掏空。

她做东西的过程让不懂这些东西的人来看，实在是枯燥无比，无非是切割、雕凿、挖空、用铆钉连接，既谈不上有趣，更谈不上优雅。以前泰和也感兴趣，想过来看她做东西，可看了一会儿就打着呵欠跑了。

谭音一面用柔软的杨木雕凿五脏六腑，一面回头偷偷看源仲，他一直盯着她的动作，眼睛也不眨一下，好像并不觉得枯燥。从来没有人愿意陪她一起做东西，这是第一次。

谭音心里有一种暖意，忍不住开口道："好玩吗？"

源仲点点头，又摇了摇头："有趣，但我不懂，为何要雕凿五脏六腑？"

"因为要让机关人动起来，就要将它们的身体做得与常人一样，漏一点东西，便不能动了。"

一谈到工匠制作之类的话题，她简直滔滔不绝："可毕竟只是机关人，不是真人，所以想要它做什么，便要通过五脏六腑细微的雕凿不同处来区分。上次做的那些木头人就只会唱歌跳舞，你让它们干活就不行。那些只会挑水施肥的机关人，你让它们跳舞唱歌，那也做不来。当然，也可以做一只与真人无异的机关人，能说会唱，也可以做打扫的事情，还能做饭做菜，可这种机关人起码要做半个月，材料也十分珍贵稀少。"

源仲听得入神："那你能做吗？"

谭音笑道："可以做，你想要什么模样的？"

源仲盯着她雪白的脸："你这样的。"

谭音微微一愣，面上笑意淡了一些，过了一会儿，才低声道："好，我做个，但可不能做成我这样的。"

"那你要做成谁的样子？"

"我不告诉你。"

"卖关子。"

"对啊。"

再也没有人说话，谭音飞快做好一只与常人一样大小的木头人，由于是赶工，外形看上去十分粗糙质朴。她打开它的后背，将一根青铜棒轻轻插进去，拧了几下，木头人"喀拉喀拉"地活动几下手脚，立即拿起一只扫帚朝小船狂奔而去，站在船头动也不动。

她一连做了四只木头人，个个拿着扫帚威风凛凛地站在船头，看上去倒有些滑稽。

"回去吧。"谭音将散落一地的材料收回乾坤袋，与源仲一起上了船，老鼋托着船游回岸边，那四只木头人风驰电掣一般举着扫帚狂奔向小楼，忙里忙外，比方外山那些雇佣的侍女还要灵活。而且木头人又不知道什么叫休息，根本不会累，扫完又拿着抹布擦墙擦桌椅，擦完再扫一遍，最后整整用了几十桶水，才将屋里屋外打扫得纤尘不染。

谭音两眼放光地看着源仲快掉下来的下巴，充满成就感地问："怎么样，是不是很快？"

他捏着一根青铜棒，来来回回地看，这就是一根普通的棒子而已，上面被挖出密密麻麻形状不一的凹槽。他打开一只木头人的后背，只见它背上有个洞，将青铜棒顺着洞上的凹槽插进去，轻轻拧上数圈，那只已经停止行动的木头人又开始手舞足蹈，但这次既不是扫地，也不是打水，它手足并舞，又跳又蹦，绕着湖边开始狂奔，怎么也停不下来。

"额……"源仲尴尬地捏着青铜棒，怎么她拧几圈木头人就老实听话，他拧那木头人就开始乱蹦乱跳呢？

"因为是赶工，所以它们只能完成固定的步骤。"谭音好心给他解释，"你刚才拧了五圈，它要跑五个时辰才能停。"

源仲捏着青铜棒舍不得丢，来回玩了半天，才道："这四只木头人送给我好不好？"

维持洞天福地的整洁是很费仙力的，所以如同方外山香取山那种巨大的洞天福地，都会雇佣凡人做打扫修葺。这里是他自己开辟的洞天，不想让凡人打扰，他又懒得自己动手，有这种会打扫的机关人，他再也不用担心几十年不回来这里会成了猪窝。

"好啊。"谭音很大方地答应了。

源仲两眼放光，突然转身一个熊抱抱住她，还故意掂了两下，再举高高，看着她惊呆的表情咧嘴笑道："多谢你了,我的小工匠。"

小羊皮、小牛皮、小猪皮……许多张被处理得干干净净的皮子摊在架子上,谭音一个个用手摸,挑出弹性十足又带着些许硬度的一张,拿起剪子小心翼翼剪了一块,然后对着墙角放置的一个真人大小的机关人雏形比了比,满意地点点头。

她在做一个十分具有挑战性的机关人。以前她做过那么多木头人,会唱歌的、会跳舞的、会打架的、会做家务的,可这些全部加起来,也不如这个复杂,这也是对她工匠手艺的另一个挑战。

台子上乱七八糟地堆放着无数她没用过的材料,不再是冷冰冰的木料与青铜,除了那些被处理好的皮子,还有被洗干净的肠衣之类看上去怪可怕的东西。

谭音专心地将皮子剪成大小不一的片片,再用大针穿了线,将几块碎皮粗粗缝合在一起,换上小针再用肉色线细细密密地掩盖针眼,几下翻卷折叠,一只耳朵的雏形就这么做好了。

空气里渐渐有一股令人难以忍耐的腥味蔓延,取代了原本中正平和的香气,谭音回头一看,是香炉里的香燃尽了。她平日里大多跟木料铜料打交道,这种皮子肠衣之类的东西还真没怎么接触过,之前乍一到手,反倒被那种古怪的气味熏得脑壳疼,不得不找源仲要了香料来熏一熏。

谭音取了一块大黑布将墙角的机关人雏形遮住,在完工前,她要保密,不给源仲看到。不知道等这只机关人完成后站在他面前,他会是什么表情?会不会眼珠子也掉下来?说不准下巴也要脱臼。

她想到这结果就忍不住乐呵呵。从小到大再到成神,她一直都沉默寡言老气横秋的,甚少有这种小女孩念头,可是跟源仲在一起时间长了,她就觉得自己被带坏了,老忍不住要想些有趣的点子。

老话说近朱者赤近墨者黑,确实有点道理的。

谭音洗了把手,去敲源仲的房门。

他这栋小楼有三层,二楼一间堆放杂物的房间被她借来专门做东西,三楼便是他的卧房。

谭音敲了半天却没人开门,她好奇地轻轻推了一下房门,居然推不开,他给门上了仙法,这实在是少见。不过说起来,她最近忙着做机关人,似乎有好几天都没见着他了,这更是少见,不知他在神神秘秘地搞什么东西。

她索性出门透透气,外面已是十月中旬的天气,秋高气爽,远方山峦也不再青翠欲滴,大部分变作了金黄深黄色,山腰处更有一大片火红之色,想必是种满了枫树。

一阵秋凉之风吹过,带来浓郁的香气,撷香林到了秋季香气越发醇厚,谭音方才被满屋子的怪味熏得头疼,这会儿忍不住,深深吸了好几口气,忽见源仲提着一大包刚砍下的树枝缓缓行来,见她在门口发呆,他笑道:"怎么,不搞你的秘密活动了?"

谭音一想到那机关人做好可以吓他一跳,实在憋不住眉眼都笑开花,她故意不提机关人的事:"香料用完了,你能再做一些吗?"

源仲将手里新砍的树枝送到她面前:"死丫头,来得巧,我刚好采了香料木。"

他揽着她的肩膀将她轻轻推进小楼。

小楼的构造与六角殿十分相似,一层建在地下,二层三层才在地上。地下那层是他平日里制香的地方,里面比楼上谭音做机关人那个房间的杂乱不相上下,墙角放着几个扁圆的竹篮,里面放着阴干好的零陵香乳香之类,一旁地上胡乱堆放着各种剪刀小刀,外加磨碎香料的石臼,青石台上更是乱得惨不忍睹,全是不知名的各种半成品香料,整个屋子里弥漫着混合香气。

源仲点了一支火把,将一根树枝剥了皮放在上面细细熏烤,不一刻,树枝上渗出细细一层脂油,浓香四溢。

谭音坐在对面看他认真制香,这并不是第一次,他们两人似乎都已经习惯这样的场景了,她做杂七杂八的小玩意,他默默陪在她身边看;他制香,她也默默在对面看。没有人说话,不需要说话,谭音甚至完全不觉得这有什么不妥。

"怎么才能让木头人开口说话?"源仲取了蜂蜜将制好的香料调匀,忽然问道。

谭音想也不想就答道:"将皮膜固定在喉咙里,气流冲撞就能说话了。"

答完过了好久,她才反应过来,奇道:"你也想做机关人吗?"

源仲故意板着脸:"许你做,不许我做?"

谭音赶紧摇头:"没、没有啊……"

源仲将刚做好的香饼丢进一个半旧的匣子里,合上,过了片刻又打开,那块香饼便如同窖藏过一般,干燥成熟。

"拿去。"他将香饼丢给她,忽然一笑,"你告诉我你在做什么,我就告诉你我为啥要问。"

谭音捧着香饼使劲摇头,她还等着吓掉他的下巴呢。

源仲使劲弹了一下她的脑门儿,双眼含笑:"那我就不告诉你,到时候闪瞎你的眼。"

他到底在做什么神秘的东西?谭音不多的好奇心完全被他勾引出来了,难道真的是要做个机关人?可他什么都不懂,怎么做?她恨不得把他放在卧房门上的那个仙法打破,钻进去看个究竟。

不好不好，这样不好。谭音忍耐地端着香饼回到二楼房间，又继续废寝忘食地做那个机关人。

这个机关人比谭音想象得还要费时间与功夫，在仙家洞天下了第一场雪的时候，她才堪堪完成最后一道步骤。

她仰头看着这与真人一般身高体型的机关人，心里像以前一样，充满了成就感，但似乎还不单单是成就感，她亲自动手，一刀刀细心雕凿出的轮廓，一笔笔画出的眉毛，当初做的时候心无旁骛，如今做完了看着它，她心里竟是说不出的滋味。

它眼睛用的是最名贵的黑宝石，皮肤是她一点一点打磨光滑平整的，头发用的是真人的长发，是她一根根贴上去，绾成发髻的。

谭音盯着它看了很久，心中那股说不出的澎湃之感渐渐安静下去。她取过挂在衣架上早已准备好的白衣，替它悉心穿戴完毕，映着雪色，它眼眸中波光流转，长发垂肩，面色如玉，与真人一模一样，好像站在她面前对她微笑似的。

谭音再一次看得入神。

为什么会做成他的模样？她自己不能解释，就像是当初下意识地将源仲护在身后一样，她做这个机关人，也完全是下意识的行为，甚至完全没有考虑过要做成其他人的模样。为什么？为什么？她说不出所以然，她活到现在，还是无法像了解工匠技巧一样了解人心，她连自己的心也不能够了解。

不知过了多久，她忽然发出一个无声的叹息，取了一根青铜棒，撸起它的袖子，在它手肘处赫然有一个小小孔洞，将青铜棒插入，转动十圈，机关人浑身一震，发出特有的"咔咔"声，在屋内没头苍蝇似的绕了几圈，紧跟着又停下，转过身来望着谭音，双目湛然有神，再也不辨真伪。

"有礼了。"它双手合十，向谭音行了个礼。

谭音笑了笑："走，咱们下去，给他一个惊喜。"

辰时过二刻，这个时辰源仲一般在撷香林采香料，谭音带着机关人静悄悄地出了门，一路沿着积雪的湖边慢行。大雪纷纷扬扬，已经下了一夜，现在还没有停的意思，不过路上积雪并不深，路旁正有个木头人拿着扫帚绕湖边辛勤地扫雪，想必是源仲弄的，他早已学会怎么操纵这四只木头人。

撷香林一片银装素裹，源仲没有撑伞，正弯腰拨开雪，寻找已经成熟却尚未采摘的茅香。忽闻身后一阵踏雪之声，他笑眯眯地转身，道："今天怎么舍得从你那个破屋子出来……"

他没说完就愣住了，站在背后的不是谭音，而是一个白衣男子，手里撑着一把紫竹骨纸伞，伞面压得极低，挡住了对方的脸，只能看见垂在胸前的漆黑长发。

"三千世界银成色，十二楼台玉作层。今日难得这番大雪，不知兄台可有兴致与我共饮一杯？"

说话声低沉，却又带着一丝清朗之意，并且特别耳熟。

源仲呆了一瞬，不说话只盯着他看，来人身高体型都很眼熟，伞面依旧遮挡容貌，一袭白袍被风雪吹得翻卷翩跹。

"兄台不说话，想来是小弟唐突了。"白衣人笑了一声，"小弟献上歌舞一阕，博一笑耳。"

说罢那把泼墨山水的纸伞因他轻轻松开手，瞬间被风雪吹了很远，伞下的人面色苍白，眼尾上挑，面上似有冷漠之意，然而双目却微微含笑。源仲一看清对方的脸，就像被雷劈了一样，猛然指着白衣人，目瞪口呆，半个字也说不出来。

白衣人双手合十，忽然长袖一卷，且歌且舞起来，动作雄壮有力，歌声浑厚高亢，唱的还是那首他耳朵听出老茧来的《简兮》。

"简兮简兮，方将万舞。日之方中，在前上处。"

长袍下摆将地上的积雪拂散开，而此刻雪越下越大，这人又是白衣，一时竟令人看花了眼。

一曲歌舞毕，白衣人合十行礼，道："献丑了。"

源仲瞠目结舌，突然反应过来什么似的，高声道："姬谭音！死丫头！出来！"

叫了两遍，没人理他，源仲眼尖，早望见老远一个人影鬼鬼祟祟地躲在树后面，死蠢死蠢的模样。他拔腿就往她那里快步走去，谭音远远地见他气势汹汹，好像脸上的表情还不是她预想中的高兴，不由得有些发愣，眼睁睁地看着他走到自己面前，然后……然后他伸出手，狠狠在她脑门儿上弹了一下。

"你昼伏夜出三个月，就是做的这个？"源仲面色古怪，指着林中第二个惟妙惟肖的"源仲"，半天才问出一句。

谭音捂着脑门子点了点头，见他神色怪异，她喃喃道："你、你不喜欢吗？"

说了想让他惊喜一下，但好像惊是惊到了，喜似乎没看出来。

源仲盯着她看了很久很久，久到她肩上积了薄薄一层白雪，他才突然眨眨眼睛，浓密的雾气从他唇边溢出。

"我、我真的没想到……"他苦笑，可是那苦笑很快又变成了真的笑，他漂亮的眼睛里全是藏不住的喜悦之意，快要溢出来了。

好蠢，看上去好蠢，可他就是没办法不笑。

"你喜欢？"谭音不是傻子，她当然能看出他满面笑容渐渐扩散，也情不自禁地弯起嘴角。

源仲摸着鼻子，回头看看那个"源仲"，再低头看看她，苍白的脸上泛起一层淡淡的红色。

"我喜欢。"他声音开始很小，可是一下子又变得很大，在撷香林中阵阵回荡。

"我喜欢。"

第四章

说你喜欢我

谭音越来越觉得，以前那个轻浮多疑让人生厌的大僧侣不知跑哪里去了，她越来越不讨厌他，不讨厌他老是不客气地叫自己"死丫头"，也不讨厌他动不动就弹自己脑门儿，更不讨厌他刚才说的"我喜欢"。

她想说点什么，可又不知道说什么，她向来不擅长口舌之争，只能望着他傻笑。

"傻笑什么。"

源仲故意板起脸，抬手轻柔地掸掉她头发与肩膀上的积雪。此时撷香林中万籁俱寂，唯有大团大团的雪花落在地上的微妙声韵。他掸了半天，她发上很快又有新的雪片沾上，他解下披风，将她兜头一罩。

"出来穿得太少了，别冻坏你这具娇贵的凡人身体。"

谭音又是一笑，浓厚的雾气从她唇边蔓延开："我不冷。"

"不冷也不许在这儿站着。"他替她系好披风的带子，"走，一起回去。"

谭音点点头，扭头呼唤还站在林中的另一个"源仲"："源小仲，回去了。"

源仲手上提着的香料篮子差点扔地上，气急败坏地问："你、你给他取什么名字？"

谭音笑道："源小仲啊，你是源大仲。"

源小仲，源大仲……她家大人肯定不是什么清雅之士，看这孩子取的名字就知道了。

源仲恶狠狠地瞪她一眼，再恶狠狠地瞪了无辜的源小仲一眼："一个机关人还取什么名字。"

源小仲被他瞪得花容失色，躲在谭音背后瑟瑟发抖，哽咽道："主人，他是不是讨厌我？"

谭音安抚地拍拍它的肩膀："不会，他刚才说很喜欢你。"

源仲一看它露出那种表情就觉得胸口闷得慌，他虽不敢自负为威猛之士，可也绝不至于露出这种娘们儿一样的表情，偏偏这机关人还跟他长得一模一样，此恨实在难消。

他走过去一把提起源小仲的领口,冷声道:"你是不是男人?"

源小仲双手乱摇,急道:"我、我是个机关人!息怒息怒!"

源仲皱起眉头:"再让我看到你这样娘娘腔,就把你拆了!"

他转头,见谭音在一旁笑吟吟地看着,更是气不打一处来:"你故意的吧?"

谭音急忙摇头:"没有啊!你不是问我能不能做个和真人一样的机关人吗?他、他难道和你不一样?"

也就是说在她心里,他就是这娘娘腔的没用东西?

源仲无语望苍天,苍天没有看他,只落下大团大团的雪花,晃花他的眼。

袖子被人轻轻拉住,谭音担忧地看着他,虽然没说话,但他懂她的意思。

他心底当然是欢喜的,只是,只是他如果不找点别的话题打岔,就不知道该如何是好了。愚蠢笨拙的男人,他低下头苦笑。

"走吧,回去再说。"

源仲挽着她的胳膊,渐渐下滑,最后握住她冰冷的手,起初还小心翼翼不敢紧握,怕她发觉什么然后飞快甩开他,可她好像完全没发觉,只顾着扭头跟源小仲说话。很明显,她大约也是第一次做出这样的机关人,感觉新鲜得很。

他慢慢收紧手指,将她的手紧紧攥在掌心,像是一个做贼的第一次得逞似的,紧张担忧窃喜诸般情绪皆有,一时间花非花,雾非雾,耳边再也听不见任何声音,他又欢喜又难过,患得患失,是不是世间所有人都要走过这一步?

回到小楼,源小仲主动去烧水煮茶了,谭音坐在炭炉前暖手,她现在是凡人的身体,热了会流汗,冷了就发抖,确实挺麻烦。

门窗都关得很严,有缝隙处全部封上了棉条,小客厅里又暖又香,有狐一族不愧是喜爱制香的部族,连烧的炭也是香的,而且炭块都制成五瓣梅花或九瓣莲花的式样,十分精巧。

谭音用钳子夹起一块左右看,忽听源仲问道:"为什么把机关人做成我的模样?"

她自己也搞不懂这个问题的答案,又冷不防被他问到,手里的钳子握不住,炭块掉回了炭炉里。她低头把钳子拿在手里玩来玩去,嗫嚅半天,才低声道:"我不知道……做好了就这样了。"

门帘被人掀开,源小仲一副贤妻良母的模样,端着茶杯茶壶给他们斟茶,紧跟着像怕打扰他们似的,用托盘捂着脸跑了出去。

源仲又是气又想笑,最后故意冷声道:"把我做成这个样子,你就开心了。"

谭音很迷惘:"他不是和你一样吗?"

"长得是一样。"他叹一口气,"可性子完全不同,你太不了解男人了。"

谭音低声道:"他会说什么话,做什么事,其实我完全无法控制,他和我做的那些木头人不一样……我也是第一次做这样的机关人。"

"也是最后一次。"源仲接过她的话,不容置疑地再说一遍,"最后一次,不许做别人的。"

谭音茫然抬头看他,他脸上的表情她没见过,又希冀,又想隐藏,带着一丝痛楚,然而眼底又是喜悦的,像藏了一朵颤巍巍的小花苞。

她情不自禁点了点头,他眼里那朵花儿一下子就盛开了,他小心翼翼垂下眼睑,护着它不给人看到似的,半响,又带着点得意张狂的玩笑语气开口道:"因为你喜欢我,所以才会把机关人做成我的模样吧?"

她想摇头,可是脖子执拗地不肯动一下,憋了半天,只好垂下脑袋,一声不吭。

小客厅陷入一种奇异的沉默里,谭音觉着自己该离开,去二楼她的那个乱糟糟的屋子里蹲着,再做点什么别的东西转移一下注意力,可她又舍不得走,炭火烤得她浑身暖洋洋的,脑子里都暖洋洋的。

过了好久,也可能只过了一会儿,她有些心不在焉,忽听源仲说道:"等雪停了,咱们去外面大些的城镇逛逛,我要买些东西。"

记得他曾说过,离开了方外山,想要游山玩水来着,结果他们在这个小洞天里住了好几个月,看上去他没有半点想离开的意思。这样也好,远离尘世,远离被韩女蛊惑的那些战鬼,他就这样安安静静活到老死……

这突如其来的念头让谭音忽然感到一阵不舒服,那个快被她遗忘的最终目的大喇喇地跳出来。她都快忘了,她陪着他,是为了等着他死。她发觉自己很不情愿去深想这个问题。

其实也没有什么不对,他不知道,她不说,仙人的一辈子不过数千年,陪着他一辈子……有什么不可以呢?

她甘愿做这几千年的凡人小工匠,夏天流汗,冬天发抖,每天做一些稀奇古怪的小东西,就在这幽静的洞天里,他的一辈子,只有他们两个。

她不光是为了泰和才愿意这样做,所以,没有什么不对。

没有什么不对。

门帘又被人掀起,源小仲端着贤良的脸,慈祥和蔼地给他们送来了两碗热汤。不知用什么东西做的,浓汤是淡红色的,闻起来甜丝丝,还带着一丝清醇的酒气。

谭音舀了一勺送入嘴里,甜糯滑软,芬芳浓郁,滋味实在妙不可言,她自己都惊呆了:"源小仲,你做的东西这么好吃。"

源小仲扭着衣带含笑低声道:"你们喜欢就好。"

说罢他含羞望了一眼谭音,再含羞瞥一眼脸色铁青的源仲,慈爱地说:"你们、你们要好好相处啊……"然后捂着脸又跑了。

源仲忽然觉得他再也不想在这个洞天待下去了,不然他怕自己将这个恶心的机关人拆掉。他要立即、马上、此时此刻就出去逛逛。

这场搓绵扯絮般的大雪下了四五天才停,四五天里,源仲几乎从早到晚都将自己关在卧房里不出来,不知道究竟在搞什么东西,有时候谭音去找他,便听见屋里"噼里啪啦"一阵乱响,隔好久他才来开门,还只把门开一个缝,不给她偷看屋里的场景。

说好了雪停出去买东西,他又拖了好几天,才不甘不愿地牵着极乐鸟带着谭音离开洞天,而且他也不知几天没睡觉了,发髻松了一绺,挂在耳朵旁,下巴上甚至还有没刮干净的胡茬。

谭音甚少见他这种邋遢模样,平日他就算怎么胡闹,衣服和头发都一定是整整齐齐的,有狐一族是个爱美的部族。

源仲取了张毛毯将她浑身一裹,扔猪崽似的把她扔到极乐鸟背上,然后自己也跳上鸟背坐在她身后。吹了声口哨,极乐鸟拍着翅膀缓缓飞高。

他似乎在凝神想事情,下巴抵在她头顶,修长的手指将极乐鸟背上的毛一片片揪下来玩,揪得这只鸟发出不满的尖叫。

谭音被紧紧裹在毛毯里,不要说冷,这会儿热得都快出汗,她艰难地动了一下,开口道:"你是在做机关人吗?遇到什么难题了?我可以教你。"

源仲"哼"了一声:"不要你教。"

"你没学过,也没有传承手艺,才几个月没办法做出来的。"

"安静点。"

谭音本来只是猜测,这会儿反而有八成确信他真的是在做机关人了,她一时好奇,急忙问:"你真的在做机关人?想做什么样的?"

源仲叹了一口气,把她的脑袋摆正:"再不安静,我就把你丢下去了。"

这只狐狸的脾气总这么坏,谭音只好闭嘴。所幸城镇不远,极乐鸟飞了不到半个时辰便落在一处城门前。与那些小镇不同,此处即便是仙妖们,也须得步行过城门关卡,出入如此严格,应当是琼国的王都归虚。

听说近几年琼国一直在闹起义,以前还有个骠骑将军镇守嘉平关,后来那将军不知为何失踪了,农民兵节节逼近,搞得归虚城也是人心惶惶,远远地便见朱红色的皇宫围墙,几乎是五步一兵，十步一设岗，稍微有些闲杂人等靠近，便会立即被驱赶。

谭音骑在极乐鸟背上，望着那朱红色的围墙，忽然有种很熟悉的感觉，她觉得自己似乎来过这个地方，可又想不起具体是怎么回事。

恍惚间，只觉源仲将极乐鸟拴在一间店铺门口，她急忙回头，见他闪身进了店铺，她赶紧追进去，源仲回头瞪了她一眼："乖乖在门口等我，不许跟着。"

"哦……"

谭音只好停下脚步，随意打量店内的货物，大多是些手艺做的东西，香樟木的面具、盛香粉的精致小木盒、手工做的小铜人之类，最显眼的是放在店铺正中水晶柜子里的一只瓷盆，约莫有五寸多高，瓷盆是淡淡的天青色，盆内画着十分精致的莲叶莲花，栩栩如生，画艺十分高超。

见她盯着那只瓷盆看，老板有心要做生意，笑眯眯地过来说道："姑娘，这瓷盆来历不简单啊。"

谭音显然不懂与商家如何打交道，一下子就上钩了："怎么不简单？"

老板神秘一笑："你听说过公子齐吗？"

公子齐是非常有名的画师，而且最重要的，他是个仙人，传闻其人风流倜傥，俊美非凡，早年便有各种风流名声，走到哪儿，哪儿的女人就春心乱动。老板坚定地相信，不会有年轻姑娘没听说过公子齐的大名。

奈何眼前的姑娘一脸茫然地摇头，道："没听过。"

老板顿时不晓得后面的话要怎么接，傻在当场。

"这瓷盆应当不仅仅是画工高超那么简单。"谭音望着瓷盆侃侃而谈，反客为主，"老板，能把它取出来，再倒些水进去吗？"

其实老板本来想借着聊公子齐，再顺便将瓷盆的神秘之处透露出来，谁知这姑娘一眼就看出来了。

他脸色怪异地将瓷盆从水晶柜子里小心翼翼地取出，倒了半壶冷水进去，只见那盆底的莲叶瞬间像活了一样，色泽变得十分鲜艳，粉色的莲花更是摇曳生姿。更奇特的是，随着清水注入，莲叶中钻出数尾橘红色小鲤鱼，居然能游动，绕着莲花莲叶打转嬉戏，神乎其技。

老板见谭音看得津津有味，又自得起来："如何？是不是不简单？单这一手画工便艳绝天下，更何况注水后还有这等奇观。姑娘，这可是镇店之宝，你如诚心想要，价格好商量……"

谭音不等他说完，便笑道："你把冷水倒了，再灌入热水试试。"

老板从未想过灌入冷热水还有什么不同景象，他见谭音似乎很懂的样子，倒也不敢怠慢，立即烧了一壶开水，再度灌入瓷盆。只得一瞬，便见瓷盆上所有的莲叶都消失不见，盆内千万朵莲花重重叠叠，橘红色鲤鱼变成了银色的小鱼，在盆内欢快地游动。

老板自己都看呆了，谭音笑吟吟地摸了摸这只瓷盆，那个叫公子齐的人很有趣，将仙法灌注在画中，引出这许多变化，想来一定是个匠心独特的人。

"你假如往里面灌酒，出来的景象还有不同。"谭音捧着瓷盆有些舍不得放手，忽然问，"多少钱？"

终于谈到正事了，老板松了口气，继续朝她神秘地笑："三千两……"

谭音吓一跳，这么贵？结果老板接下来的两个字让她彻底沉默。

"黄金。"

三千两黄金，有必要这么贵吗？

谭音想了想，从乾坤袋里取出一只好运镜，一只鉴伪镜，说了下用途，再递过去："能用这两个东西换吗？"

老板见那两只小镜片做工古朴，一点也没有精美绝伦之感，就算再怎么好用，也卖不出什么好价钱，连连摇头："不值，不值。姑娘，你这个是实用品，公子齐的画是皇族豪富喜爱的收藏品，这两种东西，不是一个档次的。"

其实她还有几枚玲珑屋，但玲珑屋即便是在她活着的上古时代，也可以卖到数万黄金，换个瓷盆未免太亏。

谭音沉吟半响，忽听源仲的声音突然响起："三千两黄金，要了。"

她愕然抬头，却见他从店铺后门走过来，手里空空的，什么也没拿，也不知方才跑去买什么了。

源仲从怀里取出一只不小的丝囊递过去，老板打开一看，差点被里面的珠光宝气晃花眼，满满一袋明珠啊！个个龙眼大小，光华璀璨。他活了一大把年纪，何曾见过这么漂亮的明珠，险些要晕过去。

突然店外又有一人笑道："他出了三千两黄金，我便出四千两。老板，还是卖给我吧。"

源仲一听这声音眼睛便一亮，果然见外面施施然走进一位紫衣公子，清雅高洁，风华绝代，正是棠华。他身后依旧跟着婉秋、兰萱两名绝色侍女，一进来便觉店铺满目生辉，将那满袋明珠的光华都给掩盖了。

棠华看了源仲一眼，面无表情抛给老板一只更大的丝囊，老板忙不迭打开，只见里面满满一袋小指甲盖大小的莹润珍珠，还有两只黄金打造的芍药，做工极其精美。这老板向来只能做成一些小生意，何曾想过今天一连上门两个大主顾，又是明珠又是珍珠又是金花，他膝盖都软了，奈何棠华出价确实比源仲高，他无助地望向源仲，一个字也不敢说。

"到处都能遇见你。老实说，你是不是暗恋我，所以一直悄悄跟着？"源仲不正经地过去攀上棠华的肩膀，笑得贼兮兮。

棠华将他推开，皱眉道："孽缘而已。废话不多说，婉秋喜欢这瓷盆，前日就看中了，过几天是她生辰，我要买了送她，你莫跟我抢。"

源仲笑道："但我可爱的小侍女也看中了，过几日也是她生辰，我也打算买了送她呢。"

棠华回头瞥了一眼谭音，皱了皱眉头，似乎很不喜欢她。

源仲不说话，只看着谭音，她摇头："我不是很想要，只是觉得有趣。棠华公子要，便给他吧。"

源仲叹道："还是我家的侍女懂事些。"

棠华取了瓷盆，反手递给婉秋，这侍女乖巧地接过来，先谢了她家公子爷，再过来笑眯眯地谢源仲："大僧侣殿下，谢谢您割爱。"

源仲摆了摆手，一反常态没有与她说笑。忽见方才那店铺老板跑过来，满脸堆笑看着谭音："姑娘，你方才那两面镜子，能卖给我吗？"

这孩子果真是靠手艺吃饭，走到哪儿都能做生意，随便出来买点东西，她也能赚个几十两。此等敛财手段，实在叫人嫉妒。

源仲抬手轻轻在她头顶上敲了两下，见棠华他们还在店内徘徊，他便道："我走了，你一路从兖都追到归虚，辛苦了，要不要去我那里喝杯茶？"

棠华脸色微变："你这话什么意思？"

源仲笑道："我可不信世上有这么多巧合，在兖都遇见一次也罢，归虚还能再见一次。棠华啊棠华，丁戌派你跟着我，你何必装傻。"

棠华脸色铁青，突然一把扯住他的袖子，将他拽出店铺，直拖到一条暗巷里，才低声道："你这个狗眼看人低的东西！老子吃饱了撑的跟着你，你跟丁戌有什么瓜葛，别扯上我！"

源仲笑了："不是便不是，发什么火？看看，脸都变形了，叫方外山那些小侍女来看看，她们心目中风华绝代的棠华大人如今倒像一只被烧了屁股的猴子。"

棠华长长叹了一口气："不过我确实有找你的打算。"

"何事？"

"兖都战鬼一事。"

源仲怔了一下："哦？你们都知道了？"

棠华神情严肃："闹那么大，纵然天神现世也总有有心人。如今丁戌也知道了，只怕依旧要派人前来寻你，战鬼也未必会放过你，你自己小心。"

源仲拍了拍他的肩膀，什么也没说，转身便走。不料迎面见婉秋红着脸走过来，望着他微笑行礼："大僧侣殿下。"

他不甚正经地笑语："婉秋姐姐，多日不见，你更漂亮了。"

婉秋柔声道："多谢大僧侣殿下割爱，婉秋无以为报，唯有请您吃一顿酒饭，万勿推辞。"

源仲看看她，再看看后面的棠华，棠华摊开手，一脸无奈。他身边这两个绝色侍女，与其说是侍女，倒不如说是被他宠坏的大小姐。棠华向来好脾气，这些年跟过他的侍女个个都被宠得鼻孔朝天，婉秋还算温柔的。

他转了转眼珠，笑道："我住得离这里不远，既然在这里遇见，也是有缘，不如去我那里做客，婉秋姐姐亲自下厨做两道小菜，让我也享受下口福，如何？"

此人有自己开辟的洞天一事他们都知道，但他向来行踪诡秘，族里竟没人知道他将洞天开辟在何处。如今他亲口邀请，棠华岂有拒绝的道理，便心情甚好地答应了。

源仲跃上极乐鸟背，将谭音拉上来坐在自己身前。忽然，他贴着她的耳朵说了一句："回去后将那个机关人关房间里，别让他出来。"

"为什么？"谭音难得郁闷，难道源小仲有那么见不得人？

源仲耳朵都红了，憋了半天，才低声道："你送我的，我……不想让别人见到。"

谭音闷头想了半天，他话里的意思她似懂非懂，莫名其妙地，她心情突然变得很好，回头朝他露齿一笑，想说点什么，却又拙于表达，被他轻轻敲了一路的脑门子。

其实那个小洞天变化很大，谭音住进来后，不但做了引湖水灌溉药田的大型机关，还做了引水入楼的机关。虽说到了冬天那供水的青铜管会冻住，可怎么说也比从前方便许多。

棠华身为仙人倒还能勉强维持镇定，他身后那两个侍女见着扫雪的木头人简直又叫又跳，冲上去一顿搓揉，半点绝色美人的气质都没了，惹得棠华一个劲摇头："没一个像样子！疯疯癫癫，两个疯丫头。"

待听闻这些机关都是出自谭音之手，婉秋、兰萱两个侍女索性拉着她叽叽喳喳问个不停，可怜谭音这个拙于口舌的，在她们的莺声婉转下，她连句利索的话都没能说完。

棠华道："我听闻上古时代有偃师的传说，莫非这个姬谭音是偃师传承？"

源仲不愿与他多谈谭音的事，随口应付过去："谁知道呢。"

棠华笑道："如果我没记错，姬谭音是沅城人士，父母双亡，家里是卖油的，并不像偃师传人啊。"

源仲笑而不语，将众人请入小楼。谭音记着他的话，先上楼将源小仲安顿好，下来的时候，便见兰萱将青铜鼎打开，往里面加了一块新香饼，点燃后味道十分清冽淡雅，与往日源仲所用的香料味道截然不同。

棠华道："你所用的'枯木逢春'香虽好，但还是略甜，我先前制了一味新香料，曰'料峭'，你品品看如何。"

说话间婉秋奉上茶水，其色老红，叶片大而圆，闻之奇香无比，更有一股暖意直溢胸腹。

棠华又道："这是前几日芜江龙王送来的江底水草，炒制后做成茶饼，名为'黯然销魂'。名字虽怪，味道却好，你也尝尝，喜欢的话，我这里还有几块，送你些。"

源仲苦笑："你一来，又是点香，又是送茶，倒叫我这个主人无所适从。"

婉秋捂嘴"嘻嘻"笑："我家公子就爱这些香啊茶啊的清雅东西，见人便卖弄，您老担待些。"

谭音低头喝了一口茶，只觉满口馨香，更绝的是，此茶配合香鼎中所燃的料峭香饼交织在一处，在鼻端缓缓融合蔓延，竟令人霎时耳聪目明，精神为之一振。

她正要再喝一口，忽觉方才胸臆间令人畅快的清爽瞬间消失，变成了难以忍受的窒闷。她皱了皱眉头，脸色骤然一变，身体像脱离控制一样，直直朝地上摔去，茶杯连着茶水洒了一地。

怎么搞的？她……身体不能动了？谭音心中骇然，她神智清醒，却无法控制身体，这是怎么回事？

突然，又是一声茶杯摔在地上的碎裂声，源仲浑身颤抖扶着椅子，急道："棠华……你下了药？"

一言未了，婉秋与兰萱两名侍女快若闪电般将棠华护在身后，步步后退，一直退到大门处，方才停下。很明显，这两名侍女经过极其严格的训练，虽为凡人，动作却十分利落。

源仲脸色苍白，他看上去明显是苦苦支撑，不让自己被药力打倒。

棠华神色淡然地看着他，良久，才缓缓开口："你太任性了，拥有我族至宝却不听从调令。丁戌倒是好心放你走，我却看不惯。自小你就被僧侣辛卯与丁戌长老保护得极好，即便面对族人也从不露出真容，甚至连名字也不肯透露。哼，丁戌也知道你得罪了不少人，怕你被人咒杀吗？不过，源仲，我翻遍所有机密记录，终于知道了你的名字。"

源仲勉强想要撑起自己的身体，最后却又颓然摔下去，他喘息粗重，似是竭力与药力相抗，声音也微微发抖："我实在想不到，自己的族人也会对我下手。你有这么恨我？"

棠华与他一起被丁戌长老带大，丁戌为人刻薄多疑，他带出来的族人也大多跟他一个性子，唯独棠华是个例外。他脾气好，好到身边那么多侍女个个被他宠得无法无天，犯了什么事找他，他也只有苦笑，连一句重话也不肯说；好到方外山所有族人都因源仲的古怪脾气不肯接近，唯有他还能与源仲有些来往，虽然每次都被气得够呛，却不记仇。

这样的棠华，即便将他今天下药的事说给方外山所有族人听，也不会有人相信，即便是源仲自己，也不愿相信。

棠华摇摇头，明显不欲与他多说，他向婉秋使了一个眼色，她立即会意。

婉秋是棠华近年来身边最为得意的侍女，平时如同大家闺秀般温文尔雅，即便是侍女，也时常穿着宽袖长裙。此刻她上前两步，从宽大的长袖中缓缓抽出一把短刀，刀身如秋水般澄澈，又似碎冰般寒意刺骨。

她一步步走向谭音，目标竟不是源仲。

源仲突然道："怎么，你要对付的人不是我？"

棠华面沉如水，低声道："将这女人杀了！她留在此人身边终是个祸患！"

谭音眼睁睁地看着婉秋走向自己，她的神识没有受损，身体却完全不受控制，放出神力也毫无作用，横亘在胸臆间那团令人窒息的感觉她并不是特别陌生，但此时此刻情急之下却想不起那是什么。

不过眨眼工夫，婉秋走到她面前，绝色的脸上没有任何表情，对准她的背心便一刀刺下——快，狠，准，毫不留情。

"叮"的一声，她的短刀撞在一层薄薄的金色结界上，险些被弹飞出去，一道金光呼啸而过，将她手里的短刀强行夺下。婉秋脸色微变，不敢与那道金光相抗，一个箭步迅速退了数尺，按兵不动。

金光落地，现出源仲的身形，他动动胳膊动动腿，仿佛没事人似的，方才那副颓靡的样子不知去哪儿了。在棠华惊疑的目光下他微微一笑，眼神转冷："你的料峭香与黯然销魂茶很新奇，谢谢你了。不过棠华，你莫忘了，我做了三个甲子的大僧侣，倘若没有半分警惕，岂能活到现在。"

他素来非自己制的香不用，非亲手泡的茶不喝，棠华一来洞天便坏了他两个规矩。他请他们来做客，本就存了一丝警惕之心，又怎会轻易上当。只是没想到他这香与茶水混合在一处的效果那么大，谭音居然也能被放倒。

棠华森然道："我也早知你没这么好对付……"

源仲抬手阻止棠华说下去，他直直看着棠华，低声道："棠华，你我相识数个甲子，今日之事，为何？"

有狐一族并非战鬼那样争强好斗，这本就不是个善战的部族，族人喜爱制香，喜爱酿酒，是个再清雅逍遥不过的部族。棠华看不惯他将姬谭音放在身边，出于他左手是至宝的考虑，可以理解，但他会货真价实地出手伤人就是另一回事了。更何况，他应当也清楚，真要动手，十个棠华也不会是他源仲的对手。

棠华没有说话，他抬手，指向躺在地上动弹不得的姬谭音。

兰萱自他身前忽然有所动作，从袖中抽出两柄短短的匕首，竟不知是什么遗落的神器，从她袖中一出来，尚未出鞘，便带出一阵近乎疯狂的杀戮声。

源仲一听那声音，脸色终于有了微妙的变化。

传闻香取山的山主喜爱收集各类异宝奇珍，这一双匕首他曾在香取山的仙花仙酒大会上见识过，传闻是可以弑神的利器，应当是当年神魔大战中被魔物们遗落的兵器，竟不知棠华是怎么把它们弄到手的。

兰萱出手极快，一柄匕首瞬间脱手而出，撞在那层结界上，几乎没有发出任何声音，那层结界便似气泡般碎裂开，紧跟着又是第二柄，朝动弹不得的谭音的背心直直插去。

谁知匕首又撞上一层结界，结界碎裂的同时，那柄匕首也被弹落在地。源仲化作一道金光，将谭音拦腰抱起扛在肩上，紧跟着又是一道金光，转瞬落在兰萱身后。无论她身手怎样敏捷，终究是凡人，根本来不及反应，被源仲一掌劈在颈侧，翻身晕死过去。

棠华正要动，忽觉身前一阵刺骨寒意。源仲左手的黑丝手套不知何时脱下了，他那只被天神眷顾的暗红色左手掌心红光隐隐，正抵在自己喉前三寸处。

"我实在想不到，有一天会对自己的族人露出左手。"源仲皱着眉头，大有厌恶之色，"你的目标是姬谭音？给我个理由。"

棠华并不紧张，声音淡漠："她来历古怪，目的不明，如同藏在沙里的刀，如此隐患，非杀不可。你不杀我，终有一天我会杀了她。"

源仲露出一个古怪的笑："你打不过我……不，你根本不会打架。棠华，话不要说得太满。"

棠华也笑了："我知道，你不会杀自己族人，你见到子非死了都受不了，更何况亲手杀我。源仲，你比我想得还有良心。"

他忽然一把抓住源仲的左臂，厉声道："婉秋！"

婉秋早已动了，先前落在地上的那两柄匕首不知何时被她执在手中，动作如鬼魅般刺向谭音，谁知匕首又撞在结界上，再刺，还是结界。

源仲冷道："我在，没有人能动她。"

棠华点了点头："不动她，那就动你。"

婉秋手中的匕首忽然转向，狠毒异常地劈向源仲被拉住的左臂——他们的目标竟然与战鬼一样，是他的左臂！源仲一脚踢开棠华，身体化作金光，眨眼便落在小楼外，神色古怪。

"你疯了。"他带着一丝惊愕望着棠华，他的左臂一阵刺痛，婉秋手中那柄匕首虽然未曾接触皮肉，但毕竟是弑神的魔器，竟将他的左臂劈开一道深长的血口。

棠华缓缓从小楼中出来，定定地看着他，忽然，他双手合十，向他行了个礼，再抬头时，目中竟然泪光莹然。

"定！"他低喝一声，雪地上忽然伸出无数青黑的粗大藤蔓，将源仲与谭音捆了个结结实实。婉秋挥舞着那双魔器劈来，源仲唯有架起结界相抗，他神色古怪到了极点，回头盯着棠华，却见他不说话，盘腿坐在雪地上，双目紧闭，两行泪水从他莹润如玉的脸上潸然而下。

"上天神有感，吾族殚精竭力……"一行行晦涩古朴的祷文从棠华嘴里缓缓吐出，源仲竟不知这会儿该笑还是该哭，棠华要杀他！要斩下他的左手！棠华居然在这个时候流着泪念祭天祷文！

婉秋仿佛不知道疲倦似的，一刀接一刀劈来，源仲浑身被咒术捆牢，动也不能动，不由得心中厌烦，突然大喝一声："开！"

捆在他身上的粗硬藤蔓瞬间散开，他化作一道金光，先劈晕了婉秋，正打算继续将棠华也劈晕，忽听洞天生门处传来一阵雷鸣般的巨响，他脸色登时剧变——这是有人在试图用蛮力打破他的洞天强行闯入！

"看来我还是没法完成这个上命。"棠华突然开口，慢慢站了起来，还斯文地掸掸衣衫上的残雪，他抬起头，面上泪痕犹存，神色却已恢复漠然，"我走了，想必战鬼很快便要攻进来。两族宿怨，纵然为同一个上命，我却也不愿见他们，更不愿见你死在他们手里。"

他居然将战鬼引来？还居然这么平淡！源仲怒极反笑："我竟不知你与战鬼一族勾结上了！"

棠华面不改色，长袖一拂，身体渐渐变作半透明，这是他独有的风遁之术。

"天神在上……"他垂下头，一行泪洒落，消失在源仲眼前。

今日发生的事，虽然他早有警惕，但也没想到会匪夷所思到这等地步。棠华是什么人？有狐一族地位高贵的大公子！他居然与战鬼族勾结，与他们一起觊觎他的左手吗？

源仲心中又是愤怒又是不解。

身上数道伤口一阵阵抽痛，纵然放出结界，婉秋手里的魔器到底还是将他割伤，所幸伤势不重。

生门处的声响越来越大，源仲抱着谭音飞速进屋，低头查看她的情况，见她呼吸面色均如常，两只眼睛也颇有神，只是不能动。他摸了摸她的额头，轻声道："没事，闭上眼，就当睡一觉。"

他将青铜鼎里燃烧的料峭香扑灭，冷不防源小仲满脸惊惶地从楼上跑下，花容失色地叫："好大的声响！出什么事了？"

源仲冷着脸将谭音递给他："看好她，抱着，死了也要保护她！"

源小仲茫然地接过谭音，忍不住分辩："我是机关人，不会死，只会被打烂。"

源仲懒得与它斗嘴，目光冰冷地瞪了它一下，源小仲立即乖觉地把谭音抱上楼，讨好地笑道："你放心，被打烂了我也会护好主人的！"

源仲长长出了一口气，缓缓走出小楼，但见远方青山峦峦之处黑云密布，那是生门即将被打破的迹象，一旦生门被破，战鬼们闯入洞天不过是顷刻间的事。

他盘腿坐在门前的雪地上，默念咒文。一道巨大的闪烁金光的结界连着他的身体将小楼也笼罩在内，少不得，今天又要大开杀戒了。

谭音只觉被源小仲连抱带拖地给拖上了楼。这机关人满脸又紧张又兴奋的表情，做贼似的把房门反锁上，再把窗户留道小小缝隙，它趴在窗前朝外偷窥。

她想说话，可是身体不受控制，想放出神识，可神力却无法用，万幸胸口那团窒闷的感觉渐渐开始消失，抽丝剥茧般缓缓现出害她失去知觉的罪魁祸首——一滴芝麻粒大小的神水晶，想必是混在了茶水中，被她一时不察吃了下去。

谭音竭力控制身体，试图摆脱那一粒神水晶的桎梏，她不能躺在这里无所事事，洞天生门即将被破，源仲要一个人面对那么多战鬼，假如他们再用神水晶封住他的左手……这结果她想也不愿想，双手微微发抖，想要动上一下，却难如登天。

像是察觉到她的颤抖，源小仲跑到床边，殷勤地问道："主人，你有什么吩咐？"

谭音张不开嘴，只有死死瞪着他，盼望他理解她的意思，给她提一壶茶水过来。

源小仲见她目光很是杀气腾腾，不由退了一步，捂住胸口骇然道："主人！你怎么了？"

我要水！她拼命用目光传递这个要求。

"你冷吗？"他赶紧用被子把她裹个结实。

要水！她眼珠子都快瞪酸了。

"还是冷？"他体贴地再加一层被子。

水！谭音快绝望了。

源小仲含羞带怯地扭着衣带垂下头："我知道你冷，可是、可是人家只是个机关人，没办法上床替你暖床……"

谭音突然能理解源仲每次见到它就一脸要吐血的表情了，她现在就很想吐血，非常想。

"水……"她突然艰难地发出干涩的声音，只这一个字，却仿佛耗尽了她所有力气似的，瘫在床上喘息粗重。

源小仲急匆匆地给她提了一茶壶水，倒在杯子里喂她慢慢喝了一杯，谭音缓缓舒了一口气，身体里的那粒神水晶她没办法处理，只能喝下大量的水暂时压制它的作用。

"还要……"她艰难地又说一句。

直到喝完三壶水，谭音才艰难地动了动身体，手脚勉强可以动，却没法站起来。

源小仲充满敬畏地望着她圆滚滚的肚皮，一个字也没敢说。

谭音闭上眼，一丝一缕地艰难调动神力，窗外雷鸣般的撞击生门的声音消失了，想必战鬼们都已闯入洞天。她心中焦急，低声问："源小仲，外面的情况怎样？"

源小仲凑到窗边凝神看了一会儿，忽然急道："哎呀！好多气势汹汹的人朝这边冲过来！我数数啊，一、二、三……好像有十几个。停下了，在和源大仲说话，我听不见他们说什么，源大仲在笑，他居然在笑！"

谭音叹了一口气，她错了，她不该让源小仲做这么困难的事。

"你过来。"她叫它，"把我扶起来。"

吩咐源小仲把她摆成盘腿而坐的姿势，她深深吸了一口气，闭上眼，尽全力调动所有可以调动的神力，将源小仲叽叽呱呱的聒噪声抛在脑后。她要尽快下去，她要保护源仲。

洞天生门终于被破开，雷鸣般的巨响骤然消失，残留的是无边无际的令人心悸的死寂。洞天中一切生灵都畏惧地躲藏起来，湖里的老鼋也深深地潜入水底淤泥中，不敢泄露半丝灵气。洞天被破，对开辟洞天的仙人来说不亚于被重击，每个洞天都有个生门，供人出入，倘若强行被破，这个洞天便再也不能用了。若不是棠华进入洞天留下痕迹，想必战鬼们也不会这么快找到生门。

源仲长长叹了一声，睁开眼，远方青山峦峦，然而天顶却漆黑，像一块彩色的琉璃画被砸出大洞般，露出洞天外凡间的峥嵘。

十几个战鬼无声无息地接近，他们明显与上次遇到的那些年轻战鬼不同，每一个都是红眼重瞳，杀意冲天——皆为渡过二十五岁大劫的成熟战鬼，他们也不会像那些年轻战鬼一般上来便喊打喊杀，而是谨慎地停在小楼外数丈远处，一言不发地看着他。

源仲笑了笑，忽然开口："郦朝央如何了？"

为首的战鬼微微点头，声音中敌意并不浓厚："倒要谢谢你给的方子，夫人已从冰块中脱身，只是身体虚弱，尚需时间恢复。"

源仲失笑："是我将她封在冰中的，何必言谢。你们破开生门闯入洞天，应当不是为了她的事吧？"

"不错。"为首的战鬼神情一肃，"你窃取天神宝物，为天不容，倘若你肯束手就擒，我们可以暂且放下两族宿仇，不伤你性命。"

"窃取宝物？"源仲一时摸不着头脑，他忽然想起在兖都那两个年轻的战鬼，临死时也破口大骂他是"窃取天神之物的蝼蚁"，而且，还用神水晶封住了他的左手。

左手……他们的目标又是他的左手？

他又荒谬，又好笑："此手我生下来便有了，何为窃取？你们想的借口未免太拙劣。"

"冥顽不灵。"为首的战鬼摇头，退后一步，而他身后的十几个战鬼反而缓缓向前聚拢，抽出腰间长鞭，小楼周围虽然有结界笼罩，但十几个战鬼要打破结界，也不过是眨眼的工夫。

源仲摊开左手，掌心红光吞吐，苦笑："此仇越结越深……"

他奉命将郦朝央冰封，战鬼们自然要报复，便杀了子非，他再杀了来报复的战鬼，这样杀来杀去，不知何时是个头。

眼见众战鬼要打破结界，他左手立时便要插入地面，就在这电光石火的瞬间，他忽然觉得胸口像被一柄大锤狠狠捶了一下，一股无法言说的恐惧感将他从头到脚包裹住，他猛然张开嘴，一团猩红的鲜血喷了出来。

"源仲。"为首的战鬼低声说着，"我们已知晓你的姓名与八字，也有了你的头发，咒杀你不过盏茶工夫，你贵为有狐的大僧侣，杀了你，两族宿仇再也不能消，夫人也不欲如此，你还是束手就擒吧。"

姓名、八字、头发……源仲擦去嘴角血迹，心中怒火犹如滔天巨浪——是棠华泄露出去的！

他目光如炬，一眼便望见湖对岸的紫色人影，棠华！他果然没走！他取了他的头发和八字，正在咒杀他！

他一言不发，忽然化作一道金光闪身进入小楼，身后众战鬼长鞭甩在结界上，发出金属碰撞般的巨大脆响。

咒杀的威力他很清楚，以被咒之人的身体发肤做媒介，只要知晓姓名八字，随便请个厉害仙人就可以在盏茶时间令他生不如死。昔日他在丁戌的命令下得罪的人太多，故而他的姓名八字都是绝顶的机密，身边更无侍女服侍，想不到今日竟是被自己的族人背叛。

源仲刚上到三楼，只觉一道烈焰自脚底而起，衣衫下摆都被尽数点燃，浑身被这咒术之火焚烤得痛不欲生。

他皮肤上泛出一层迷离的金光，将咒术之火隔离开，然后猛地推开门，屋里的源小仲吓得跳起来，一见进来的人是他，立即花容失色地尖叫："你身上着火了！"

源仲一眼便望见盘腿坐在床上的谭音，他顾不得说话，冲上前将她一把抱起，谭音冷不防被他衣服上的火烫得一抖，下一刻他又将她丢给了源小仲。

"走！"源仲化作金光一道，眨眼便下到了一楼，战鬼们还在全力破坏结界，只怕支撑不了多久。源小仲又叫又嚷地跟下来，急道："怎么回事？怎么回事？去哪里？"

第四章　说你喜欢我

　　源仲强忍咒术的肆虐，盘腿坐下，低声道："抱住她，别松手，我唤出死门，你带她走。"

　　"那你呢？"源小仲花容失色，"你要英雄救美？这可不是戏折子啊，大仲！"

　　源仲不理他，咒术之火缓缓向上蔓延，将他从头到脚吞噬，咒法不会真正将他烧成灰烬，甚至一点伤疤都不会留下，可咒杀的痛苦却比寻常烈火焚身痛苦百倍，也正由于咒杀这种方法太过阴毒，一般仙人都不会愿意做，可是棠华，棠华他……

　　他不愿再想，强忍剧痛调动仙力，试图唤出死门。他孑然一身，没有任何牵挂，至少要让谭音安然无恙地离开。

　　可笑的是，他居然在这种时候想起在兖都，她挡在他面前，说要保护他的样子。

　　这个傻孩子，哪里有女人保护男人的道理呢？

　　漆黑的死门渐渐被唤出，与生门不同，这是洞天的另一道出口，连他自己也不知道出门后会到哪里，每个洞天都会留有这样一个死门，遭遇灭顶之灾时可以让人逃出生天。死门后或许是万丈悬崖，或许是深深的海底，更可能是刀山火海，但，无论如何，也比留在这里要好。

　　还差一点点，再给他数息时间，谭音就可以出去了，只差一点点。

　　身后突然"咔嚓"一声脆响，小楼的结界终于被打破了。

　　数道粗长的鞭子无声无息袭来，源仲只来得及替谭音架起一道结界，两根长鞭扑在他背上，他后背的衣衫骤然碎裂，鲜血四溅，浓郁的香气霎时弥漫开。

　　这时又有数个战鬼冲进小楼，忽见对面有两个源仲，一个神色萎靡，另一个抱着一个女人瑟瑟发抖，都愣了一下，紧跟着便毫不犹豫先朝源小仲冲去。

　　源小仲乍见这么多红眼睛的人朝自己奔来，吓得连连摇手："等一下，等一下！有话好说！"

　　没人理它，细微而锐利的风声呼啸而过，源小仲聒噪的声音忽然停了，他神色滑稽地看着自己断开的左臂，还甩了甩，喃喃道："连机关人都打……"

　　"这个是假的。"战鬼们立即转移目标，长鞭换成了短刀。

　　他们得到的上命并非取源仲的性命，而是砍下他的左手，然而战鬼与有狐两族宿怨难消，此人害得郦朝央数年不能恢复巅峰，又杀害无数战鬼，他们岂有不恨的，短刀如电光，劈向源仲的脑袋。

　　"扑扑"数声钝响，短刀纷纷劈入一个突然出现的木头人身上，这个木头人竟不知是怎样出来的，它挡在源仲身上，而木头人身下还有个人紧紧抱住源仲，将他护在怀里，正是姬谭音。

　　谭音一直在竭尽全力让被神水晶封住的神力释放出来，虽然只有一粒芝麻大小的神水晶，但被她毫无防备地吞进腹中，比全身被神水晶包裹还要严重。

能想出这么精巧杀招的人，自然不会是战鬼或有狐族人，事实上，她心里很清楚这是谁做的，她不得不再次承认自己不懂人心的复杂。

印象里的韩女始终是个温柔的姐姐一般的人物。泰和陷入沉睡，会每日以泪洗面的人是她，而现在，放出神格蛊惑战鬼与有狐族追杀源仲的人也是她，更甚者，能想出将细微的神水晶放入茶水里令自己饮下的人，还是她。

或许，那个姐姐般的韩女从来都不是她的真实面目，真实的韩女究竟是何等性格，她一点也不清楚。

此时此地并不适合想这些，小楼结界被破，死门还差一些才能彻底唤出，想必是来不及了。

谭音一言不发地缩在源小仲怀中，集中精神凝聚神力，耳中却听见长鞭甩在源仲身上的声音，带着浓郁香气的鲜血溅在她脸上——被灼伤一般的感觉。

他会死。

她不敢动，她必须集中精神凝聚神力，不然他就真的要死了。可是她要怎么集中精神？源小仲被砍错认，被砍下了左臂，她知道，下一个就轮到源仲了。

不要急，不要慌，必须将神力凝聚起来。

刀光已然闪烁，谭音不知从哪里生出一股蛮横的气力，自乾坤袋中取出最后一根金丝楠木，切割出一个机关人。她扑过去，将全身被咒术之火焚烧的源仲紧紧抱在自己怀里。

神力还没有恢复，她放不出神识，只有紧紧抱住他，用自己的身体挡住战鬼。他身上的火将她烧得剧痛无比，她低下头端详他，他已经晕死过去，唇角残留一缕血迹，呼吸微弱。

她此生都没有过这么执着的念头，她一定不能让他死掉，不是为了泰和，也不是为了那只左手。姬谭音不会让源仲死掉，她说不出为什么，也没有想为什么，这突如其来却又隐藏已久的执念，比她的生魂在凡间徘徊不得解脱还要热烈，她甚至感到因为这种执念，神识发出被燃烧般的痛楚——也可能是他身上的咒术之火引发的痛，她已经分辨不了。

那只被切割出的木头人并不完整，她的神力没有恢复，它做不了任何动作，不过一瞬间就被战鬼们挑开，数道长鞭毫不留情向她砸来，她清楚地听见身体里的骨骼再次粉碎的声音，她用没有断开的双手紧紧抱住他，不松。

鲜血铺开满地，源小仲惊恐的声音变得很小，小到她再也听不见，耳朵里只有自己的呼吸声，一阵一阵，绵长深邃。

有一只手，带着焚烧的烈火摸上她的脸颊，谭音睁开眼，对上源仲漂亮的眼睛。他醒了，而且好像很生气的样子，漆黑的眼珠子，圆溜溜的，她在他眼睛里看见自己的倒影，血流满面，成了个血人。

他好像在说话，嘴唇在动，身体也在动，要推开她。

不可以出去。

她固执地紧抱着不放手，出去了他会死，她不会让他死，谁也不能带走他。

身体突然一重，她感觉这具身体再也无法与神识契合，正在崩坏碎裂，被吞下去的神水晶也渐渐失去束缚的作用。

就是现在！

谭音双眼清光大盛，神识挣扎着脱离崩坏身体的束缚，自头顶一跃而出。

没有人能看见她，天神的神识是与凡人格格不入的存在，如同鬼魂，若想让凡间的仙妖们看见自己真正的形体，要么便真身下界，要么放出神格。当然，最次的方法便是夺舍凡人躯体，想来韩女正是用最后一个法子来与战鬼、棠华他们沟通的。

她回过头，看见那具凡人的尸体血肉模糊地瘫软下去，源小仲在大叫，聒噪得很，被战鬼们鞭子一抽就散架了，紧跟着长鞭再度毫不留情地挥向源仲。很明显，今日战鬼们势在必得，一定要杀了他。

谭音心中微微动怒，长袖忽然一挥，掌心涌出一团清光，被她轻轻挥洒出去，顿时化作十几道细小的火焰般的光团，一一打入战鬼与婉秋、兰萱的眉间，紧跟着他们一个个被清光打退出门，瞬间消失在洞天内，只留下满地鲜血狼藉诉说着方才的险恶。

忽然，她想起什么似的，飘然出小楼，只见湖对岸有个紫色人影，正是棠华，他面前放着一只青木案，上面有一尊火鼎，并一尊水鼎，他手中捏着一撮被黑丝扎好的乌发，正放在火鼎之中，想必正是咒杀的媒介了。

谭音将清光弹入棠华眉间，他也被打退出洞天，她又轻轻吹了一口气，那撮乌发连带着青木案与其上的所有东西，都霎时化作灰烬。

这一切，本不该发生，是她的疏忽，让韩女做出这么可怕的事情。

谭音回头望向小楼，心底忽然生出一股淡淡的悲戚。

今日之事，以源仲的聪明，想必很快就能想通其中缘由。他终究会明白，她的接近、跟随与保护，不过是为了那只左手。

而战鬼们一再挑衅，甚至连有狐族人都参与进来，大约与她的跟随也有关系。

谭音虽然在人情世故上并不甚通，却也不是白痴，她曾经以为韩女对泰和一往情深，所以急着想要找回他的左手，但今天发生的这些事情，让她对韩女产生了怀疑。

她似乎只想让自己不愉快，让自己痛苦，她蛊惑战鬼与棠华，令这里血流成河，根本不是为了泰和。

谭音突然有些胆怯，不敢回去，不敢看源仲的表情，她自己也不明白，为什么心底会对他感到愧疚和心虚。她想起他偷偷摸摸在房里做机关人，还想起他装模作样地问她是不是喜欢自己，还有那些在一起默默度过的短暂时光。

是否她又做错一件事？

或许她借凡人的身体，大张旗鼓地接近他这件事，本身就是个错误。如果一开始只降下神识在后面默默保护他一生，他所受的所有痛苦，无论是身体还是心灵上的，都不会有。

小客厅满地狼藉，鲜血乱洒，源小仲被战鬼的长鞭拆成了好几截，眼睛还滑稽地眨着，只是不能说话了。

方才喧嚣的一切都沉淀下来，安静，很安静，源仲没有动，他伸手抱住她的身体，正用袖子替她轻轻擦拭脸上的鲜血，一点一点，擦得非常仔细，仿佛完全没发现洞天里那一瞬间发生的变故。

终于将脸上的血迹擦干净了，他又将她满是血污的头发慢慢拨开，露出惨白却安详的脸。

然后，他小心翼翼地将手放在她鼻前，像是发觉那具身体没有了呼吸。他没有放弃，又将脑袋埋在她破碎的胸膛上，没有心跳。

他停了很久很久，最终茫然失措地抬起头，露出迷路孩童一样的眼神，四处张望，喃喃唤了一声："谭音？"

她的身体在这里，在他面前，她的魂却又消失了。

源仲双眼渐渐恢复清明，他惊愕地四处张望，战鬼不见了，晕倒在地的婉秋、兰萱不见了，湖对岸的棠华也不见了，远方青山中的生门裂隙却仍在，老鼋从湖水里探出雪白的脑袋，逃出生天般地叹息。

除了满地狼藉，洞天的一切都与以前没什么区别，不该在的都不在了。可是，谭音也不见了，只留下那具血肉模糊的尸体，就像上次在皇陵一样，她只留下一具尸体给他，除此之外，别无只字片语。

源仲猛然起身，急急追出门，大声叫她的名字："姬谭音！"

没有任何回答，他复又惊觉什么似的，转身回到小楼，抱起那具血肉模糊的尸体，轻声呼唤："谭音？"

还是没有任何回答。

他沉默了。

忽然，一阵柔和的风拂过，香鼎里的香灰无缘无故被吹散，洒落在他胸前。源仲低头怔怔看着血迹缭乱又沾染香灰的胸口，很快，又有大把香灰被调皮的风吹起，洒在他的后背。

她在？不在？是她？

源仲张开嘴，像是想笑两声，可脸色骤然变得惨白，一行鲜血从他唇角汩汩流下，他翻身晕倒在地，一动不动。

源仲仿佛回到了三个甲子前的癸煊台上，在他那懵懂的少年时期，怀着对天神至诚的信仰，等待着天神的到来。

高台之上所有人都伏跪在地，只有他一个人站着，出神地望着台上出现的神女。

他心里一阵迷惘，又一阵清醒，白衣乌发的神女，冷浸溶溶月，可渐渐地，那清冷秀丽的容颜好像变成了另一个人，雪白的脸，嫣红的嘴唇，总是露出死蠢死蠢的表情，时而斯文时而呆。

他眼睁睁地看着神女变成一个普通凡人女子模样，腰间挂着乾坤袋，一步步朝他走来，向他伸出手。

源仲情不自禁地伸出手，他的手掌纤细修长，还是小孩子的手，终于与她握在一起。她朝他温柔一笑，将他细瘦的手握紧在掌心。

"你……有没有怪我？"她低声问。

他心中忽然像被沸水淋湿一样，一瞬间，无数画面从眼前流逝而过，癸煊台像是琉璃画一般碎裂开，他的手一动，反手将她柔软却略粗糙的手掌紧握在掌心。

"怪你什么？"源仲笑了笑，"怪你是为我的左手而来吗？"

傻姑娘，你是不是喜欢我？他曾经问过这样愚蠢的话吗？她心里有多少次在暗暗嘲笑他的慌张与忐忑不安，又有多少次在蔑视他的小心翼翼与自作聪明的试探？

他抬头，稚嫩的少年双眼定定望着她清冷的眼睛，声音很轻："你要我的左手，我会立即砍下给你。"

她摇了摇头："不许这样做。"

少年的双眼变得灼热："那就说你喜欢我。"

让她嘲笑吧，也让他愚蠢下去，他人生的沙漏因为她而停止，又因为她而开始流逝，他甘愿送上自己的一切。

她没有说话。

少年双眸渐渐狂热："我知道，你喜欢我，你不愿说。"

他不会忘记她最终变得血肉模糊的身体，浑身的骨头都变作粉末，还要用没断开的双手紧紧抱着他。如果这还不是喜欢，他三个甲子的岁月又算什么？

"留下来，别走，你说过要陪我一辈子。"他紧紧握着她的手，恨不能揉进自己的掌心，"不要走。"

她似乎笑了，张嘴说了一句什么，他再也听不见，迷离的梦境旋涡般褪去，源仲猛然睁开眼，他还躺在满地狼藉的小客厅，门开着一道缝，外面雨雪霏霏，已然是深夜。

他慢慢坐起来，茫然地发觉自己之前受的伤尽数痊愈了，全身上下一片清爽，更甚从前。

源小仲碎裂的身体还摆在小客厅，满地血迹犹在，而她那具血肉模糊的尸体却不见踪影。

"谭音？"他唤了一声，没有人回答，只有冷冷的风卷着细碎的雪花钻进小客厅。

雪越下越大，湖边积雪上凌乱的脚印很快就被抚平。

谭音远远飘在小楼外，看着源仲醒来，看着他起身寻她，又看着他颓然垂下双肩。最终，楼中所有灯光湮灭，四下里一片漆黑，风声如泣。

她没有回到他身边，像以前说的那样，永远陪着他，一步也不离开。

她现在无法面对他，无论是彼时他在梦里那双炽热的眼，要她承认喜欢他的执着，还是此刻他紧锁的眉头，失去神采的双眼。

她在人际交往上实在没有天赋，不懂他人的心，也不懂自己的心，如果所有事情都像制作机关人那样按部就班，只要一环环镶嵌扣紧，就再无错误的可能，那该多简单。

谭音下界寻找源仲，目的是泰和的左手。是的，她的目的就像制作那些工具一样明确，守着泰和的左手，无论是几百年还是几千年，那也只是一段不需要在意的短暂时光，最终的结果是完美地取回左手，让泰和苏醒。

事情也确实这样发展着，然而她又觉得自己犯下了一个大错，问题究竟出在哪里？她不懂，也或许懂了，却不愿仔细去想。

人的心并不是那些冷硬的没有灵性的铆钉青铜工具，当她用身体替源仲抵挡战鬼暴虐的攻击时，那个瞬间，她心底想的究竟是泰和，还是别的什么？她自己也说不出。那具凡人身体已然破碎支离，神水晶蔓延到四肢百骸，再也不能用了。放出神识的那一刻，她忽然觉得与源仲的联系不再那么单纯。

她不能说喜欢他，不会说，也不配说。

相对千年，至死方离，多么简单的八个字，她曾经也以为很简单，如今却忽然感觉到时光的漫长、深邃还有善变。

这绵长细密的时光令她感到恐慌，还有愧疚，对泰和的，对源仲的。

她犯下大错，无法弥补。

谭音一个人静静飘浮很久，最终回头望了一眼远方青山生门处巨大的裂隙，挥舞长袖，只瞬间便将那裂隙填补完整。

这里是源仲的家，生门被破，他心中必然难过。她也是那些心怀叵测之人中的一员，能为他做的只有这些小事。

现在，她该回去找韩女了，与上次急切而冲动的状态截然不同，现在她觉得心里非常安静，那是一种决然冷漠的安静。她不知道再见韩女会与她说什么，又会不会做什么，她已经没有任何盘算，也不愿想这些了。

她从没有了解过韩女，不，她不了解所有人，包括她自己。

她认识的每个人似乎外表与内心都有着巨大分歧，有的人明明脸上对她生气，心里却对她那么好；有的人表面上对她一派和气，心里却藏着毒针。

韩女，韩女……

他们这些被赋予神格的神君神女们，在做凡人的时候都是执念至诚乃至逆天之辈，如她，是个至诚的工匠，还有为武而狂的侠客，执笔风华绝代的文人。

韩女也有她的执念，她的绣工冠绝天下，哪怕要被凡人当作魔女烧死，她也不能够丢下针线。

那时候韩女与她感情很好，她成神两百年，韩女刚刚成神，对凡间犹有怀念，两人时常谈起凡间的种种趣事，她不善言辞，可往往是她笨拙地说上许多，韩女只含笑倾听。

韩女对于自己做凡人期间的事，几乎从不主动提及，她也只知道一些皮毛，譬如韩女醉心刺绣，绣一朵牡丹，第二天自家窗台就会开一朵牡丹，次数多了，愚昧的凡人以为她是什么魔女，要将她烧死，后来虽然没真将她烧死，但也烧得她半死不活，痛苦地拖了很久才过世。

现在想来，韩女是哪里人，家里都有谁，是否嫁过人，谁也不知道。

她好像也从未失过态，或说错过什么话，永远温柔含笑，善解人意，令人如沐春风。在一众不善与人交往的神君神女中，她显得那么不同。

所以韩女如今的所作所为，才更令人发指，叫人无所适从。

再一次回到天牙台，天河依旧璀璨，泰和也依旧在那块巨大的神水晶中沉睡。

不知为何，谭音不愿看他的脸，心虚又胆怯地匆匆绕过去，唤了一声："韩女。"

没有人回答她。

谭音直直朝殿东角飘去，韩女的身体还放在老地方，她的神识却不知在哪里。

谭音走近那块一人高的神水晶，由于封入神水晶，韩女的身体已经停止消散，可奇怪的是，神水晶并没有补充神力的作用，她分明记得当日下界时，韩女的手足与左边小半的身体都变成了半透明的，而这次再看，居然全部恢复了原状。

这是什么缘故？谭音百思不得其解，可假如她消散的身体可以恢复原状，是不是证明泰和也不用继续沉睡？神界的其他神君也不用再担心陨落的问题？

谭音下意识地要化开这尊神水晶，忽见被封在神水晶中的韩女睁开眼睛，冲她笑了一下。这一惊非同小可，谭音倒退数步，骇然看着韩女的神识从神水晶后面款款现身。

"我知道你会来。"韩女笑吟吟地看着她，"我帮了你一把，要怎么感谢我？"

"帮？"谭音被她装模作样的笑激怒了，"蛊惑战鬼甚至有狐的族人一起来杀源仲，就是帮？喂我喝下神水晶，是帮？"

韩女叹道："你这个傻丫头，人家早就猜到你的身份了，我不过推波助澜一下，不然你要冒充凡人到他死吗？"

谭音静静看着她，摇了摇头："韩女，你根本不是为了泰和，你并不在意他是不是能苏醒过来，但凡你要有一丝在意，都不会做出这种事。"

韩女抬眼望着泰和被封在神水晶里的身体，声音柔和："不错，我从来没爱过他，你终于聪明了一次，虽然有些晚。"

"我没得罪过你，为什么总是做这些让我痛苦的事？"谭音紧咬不放。

韩女哈哈笑了起来："你痛苦吗？真的痛苦了？我抢走泰和的时候，你好像也没怎样，我要杀那个僧侣，你才跟我跳脚。我还以为你这个傻丫头一过来就要把我从神水晶里扯出来碎尸万段呢！"

谭音终于从她话里体会出一丝不对劲的地方："你在等着我上来找你？你等着我气急败坏地发疯？"

韩女笑得更欢："是啊，傻孩子，才发现吗？我在帮你渡劫呢！"

话未说完，她只觉眼前金光大盛，谭音掌心一枚金光璀璨的符印毫不留情拍过来，韩女尖叫一声，神识被捆在密密麻麻的巨大金色荆棘中，无法动弹，荆棘上的倒刺令她的神识痛苦无比，只要稍微有一点动作，便痛彻心扉，是魂飞魄散的那种痛苦。

谭音脸色苍白，死死盯着她，森然道："那我先让你渡个劫。"

她长袖一挥，袖里大片大片的黑雾弥漫出来，将韩女身上的神水晶包裹住，那块一人多高的神水晶以肉眼可见的速度迅速缩小。她原本可以用更温和的方法处理这些珍贵的神水晶，可那要花上几天工夫。此时她被激怒，再也管不了许多，不过一炷香的工夫，韩女的身体软软地倒在了地上，原本恢复原状的左边身体与手足忽然泛出血红的光芒，紧跟着，像泡沫一样迅速消散开。

韩女的大半个身体都已经变成了空白的。

谭音心中一惊，回头望向韩女被困在金色荆棘中的神识："怎么回事？"

韩女停止了挣扎，安静地蜷缩在荆棘内，面上不再挂着温柔的笑，声音淡漠："就是这么回事。"

谭音心底有无数疑问，可是想到韩女残酷的手段，她心中又泛起极度的厌恶，索性拂袖而去："我说过你再出手就让你自生自灭，你好自为之！"

韩女冷笑起来："无双，你真要我死？"

谭音没有回答。

"我死了，你不怕泰和出事？他爱的人是我。"

谭音摇了摇头，淡声道："泰和不会爱上你这样的女人，即使他真的喜欢你，也会为自己看错人感到羞愧。"

身后骤然安静了，只剩韩女沉重的呼吸声，一阵阵，越来越响。谭音不愿回头看她，径自往殿外走去，陡然之间，忽觉整个泰和殿的地面都在缓缓震颤，身后神力暴涨颠沛，极其不稳。她惊骇之下立即转身，却见韩女如同被困在渔网中的鱼，在金色荆棘中疯狂地挣扎，她的神识被荆棘刺深深贯穿，撕扯得残缺不平，她却丝毫不顾，仿佛那魂飞魄散的痛楚并不存在一般。

谭音震撼于她的疯狂，张口想说话，却不知该说什么，韩女一面狂肆地放出神力挣扎，一面忽然抬头死死盯着她看，那目光简直像是实质的，仿佛可以穿透她的身体。谭音从没见过这种眼神，她觉得韩女看的人好像是自己，好像又不是自己，这种目光竟让她有种心惊肉跳的感觉。

"无双，你还是要这样对我！"她声音沙哑，目光奇异而明亮，里面像是藏了一团正在燃烧的星。良久，那一团星从她的眼眶里倾泻而出，泪光在地面上微弱地闪烁。

谭音惊呆了，泰和陷入沉睡后，韩女哭过无数次，可从没有哪次像这样疯狂，这样奇异的目光与泪水，她好像只见过一次，那还是韩女刚成神的时候。

"你还是要这样对我！"韩女残缺的双手死死攀住荆棘刺，她竭力要把脑袋从缝隙中钻出来，状若疯癫，"为什么？为什么？为什么要杀我！？"

谭音猛然合上嘴，深深吸了一口气，才低声道："你……咎由自取。"

韩女的声音陡然变得尖利："我不甘！我不甘啊！那时候我为什么没有杀了你！你们害死我，为什么我没有杀了你！我不该成神！不该成神！无双！我不甘！"

谭音急道："你在说什么？你是不是认错人了！"

韩女忽然安静下来，身体蜷缩在荆棘内，过了很久，她慢慢擦去脸上的泪水，神色古怪地抬头望着谭音。

"我不甘。"

她双眼忽然变得赤红，婉约轻盈的身体忽然以一种极其诡异的方式蜷缩在一处，渐渐地，变成了半透明的雾气状，肆虐波动的神力也霎时消失。谭音骇然地望着这团人形的半透明雾气，心头仿佛被大锤狠狠击中——她似乎在何处见过！

泰和殿陷入一种奇异的死寂中。

谭音眼睁睁看着韩女的神识变成一团半透明的人形雾气，而她跌落在地的那具躯体上忽然泛出一层血红的光芒，莹莹絮絮，那些红光被韩女的神识吸引过去，将她残缺狼狈的神识包裹住。

随着红光飘浮，她的身体消失得越来越快，膝盖以下的部分已经完全消失不见。

韩女半透明的神识渐渐变得更加清晰，隐约可以望见五官轮廓了。

谭音突然如梦初醒一般，倒退好几步。这个行为她并不陌生，魔物依靠吞噬魂魄强大，而被赋予神格的神君神女们的身体则是更强大的存在，当年神魔大战之初神界伤亡惨重，正是因为许多神君神女都被魔物们硬生生将身躯吞吃了的缘故。

"你……"谭音目瞪口呆，这荒谬绝伦的一幕就发生在她眼前，是噩梦吗？韩女的神识变成了魔物，在吞吃自己的神之躯！

惊骇的同时，还有另外一种诡谲的熟悉，她觉得自己好像见过这个魔物，那天，在挽澜山皇陵……谭音扶住额头，她的头好晕，为什么……想不起？

"我再也不会放过你！"

韩女的声音变得极其妖异，如泣如号，她那半透明的神识在金色荆棘中没命地挣扎，荆棘渐渐支撑不住，片刻后便迸裂开，爆出无数金色碎屑。

谭音被气浪吹得站立不稳，翻身栽倒下去，恍惚中只觉一团人影朝自己扑来，她下意识地抬手护住头脸，紧跟着只觉右臂一阵剧痛，像是被数把钢刀狠狠扎进骨头中一般。她疼得浑身一颤，抬头望去，便见韩女五指如刀，刺入她的右臂中。

韩女双目血红，森然盯着她，像是恨极的模样。

谭音深吸一口气，声音干涩："你、你……魔物……"她不知道该怎么说，她心中的惊骇太大，舌头更像打结了一样。

韩女陡然笑起来："魔物？"

韩女讥诮而居高临下地俯视她："我不该成神，当初不该成神，我至今仍然活在痛苦与悔恨的煎熬中！每一天！每一个时辰！每一刻！我恨我当时为什么没有能够忍心杀掉你！"

谭音茫然："什么？"

"你不要以为我真的不忍心杀你！"韩女疯狂地抽回手指，将她一把从地上提起来，她锐利的指甲划伤了谭音的脖子，淡淡的金色神光从伤口中蔓延而出。

"韩女。"谭音定定地看着她的双眼，"你是不是认错人了？我没有害过你，从前我甚至很喜欢你！可是你的所作所为，只有用疯子才能形容！你有什么惊天的冤屈，你没有说过，我不知道，但如今你堕落成魔，天也不容你！"

韩女忽地一笑："喜欢我？她也说过这样的话，你们的喜欢不过都是践踏在我的灵魂上而已！天不容我？天从来也没有容过我！无双，你不是要杀我吗？我先把你杀了！"

韩女突然狠狠掐住谭音的脖子，锐利的指甲刺进她的脖子里，面容狰狞，恨不能将她掐死在自己手上。

谭音费尽所有的气力想要挣扎脱开她的桎梏，可她的手抓得死紧，她身上魔物特有的那种诡谲的波动令谭音感到浑身毛骨悚然。她突然抬手，狠狠抽了韩女一巴掌。

"放开我！"

韩女骤然松开手，轻抚被打的左脸，神色古怪。

"你恨的人，是我？"谭音直指重点。

韩女奇异而狂热的眼神渐渐变得清明，神情也慢慢平静下来，良久，她缓缓退了数步，低声道："不错！我恨你！我恨每一个人！"

她忽然飘到自己消失大半的身躯前，伏在其上，只一瞬间，那些消散的躯体部分全部复原。她睁开眼，缓缓起身，神色诡异地看着谭音。

"无双，我抢走泰和，你恨不恨我？我要杀了那个僧侣，你恨不恨我？你心里恨我入骨，面上还要装作大度，你好可怕，好可怕……"

韩女面上浮现一丝怪异的笑容："无双，你一定也有一颗恐怖的心，这世间每个人的心都可怕无比……我挖空所有心思，费尽我的能力，想把最好的都给她，最后，我成神了，我下界去找她，怕她过得不好被人欺负。可是，我见到了最可怕最丑陋的人心！"

她的眼睛里又出现那团燃烧的星，浓烈却又寒冷："我为什么要成神？我不该成神！我没有忍心杀她！杀了她我的神格会陨落！可是我的恨怎么办？无双！我的恨怎么办？"

她忽然从袖中抛出一幅巨大的刺绣，其上影影幢幢密密麻麻，竟看不清绣的是什么花纹，浓烟的黑与鲜血的红相互交织。

"来，到我这里度过你的残生。"她的声音变得妖异婉转，"我的人劫，在我这里永远地睡下去。"

谭音只觉眼前景致瞬间变得扭曲，一股古怪的力量像是要将她牵引入刺绣图。即使知道韩女是因冠绝天下的绣工而成神，她却从未见过韩女出手，此时韩女抛出那幅诡异而巨大的绣图，里面鬼影重重，号哭连连，竟渐渐像是变成了真实的景象，她甚至可以闻见一股血腥的硝烟气息。

她心中震惊，双眼清光大盛，竭力抗拒，忽然挥舞长袖，袖中数道清光射出，却如同泥牛入海，毫无反应。

韩女声音袅袅，凄清低沉："我已成魔，我早该成魔。她早已死去，轮回不知多少世，此恨难消，我不甘，我不甘心啊……"

这不可理喻的女人！谭音眸光转狠，袖中神光射出，竟变成一把巨大剪子的形状，对着那幅怪异的刺绣剪去。韩女猝不及防，想不到她会出这种怪招，绣图被剪刀一下铰成两截，那股古怪的吸引的力量瞬间消失。

谭音掌心中金光闪烁，又是一枚符印，她毫不犹豫，一把拍在韩女肩头，巨大的金色荆棘平地而起，再度将她锁在其中。

"这些话，你留着说给其他神君听吧。"

谭音将一枚符纸抛向半空，符纸眨眼化作无数蓝色小鸟，无声无息地飞出泰和殿。

韩女忽然大笑起来，泰和殿一阵剧烈震动，谭音震惊地看着她的身体如青烟般渐渐消散开，金色的荆棘牢也套不住她了？

"无双，你真可怕……"她的声音也渐渐消散开，渐渐微不可闻，"我早已不惧怕任何恐怖的人心，我会亲眼看着你怎么魂飞魄散！"

最终，她的声音与身体彻底消失。过了很久，收到讯号的其他神君们才急匆匆赶来，急道："什么事，用紧急召集令？"

谭音疲惫地垂下双肩，轻声道："韩女……堕落成魔。"

不去管那些惊异万分的神君们，她缓缓走到殿中神水晶前，抬头看着沉睡其中的泰和。假如泰和醒来，知道韩女成魔了，会怎样地难受？会不会像当年他对付魔物那样，也能面不改色地将韩女毁在手下？

而她自己……接下来又要怎么办？

她是个后方支援的工匠，追查韩女下落的事轮不到她，那些神君早已有了安排，倒是有人知道她下界替泰和寻找左手的事，过来催促她快些将左手与魂灯都取回，让泰和复苏，有了他的战斗力，加上魂灯，下一次的神魔大战勉强还能够进行。

谭音什么也没再说，她默然离开空旷的神界，先去了一趟沅城，将那具她借来用了短短数月的凡人尸体修补完整，安葬在她父母坟旁。

能借到这具身体，也是天缘巧合，须得寻找八字与她相近，年纪相仿，又要是沅城人士。她身为神女，不能夺舍凡人躯体，所以最好还得是新死的，诸多苛刻条件下，还是让她找到了这个病死的姑娘。

可当日她为了压制神水晶的效力，饮下大量的水，将神水晶逼向四肢百骸，这具五脏六腑都渗透了神水晶的身体，自然不能再用了。

谭音长袖一挥，尸体腰间的乾坤袋被一阵清风拂起，悬浮在她面前，袋口缓缓松开，一枚莹白小巧的玲珑屋从乾坤袋中盈然而出，见风即长，瞬间化作一座简陋木屋。

谭音的神识缓缓飘进木屋，但见床上躺着一具仿若沉睡般的神女躯体，正是她的真身。

她正要附身其上，忽然，她的动作僵住了，木然盯着身体露在外面的手——她的两只手，指尖变成了半透明的，是神力开始消散，即将陨落的迹象。

她记得两个月前，她上次来探视自己的躯体，一切都还很完整。

谭音死死盯着自己的躯体，盯着那些半透明的指尖，只觉整个人都被掏空了一样。

终于，轮到她了，轮到她开始陨落。

第五章 绝不会忘

五千年前神魔大战结束后，随着诸位源生天神的消散，第一位神君的陨落引起了神界的大恐慌。随后接二连三，无数神君神女跟着陨灭，先是身体的一部分变作透明，短则数月，长则数百上千年，神之躯尽数化作空白之后，天神便不复存在，魂飞魄散，不入轮回。

那时候，她也像其他神君一样，怕某天突然发现自己身体的一部分变成透明的光屑。

泰和陷入沉睡后的某天，韩女的双足变成了透明的，谭音替她用神水晶封住双足时，她似乎并不太恐惧，不像其他神君那样痛苦最后变成麻木，她甚至在笑，眼神微妙，笑容奇特："这一天终于来了。"

谭音心中难过："韩女，你不要怕，我会尽力替你保住身体。"

韩女摸了摸她的脑袋，笑叹："我一点也不怕，我只是在想……终于开始了。"

"什么开始了？"

"我的劫数。"

"劫数？"她不懂。

韩女看着她，忽然叹了一口气，眼神里带着羡慕，还有一些很深邃的意味莫名的东西。

"你的劫数什么时候开始呢，无双？你脑子里真的只有做东西？"

她还是不懂，韩女再也没解释过，直到今天。

她的劫数终于到了。

不知过了多久，谭音长长吐出一口气，神识猛然转身出了木屋，茫然四顾，周围荒烟蔓草，残雪飘摇，杳无人烟。

天下之大，她竟一时不知如何自处，她也要陨灭了，像那些消散的神君神女一样，魂飞魄散，再也不会存于这个天地间。

她忽然感到一阵极度的不舍与悲凉，眼前的一切景物仿佛瞬间消失，她眼底一片空白。

现在要去哪儿？她还有多少想要做的事？多少没有完成的心愿？谭音觉得脑袋里昏昏沉沉，这空旷又繁华、可恨却又无比可爱的世界，日升月落、春风秋夜、白雪红莲……她将再也看不到了。

她不知道自己要去哪里，漫无目地放任神识乱飘，不知飘了多久，似是来到一处农庄，天快要黑了，天边深红浓黑相互交织，一对农家少年男女在田埂边，在霞光里互相追逐嬉戏。

谭音茫然地从他们身边飘过，没有人能看见她，那少年似是终于追到了少女，抓着她的手笑道："你喜欢我，我知道的！"

"说你喜欢我"，似乎也有人与他说过同样的话，谭音下意识地停下脚步，那对少年男女初涉情海，欢欣无限，低低地说着许多只有彼此能懂的悄悄话。

"咱俩死活在一处，一辈子。"少年炽热地许诺。

一辈子？她也对一个人说过一辈子吗？

谭音眼前忽然一阵模糊，泪水倾泻而出，无穷无尽一般。她怔怔地望着天边渐渐淡到极致的霞光，夜色吞噬了天穹，甜蜜的少年男女手挽着手回家了，天地间只剩她一人茕茕孑立。

很久很久以前她就一直是一个人，一个人做东西，一个人活着，一个人死去，再一个魂在凡间徘徊。那时候她从不懂什么叫作孤独，后来遇见了泰和，她觉得两个人果然比一个人有趣多了，可是泰和与韩女在一起，抛下了她。

即便如此，她也从未像此时此刻这般，感觉到那么深刻入骨的孤独。

她该去哪里？能去哪里？就这样继续孤独地度过她的残生？

傍晚时分，小洞天又开始飘雪了，洋洋洒洒下了一个多时辰，又停了，没一会儿，天顶反倒露出一轮光华璀璨的月亮，湖畔积雪的杨柳仿佛被镀了一层银。

源仲掸掉肩头的积雪，缓缓起身。又是一天，姬谭音没有回来。

回到温暖的小楼里，源小仲苦着脸端上一杯茶，又开始埋怨："主人还不回来，人家好想她！她见到可爱的源小仲变成如今这般模样，不知该有多心痛！"

源仲上下打量他，皱眉道："你怎么那么唠叨？是男人就闭嘴。"

源小仲怨气冲天地指着自己歪到锁骨上的脑袋，绝望地吼叫："你变成我这样你不唠叨？你不会弄就别弄啊！我的花容月貌被你弄成这个怪样，还不给我说！还有，我又不是男人，我是机关人！"

他太激动了，歪到肋骨下面的胳膊"扑通"一声又掉在地上滚了老远，源小仲赶紧弯腰去捡，结果勉强用烂木头凑出的左腿再次断开，他"哗啦啦"地摔在地上，脑袋滚得更远。

源仲将他乱七八糟的身体随便用糨糊粘好，再把脑袋安回去，源小仲看上去快哭了："大仲，我恨你！"

源仲懒得理他，径自上楼回房，推开门，墙角放着一张木案，上面放着各种乱七八糟的木料与铆钉之类，还有好几本线装的工匠指南类型的书，都是他上次去归虚买的。

墙角竖着一只怪模怪样的机关人，成型大半了，虽然有手有脚有头有脸，但脑袋大如南瓜，四肢粗短，五根手指倒是都雕出来了，却一般长短粗细。脸上的五官也都有，可两眼的窟窿大约挖得太大了，导致他塞了两颗巨大的黑宝石进去，衬着尖如刀锋的鼻梁与铜盆大口，显得又滑稽又可怖。

源仲盯着机关人看了老半天，发出不满意的叹息声，可他也实在没法做到更好了。

他将买好的真人头发黏在机关人的头顶，上下左右仔细看看，确认没贴歪，这才取过衣架上的白色女裙，替它一件件穿好系带。一切弄好，他后退数步，除了机关人无可救药的水桶腰，它乍一看还是很有姬谭音的风采的——源仲违心地称赞一番，取了木梳替它将披散的长发轻轻梳理，绾成谭音平日里最常绾的发髻。

最后取了青铜棒插入它颈后的小孔内，小心翼翼拧了数圈，这机关人登时开始手舞足蹈，滴溜溜地原地转圈，足足转了十几圈才停下，然后手足并用地朝楼下走去。大概由于制作技巧问题，它下楼的时候十分笨拙，一脚踩空，"乒乒乓乓"滚到了源小仲面前，把他吓得花容失色。

"你、你做了个什么怪物！"它尖叫。

源仲咳了一声，将满地乱滚的机关人扶起，它继续手足并用地走向小楼外，一路向结冰的湖面行去。

"你、你、你居然把它打扮成主人的模样！"源小仲的木头下巴快要掉下来，"你这样污蔑我尊敬伟大的主人！"

源仲皱眉："闭嘴。"

他慢慢走出小楼，只见那个机关人已经走在结冰的湖面上，隔了那么远，月光清冷，它的长发与白衣被夜风吹拂得缓缓摇曳，像是高胖版的谭音。

源小仲简直不能忍受，嗤之以鼻："我都说了你不会做就别做……"

他怒视源仲，可是大仲根本不理他，他笔直而且专注地看着湖面上那个拙劣的背影，目光中有一种奇异的狂热。这一片目光令源小仲不知该说什么，只能眼睁睁看着他缓缓走出去，走到湖边。

湖底的老鼋体贴地破冰浮上水面，将翠绿的扁舟托在背上。

一湖雪，一天月，源仲觉得自己又回到了癸煊台上，身前是那个神女，衣衫翩跹，长发婉然，他快要追上她了。

机关人停在湖心，开始可笑地原地绕圈，一面来来回回地绕，一面发出尖锐笨拙的声音："姬谭音！姬谭音！我是姬谭音！"

源仲不由得失笑，真的与她做的没法比，叫他怎么好意思拿出来给她看。

湖面上的风声安静却又萧索，只有机关人尖锐的声音来来回回地反复喊着那几个字。银光璀璨的月亮很快又被乌云遮蔽，没一会儿，风渐渐大了，细碎的小雪缓缓落下。

源仲缓缓在船头坐下，手指一招，一座小小的酒几凭空出现在身前，上面有一把翠绿冻石的酒壶，并一个小小的同色冻石酒杯。风雪包围，他自斟自饮，看着机关人一圈圈地笨拙转着，倘若可以这样，一瞬间就过去了千年岁月，不用细细体味千年一个人的孤寂，多好。

"源仲！源仲！小源仲！"

好像有人在叫他，源仲举杯的手僵了一下，惊愕地看着湖心那个机关人一面转一面笨拙地尖声叫着他的名字："源仲！小源仲！"

他愣了好久好久，忽然将酒杯丢出去，整个人化作一道金光，转瞬间便落在机关人身前。

谭音将神识潜入这个机关人的内部，看着它内部拙劣的构造，不知道为什么想笑，而且她真的笑了。

她并没有抱着源仲还留在小洞天的希望，她只是想回来再看一眼，她离开得那么狼狈匆忙，回来得也是那么悄无声息……或许她更像是逃回这里，逃避那种刻骨的孤寂，她不知该用什么表情面对源仲。

直到见到这个怪模怪样的机关人，她忍不住弯起了嘴角，他果然是偷偷躲在房里做机关人，还瞒着她，做得这么糟糕，怪不得不好意思给她看。

谭音心中的阴霾一时间不知跑哪里去了，玩心突起，神识潜入机关人内部，见镶嵌在喉咙部位的皮膜制作手法太简单，她忍不住技痒，替他小小改了几处，机关人便叫出了他的名字。

眼见源仲飞奔过来，眼珠子瞪得都快掉地上，她得意地笑了，他一定不知道发生了什么事。

可是他并没有想象中那样惊奇地大叫或者怎样，他只是死死盯着那个机关人，眼睛里仿佛藏了一团火。谭音面上的笑容渐渐淡下去，心虚与那种说不清道不明的愧疚再次攫住她，她缓缓垂下头，听见他低低唤一声："谭音。"

她没有回答，事实上就是回答了他也听不见。

"谭音。"他的声音忽然变大,"你在?"

没有人回答他,只有眼前的机关人一遍又一遍愚蠢地转圈,可笑的发髻被风雪吹得乱七八糟,它在一声声叫他的名字:"源仲!小源仲!姬谭音!我是姬谭音!"

它那巨大的黑宝石做的眼睛暗淡无光,忽然,像是发条走完了,它骤然停住,双手无力地垂下去,一动不动。

源仲低头看着它,声音很轻:"谭音,我知道你在。"

谭音垂着头,她觉得自己的双手在微微发抖,她胆怯似的将它们缩回袖子里,下一刻,源仲忽然张开双臂,宽大的衣袖将机关人笼罩住,也罩住了她,他身上带着风雪的冰冷的气息,混杂着挥之不去的幽香。

谭音怔怔地抬头看着他的下巴,他闭着眼睛,眉头紧紧皱着,良久,浓厚的白雾从他唇边溢出:"我知道你在。"

是的,她在,她回来了。

可以再次出现在他面前吗?带着那具开始陨落的躯体?还是无声无息地躲在他看不见的地方,等待他的死亡?

不知过了多久,白雪落了他与机关人满头满肩,源仲缓缓放开它,忽然笑了一下:"一起回去吧?"

他拧动发条,牵着它的手,踏着湖上的积雪,一步步走向小楼。

身后忽然响起一个清冷的声音,陌生却又那么熟悉。

"嗯……好。"

源仲转身,那一湖雪上立着白衣的神女,冷浸溶溶月,对他露出赧然的笑。

是梦耶?非梦耶?

源仲出神地凝视着他的神女,她没有收敛自己的神光,清光笼罩她周身,看上去像茫茫白雪中的一团小月亮。

她的五官与曾经的那个凡人女子的面容截然不同,长眉圆额,面容秀婉,比那个十七岁的凡人少女看上去还显得稚嫩些,然而气质清冷更甚,令人不敢亵渎。唯有那双眼,丝毫没变,隐藏着专注而浓烈的火焰。

三个甲子的时光呼啸着从他眼前奔腾而过,他甚至觉得自己可以听见它们流逝的声音。

是跪下亲吻她雪白的鞋子,还是向她倾诉他对天神的思念与敬畏?

他忽然动了一下,缓缓朝他的神女走过去,像在那个梦里一样,他伸出了手。

她似乎犹豫了一下,也伸出手,意外的是,她手上套着一层白色的手套。指尖相触,源仲忽然用力握紧她的手——她是真实存在的,有骨有肉,柔软的手掌正在他掌心中蜷缩着，透过那层薄如丝的手套，可以感觉到她肌肤的温暖。

他低下头，迷惘而又狂热地望着她，心里有无数的话想要说，最后却只笑了笑，低声道："为什么也戴起了手套？"

谭音想了老半天，才犹豫着开口："因为……冷。"

"这是什么破理由。"他失笑。

谭音不想在这个话题上继续下去，她抬手摸了摸源仲身后那个机关人，看着它滑稽拙劣的五官，微微笑起来。

"这个……做得不好。"源仲难得有些窘迫，"别笑。"

"我很喜欢。"谭音替它扶正歪掉的发髻，轻轻说。

"真的？"

她认真点头："真的。"

源仲放开机关人的手，它继续同手同脚地朝岸边走去，木头脚踩在冰雪上发出"咯吱咯吱"的声响，动作虽然笨拙，走得却飞快，眨眼就只留下一串脚印。

"那我们也回去。"他朝她古怪地一笑，突然张开手臂将她一把抱起，又颠了两下，最后举高高。她柔软而冰冷的头发落在他脸颊旁，身上那些令他眷恋的气息将他柔软地包裹。

源仲抬头看着她震惊的脸，眯起眼睛："嗯……神女确实要重些。"

谭音惊得结结巴巴："那、那你、你还抱、抱……"

他一本正经："你不懂，这是我们有狐族见到天神的礼仪。"

很显然他在扯谎，谭音怀疑地看着他故作正经的脸，和他漂亮的充满神采的眼睛，最后不知怎么的她反而笑了。

"走，回去喽！"源仲双手收紧，箍住她的腰，一路捧着慢悠悠走回小楼，要不是源小仲乱七八糟的身体挡在路上碍事，他大约可以把她一路捧到楼上去。

"源大仲你这个没良心的！你居然抱个女人回来！你对得起主人吗？"源小仲胳膊断了腿也断了，只剩一截身体搭个脑袋，费力地仰头怒视这对"奸夫淫妇"。

谭音见到它不成人形的凄惨模样，赶紧跳下来去捡它落在门旁的手和脚，一摸之下却摸到了满手黏糊糊的糨糊，她愕然回头望着源仲，他耸耸肩膀："他的工艺太高超，我不会弄，只能用糨糊勉强粘好。"

"放开我的手和脚！你、你这个坏女人！你、你、你……咦？"源小仲义愤填膺的声音骤然停了，它怀疑地瞪着谭音腰间的乾坤袋，她从里面取出很多他眼熟的工具，木锤、铆钉、青铜棒，还有一截制造他身体所用的万年樟木。

等看到她熟练地替它将手脚残缺的部分用樟木填补好，再用铆钉将手脚重新连接回身体，源小仲的木头下巴差点掉下来，它瞪圆了眼睛，眼睁睁看着谭音将他的脑袋扶正，"咔嚓咔嚓"用力扭了几圈，等脑袋终于停止转动的时候，它惊喜地发觉脑袋回到了原位！

"走几步试试。"谭音将工具收回乾坤袋，朝它温和一笑。

源小仲一把抱住她，尖叫："为什么我是机关人！啊，我是木头做的，不会哭！可我现在真的想哭！主人！"

源仲嫌弃地一脚踢开它，拽着谭音上楼，恨恨地问："不能给他换张脸？下次把他的脸用布遮住！"

上了三楼，却见源仲做的那只机关人停在他卧房门口，脚底的雪已经化开，地上一大滩水。门关着，它进不去，贴着门重复着同手同脚往前走的动作，源仲撤了门上的仙法，它一下就冲进了屋内，胡天胡地又走了好一会儿才彻底停下。

源仲咳了一声，笑眯眯地看着谭音："我也给它取了名字，叫小二鸡。"

小二鸡……谭音不由自主想起初见他的那些日子，这顽劣多疑又冷酷的大僧侣，就不正经地叫她"小鸡"。那时候的他一点也不讨喜，脸上挂着数不清的假脸皮，面上一团和气，心里却比冰还要冷。

那时候，她心怀身为天神的高傲，对他所有感受与怀疑视若无睹，他们俩的关系实在够糟糕。

谭音回想这些过往，竟然莞尔、玩心又起，斯斯文文地行礼："是，大僧侣殿下。"

他故意板起脸，将她的胳膊一拽："大胆侍女，本殿下命你来我房里，教我把小二鸡变得美貌些，不许拒绝。"

好在他的技巧实在拙劣，小二鸡可以改动的地方很多，可他不肯让谭音出手，非要亲手改，她少不得用木料切成个人头大小的形状，一刀刀教他如何将五官做得更细致些。

一夜几乎眨眼间就匆匆过去了，清晨的第一缕日光落在窗棂上的时候，小二鸡的脸终于变得美貌许多，虽然依然粗糙，但猛然一看已经与谭音现在的轮廓有六七分相似。

源仲手里还捏着刻刀，人却已趴在木案上沉沉睡去，纵然他是仙人，但很显然这些天他过得并不清闲，眼底甚至泛起一层淡淡的青色。他熟睡的模样像个小孩儿，嘴唇无辜地微微翘起，浓密的长睫毛微微发抖，不知做着什么梦，把手里的刻刀捏得死紧。

谭音蹲在他面前仔细端详他的脸。他长得与泰截然不同，泰和眉眼生得特别和气，甚至可以称得上秀丽，成日笑眯眯的。源仲的脸乍一看却显得很冷漠，并不好亲近，可他的眼睛生得很柔和，妩媚地上挑，起初这双美丽的眼睛里盛满冷意，后来寒冰融化，里面开始蕴含笑意，很炫目。

谭音干咳一声，站起来，取了床上的被子轻轻盖在他身上，他微微动了一下，却没醒。

她吹了一口气，窗帘悄无声息地落下，遮住了积雪清晨略显刺目的阳光，一室寂静，只有源仲低微的呼吸声，此起彼伏。

谭音靠着墙慢慢坐在地上，此时此刻，她并不孤独，至少，源仲在她身边。

她脱下手套，露出那些已经化作透明光屑的指尖，没有奇迹出现，半透明的指尖并没有恢复原状，她也没有看走眼，这具神之躯确确实实是正在陨灭。

她疲惫地将手套戴好，在乾坤袋里摸索片刻，将神水晶的匣子取出来，迟疑了很久，又放了回去。

浓雾遮蔽视线，谭音觉得自己在焚心似火地寻找着什么，可她什么也看不见，只有不停地跑。

忽然，眼前红光大作，堕落成魔的韩女出现在她面前，韩女的身形是那么巨大，左手托着一块透明无瑕的神水晶，泰和安详地闭目沉睡其中。

"无双，泰和是我的了。"韩女笑吟吟地用赤红的双眼看着她，语调温柔，"他的左手再也回不来，我要他死，他就得死。"

谭音张开嘴，想说话，却发觉自己发不出声音。

她惊恐地看着韩女捏碎那块神水晶，泰和的身体也随之变成了粉末。

韩女的右手忽然伸出来，掌心托着另一个人，却是源仲，他似乎睡得正香，全然没有要醒来的意思。

"这个下界卑贱的仙人，死在我手中，是他的荣幸。"韩女巨大的手掌合拢，源仲的身体也变成了粉末。

谭音只觉浑身一阵阵发抖，她想要放出神力阻止韩女疯狂的行径，却骇然发现自己的身体不能动了，她低下头，她的身体全部变成透明的光屑，正在被风吹散开。

韩女哈哈大笑："无双！你的人劫降临了！你渡不过这个劫数的！魂飞魄散吧！"

谭音猛然睁开眼，遍体被冷汗湿透，她回到了自己的神之躯中，却依然会做梦，因为身体开始陨灭的结果吗？

她大口喘息着，茫然四顾，这里是源仲的卧房，光线阴暗，源仲还趴在木案上沉睡着，呼吸香甜。

她忍不住打了个哆嗦，浑身冰凉，将自己蜷缩成一团。

人劫……她确信自己听过这两个字，韩女成魔的身体，她也知道自己见过，可她就是想不起，记忆仿佛被什么人刻意遮挡，她无能为力。

她的人劫……谭音疲倦得不愿再去想任何事，在源仲香甜的呼吸声中再度合上双眼。

源仲睁开眼的时候，天边已有大朵大朵艳丽的晚霞。

他伏在木案上，微微抬高脑袋，谭音正坐在他身边，低头用刻刀雕凿一只造型古朴的木手镯。霞光映在她略显稚嫩的脸上，面上细细的绒毛与颈边落下的碎发都让她看上去不那么像个高高在上的神女。

源仲凝视良久，忽然伸手，试探似的在她雪白的脸上轻轻抚摸一下，指尖触到的肌肤微凉而且柔软。

"醒了？"谭音还在专心雕凿镯子，头也没抬。

源仲见她明明长着一张十五岁的脸，说话做事却仿佛八十岁，老气横秋的，从一开始她就这样了，笑也好说话也好，从没有其他小女孩儿那生动活泼的样子，也不是那些受过良好家教的大家闺秀模样，反倒闷闷的，偶尔还死蠢死蠢的，他忍不住笑了一下。

"你多大了？"他低声问，声音犹带慵懒的困意。

谭音没想到他突然问这个，立即埋头认真算起来："做凡人十七年，死后生魂在凡间徘徊四百一十五年，成神五千零五百一十二年……嗯，加起来是……"

"老太婆。"源仲不等她算完，立即给她下了结论。

她又不晓得要怎么给自己洗脱"老太婆"的名头，只好怔怔地看着他。他漂亮的眼睛里笑意凝聚，或许是刚睡醒，黑白分明的眼眸有种湿漉漉的灵气，长而且浓密的睫毛，又温暖，又妩媚，还有一种说不清道不明的引诱。

"谭音。"他低声叫她。

"嗯？"

"不许再走了。"他在她脑门儿上弹了一下，"下次我再也不等了。"

谭音觉得自己快要被他眼底那种鲜活而神秘的色彩引诱了，她轻声道："那你……要去哪儿？"

他笑："不告诉你。"

她想说话，却又不知该说什么，火盆里精巧的炭块烧得正旺，幽密香甜的气味，她有种整个身体被泡在温暖的水中的舒适感。人劫与陨灭，甚至泰和都离开她很远很远，远到这里只有源仲的声音，源仲的气息，千山暮雪，洪荒天地，只有她和他两个人。

手里的镯子被他拿过去把玩，这木头镯子实在谈不上什么精巧绝伦，樟木质地，上面挖了四个凹槽，镶嵌着指甲大小的四颗透明无瑕的水晶。不知这水晶做过什么处理，发出微微的白光，除此之外一无特别之处。

"这是什么？"源仲以为她又做了什么稀奇古怪的东西。

谭音接过镯子，将粗糙的木质打磨光滑，取了手绢擦干净，这才套在手腕上，她身上隐隐弥漫的清光顿时收敛下去，让他感觉到亲切而敬畏的神力也瞬间消失，此时此刻的姬谭音就像个最普通不过的凡人。

"在外面走动的话，戴这个避免被人发觉。"她微笑，"其实成神后，就不该与凡间有什么接触，我犯了很多戒律。"

源仲嗤之以鼻："什么戒律，什么不能与凡间接触，曾经有狐与战鬼还是侍奉天神的部族呢。"

"那是上古时期。"谭音摇了摇头，"神魔大战后，一切都不同了。"

源仲撑着脑袋，饶有兴趣："说说神界的事，你怎么成神的？"

成神？谭音笑了笑："那时候，我可没以为自己会成神……"

她是工匠姬家活到最后的一个人，她死后，姬家便彻底死绝了。她的生魂不能过奈何桥，在自己的尸首旁徘徊数日，见到了许多人，那些曾经花费数万黄金想求购一只玲珑屋的豪富王族，那些平时相处还不错的邻里们，所有人都在谈论着，姬家是遭了天谴，因为做出的都是逆天的东西，所以得绝症死绝了，连最小的她也没能幸免。

或许她不能过奈何桥，被迫在凡间飘荡，也是在遭受天谴，那父亲呢？其他族人呢？也和她一样生魂游荡凡间，不得安宁吗？

一开始她的生魂被困在姬家老屋，不能离开方圆数丈的距离，成日躲在阴影中，倘若有日光照射在身上，便像被投入烈火中焚烧般痛楚。生魂昏昏然不知年月，渐渐地，她可以离开老屋，再渐渐地，她可以在日光下现身，可以靠念头操纵小石子小树枝之类的东西。

姬家老屋的废墟下，她用树枝在灰烬中画了无数幅设想，她想做的东西太多，她并不惧怕死亡，死亡也不能够磨灭她对工匠手艺的热爱。

直到某天，她忽然觉得豁然开朗一般，天顶有金光垂落，源生天神将她召唤上界，她被赋予神格，成了天下无双的工匠，无双神女。

"我刚上界的时候，谁都不认识，在神界乱跑乱逛，来到了天河边，遇见了……嗯……"谭音忽然停住，不知为何，她不想对源仲提起泰和的事，她心虚地避开泰和这段，又开始说："天河里有金砂，我取了天河金砂，所以上界后做的第一件东西就是同心镜，上次在皇陵见过的那个。"

源仲没有发觉她方才话语中细微的停顿："神界里天神很多吗？你刚刚提到源生天神，那是什么？"

谭音笑道："神君神女那时候挺多的，但神界宽广清冷，大家各司其职，数百年不见一面是常有的事。至于源生天神，其实我也不太清楚，他们与我们这些神君神女不同，应该算是真正的天神吧。我上界时，目中所见全是一团团温暖又威严的金光，那些就是源生天神，不像神君神女，他们没有人的样子……"

她原本是个凡人，对天神的理解与凡间所有传说一样，他们应该个个美貌绝伦，强大无比，可源生天神的存在打破了她之前的所有理解。

他们……或者应该用它们这个词。

它们没有人的躯体，只是一团团柔和的光一般的存在。后来她懂了，源生天神是一个个念的存在，不像神君神女们，还保留着"人"的痕迹，它们什么都没剩下。

它们没有人与人之间惯常理解的那种交流，或者说，以他们这些神君神女的层次，还不能够彻底理解源生天神的存在方式。

谭音忽然停住了，她脑海里有一闪而过的灵光，不知为何，想起源生天神的形态，她又联想到了神君神女们陨落时身体化作透明的光屑，然后她还不由自主想起韩女说的人劫，似乎神之躯开始陨灭即表示人劫的到来，那泰和呢？他只是失去左手，但并没有开始陨灭的痕迹，他为何要沉睡？

谭音陷入沉思，她觉得自己好像抓住了一点头绪，可彼此的关联又太过缥缈，她没有那些灵性的直觉之类，工匠的思维总是按部就班，怨不得泰和曾说她不像个姑娘家。

"在想什么？"

源仲把脸凑到她面前，鼻尖几乎要碰到她的鼻子。她吓了一跳，身体猛然后仰，方才那一瞬间的灵光顿时被吓跑了，忘得一干二净。

源仲扶着脸冲她不怀好意地笑，慢条斯理地开口："没有半点警戒心。"

谭音涨红了脸，忽地起身，结结巴巴地说："那个，天、天色也不早了，我回房了，你、你早点休息。"

他"嗤"地笑了："我刚醒，还休息什么？"

他就是喜欢看她偶尔手足无措的模样，话都说不齐全，还竭力想做出淡定的表情，这样的神情让她看上去一点也不像高高在上的神女。有很多时候，他已经分不清自己究竟是喜欢高台上那双清冷的眼，还是更爱这个凡人般的姬谭音。其实她们是一个人，他早就知道，可是在他还不知道的那些时间里，那个死蠢死蠢的凡人姬谭音于他已经是独一无二。

源仲还想再说什么，忽然房门被人小心翼翼地敲了两下，源小仲轻声细语，透出一股猥琐的劲儿，在门外笑眯眯地问："主人，大仲，你们……咳咳，你们那个、这个、一天啦，结束了没？要不要吃点东西补补身体，然后再继续呀？"

谭音这个愚蠢的丫头显然完全没听懂它语气里的猥琐之意，利索地给它开了门。源小仲站在门口，手里端着一个托盘，脖子伸得老长，眼睛朝房间里乱瞄，见到整整齐齐明显没人睡过的床铺，它嫌弃地翻了源仲一个白眼。

"乌鸡甲鱼汤！"它把托盘递给谭音，故意提高嗓子，"给某个人好好补一下！有贼心没贼胆！"

说完它忽然瞅见源仲拿了小木锤杀气腾腾地朝自己走来，吓得赶紧狂奔下楼，大叫："大仲，我是为你好！你不识好机关人的心！"

源仲用力甩上门，继续杀气腾腾地瞪着谭音手上那个托盘，上面放着两只水波纹瓷的汤盅，大概就是它说的什么乌鸡甲鱼汤了。

谭音把托盘放在木案上，揭开盖子，浓香四溢，源小仲手艺之好，让她这个主人都感到惊讶。她回头招呼源仲："来，喝汤吧。"

源仲朝汤盅里瞥了一眼，突然脸色大变，一把推开门，化作金光冲向湖边。可怜的老鼋大约是感觉到他来了，泪流满面地浮出水面，它伸出一只前腿，果然上面被割了好大一块肉。它用脑袋轻轻撞源仲的腿，示意他朝撷香林里面看。

源仲简直不敢看了，撷香林里有十几只仙鹤，还是上回香取山主送他的仙品……不用说了，乌鸡甲鱼汤的乌鸡肯定就是他养的那些仙鹤。

他感到一阵头晕目眩。

"怎么了？"不明就里的谭音追出来，连声问。

源仲回头突然朝她温柔一笑："我要做一件事。"

这个笑里面有杀气！谭音赶紧退了一步，眼睁睁看着他化作金光扑向小楼，声音冷冰冰地："源小仲！出来！"

源小仲见势不妙，早已一溜烟跑远了。

小楼里一阵"乒乒乓乓"，还夹杂着源小仲的惨叫声。谭音替老鼋治好腿上的伤，刚一回头，就见源小仲的木头胳膊"骨碌碌"滚到了自己脚边，紧跟着，是两条腿，最后一截木头身子"砰"地落地，溅起大片雪花。

源小仲就这么悲催地被"分尸"了。

好血腥好残暴……谭音抬手戳了戳它的脸，它神情悲愤："大仲下手好狠！以后再也不给他做吃的了！"

话没说完，就见源仲化作一道金光飞来，它的脑袋"咔嚓"一声跟身体分了家，凄凉地滚落在结冰的湖面上。

做完这一切的源仲缓缓吐出一口气，整理一下略显凌乱的衣服头发，继续朝谭音温柔地笑："把它装好吧。"

好可怕……谭音一面飞快地替源小仲装回四肢，一面回头看源仲，他走进撷香林，找了一圈，只找到几把带血的鸟毛，原本养在林中那些仙鹤流着眼泪扑进他怀里乱叫，仿佛在诉说源小仲的暴行。

源小仲被装好后，缩在谭音背后不敢动弹，冷不丁源仲忽然又招手叫它："过来。"

"主人……"源小仲觉得自己真的要流出机关人的眼泪了，死死拽着谭音的衣服扭来扭去，她拍拍它当作安慰。

源仲懒得等它，索性直接过来提它，源小仲垂头丧气地被他提着后领子一路拎到撷香林中，谭音听不见他们说了什么，只见源仲吩咐了几句，源小仲点头如捣蒜，蹲在地上三两下刨出个坑来，将带血的鸟毛恭恭敬敬埋进去，又毕恭毕敬地作揖行礼，从没这么规矩过。

从此之后，源小仲见到源仲就像耗子遇到猫，老实得不行。谭音自己也奇怪，为什么会做出源小仲这样的机关人，它的一举一动都不受自己控制，从上紧发条的那一刻起，它就像一个全新的大活人，会说什么话，做什么事，全然不可预料。上古时代的偃师做出的机关人是否也是这样？

相比较之下，源仲做的小二鸡就简单多了，经过细心的雕凿，小二鸡的样貌虽谈不上栩栩如生，但乍一看与谭音还是有七八分相似的，动起来也不再同手同脚，虽然它只会做两件事：走路，转圈。

不过源仲好像一点也不在乎小二鸡这么没用，他近来热衷于配合小二鸡转圈的拍子，将古曲改得乱七八糟，一支《关雎》用他的琴弹出来，慢了不知多少个拍子，不仔细听根本听不出来。有狐族是个清雅的部族，乐律、制香、酿酒、赏花、歌舞……打架虽然不行，搞这些修身养性的东西却是一流，连源仲也不例外。

此时雪后初晴，小楼外稀稀疏疏的几株梅树，有红有白，看似种植得毫无规律，却排列得十分巧妙，远近疏朗，自有乾坤，就连香气也忽远忽近，或浓或淡，微妙而不可捉摸。

小二鸡在一株梅树下转圈，身姿固然可以称得上曼妙，奈何工艺所限，动作还是笨拙得很。它身上穿着源仲的白色长袍，远远望着确实仙风道骨，衣袖飒飒，加上长发蜿蜒，映着近处雪光梅色，远处淡墨山水，竟也生出一股不出世的绝代佳人的风韵来。

源仲在远处置了一张木案，一炉香，一张琴，一幅画，一壶酒，时而兴起，轻弹一阕散曲；时而情动，执笔在纸上勾勒数笔，淡墨山水、绝代佳人渐渐地便现出了轮廓。

谭音在他身边玩木料铆钉，她对这些清雅的东西向来一窍不通，她认识的人里面，也就源仲会搞这么多有趣又复杂的东西。她埋头做了许多巴掌大小的木头人，穿着不同颜色的小衣服，一个个蹦蹦跳跳地去找小二鸡，围在它脚边一起转圈。可惜小二鸡的动作不可预料，没几下就给它踩倒一片小木头人，她赶紧跑过去要将这些可怜的木头人捡起来。

忽听源仲低低笑了一声,他手指摸弄琴弦,调子忽然一高,铮铮数下,一洗方才的淡雅中正之调,变得缠绵温柔,曲中引诱之意大增。就连谭音这种不通音律的人都听呆了,怔在那里。

他边弹边低声吟唱:"白锦无纹香烂漫,玉树琼苞堆雪。静夜沉沉,浮光霭霭,冷浸溶溶月。"

这是一首咏梅的曲子,原本曲调淡雅清冽,此刻在他手下却缠绵至极。谭音像个傻子似的站在原地,直到一曲弹唱完,她还没反应过来,回头望向源仲,他撑在木案上朝她笑,虽然他什么也没说,但她觉得自己知道他心里想要说的那些话。

在他的梦里她就知道了,高台上稚嫩的少年,细瘦的手掌,专注的目光。她一次下界,是为了确认泰和左手的位置。对他来说,却是三个甲子的食不知味,寝不安眠。

可,就算知道了,又能怎样?谭音收回目光,假装不在意。

心里有个声音在淡淡地反驳:那你为何还要留在他身边?为何要用神之躯现身?你敢告诉他你真正的目的是等他死吗?如果说了,你是不是很怕?

是的,她怕,怕他真正被伤心,可更怕的是他会离开她。源仲总是说,让她不要离开他,但其实真正害怕的人是她,她不愿想自己为什么要害怕,因为想了也毫无意义,她只能逃避。他们的存在不在一个层面,何不让他心满意足度过这一生。更何况,她的身体也开始陨灭……

假装遗忘自己的最终目的,他与她会有无比欢乐的一生——心底的声音这样说。

谭音抬眼,源仲捧着画朝她这里走来,画上寥寥数笔,白雪,山水,梅树,佳人,仿佛呼之欲出。

"这画怎么样?"源仲笑眯眯地问她。

谭音慢慢点头:"嗯,好看。"

他将画卷好,用红绸系紧,晃了晃:"回去挂卧房床头。"

谭音忍不住笑了:"为什么是挂床头?"

他促狭地眨眼:"辟邪啊,画的是神女呢!"

这狡猾的有狐仙人,从不肯吐露真实心意,只会旁敲侧击,然后用嬉笑的方式遮掩过去,小心翼翼地保护着自己的骄傲。

谭音只有笑,弯腰去捡木头人,冷不防小二鸡突然又开始抽风,转圈转得好好的,突然两只胳膊张开,"呼啦啦",像风车似的打起转来。源仲站得近,被它几巴掌狠狠抽在背上,砰砰乱响。

"哎哟,好疼!"他夸张地大叫,朝谭音撞过去。

她赶紧起身扶住他,他张开双臂一把将她抱在怀里,继续夸张地叫:"好疼!岔气了!"

这也太假了!谭音哭笑不得,僵在他怀里,伸出一根手指戳了戳他的腰:"好点没?"

他抱得更紧,声音闷闷的:"再一会儿。"

谭音觉得自己像个木桩子,两手无力地垂下,脑袋和肩膀被他使劲抱着,脸颊贴在他胸前,鼻端是他身上独有的那种幽香,他的呼吸绵长,却炽热,喷在她耳边,她的耳朵开始发烫。

她艰难地开口:"放、放开……"

他声音更低:"你不愿意,就挣开,挣开我。"

她是神女,要挣开他轻而易举,甚至根本连挣扎都不需要。可是,真的要挣开?她甚至可以想象挣开后,他脸上会有怎样的表情,那双漂亮的眼睛会蕴含怎样的伤心与失望。她不愿见到这样的情形。

谭音觉得全身的每一寸皮肤都在发麻,要挣开吗?不,是她自己不想挣扎,连一根小指头都不愿离开。她僵硬地被他用这种怪异的姿势紧紧抱着,很久很久,动也不动。

源仲贴着她的耳朵,声音变得狂热:"你不会挣开,我知道,你喜欢我,是不是?你不愿说。"

你喜欢我,你不愿说。在梦里,他也说过同样的话。

谭音笑了笑,没有点头也没有摇头,那种仿佛灼烧灵魂般的痛楚在体内渐渐蔓延——她已经要陨灭了,为什么不可以?她不想孤独的魂飞魄散,她想与他在一起,无论什么目的。

她缓慢地抬起手,胆怯似的,极慢地,轻轻环住他的腰。

源仲发出类似呻吟的叹息,他低下头,柔软而滚烫的唇慌乱地落在她微凉的唇上,他在颤抖,从头到脚,连嘴唇也在瑟瑟发抖。

也或许,颤抖的人是她,烧灼灵魂的痛楚在四肢百骸里流窜,她觉得心里有什么东西落下去了,身上一会儿热,一会儿冰冷,唯有他的唇,那么烫,烫得她无所适从。

"我爱你……"他的声音急促而轻微,在她面上细细亲吻,大胆而放肆地吐露心声,"我爱你。"

谭音紧紧闭着双眼,他慌乱而笨拙的嘴唇最终停在她额头上,然后扶着她的后脑勺,紧紧拥抱着,耳畔细细清朗的风声呼啸而过。小二鸡还在抽风地转圈,踩在雪地上"咯吱咯吱"响,源小仲不知躲在哪里,这方天地,只有他们俩。

谭音慢慢睁开眼,将右手手套一点一点扯下来,她清楚地看见,原本只有指尖是透明光屑的右手,此刻半个手掌都变成了透明的光屑。

她惧怕似的,猛然拉回手套,眼前一片模糊,泪水潸潸而下。

她的人劫，原来……这里，这个人，是她的人劫。

源仲轻抚她的脸颊，指尖触到湿漉漉的泪水，他用手指替她擦拭，却无法擦干。
"为什么哭？"他低声问。
谭音摇了摇头："我……有点激动。"
源仲心中有无数感慨，又自得，又欢喜，还有些害怕，患得患失，好像眼前一切只是他的一个梦，没准下一刻就要醒了。他低头去吻她的眼睛，一遍一遍，乞求似的呻吟："叫我，叫我的名字。"
"源仲。"
"再叫。"
"源仲。"
他的欢喜到了极致，箍着她的腰将她一把抱起，再次举高高，看着她湿漉漉的眼睫毛和湿漉漉的眼珠，他忽然觉得这一刻让他把所有东西全部抛弃都可以，性命也可以。
"是真的吗？"他情不自禁，不知是问她还是问自己。
谭音伸手温柔地摩挲着他的眉眼轮廓，他现在高兴得像个小孩儿，高台上那个稚嫩的少年一直都没有长大，干净的眼神，像高山顶上晶莹的白雪。
醒醍的人其实是她，她的人劫，是她自己的错。
"我重不重？"她轻笑，上次他好像说神女挺重的。
源仲转着眼珠子，妩媚的眼睛里满是璀璨的笑，比太阳还亮。
"好重，我胳膊快断了。"他笑出一口白牙，故意抱怨。
谭音弹了一下他的脑门儿："那还不松手。"
他把她颠了两下，抱得稳稳的，叹了一口气："再抱一千年也不想松手呢。"
谭音没有说话，风渐渐大了，她替他将吹乱的头发细细用手指梳理，绾在耳后，忽然见他脚边有一卷红绸系住的画，落在雪里，都被弄湿了。
"你那张辟邪的画不能用了。"她笑起来。
源仲骄傲地抬高下巴："我有个货真价实的神女，还要什么辟邪画？"
是的，他的神女，他的女神，有多少次梦里，他将这个清冷的身影抱在怀中，醒来却只是一片空虚。他没有与任何人说过这份特殊的情感，说出来他自己也会笑自己，在所有族人向她跪下伏拜的时候，他却异想天开地想要与她一同站着，他的感情让他觉得自己与她是平等的。
这是多么可笑而狂妄的骄傲，可即便到了现在，他仍然保持着这份骄傲。她是天神，或是什么都好，但他们是平等的。

此时此刻，他的女神是真实存于他怀里，长发蜿蜒，丝丝缕缕柔软的气息笼罩他。源仲专注地看着她，和她黑宝石般的眼睛，她在闪躲、退缩、徘徊、彷徨、躲避他的双眼。

"看着我……"他低声乞求，"谭音，看着我……别离开。"

那双眼睛终于犹豫着与他对望。

她喜欢他，她只是不说，可她的眼睛已经替她说了，说了千言万语。

源仲扶着她的后脑勺，抬头，轻柔地吻在她弧度美好的下巴上，颤抖的嘴唇渐渐向上，巨细靡遗，一点一点蚕食，最后，又一次落在她的唇上。

他的唇终于不再颤抖，温柔地吮吻，渐渐变得热烈，他的手也无意识地将她按得更低，让胶合的唇瓣可以更加紧密。

谭音渐渐感到一种窒息的痛苦，不由自主地微微张开嘴，想要在他激烈的索吻下呼吸，可他的唇舌忽然侵入，她脑子里"轰"的一下，像有什么东西炸开似的，发出短促无意识的呻吟。

他吻得与方才截然不同，不再笨拙胆怯，更加激烈，甚至凶猛，侵略感十足。谭音觉得自己像摊开在日光下的白雪，一点点化开，化成水。她心跳的节奏全凭他来控制，似乎整个人都要被他操控，这感觉又新奇又可怕，她想要逃离，还舍不得，心跳越来越快，越来越大声，她只能感觉到他，他在入侵她的整个世界，印下烙印，气息，气味，一切的一切。

这绵长而深邃的吻持续了很久很久，直到源仲缓缓离开她潮湿而泛红的嘴唇，转而亲吻她的鼻尖与脸颊，她都没能回过神，整个人蒙蒙的。

源仲把脑袋埋在她怀中，呼吸急促，声音沉闷："我快死了。"

谭音终于回了点神，喃喃地问："什么？"

他埋在她怀中不肯抬头，声音极低："别看我。"

她这才发觉他连耳朵都红透了，映着日光，像透明的玛瑙。谭音蒙蒙的脑袋突然开了灵窍般，所有的感觉都回来了，她忍不住想笑，轻轻摸了摸他的耳朵，隔着手套都觉烫手得很。又过了好一会儿，耳朵才恢复原来的色泽。

源仲仰头望着她，忽然微微一笑："我去制香，你来吗？"

谭音也笑了："好啊。"

他将她放下，挽着她的手，两人一起进了小楼。

小二鸡还在不知疲倦地乱转着，它脚边倒下的小木头人越来越多，雪地上的画已经湿透了，而躲在远处某阴影中的源小仲咬着手绢狠狠点了点头，露出欣慰的眼神：大仲！你终于勇猛了一回！干得好！

它转身飞奔向厨房，它要给他俩做一顿好吃的庆祝一下！

上回它割了老鼋的肉，还残忍地屠杀了两只仙鹤，结果被源仲教训得再也不敢乱来。荤腥是不能指望了，说不定湖里的鱼也是什么它不晓得的仙品，还是不碰为妙。

源小仲翻出几根大白萝卜，打了水洗干净，正削着皮，忽见谭音慢慢从小楼里走出来了。奇怪，不是刚刚才进去？大仲这么快就完事了？鄙视！怪不得主人走得那么凄凄惨惨的模样！咦？好像还在哭！

它急忙丢了白萝卜，飞奔过去，大叫："主人你怎么了？"

不对劲啊！主人看上去很不对劲！它都叫得这么大声了，她却好像完全没听见——不，岂止是没听见，她看上去根本是失魂落魄，魂都不在身上的模样。

源小仲猛然停下脚步，疑惑地朝小楼里张望。门开着，可看不见大仲的身影，回头，谭音站在湖边，低头不知在想什么。

"主人……"

它慢慢走过去，这次谭音终于惊觉了，回头朝它笑了笑："被你发现了。"

源小仲听这话有点不对，急道："主人你、你怎么了？大仲……啊不对，大仲欺负你了吗？"

谭音笑得清淡："他睡着了，我用了点神力，他明天才能醒。不让他睡着，我没法离开。"

源小仲更加震惊了："离开？这是什么意思！"

谭音没有说话，她低头看着戴着白色手套的双手，看了很久。

"我要找个地方把身体封起来，再借个凡人的身体回来。"她朝源小仲安抚地微笑，"我会很快回来的。"

源小仲忽然摇头："你说谎，我看你的样子就知道，你不会回来了。"

谭音不由得默然。

它难得用鄙夷的眼神看她："连说谎都不会，我这个机关人都能看出来。"

谭音无话可说，只能讪讪地苦笑。

"你走了，大仲会疯掉的。"源小仲罕见地用正经口气说话，"我可不要成天看他那个死样子。再说了，你为什么要走？他对你不好吗？还是因为你是高高在上的天神，觉得他配不上你，索性长痛不如短痛……"

谭音无奈地打断它的话："源小仲，你懂的真多。但……不是你想的那样……"

"我虽然是机关人，也别小看我！"源小仲"哼"了一声，"不是我想的这样，那是怎样？"

它盯着谭音，期望看到她愧疚难过之类的神情，可她并没有，她只是怔怔地望着远方不知名的地方，然后好几颗眼泪从她眼眶里滚出来，她立即狠狠擦掉。

源小仲慌了，它纵然千伶百俐，却依然只是个机关人，它不懂人心，此刻见到谭音流泪，方才准备的许多大道理都不知跑哪里去了，手足无措地在她旁边杵着，在衣服里乱翻半天也没找到什么可以擦眼泪的东西。

"到底怎么回事啊？"它喃喃问，它真的不懂。

谭音也不懂，一切原本是很简单的，她为了泰和的左手下界，因为不能扰乱命数，所以她会陪着这只左手，直到源仲自然死去。

为何会流血？为何还要流泪？她曾以为在泰和身上已经体会过一切，她暗暗恋慕，然后伤心躲避，可这些曾经的痛楚却抵不上她此刻的万分之一。她愧疚，后悔……什么样的负面情绪都有过，最后她还是回到了源仲的身边。

假如可以在一起一辈子，不告诉他一切的真相，他会很幸福，她也会很幸福，这样多好。

她像怀揣恶意的窃贼，恶毒地欺骗他，欺骗自己。当她发觉自己无法离开他的时候，她的人劫便开始了，这是报应。

她当然也可以像对源小仲说的那样，找个地方将身体封在神水晶中，然后寻找一具合适的凡人躯体，就像刚开始那会儿，继续自欺欺人地幸福着。可是韩女的遭遇让她明白，人劫来临，神水晶封印身体根本毫无作用，她的自欺欺人只会加速自己的陨灭。

最好的做法是离开，放弃泰和的左手，为了自保，她应当回归神界，在清冷的无双殿，把所有至诚的心血继续投入工匠制作中，一千年，两千年，总有遗忘的时候，人劫兴许可以安然度过。

可是，源仲怎么办？他会怎样等她？等到仙人寿命终结的那一天？还是等到韩女将他杀死，他明白真相后绝望的那一天？

她忘不了他梦里的那座高台，稚嫩的少年握着她的手，又笃定，又伤心。他说："你喜欢我，你不愿说。"

还有他满身鲜血地靠在自己肩头，骄傲却胆怯，撩她的头发，问："傻姑娘，你是不是喜欢我？"

是的，是的，我喜欢你，源仲，我喜欢你。在不知不觉的时候，我爱你。

谭音扶着柳树，慢慢蹲下去，哭得没办法再站起来。

她终于明白那种焚烧灵魂般的痛楚是什么，那是她的人劫，人劫在吞噬她的躯体，她不顾一切地扯开手套，眼睁睁看着一整只右手缓缓变成透明的光屑。她没有办法阻止，她只能绝望地看着。

谭音不记得自己在湖边蹲了多久，慢慢地天黑了，狂风肆虐，湖面上细碎的雪粒被风刮得无所适从。

变天了，或许又要开始下雪。

她慢慢将手套戴好，留恋地回头望一眼小楼，这里的一切会不会成为她对源仲最后的回忆？她的视线慢慢扫过白雪皑皑的小洞天，最后落在源小仲茫然又夹杂失落的脸上，它似乎欲言又止。

谭音看了它好久，这张脸与源仲的一模一样，一样漂亮的眼睛与微抿的嘴唇，可她一眼就可以看出谁是真正的源仲，她好像到此刻才发觉这件事，原来不知不觉，她已经把这个人记得那么牢。

她是不是应该再交代一些什么？趁着源仲睡着了，她可以把心里无数的话告诉源小仲，让它转告，这样她不必亲眼见到他伤心欲绝的表情，也不会难受。

韩女说得没错，她也有一颗无比可怕的人心，欺骗别人，蒙蔽自己，最后再自私地逃避一切，丑恶得令人无法直视。

谭音苦笑一下，什么也没说，转身慢慢向生门走去。

源小仲见她真的要离开，彻底慌了，左右看看，抓耳挠腮，实在找不到什么可以挽留她的东西。它突然狠狠一拍大腿，豁出去了！它猛然飞扑上前，使劲抱住她，它有好多话要劝她！他不能让她就这么走掉！

谭音冷不防被它从后面狠狠撞过来，一下没站稳，两个人一起滚在雪堆里，又"骨碌碌"地在滑溜溜的结冰湖面上滚了好远。源小仲的鬼喊鬼叫就在耳边，炸得她头晕眼花，半天没回过神。

等她好不容易反应过来的时候，发现源小仲还拽着她边滚边叫，而且情形不太妙，他俩滚的方向正好有个窟窿，眼看就要掉湖里了。她想起身，偏偏它撞得力道特别大，冰面还滑溜溜的，连个施力的地方都找不到。

谭音双眼泛出清光，前方顿时竖起一道冰墙，源小仲狠狠撞在上面，发出好大的声响，也不知道撞坏没有，她爬起来才发现，厚厚的冰墙都撞出好几道裂缝了，这……这是什么蛮横的力气！

源小仲躺在冰墙下面直叫唤，滚过来滚过去，鬼哭狼嚎："断了！我的脊椎骨断了！好疼啊！好疼啊！"

谭音简直哭笑不得，机关人还会喊疼！

源小仲滚过来一把抱住她的腿，叫得比生孩子的女人还凄惨："主人！我好疼啊！你别走！你走了我以后就没法活了！"

它一面滚来滚去，一面偷偷拿眼瞅她，见她满头满身的雪，发髻都乱了，珍珠簪子挂在耳朵边上，要多狼狈就有多狼狈。它羞愧地垂下头，把脸贴在她脚上，受伤似的继续号："别走啊！你别走！"

一只手轻轻抚在它肩膀上，源小仲刺耳尖利的惨叫声突然停下了，它眼睁睁看着谭音蹲下来替它检查身体部件有没有损坏，捏捏肩膀，拍拍后背，最后她将它满是积雪的凌乱头发理顺，微微一笑："没坏，能走。"

源小仲觉得自己真要流下机关人之泪了，它死命握住她的手，哀求："不要走好不好？"

它与源仲一模一样，此时黑宝石做的眼睛里仿佛真的藏着源仲的灵魂，谭音恍惚间快要产生幻觉，源小仲哀求的神情让她感到浑身发抖。湖面上冷风呼啸，她忽然感觉到浑身刺骨的寒冷，喉咙里都结了冰。

眉间的神力忽然开始簌簌跳动，她知道，那是源仲在情绪波动，她在他身上留下了印记，这个行为足以证明她的拖泥带水，她总是把事情搞砸，下界寻找泰和的左手，没做好；答应了陪源仲一辈子，如今她却要离开他。她曾以为成了神女后就再也不会犯错，但她却错得一次比一次离谱，发现自己错了后又想自私地逃离，结果走还走得不干净，留个印记下来是为了什么？

她已经不知道自己在做什么了。

眉间的神力跳动得很激烈，源仲在做什么梦？回到了那座高台吗？她能感觉到眉间那股不属于她的浓烈情感，又伤心，又专注，他对她的感情总是掺杂着伤心，怕那是一场梦吗？

源小仲见她发呆，不像坚持要走的样子，赶紧小心翼翼地爬起来，还留个心眼，将她的一截袖子紧紧攥在手里，它要以静制动。

忽然，她动了，转过身，朝小楼慢慢走去，源小仲手中的袖子像柔软的水，一下便抽离，握也握不住。它赶紧追了一步，想说话，可她的表情让它不知道说什么，它猛然停下脚步，呆呆地看着她上了岸，走进小楼中，再也没出来。

源仲确实正在做梦，梦见的却不是三个甲子前的那座高台。

他在花枝缭乱的花树中缓缓前行，他觉得自己在找一个人，可他又想不起她的模样，她究竟是谁。温暖的春风扑面而来，丝丝缕缕柔软的气息，源仲下意识加快脚步，那横里斜里纷杂的花枝遮挡他的视线，她就在前方，他却看不见。

源仲抬手，拨开一树晶莹梨花。忽然，身后响起一个清冷的女声："源仲。"

他猛然转身，这无边无际的花海忽然化作粉末，无数红白花瓣下雨般落下，白衣的神女在前方，黑宝石般的眼睛在逃避他，她垂着头，像一只受伤的小鹿。

他快步向她走去，她的名字就在嘴边："谭音。"

他握住她的手，她戴着手套，指尖在瑟缩，想要逃离他的掌心。

源仲松开手，忽然握住她的手腕，将她雪白的身影拉入怀。她的身体很单薄，像琉璃一样易碎，可是气息很温柔，令人眷恋。

她在说话，声音很低："我走了，你怎么办呢？"

他没来由地感到极致的惶恐："为什么要走？"

"如果真的走了呢？"她抬头，清冷的眼睛不再逃避他，她从没像现在这样直视过他。

源仲笑了笑："我会去找你。"

她摇了摇头："如果那时你都忘了我呢？"

"我不会忘。"他低声说，"绝不会忘。"

怀中的人越来越细瘦，他觉得自己像是只抱着一件衣服，骇然低头，她的身体忽然化作大片金色光屑，乱舞而过，白色的衣服落在他手上，水一般流淌下去。

源仲猛然睁开眼，身上冷汗涔涔，是个梦？他像被雷劈了似的跳起来，一下便望见了谭音。她坐在床头，发髻已经散了，长发披在背后，正静静看着他。

他什么也没说，张开双臂，甚至有些粗鲁地把她揉进怀中，这个真实存在的单薄身体，有重量，有气息，温暖且柔软。他心中还带着噩梦初醒的迷惘惊恐，一遍一遍摩挲着她纤瘦的背部，声音低微："你还在……"

谭音轻轻梳理他的长发，低声道："做了噩梦？"

他摇头，什么也没说。

窗户紧闭着，外面天色暗沉，风声如鬼泣，又开始下雪了。谭音将他的长发梳理整齐，忽觉耳上一轻，挂在上面的珍珠簪子被他取了下来。

"怎么乱糟糟的？"他失笑，他的小神女，一向是白衣整洁，发髻齐整，睁开眼见到她头发乱七八糟的模样，倒还真吓一跳。

他将她的发髻全散开，用手指细细梳理，她身上什么首饰也没有，就连绾发的簪子也不过是素银嵌着一粒拇指大小的珍珠。

源仲手指勾动，床头柜子的一只抽屉忽然被无声无息地打开，里面有数只朱色锦盒，最大的那只锦盒打开，里面还有一只漆木小盒。

盒中铺着一层紫色的绒布，上面放着一只白金丝缠绕的发簪，打造成花一般的形状，嵌着数粒紫晶，谈不上华丽繁复，做工却极其精美。他将这支发簪拿出，再把谭音的珍珠簪子放在盒中收好。

"这个归我了。"他低笑。

他略笨拙地替她绾了一只发髻，将紫晶的簪子插进去，细细端详一番，这才满意点头："拿这个跟你的换。"

谭音忍不住要笑他的故作玄虚的孩子气，她故意说："那颗珍珠很值钱的，是深海蚌精的万年珠。"

源仲在她额头上吻了一下，笑道："那少不得今天让我占个便宜了。"

谭音正要说话，忽听生门处传来一阵雷鸣般的声响，源小仲在外面鬼哭狼嚎："又、又有人来砸门啦！主人！大仲！肯定是那些红眼睛的家伙！"

她不由得一怔，源仲安抚地拍拍她的肩膀："不要紧，不是破门，这是有人送信过来。"

源小仲蹑手蹑脚地去厨房摸了几把菜刀藏在腰后，上回那些红眼睛的战鬼气势汹汹地打破生门，无情地把它切成好几块，还把主人和大仲都打伤了，这个仇不能不报，它要叫这些没见识的战鬼好好见识一下，什么是机关人的愤怒。

踏雪出门，湖边的路空荡荡的，白雪皑皑，连棵可以遮挡身形的大树都没有。源小仲恨不得埋进雪堆里，一路悄悄爬到生门，然后杀战鬼们一个出其不意。

谁知小楼里突然慢吞吞地走出个身影，居然是源仲。他好像刚睡醒，衣服乱糟糟的，外袍还有一道垮在肩膀下面，一路打着呵欠伸着懒腰，朝生门那边走去。

不可以去！源小仲猛跳起来，张口大叫："大仲……"

只叫出两个字，它忽然觉得喉咙好像被什么东西堵住了，无论怎么努力，也发不出声音。它急得使劲用手扯脖子，满地乱跳，像一只蛤蟆。

"不要叫。"谭音的声音忽然出现在身边，源小仲惊恐地朝她飞奔去，指着喉咙快哭了。

谭音淡声道："是我做的，你别叫。"

源小仲呆呆看着她，满心茫然。

她似乎有无数的心事，她以前也偶尔会露出心事重重的神情，却没有哪一次像现在这样，不堪重负，只凭一口气撑着，他觉得她好像马上就会垮下去。

他的主人，应当聪明美丽并强大，源小仲怔怔地看着她单薄的身体被包裹在白衣里，白衣被风雪扯动，好像这个身体随时会被扯散，她有那么透明而脆弱吗？

"刚才的事，别和源仲说。"谭音声音很低，她没有看他，她的双眼望着远处源仲越来越小的背影，仿佛无比眷恋，又好像充满着诀别。

刚才的事？是说她打算离开源仲的事吗？源小仲不懂，她明明是留下来了，既然不会走，为什么不可以说？它不想将大仲蒙在鼓里，至少要给他提个醒吧？在机关人简单的按部就班的脑子里，因缘关系就是这样：谭音要走、她选择留下、为了让她以后再也不能偷偷走、他和大仲要串通一气,以后加强监视。

"源小仲,拜托你,别说。"她声音里出现一丝恳求的情绪。

源小仲被迫点了点头,谭音似乎微微笑了一下,替它掸去肩头的雪花:"谢谢。"

"啊……"源小仲堵塞的喉咙突然又通了,发出一个不知所谓的感叹音,它看着谭音的身体化作清光,几乎一眨眼就追上了源仲,抬头不知说了什么,替他把垮在肩头下面的衣服拉上去,源仲揽住她的肩膀,欢声笑语在风雪中回荡。

藏在腰后的菜刀硬邦邦的,他好像才想起自己想要保护大仲和主人来着,可他现在没心思做这些杂事了,他们也从来不需要他保护,不去添乱就不错了。

天色越来越暗,风雪也越来越大,源小仲半边身子都被雪覆盖了,他反复想,来回想,还是没能明白到底发生了什么事。

他抱着脑袋在风雪中走来走去,试图找出谭音古怪行为的前因后果。她明明是哭了,那些眼泪不是假的;明明是要走了,他的挽留不是假的。可她现在一言不发地留下了,留下了,却又不许他说出一切经过,人心的复杂与神秘,他永远也想不明白。

信是眉山君送来的,上回谭音做了只木头老鹰,专门提了两坛醉生梦死送去,大概酒好,老鹰也有趣,被眉山君一起留下玩到现在才送回来。

木头老鹰身上穿了件精致气派的小袍子,脑袋上还戴了一顶小花帽,大概是眉山君特意给做的,衣服银光闪闪,花帽五颜六色,又滑稽又扎眼。源仲忍俊不禁,轻轻弹了弹那顶摇摇欲坠的小花帽,木头老鹰不乐意地冲他尖叫——它对自己目前的形象明显相当满意。

"这个眉山君,机关鸟都能被他带坏。"源仲摇头叹息。

它胸前挂着一只油纸袋,包得严严实实,内里有一封信,还有一条十分精致的丝绸手绢,下面坠着一条紫晶小蛇,小指大小,栩栩如生。

信是眉山君写的,对送来的两坛醉生梦死用了骈四俪六的华丽句子大肆称赞,写了一张纸的废话,又提到这只木头老鹰,他十分喜爱,请人做了衣服,还每天放飞出去云云,又是一张纸的废话。第三张才写到重点:一月又到了香取山主开仙花仙酒大会的时间,山主听闻大僧侣殿下离开了方外山,行踪缥缈,特请眉山君转送请柬一份。

将丝绸手绢抖开,果然是一封请柬,字迹清雅,文辞优美,手绢请柬上熏了青木香,料子触手柔滑,那香取山主向来是个惯于享受的仙人。

源仲捏着这幅丝绸请柬沉吟,当日棠华来洞天突袭,兰萱拿的那双弑神匕首正是香取山主的收藏品,后来棠华他们被谭音驱逐出洞天,这双匕首却留下了。

这位山主已近暮年,不问外事,为人又吝啬至极,偏偏还喜欢炫耀自己搜刮的各种宝物,这双匕首就是宝物之一,上一次的仙花仙酒大会上,他曾亲眼见过。想要从一毛不拔的香取山主那里借到一件宝物，难如登天，而他藏宝的地方戒备森严，想来棠华也不至于能偷到，只是不知他究竟是怎么借到弑神匕首的。

源仲将信与请柬收回袖中，回头朝谭音一笑，半开玩笑似的双手合十行个礼："今日天神降临，吾等有幸开启封藏，送上美酒天下无双。"

谭音愕然："怎、怎么了？"

源仲朝她眨眨眼："一个简单的仪式罢了。"

有狐一族有戒律，族人虽擅长酿酒，但酒品也分上中下，中下等的酒，譬如醉生梦死，再譬如色如玉，平日里自己喝，或者送给朋友来往都没有关系，然而最上等的美酒，名为天下无双，那是只有一甲子一祭神才可以开启封藏的宝物，纵然是他，也不能随意妄动。

那位香取山主是个铁公鸡，脾气又油滑得很，他就是带了匕首过去问，只怕也问不出什么来，少不得送几坛天下无双撬开他的嘴。正巧自己身边有个神女，也不算违背戒律。

洞天的地窖中封藏了无数美酒，源仲很快便取了四只白玉小酒坛上来，与那些装盛下品酒的酒坛不同，这些白玉酒坛周身甚至点缀了明珠，幽光莹然，坛身比婴儿的头颅也大不了多少，可见其珍贵。

"神女在上，可否赏光与我共饮一杯？"源仲晃着一只白玉小酒坛，朝她笑眯眯的。

谭音也笑了，她是天神，凡间的酒酿得再精纯，她喝起来也像喝水一样毫无感觉，她不愿拂逆源仲的兴致，柔顺地点头答应了。

平日里斟酒做菜都是源小仲的活，可他今天不知跑哪里去了，谭音自己从厨房取了两只酒杯，小心翼翼地打开白玉酒坛的封口，一揭开，只觉寒冰之气袭面而来，一股闻所未闻的浓郁甘香的酒气云烟般蒸腾而起，瞬间就晕开在整间屋子。

酒液倒入拇指大小的水晶杯中，竟是完全透明的。其时酿酒，大多有杂色，或发黄，或发绿，这种透明如清水般精纯的酒液，连她也是第一次见到。

源仲将酒杯与她手中的杯子轻轻碰了一下，低声道："这是我的夙愿，今日如梦一般。"

谭音看着他仰头一口将杯中酒喝干，苍白的脸上很快泛出一层淡淡的红晕，他轻叹："好酒！"

她也豪放地一口喝干，脸色突然大变——不再是喝水一样的感觉，这味道……是烈酒！她一惊之下呛到了，咳得惊天动地，差点把杯子砸了。

源仲哈哈大笑，在她脑门儿上一弹："傻丫头，这可是送给天神的酒，别小看它。"

谭音好不容易停住咳嗽，可是脸上泛起的火热却再也没褪下去。她本来就不善饮，不过仗着自己是神之躯，把凡间的酒当水来喝，此时猛然干了一杯烈酒，马上就开始晕了。

她浑身发软，不能控制，趴在桌子上，歪着脑袋看源仲自斟自饮。

他浓密乌黑的长发，苍白的脸庞，在烛火映照下像玉一样，还有那双漂亮的眼睛，里面藏着一个鲜活骄傲又专注浓烈的灵魂。他的嘴唇翕动，在低声说着什么，她全然没有听清，她觉得自己像是第一次看着他清醒的脸，时光在晕眩中飞逝，这就是一辈子吗？

不想走，她其实不想离开，假如这就是一辈子多好，魂飞魄散也罢，她最终是与他死在一处的。

他忽然又不说了，和她一样，趴在桌上，肩膀靠着肩膀，脸歪在胳膊上，和她面对面地看着，他眼睛里有两个她，特别清楚。

"在想什么？"他轻声问，唇齿间酒香四溢。

谭音没来由地想笑，喃喃："好酒……"

"除了这个？"他凝视她。

她还是笑，脸颊晕红，眼如春水："想你。"

他笑得眯起眼睛，里面好像藏了一颗星。

"你勾引我。"他声音越来越低，"我想上钩了。"

谭音没有说话，她伸出手，轻轻摩挲他的轮廓，挺直的鼻梁，微抿的嘴唇，他忽然张开嘴，隔着手套，在她的拇指上轻轻咬了一口。

被咬的拇指微微发麻，细微的小闪电从那一点迅速扩散成面，辐射四肢百骸，她又一次感到那种焚烧灵魂般的痛楚。

来吧，就这样烧，她不怕。

他的唇轻轻落在了她的脸上。

谭音闭上眼。

他的唇像羽毛一样轻轻拂过脸颊，软而且柔。他的手紧紧抱着她，紧绷的肌肉，略微粗糙的指腹，与她截然不同的身体构造。他身上的气息淡雅而幽远，他们在一起的时间并不长，他的味道她仿佛已经体会过千万年，熟悉，眷恋。

源仲的唇慢慢离开她的脸庞，只留指尖细细摩挲，谭音睁开眼，他漂亮的黑白分明的眼眸那么近。他眼里只有她一个人，灵魂里也只藏着她一个，专注热烈。

她曾想问他，假如有一天她不在了，他要怎么办？但这个问题其实根本不用问，他的眼睛已经告诉她一切答案。

"我上钩了。"他忽然笑起来，眼睛弯弯地眯起，微抿的唇勾勒出一个迷人的弧度，声音沙哑，"我在钩上，任你宰割。"

这种时候，她该说什么？又该给他什么表情？谭音脑子里蒙蒙的，身体上所有的微妙感觉被放大到极致，而所有理智都被醉意冲得不见踪影，她有一种汹涌而陌生的冲动。她慢慢凑过去，越来越近，胆怯似的抬眼看他的眼睛，他眼中有东西在焚烧，亮得惊人。

合上眼，她的唇印在他唇上，笨拙地贴合，轻轻辗转。

他扶着她肩膀的手缓向上，最后按住她的后脑勺，将她整个人向他的方向用力镶嵌。他的亲吻狂乱，有着同样的笨拙，但很快那种笨拙就消失了，属于他本能的掠夺性，让他几乎是一瞬间就占据了主动，干燥的嘴唇很快变得潮湿火热，他舔舐她的舌头、嘴唇，还不甘于此，顺着她弧度姣好的下巴吻下去，手指颤抖着解开她一根衣带，领口松垮，他的唇与手同时侵入，落在她锁骨下方。

他的脑袋埋在她胸前，巨细靡遗，一点一点亲吻着她锁骨周围的肌肤。谭音觉得整个人已经融化了，分辨不出究竟是焚烧灵魂的痛楚多一些，还是与他亲密接触的愉悦更多一些。

她的手指托着他的脸颊，像是想要推开，又像是热情的邀约，他的唇不知何时隔着衣服印在她的小臂上，谭音浑身颤抖，感觉他轻轻卷起自己的长袖，炽热的唇贴在光裸的肌肤上——他在试图脱她的手套，用牙齿咬住手套的边缘，一点一点，向下轻扯。

不可以脱下手套！谭音的身体反应比她此刻不太灵光的脑袋还要快，整个人像兔子一样跳起来。袖子拂过桌面，摆在上面的四坛天下无双酒滴溜溜地翻倒滚下来。源仲正是意乱情迷的时候，冷不防被她推开，反倒愣住了，待看到那四坛珍贵的天下无双眼看就要摔碎，他长袖挥出，不太稳地将两只白玉小酒坛卷起来，另两只却被谭音一手抓一个，稳稳地捞在手中。

两人一个弯腰，一个坐着，面面相觑了半天，源仲突然笑了。

"好可惜。"他将两坛完好无损的天下无双放在桌上，轻轻抹了抹嘴唇。

谭音涨红了脸，她的酒意被刚才手套差点被脱掉的事情吓醒一大半，还有一小半为了要捡酒坛也弄没了。此时此刻，心情没了，气氛也没了，她讪讪地将白玉酒坛放回去："那、那个……我去睡觉了……"

睡觉？源仲看看外面，这会儿似乎才是下午。

她显然也发现了自己找的借口很拙劣，羞愧万分，低头不语。

脚步声渐渐近了，她的视野里出现了源仲的鞋。他站在她对面，那么近，都快贴在她身上了。谭音浑身都绷紧了，又期待，又害怕，眼睁睁看着他的手抬起来，轻轻拈住了她的一根松垮衣带。

"衣冠不整，袒胸露背。"他声音里有种不怀好意的笑，手指却慢慢替她将方才被他解开的衣带一根根系好，"下次再这样大胆，我真的不停手了。"

谭音连耳朵都热辣辣的，不好意思抬头，耳边听到他上楼，进卧房，关上门，她才松了口气似的，把戴着手套的双手举在眼前。

还会有下次吗？她默默想着，眼里也热辣辣的，又想哭，还想笑，缓缓蹲下去，抱住自己的膝盖。

不敢再有下次了。

从地窖拿出的四坛天下无双，后来被源仲一个人喝光两坛，谭音一滴也没敢再沾。

据说天下无双曾经是有狐一族鼎盛时期专门供奉给天神的酒，其实，凡间的战鬼族也好，有狐族也好，所谓的侍奉天神，也不是真的作为奴仆那样侍奉，这种说法，大部分有这些凡间部族自己美化的成分在里面。

神界的广阔是凡间仙人无法了解的，有狐族一甲子一祭神的仪式，只能将念头传达上来，具体这个念头究竟能不能恰好被神君们捕捉到，是不是每次收到念头的都是同一位神君，收到念头后又愿不愿意下界接触，这个谁也不知道。

剩下的两坛天下无双，被装入一只精致的青瓷盒内，作为送给香取山主的礼物。一月十五，是仙花仙酒大会召开的日期，源仲临走前特地把源小仲拎出来好好教诲了一番，让他看顾好一切，这才带着谭音离开了这个住了大半年的小小洞天。

香取山的仙花仙酒大会并没有约定俗成的时间，往往山主兴之所至，便广发请柬，各路与他交好的仙家都会收到请柬，各自带上一些礼物，去香取山白吃白住，短则十日，长则数月。

仙人们寿命漫长，成天闲着没事干的很多，这种热热闹闹的聚会，向来是他们的最爱。

香取山主成仙早，如今已近暮年，无论是身家还是名气，都算仙人中的上流，面子大，洞天开辟得也大，雄赳赳气昂昂地占了十几座山，山中弟子数以千计，一水的绝色年轻男女，初来乍到的人往往要目瞪口呆好久。

源仲并不是第一次来香取山，但此地开山为府，构造极其大气，山谷上方悬崖万丈，数道银龙般的瀑布倾泻而下，落地三尺处却归于虚空。此等大手笔，闻所未闻，与方外山的婉约截然不同，不管来多少次，还是忍不住要赞叹。

迎客正道早已被打扫得纤尘不染，半空中金花万朵纷纷坠落，道旁每一株树上都挂着碗口大的仙家奇花，色泽各异，此处洞天四季如春，暖风袭面，奇香扑鼻。被邀请的各路仙家，有的慢慢步行观赏奇景，有的驾驭灵禽灵兽从道上飞过，不说富贵逼人，至少个个都仙风道骨，仙家气派十足，更加映衬得道中一辆牛车十分破烂缓慢。

牛车破烂不堪，一只木轮还歪了，撞在石头路上"咣当咣当"乱响，拉车的老牛没精打采,耳朵和脑袋一起耷拉着,偏偏车拉得飞快,没一会儿就越过众多步行的仙人,引来注目纷纷。

牛车行到源仲身边,他稍稍让了一步,忽见那牛车上的车帘被一把拉开,眉山君瘦骨嶙峋的脸充满惊喜地探出来:"是大僧侣殿下!哎呀哎呀,您上回送来的两坛醉生梦死实乃极品啊!"

他一面说一面两眼乱看,见到源仲手里捧着一只青瓷盒,他眼睛亮得快烧起来了。

"我闻到了!"他大吼,指着那只瓷盒两手发抖,"我闻到了绝世好酒的味道!快说,那里面装的是什么?"

这家伙生的什么鼻子?到底是仙人还是狗精?天下无双被封在白玉酒坛里,瓷盒也封得严密无比,他居然还能闻到酒香,简直不可思议。

源仲摇了摇头:"倒也没什么特别,不过是我族祭天时用的酒,名为天下无双。"

天下无双!

眉山君幸福得要晕过去了,他这种专门探查别人隐私秘密的仙人,自然知道天下无双酒是什么。他一骨碌从牛车里滚出来,望着源仲手上的瓷盒发愣,要不是这里人多,他大概能做出打晕源仲抢走瓷盒的无赖行径。

源仲晓得这个仙人嗜酒如命,指不定真能做出这等没脸没皮的事,他侧过身子,笑道:"你这个东西,退开些,脸都被你丢光了。"

眉山君两眼钉在瓷盒上没法离开,魂不守舍,压根就没听见他说什么。

源仲索性把身体背过去,低头朝谭音小声道:"咱们走远点,别让别人看出我们认识他。"

眉山君视线被遮挡,急得要跳脚,但此时人多,他到底还是要点脸面的,白抢不行,只得作罢,把目光收回放在源仲脸上,又怪叫:"你又换了张脸!"

源仲只是笑,没搭理他,他已经很久没戴假脸皮了,如今离开洞天,又把假脸皮戴着,倒有些不习惯了。

眉山君在这位大僧侣殿下面前总不能像跟傅九云那么放肆,这个人看着笑嘻嘻的好像很好说话,其实拒人千里之外,他最怕此类人,想了半天找不到什么话题,他有点想回牛车了。

谁知目光随意一扫,突然发现这位大僧侣正挽着一个白衣少女的手,眉山君登时有种发现大秘密的兴奋。

男人啊,喜新厌旧,当时在夼都他身边明明跟着另一个姑娘,这么快就换了新的!鄙视啊,果然世间像自己这般专情的男子不多,简直就是凤毛麟角!

"喀喀……"他干咳两声,轻轻用手肘捣了捣源仲的腰侧,声音特别低:"大僧侣殿下果然风流倜傥。"

他比出大拇指："这位姑娘是您的仙侣吗？"

源仲失笑，低头看着谭音，她也在笑，斯斯文文地朝眉山君点头："眉山仙人，又见面了。"

又、又见面是什么意思？他以前见过她？

眉山君纠结万分，天底下怎么能有他记不起的八卦？他到底在什么地方见过她？他看着谭音乌溜溜的纯善的眼珠子，不太好意思开口问。人家都这么熟稔了，他再问显得多没见识啊！

"又、又见面了。"他胡乱点头，"你，呃，你……"

"我是姬谭音。"谭音好心地回答了他不好意思问出口的问题。

姬谭音……眉山君疑惑地看着她，他想起来了，大僧侣之所以给他两坛醉生梦死，正是因为拜托自己调查姬谭音的来历吧？这才几个月，他俩就从敌对发展成仙侣了？

他触景生情，想起自己孤零零一场单恋，别人家两情相悦都容易得很，到自己这里就事事不如愿。

眉山君悲从中来，什么八卦都懒得问了，垂头丧气地奔回自己的牛车，再也没下来。

"他怎么突然哭了？"谭音看他抹着眼泪狂奔而去，不由得呆住。

源仲皮笑肉不笑："大概想到他单恋一场的伤心事了吧。"

第六章 不让你如愿

这次仙花仙酒大会邀请的仙人极多，人虽未来齐，披香殿却已是祥云笼罩，仙影幢幢，数千山主弟子穿着玄色衣，头戴青木环、青木冠，在殿前恭迎诸位仙家，个个都是丰神俊朗倾国倾城之色。殿外诸般布置，也极尽繁华之能事。

谭音从未见过这种景象，少不得看得入神，神界再也不会有这种繁华奢靡。

"你稍等我片刻。"源仲握了握她的手，"我去去便来。"

谭音点头，此时客人只来了小半，宴席尚未开始，互相认识的仙人们聚在一处说话，没人注意她。她扶着栏杆仔细观赏香取山的瑰丽景色，忽听身后一个醇厚迷人的声音响起："这位姑娘，一个人吗？"

这好听的声音非常耳熟，只要听过一遍就很难忘记。谭音转过身，果然见傅九云站在身后，他头戴青木冠，身穿玄色袍，在一众山主弟子中也显得鹤立鸡群。

谭音微微一笑："又见到你了。"

傅九云不由得一愣，他方才正是百无聊赖，一眼望见大僧侣与一位白衣少女在一处，正要过来招呼，不料那位大僧侣丢下她一人先进殿了。因从未见过大僧侣与女子单独相处过，他来了点兴致，想不到这姑娘一开口却好像认识自己的样子，他十分讶异。

他心中隐隐约约有种感觉，仿佛在何处有过同样的情形，却无论如何也想不起来。

"姑娘见过我？"他面不改色，笑得温和。

谭音没说话，刚进香取山，她便感觉到了魂灯的气息，傅九云会留在这里做个山主弟子，很合情理。

傅九云见她不说话，倒也不介意："我原以为大僧侣殿下会与棠华公子同来，想不到却是与姑娘同行。"

谭音一听棠华公子四字，便想起当日在小洞天里的那个紫色身影，毫不留情地对源仲进行咒杀。她的眉毛微微蹙起，就算心里明白这位虔诚的有狐族人是受了韩女的蛊惑指示，她还是没法有任何好感。

"棠华公子也来了？"她随口问。

傅九云指向远处一个紫色身影："那不是？"

谭音愕然，他居然真的来了！他有何面目再面对源仲？还是说，他打算在诸多仙家的面前动手？她顺着傅九云指的方向望去，果然见到一幅紫色的长袍。像是知道有人在看自己，棠华很快回头，眼中带着一种古怪的笑意，直直盯着谭音。

"姬谭音。"他嘴唇翕动，没有发出声音，她却立即懂了他的意思。

他知道她的身份了？韩女告诉他的？当日在洞天，她是神识状态，这些凡间仙人不可能见到她，他怎么认识她的？

谭音拔腿就朝他走过去，傅九云第一次被女人无视掉，反倒呆了一下，随即身后诸多女弟子过来跟他嬉笑，这古怪少女的事一下就被他丢到了脑后。

棠华见谭音向自己走来，笑了笑，定定看她一眼，也跟着转身便走。

想跑？谭音一路远远跟在他身后，很快就离开了披香殿。

披香殿内仙人略少些，层层高台上木几已经摆好，每张木几上都放着一枝花，木樨、玫瑰、牡丹各异，幽香四溢。

源仲捧着瓷盒朝殿内深处行去，一路诸多仙人，有他认识的，也有他不认识的，可惜都没能说上几句话，眉山君像个鼻涕虫似的始终黏在他身后，一会儿小心翼翼问一声："天下无双酒你打算全送给山主吗？"一会儿又故作大方地笑，"我没别的意思，就是问问。"

源仲简直被他弄得啼笑皆非，突然指着他身后惊讶地轻叫："咦？我好像看到战鬼将军了！他身边那个是辛湄吗？"

眉山君掉头就跑，找了个桌子钻下面，急道："别、别说我在这儿！"

瞧瞧这出息！源仲摇着头走了。

山主正在殿后小室中更衣，听见守门弟子报大僧侣殿下来访，他急忙穿了鞋子亲自开门，有狐族的大僧侣身份高贵，他不敢怠慢，双手合十笑道："大僧侣殿下大驾光临，鄙人衣冠不整，让您见笑了。"

这位山主好多年不见，似乎又胖了一圈。小室中宝光流窜，想必更衣是假，在这里偷偷玩赏客人们送的宝贝才是真。

"山主客气，我离开方外山已久，身边别无他物，只有送上两坛天下无双美酒，聊表谢意。"

没等源仲将手中瓷盒送上，山主脸色已经变了。他自然知道天下无双是什么，这份礼太过贵重难得,他素来老辣,心中一下明白源仲必然有事相询,可心中难免纳闷,这位有狐族的大僧侣会有什么事需要问他一介野路仙人?

山主面色慎重,小心地接过瓷盒:"大僧侣殿下太客气,鄙人惶恐,不知您所为何事?"

源仲从袖中取出那对弑神匕首,山主的下巴差点掉下来,好不容易稳住心神,声音却免不了发抖:"这……这是鄙人的收藏品……怎么、怎么会在您这里?"

源仲笑道:"山主莫非贵人多忘事?若非你亲自借出,他人又岂能取得这件宝物?不瞒你说,这双匕首好生厉害,险些要了我的命。"

山主惊骇更甚:"鄙人真的不知!我……鄙人年事已高,早已不参与仙家斗争,大僧侣殿下,这……其中莫不是有什么误会?"

源仲将匕首递给他:"看看是不是你的。"

山主小心将匕首抽出,那黝黑无光的刀身顿时发出一阵近乎疯狂的杀戮之声,当年神魔大战,被这双匕首割裂的天神数不清,杀意滔天。山主不敢多看,立即将它们收回刀鞘,额上冷汗涔涔,显然他也是一头雾水。

他这么多年来搜刮的宝物没有十万也有八九万件,品质不同,珍稀程度不同,他不可能个个都记得,可但凡与当年神魔大战扯上关系的至宝,他绝对记得清清楚楚,包括魂灯,都被他用诸多仙法牢牢锁在夜寐阁中,就连身边最亲近的大弟子们也没法潜入其中取到半件。

可匕首就在手上,人家大僧侣都问到鼻子上了,他要怎么回答?

山主将匕首收进袖中,沉声道:"大僧侣殿下,请您稍待片刻。"

话音未落,他整个人化作一股狂风,朝最高处的夜寐阁狂奔而去,谁知刚落地,便见夜寐阁前站着一个紫色人影,山主惊怒交集,厉声道:"何人扰我藏宝之地?"

那人没有回头,动也不动一下,山主恼怒更甚,上前一步,仙力化作巨蛇,朝那人狠狠缠绕而去,那人长袖轻挥,庞大的仙力像尘灰般被他打散开。山主大惊之下僵住了,忽觉数道红光朝自己身上打来,竟完全不能躲避。

红光钻入身体,他的意识登时变得模模糊糊,身体全然不能被自己控制,一只手伸入袖中,将那双弑神匕首取出,弯腰放在地上,然后又慢慢转身,化作狂风呼啸下山,落地那一刻,山主才骤然惊醒,只觉恍然如一梦,方才发生了什么,他竟没半点印象了。

对了,仙花仙酒大会……他应该去披香殿迎客了,他疑惑地回头朝夜寐阁望去,那里风声朗朗,半个人影也没有,缠绕在夜寐阁周围的繁复仙法威力仍在。他摇了摇头,一头雾水地朝披香殿赶去。

源仲没想到山主说走就走,他原本想问个清楚,可山主的态度实在不像作伪,莫非他也不知那双匕首为何会被棠华取走？

他想不明白其中缘由，山主一时半会儿没有回来，他便在小室中徘徊等待，这小小一间房，竟有一小半被仙人们的礼物占据，各种宝光流肆，幽香阵阵。

源仲随意扫了一眼，忽见角落里放着一只瓷盆，与诸多仙家宝物相比，这瓷盆全无半点奇特之处，但他知道自己见过它，在琼国的王都归虚，那家店里……被棠华买走的瓷盆！

源仲心中一惊，棠华也来了？他居然还敢出现？

他慢慢走过去，将那只瓷盆拿在手里，瓷盆上有非常细微的裂纹，似是被摔碎过，但又请了高人重新补好，不仔细看是看不出曾有破损。盆上散发出一股极淡的香气，是有狐族血的味道。

源仲低下头，细细去闻，脸色渐渐变得极难看。

这是棠华的味道，棠华身上血液的味道！

他一把丢下瓷盆，化作金光窜出小室，他要找到棠华！

谭音一路尾随棠华，只见他越走越快，绕过一丛木槲树，忽然向最高的那座山峰行去。她有些疑惑，虽然她不知道那座山峰是香取山的什么地方，但魂灯的气息从峰顶传来，他要做什么？取魂灯吗？

她再度迈出脚步，忽然，一股不同寻常的细微的波动惊动了她，不是魔物的波动，而是……而是她极其熟悉的，只有天神的神识才会产生的气息。显然来者将自己的神力压缩到了最小，不至于被各路仙家发觉真实身份，却逃不过谭音的感官。

谭音精准地捕捉到波动的方向，正是从棠华那里传来的。她心中难免惊骇，棠华身上传来天神的神识气息，难道他已经死了，并且身体被一个天神占据了？方才她毫无所觉，此刻却觉得那神识的波动越来越强，他是在故意放出神识气息引诱她追上去吗？

谭音顾不得多想，化作一道清光追上山峰，周围半个人影也无，山峰险峻，怪石嶙峋，棠华的背影是一个紫色的小点，他已快到峰顶。

神识的波动越来越近，越来越清晰。谭音突然停下脚步，这股神识的力量，她再熟悉不过，她想念了五千年的，最不该在这个时候这个地方出现的：泰和的神力！

谭音只觉整个人都蒙了，她顾不得去想为什么泰和的神识会突然出现在香取山，他醒了？他下界来找她？他夺舍了棠华的躯体？他的左手还没复原，神力衰竭，怎么能下界的？

这些找不到答案的问题让她心急如焚，只有全力奔向峰顶，棠华在一座布满仙法禁锢的小楼前站着，他将回答她一切的疑问！

谭音几乎是一眨眼就到了峰顶，她怔怔看着这熟悉又陌生的紫色背影，感受着五千年没有感受到的泰和的神力，极缓慢地上前一步，她声音发抖："泰和？"

棠华慢慢转过身，眉目如画，风华绝代，熟悉的脸，却有着陌生的神情。他盯着谭音，半晌，眉梢忽然一扬，露出一个俏皮的笑——只有泰和会这样笑。

"谭音。"他开口，"好久不见。"

谭音只觉恍然如梦，嗫嚅着，什么也说不出来，明明方才有一肚子的问题。时光在倒退，她像是回到了五千年前，泰和在她面前笑语晏晏，神态自若，她却永远像个木头人，连句利索的话都说不齐。

在泰和沉睡的五千年里，她经历过独自等待，又独自下界，替他寻找遗失的左手，那些漫长萧瑟的年月，如今回想起来，竟如同白驹过隙，一倏忽就过去了似的。直到此刻再见到他，她才忽然醒悟，自己是为了这个人等了五千年。

五千年前，她在他面前，还是个话也说不利索的小神女。

泰和低头看着自己的手，笑道："这具仙人的身体用着并不习惯，神识没办法压抑太久。"

谭音喃喃："你……夺舍了他的身体？"

泰和笑得夸张："怎么可能？这具身体被我发现的时候已经死了。我急着找你，却也没法寻找更合适的了。"

"急着找我？"谭音一个字一个字地慢慢重复，这会不会只是一场梦境？

"是啊，急着找你。"泰和走上前，如同以前一样，爱怜地揉了揉她的脑袋，"傻孩子，我知道你在为我寻找左手。"

左手。谭音忽然一震，像是突然从迷离的梦境中清醒过来一般，她一把握住他的手，急道："泰和！你、你没事吗？你的人劫有没有降临？你……你神力衰竭了，怎么下界的？现在你的左手……"

泰和安抚地拍拍她："慢来慢来，语无伦次的。"

谭音也发现自己问得乱七八糟，她猛然停下，过了好一会儿，才低声道："为什么要沉睡？"

泰和淡声道："因为我有预感，我的人劫要来了。左手遗失，神力衰竭，我必然无法渡过人劫，只能选择沉睡。"

人劫，泰和也有人劫，这是每个神君神女最后都要面对的劫数。韩女的人劫是她，她的人劫是源仲，泰和的人劫会是谁？

她发觉自己的问题太多了，五千年来所有的感慨，所有的遭遇，没有办法在这里一一说出来。泰和显然也明白这一点，他冲她笑了笑："总而言之，我来了。你将我的身体封在那么大一块神水晶里,我可没办法带下来,只能在凡间寻找合适的躯体,正巧遇见这有狐仙人,似乎是刚死,虽与我的神识不甚相合,暂且借来一用倒也无妨。"

棠华死了,他怎么死的?谭音没有问,泰和必然也不知道,他睡了五千年,大约连韩女成魔的事情都不知道,她也不敢主动提,怕他伤心,毕竟他亲口说过,韩女是他的伴侣。可是,泰和醒来第一件事是下界找自己,并不是寻找韩女,这个事实让她不知为何,心里隐隐约约感到不太舒服。

泰和静静凝视着她,陌生的眼睛,熟悉的眼神,谭音勉强朝他笑了笑,一时也不知该说什么,他忽然叹了一声:"谭音,你怎么变成这样了?"

她下意识地低头看自己:"怎么样?"

"你的人劫开始了。"泰和直截了当地说穿了,目露不忍,"你以为戴着手套我就看不出来吗?"

谭音心中慌乱,将两只手放在背后,指尖纠结,良久,方道:"没事。"

"荒谬。"泰和皱眉斥责,"你下界短短这些时日,人劫已发展至此,只怕再过数月就要魂飞魄散,什么叫没事?"

她慢慢摇头:"真的没事,你不用管我。"

泰和的眉头皱得更深:"我不管你?"

她没有回答,没有人说话,两人之间忽然陷入死寂,不知过了多久,泰和突然笑了一声:"我的左手落入凡间,有了自己的命数,今世应该在有狐族某人身上,想必你也已经找到了他。谭音,他是谁?我该去取回我的左手了。"

谭音猛然抬手,脸色苍白:"还没到时候!你强行取得左手,会死的!"

泰和哈哈大笑,拂袖下山:"我有何惧?我知道了,他就在这里吧?不用多说,我去了。"

谭音一把拽住他的衣服:"等一下!"

泰和停下脚步,没有回头:"等什么?"

他的声音变得很低,像是早已看穿她所有虚伪的心思,甚至带着一丝嘲讽。谭音只觉浑身发凉,拽着他衣服的手却越绞越紧。

"别去。"她喃喃。

"谭音,你是担心我强行取得左手,会陨灭,还是担心别的?"

他低声问。

她只是不说话,低着头,像个做错事又倔强的孩子,拽着他不放。

泰和的声音变得更加讥诮:"我明白了,你是怕那个人发现真相,你骗了他?你喜欢他？你怕他知道你是为了另一个男人接近他，怕他不要你？谭音，你猜猜我会不会去？再猜猜，那个男人知道一切真相后，会是什么反应？"

"泰和！"她已经近乎哀求。

他还是没有转身，背对着她。

"你爱他。"他声音极淡，"谭音，你的人劫是他。"

他忽又一笑，故作洒脱一般。很早以前，他就常常有这种故作洒脱的语调："好可惜，我还以为你的人劫会是我。"

为什么他会说这个？

谭音心中没来由地一阵不安，她猛然放开他的袖子，缓缓后退了几步："你再等等……等几个月……"

"等到你过不去人劫，魂飞魄散吗？"他从没这么尖锐过，"你死了，我就可以随便将那个人杀剐蒸煮？你太天真了，谭音，而且愚蠢。你的人劫是他，你放心，我不会让你死，我替你杀了他，你的身体就不会再消散。"

他迈开脚步，向山下疾行而去。谭音双目清光骤然大盛，他面前忽然筑起一道石墙，挡住了他的去向。

泰和一把打碎了石墙，厉声道："你看看你自己，现在是什么样子？拖着残破的身体，蒙骗那个凡间仙人，你自己不好笑吗？你要我眼睁睁看着你魂飞魄散？还要我帮你圆这个谎？你把我当什么？"

谭音垂下脑袋，声音发抖："求求你，泰和！"

他的话多么尖锐刻薄，简直不像泰和会说的，他在故意让她伤心，要她难受，要她感到灵魂被焚烧的人劫的痛苦。

她紧紧闭上眼，泪水潸然而下。

良久，他又叹息着转身，一步步慢慢走向她："谭音，和我回神界吧，教我怎么用神水晶。你好好地睡，睡一千年，五千年，一万年，醒来后他就不会再困扰你了。"

回去吗？与泰和一起？这曾是她最大的理想，取到泰和的左手后，唤醒他，继续过着以往单调却悠闲的生活。如果没有遇到源仲，她不会遭遇人劫，她身边永远有泰和的陪伴，无论他是不是她的，至少她每天都可以看见他。

可是，她走了，源仲怎么办？

源仲是她的人劫，她又何尝不是他的劫数？

泰和冰冷的手已经轻抚在她脸颊上，她脸上湿漉漉的，满是泪水。他用指尖轻轻擦去，低声道："有我陪着你，我守着你，千万年，我不走了。"

谭音摇了摇头,她觉得自己什么都说不出来,她不想离开,她不能离开,她宁愿几个月后魂飞魄散,也不愿此后漫长无止境的一生都活在回忆里。她的天下无双,独一无二的那个人,不是泰和,从来也不是泰和,在遇到源仲后,她才真正明白。

她忽然下定决心似的,将眼泪擦干,低声道:"走吧,我带你去见他。"

泰和反倒怔住了:"你……要和我一起去见那个凡间仙人?你方才不是……"

"现在我决定了。"谭音打断他的话,语调坚定。她面上焕发出一种从未有过的光芒,这种光芒甚至让他感到刺眼,"我不想再骗他了,我会把一切真相都告诉他,无论他会不会原谅我,我决定了。"

泰和勉强笑了笑:"谭音……你不怕我杀了那个仙人取回左手?"

她好像真的完全下定决心,什么也不能撼动了:"你会做这种事,就不是泰和了。"

泰和像是不认识她似的盯着她,他似乎还想挽回:"谭音,你曾经喜欢过我,我知道的,你下界也是为了我,那你为什么?"

谭音没有回答,她飞快地向山下走去,忽听他在身后笑叹了一声,声音渐渐变得妖异:"无双,为了你,我连泰和都搬出来了,还是不行吗?"

他……在说什么?无双?

谭音愕然转身,只见他长袖一挥,一道乌黑的暗光激射而来,她躲避不及,只觉腹中一阵冰凉。

他……用什么伤她?泰和居然会刺伤她?

她眼睁睁地看着对面的泰和,他面上挂着最常见的俏皮的笑,眼眸正在渐渐变成红色。他手里拿着一把漆黑的匕首,而另一把,此刻有大半都刺进了她的身体里。

这不是普通的凡间兵器,这是魔器,可以弑神的魔器。

谭音倒抽一口凉气,还未来得及说话,泰和忽然又是长袖轻轻一挥,一幅巨大的刺绣图出现在她身后,其内哭号阵阵,鬼影幢幢,血与烟的气息令人作呕。她的身体遭受重创,精神又完全没戒备,在此突然变故之下,毫无反抗能力,只觉整个人被一股股无法抗拒的力量拉扯向刺绣图中。

泰和的声音还在耳边,犹如情人低语,语调妖异:"我本来想让你自己进去的,没想到,你难缠得很。呵呵,无双,泰和在里面等着你呢,他等了你五千年啦……他好可怜,人劫临死他还没发现一切都是幻觉,一直'谭音,谭音'这样叫着你,你还不去看看?"

泰和?人劫?临死?谭音浑身大震,想要放出神力相抗,身体遭受的重创却让她丝毫不能动弹,魔器在侵蚀她的身体,封印她的神力,意识渐渐模糊,她费尽全力,只能说出短短几个字:"你……韩女……"

紫色的人影在刺绣图外朝她温婉而笑，摆了摆手："在里面度过你的残生吧，无双。"

绣图拉扯的力道越来越强，谭音发出一个短促的尖叫，整个人像被投入乱流中的小树叶，旋转晕眩，眼前黑色红色诸般色彩呼啸而过，紧跟着，"哒"的一声，像是一滴水轻轻落下，谭音的神识在激烈震荡下无法承受，她觉得身体摔在冰冷的地上，然后便晕了过去。

天空是漆黑与鲜红交织的色彩，大地遍布火焰，血与烟的气息令人作呕。

谭音静静地躺在火海中，她已经一动不动地在这里躺了很久。她的身体被魔器重创，浓郁的神力化作金屑，从创口汩汩而出，被这片古怪而没有边际的天地所吞噬。

韩女的刺绣图中是她创造的一个小千世界，一切规则由她制定。而眼下，这个世界正试图吞噬谭音的神力。

恍然如梦，谭音觉得自己的意识始终处于一种混乱状态，她甚至不太能记得自己究竟为什么会出现在这里。她本能地将神力压缩到极致，缓慢地治愈着腹部的伤口，可它是被魔器所伤，被破坏的创口抗拒着神力，她躺了很久，才勉强将表面的破损处合拢，神力不至于从伤口中倾泻而出。

莹莹絮絮的火点下雨般缓缓坠落，有一粒落在身上，眨眼便将她的身体腐蚀出一个小小的洞，神力从洞中细微地流出，被这个世界贪婪地吞噬。

谭音闭上眼，竭力回想这一切的缘由。她记得自己是和一个人去香取山参加仙花仙酒大会，和谁？为什么，想不起，明明是对她来说最重要的人，她却无法想起。对了，后来，她遇到了谁？那个人，身上有她非常熟悉的神识气息，那个气息……是泰和的。

泰和？泰和。

世界仿佛感应到她心中所想，漆黑鲜红的天空顷刻间坍塌，眼前的一切都在扭曲粉碎，忽然之间，斗转星移，她像是回到了天河畔，天河璀璨，群星烂漫。谭音疑惑地四处张望，泰和殿近在眼前，对了，泰和的身体被封印在神水晶中，她得去看看。

她转身，缓缓向泰和殿走去，大殿正中安置着一块巨大的神水晶，泰和正闭目沉睡其中，双臂安详地放在胸前。谭音盯着他完好无损的两只手，心中忽然有些奇怪，好像有什么地方不对，可她又想不起有什么不对。

她靠近神水晶，手掌眷恋地轻轻抚在冰冷的晶体表面，突然，碎裂的声音从她掌心下迸发而出，谭音骇然地看着这块巨大的神水晶从被她触摸的地方开始产生裂痕，它竟像一面脆弱的琉璃墙一样碎开！

泰和的身体随着碎裂的神水晶摔落在地，骤然间化作一蓬金光碎屑，纷纷扬扬，飞扬在半空，又如下雨般落下，落在谭音的头发上，肩膀上。

她惊呆了，一瞬间，仿佛有无数画面在脑海中掠过，方才被她遗忘的过往，尽数回到记忆中。韩女幽幽的声音从四面八方响起。

"你好残忍啊，无双，泰和被你打碎了。"

谭音放出神力，无数道细微的神力像箭一般射出，射向四面八方的虚空，却如同泥牛入海，那些神力尽数被吞噬了去。

韩女在笑："泰和神识的味道十分美味，庞大又悲伤。多亏了他，我顺利成魔了。无双，你的神识是什么味道？你一定可以让我顺利渡过人劫的吧？"

幻觉，这一切都是幻觉，这里是韩女刺绣图中的小千世界，在这个世界里，韩女为所欲为，无所顾忌。韩女将她困在其中，而不是直接杀掉，这是在擅自玩弄人心，摧残她的意志，像猫捉耗子，捉住了先玩弄羞辱一番，她不可以回应。

谭音盘腿坐在地上，合上了双眼，波动的神力被她压缩团聚在胸口，她封闭了四识，只留下眼睛，细细观察这座没有边际的小千世界，试图找出破绽。

"泰和好可怜啊，无双。"即便封闭了听觉，韩女讥诮的声音却依然可以毫无阻挡地进入她内心深处，"擅自情动，擅自怀疑，又擅自怀恨在心，我都看不下去了呢。来，我让你看看泰和的真相。"

眼前的景象再度转换，那是韩女成神不久的时候，谭音经常做一些稀奇古怪的东西拿去给他俩玩赏。那天，她做的是会跳舞唱歌的小木头人。

她已经记不得是为了什么小事，惹得泰和不太愉快，连着好几天都摆脸色，她活了那么久，对男人却一点也不了解，或许全天下的男人都是这样喜怒无常吧？

她想让泰和笑一笑，便挖空心思，做了几只小木头人。那时候她还不会裁衣，拜托韩女做了十几件小衣服，像模像样地给它们穿上，韩女一面替它们穿，一面笑："你的古怪心眼真多，这些是专门为了泰和做的？"

谭音那时候没有回答，她并没有想过这些问题，她做东西，总是兴之所至一蹴而成，或许是为了一个奇思妙想，或许是为了一些日常生活的便利，为了某个人开心去做东西，她也没觉得有什么不对。

泰和在天河畔发呆，直到那群小木头人走到脚边了，他还一无所觉。

木头人们转着圈儿开始拍手唱歌，尖利笨拙的声音把他吓得差点跳起来，谭音躲在树后，笑得直打战。像是发觉这群木头人十分有趣，泰和蹲下去，轻轻捻起一只小木头人的摇摇欲坠的帽子，它的手脚还在划动，嘴里还在唱着古老而简朴的歌谣。

谭音从树后跑出去，慌慌张张地阻止他的恶行："不可以这样！会弄坏的！"

泰和捏着木头人，神色古怪地看着她，像是想笑，又像板着脸。过了好一会儿，他才低声道:"你做的?"

谭音有点慌:"是、是啊,你喜欢吗?"

他"嗯"了一声,拉长的鼻音,未置可否,低头看着手里乱动的木头人,把它那顶可笑的帽子扶正,又过了一会儿,他低声问:"为我做的?"

谭音点了点头,他表情很怪,她从没见过,也不知道他到底喜不喜欢,她难免忐忑。

泰和的眼睛里像是突然落了一颗星,她曾经看不懂的眼神,又明亮,又欢快,好像整个灵魂都被点燃了,不是灼烧的痛楚,而是至上的欢愉。此时此刻,她才明白,这样的眼神,是爱意。

"我喜欢。"泰和大笑,将木头人抛起,又接住,快活得像个小孩子,"真有趣。"

谭音盘腿坐在地上,她像个无声无形的旁观者,沉默地看着这段古老的往事,没有办法逃避,她的身体虽然稳若磐石,内心却仿佛在被沸油淋湿。她从来也没有明白过泰和的感情,一丝一毫也没有明白过。

眼前的人还在说话:"为我做的,那就是我的了,以后不许给别人做。"

为什么她会不懂?

天色渐渐暗下来,谭音早已回到自己的宫殿内钻研她的工匠技巧了,泰和从天河畔缓缓往回走,忽然,韩女出现在对面,她似乎有什么心事,一路走,一路沉吟,走到泰和面前才惊觉,急忙笑着问好。

泰和笑道:"怎么了?魂不守舍的。"

韩女笑得温婉:"咦?你没与无双他们一起吗?"

泰和讶异:"一起什么?"

像是发觉自己失言了,韩女摇摇头:"没什么,我先告退了。"

泰和疑惑地看着她的背影,转头再往她来的方向望去,那里应该是神鸟台,往常神君神女们聚会笑谈的地方。他犹豫片刻,终于绕过泰和殿,快步向前行去,快至神鸟台的时候,忽见台上明珠璀璨,笑语晏晏,十几个神君神女正在台上相聚。

台正中,许多小小木头人穿着衣服像模像样地在跳舞唱歌,谭音正被一群神君围着,面带笑意。

"这些小东西怪有趣的,亏你做得出来。"神君们与她相谈甚欢,神态亲密。

泰和独自站了一会儿,衣袂忽然一闪,他转身又回去了,没有回头,没有说话。

"你⋯⋯你做了什么⋯⋯"谭音惊呆了,她无法相信,这是怎么回事?她从没做过这些事!

语音未落,天台上所有的神君神女顷刻间化作无数道丝线,被一双手收拢过去。

韩女的声音在笑:"只是我的一些小手段,如何,好玩吗?泰和可是把鼻子都气歪了,你有没有看到他的表情?有趣得很。"

"闭嘴!"谭音厉声嘶吼,这种行为,简直令人发指!"是你……都是你……"她简直不知该说什么。

"是我。"韩女声音温柔,"不这样,我怎么得到泰和的神识呢?只有神的魂魄,才能助我成魔。"

谭音感到一种恐惧,她猛然起身,想要向前走,可是面前却有一堵无形而透明的墙挡着她,她奋力捶打,厉声道:"我不要看了!不要看了!"

她仿佛可以预见将要发生什么,泰和早已死了,魂飞魄散,神识被韩女吞噬,光是想到这一点,她就感觉无比地恐惧。她的神识再度感觉到了灼烧的痛楚,人劫开始吞噬她的身体。

五千年!泰和已经死了五千年!她却一无所知!

她大口喘息,透明的围墙后,神魔大战正在爆发,所有神君们焦头烂额,谭音作为后方支援的工匠,也在殚精竭虑思考对策,她想到了将天河寒冰用神语封入神君手臂内的方法,可是一直不成功,泰和被折磨得死去活来,她的时间不多,要怎么办?

那天的封印还是失败了,谭音垂头丧气地离开,泰和一个人坐在殿内,细细抚摸暗红的左手,他应该刚从剧痛的昏厥中醒来,额上还带着冷汗,可是望着左手的眼神却无比温柔。

"泰和,你怎么样了?"韩女从殿外走进来,满脸关怀。

泰和放下袖子遮住左手,淡笑:"没事,多谢你牵挂。"

韩女捂着嘴笑:"我刚看无双拉着青槐神君,说要把太阳金沙封在他的右手,青槐神君听说你为这个吃了不少苦,怎么都不肯,无双急得一直跳脚,真是孩子气十足。"

泰和脸色苍白,勉强一笑:"是吗?"

韩女叹了一声:"神魔大战,神君们都吃了不少苦,泰和莫要多想,好好休息一阵。"

她很快走了,泰和闭目睡在榻上,睫毛颤抖,睡得并不安宁。

窗外忽然传来一阵说话声,泰和骤然睁开眼,那是谭音的声音,她正拉着青槐神君,神态委屈:"我绝不会让你受苦的!拿泰和试了好几次了,等成功了,我就给你封印太阳金沙。"

泰和脸色剧变,猛然推开窗,谭音乍见他苍白的脸,顿时露出心虚的表情,转身跑走了。青槐神君朝泰和耸了耸肩,微微一笑,充满了胜利者的高高在上。

"又是你?"谭音声音颤抖,腹部的伤口正在破裂,她用手紧紧按住。

韩女没有回答她,场景再次变换,战场上,泰和故意让魔物们将自己的左手砍下,掉入了凡间,他脸上有痛苦,然而更多的,是一种麻木。

"愚蠢的男人啊,他的心真可怕,明明恨你入骨,却还要咬牙忍着,甘愿陷入沉睡,这样就可以躲过人劫吗?无双,泰和的人劫就是你,他的手落入凡间的时候,他的人劫就开始了。"

泰和的左手被砍断后那短短几天,他们几乎没有再见过面。谭音更是没有发觉他的异状,甚至在他提出会跟韩女结为伴侣后,更是远远地躲着他。

场景不停变换,一会儿是泰和在室内独自抚摸断臂,一会儿又换到室外,韩女挽着泰和的胳膊,像个胜利者,出现在谭音面前,泰和宣布他与韩女结为伴侣。

谭音黯然离开后,泰和的身体便化作万道丝线,被韩女收拢在手中。

原来,这些也是假的。

谭音忽然觉得想笑,在她不知道的时候,发生了这么多事,她习以为常的一切,原来是个彻头彻尾的悲剧。泰和早已魂飞魄散,他的身体因为被封在神水晶里,所以完好地保存了五千年。

这漫长的五千年里,她有多少次守在神水晶前怀念他的笑容?又有多少次看着他空荡荡的左手叹息?她可能还埋怨过他,为什么自私地选择沉睡,她一个人等了那么久。他什么也不说,没有人告诉她,没有人。

愚蠢的男人。而她,又何尝不是一个愚蠢的女人呢?

"你等了五千年,催我下界取得泰和的左手,就是为了这一天?"

谭音低声问着韩女,她依旧没有回答,答案其实已经很明了,谭音对泰和的感情不足以让她产生人劫,过早暴露自己成魔的身份对韩女也不利。于是她折磨她,令她痛苦,选择在最恰当的时机给予她致命一击——她确实做到了。

谭音拉下手套,手套也没有再戴的必要,她的两只小臂都已经化作了透明光屑,很快,会蔓延到上臂、肩膀……然后她就会像泰和一样,魂飞魄散。

透明围墙后,泰和的身体正被她封入神水晶,他的左手其实已经开始消散,那些泄露的神力光屑,她曾以为是伤口的神力衰竭,一点异状也没有发现,只是安安静静地封印了他的神之躯。

空荡荡的泰和殿,寂静无声,可是很快又有一个身影出现在神水晶前,是韩女,她像欣赏一幅画似的抬头欣赏这座巨大的通体无瑕的神水晶,然后笑吟吟地说道:"我可不信你就这么沉睡了。泰和,你的神识藏在哪里?"

她像玩捉迷藏游戏,绕着泰和殿走了大半,柔声叫唤:"泰和,你藏在哪里?快出来呀。"

谭音只觉一阵毛骨悚然，韩女的声音越温柔，笑容越温婉，这种感觉就越强烈。她缓缓蹲下去，紧紧捂住耳朵，她已经不知道自己有没有勇气看完这一切了。

泰和的神识在神水晶后面缓缓浮现，他面无表情，双眼犹如碎冰般，冷漠而防备地看着韩女。她笑得眼睛都眯起来了："我就知道，你怎么可能放心地睡。"

泰和静静看着她，忽然开口："你很奇怪。"

"哦？"韩女讶异，"哪里奇怪？"

泰和缓缓笑了，没说话，韩女奇道："我到底哪里奇怪？是太过关注无双？还是总插在你们两人之间？你被无双害得人劫来临，难道还要怪我不成？莫非你怀疑我动了什么手脚？"

泰和淡声道："我只是想说，你的神识波动很奇怪而已。你说了那么一长串，是心虚吗？"

韩女少见地露出尴尬羞愤的表情，她先发制人地问了那么多，确实暴露出她有些心虚的事实，或许之前的一切太过顺利，让她骄傲了。

泰和转过头，又道："我和谭音之间的事，看起来你插手不少。"

韩女没有回答，她慢慢后退，看上去像是想离开泰和殿，"咔嚓"一声，她的脚后跟忽然踩碎一块薄冰，韩女的表情像是怔住了，她停住不动，不知什么时候，泰和殿内早已布满寒冰，幽蓝的冰块顺着她的脚后跟，蔓延上了小腿，她被冻在原地。

"想跑吗？"泰和的神识出现在她面前，森然盯着她，"韩女，你的神识波动是成魔的预兆，你很奇怪。"

韩女勉强笑道："哦？你是刚刚才发现，还是很早就发现了？看起来你比我想得有用些。"

"你不要忘了，我杀过的魔物，比你见过的天神还要多。"泰和轻抚空荡荡的左手，声音低沉，"我知道，我陷入沉睡后，你一定会来。来了，就别想走。"

"没有左手的你，能做什么？"韩女有恃无恐。

泰和长袖一挥，厚厚的寒冰瞬间吞噬她的身体："对付你，用不上左手。"

韩女的身体被封印在天河寒冰中无法动弹，泰和有些疲惫地转过身，正要寻找召集天神令，忽听殿后传来一声惊呼，是谭音的声音。

"泰和！"谭音惊慌失措地冲进来，乍见满目寒冰，韩女被冻在冰中像个雕像，她更是吃惊，"出什么事了？韩女……这……"

泰和温言道："不要慌，你先等一下。"

谭音急急拦住他："这是怎么回事？你为什么要对韩女动手？你、你不是喜欢她吗？"

泰和苦笑："你就那么蠢？"

谭音目瞪口呆，半晌没说出话。

"等下再说。"泰和朝她笑了笑，想起什么似的，又道，"能把神水晶劈开吗？我不需要沉睡了。"

"不需要沉睡了？"谭音愚蠢地重复着他的话。

泰和取了笔墨，一面用神识控制着洋洋洒洒地写下召集天神令，一面道："嗯，睡醒了。"

"可是，"谭音喃喃开口，慢慢贴近他，"我觉得你多睡一会儿更好。"

泰和愕然转身，面对他的，是一张巨大的刺绣图，漆黑与血红交织的色彩，鬼影幢幢，其内伸出无数双透明的手，拉扯着他，缠绕着他，要将他拖入画中。

谭音无邪而稚嫩的笑靥在刺绣图后闪现，目光妖异："继续睡，在我这里睡。泰和，我会陪着你的。"

刺绣图飞扬，活物一般将他的神识包裹起来，一切是如此突然而诡异，泰和大约全然没有防备，瞬间就被拉入图中，再无声息。被封在冰中的韩女轰然倒下，化作无数道丝线，被谭音收拢回去，她面上也有丝线在蠕蠕而动，很快被剥离，露出韩女清婉的脸。

她将刺绣图收回袖中，回首望向布满大殿的寒冰，不由微微一笑，志得意满，胜利者的笑容，一切光线轰然消失，虚无的世界陷入深邃的黑暗中，韩女幽幽的声音从四面八方传来："你说得没错，我一直在等这一天，我等了五千多年。无双，你死了，我才能渡过人劫，你太像她了，我被这段过往困住，无法解脱。今日是你死在我手里，倘若我被你捉住，那便是我死在你手里，人与人之间，原本就是你死我活，所以，你不要恨我，恨你自己！恨这个世界！"

再也没有人说话了，血与浓烟的气味铺天盖地，这里是一个令人绝望的世界。谭音茫然地起身，焚烧灵魂的痛楚越来越剧烈，她的双手再也无法维持形状，透明的光屑如下雨般纷纷坠落，她一步一步地慢慢向前走去，金光铺了一路。

她会死在这里，死在这座小千世界，泰和也死在这里，他临死时在想什么？有没有后悔？会不会恨她？

光是这样的念头一起，周围就幻境丛生，泰和被困在刺绣图中挣扎，望见幻境时的绝望，甚至他临死时被抽离纯粹魂魄的声音，都那么清晰可闻。他一遍一遍叫着她的名字，有的温柔，有的凄厉，有的绝望。

她最后一次见到泰和，说的是什么？最后一面，她竟然是躲在柱子后的，眼睁睁看着他发红的眼眶，听着他说出"恨过你"的话语，那时候他心里在想什么？

"谭音，谭音……"他又在叫她，无法阻止的声音，传入她灵魂深处。

她恋慕过泰和，也为这个人伤心过，等待过，可她从来也不会想到，有一天，他会让她感到这样地绝望，比死亡还要深邃的绝望。

她是不是快要魂飞魄散了？这就是人劫吗？她居然是死在这里，而不是死在源仲身边，这或许是她在这个世界上最后的遗憾了。

双脚无法再迈开，她的脚也碎开成为光屑了，谭音摔在地上，脸贴在炽热的地面，很烫，很痛苦，可是她已经没法动了。

恍惚中，她觉得自己似乎经历过类似的场景，被烈焰焚烧而变得滚烫的地板，床边的幽蓝小池塘，半透明的鲤鱼，还有重重帐幔下，那个细瘦的妖精般的小姑娘。

对了，那个小姑娘甚至帮助韩女成魔的身体飞速蜕变成人形，她是善是恶，无法判断。

被封印的记忆如潮水般涌向脑海，可此时此刻记起这一切，她能做的也只有苦笑。顺利渡过人劫就可以成为源生天神，但五千年来，没有一个天神能够渡过人劫，她自然也不会例外。现在想这些都已经迟了，或许在这一片死寂的世界中安静地魂飞魄散，才是最好的结局。

谭音闭上眼，人劫灼烧的痛楚已经快要来到心口，让这一切早些结束吧。

"谭音，谭音……"又有人在呼唤她，可她已经无法分辨那是谁的声音，像是泰和，她在天河畔初见时，他温柔的笑声；又像源仲，他紧紧抱着她，狂喜而绝望地呢喃"我爱你"。

她眼中滚下泪来，忽然，眼前变得一片雪白，炽热的地面，漆黑血红交织的天空都消失了，她像是躺在一望无际的雪原上，柳絮般的雪花静悄悄飘落。

一只手轻轻抚摸在她头顶，谭音艰难地抬起头，望见了泰和的笑脸。

他的身体淡薄缥缈，像是水墨粗粗勾勒的一笔人影，他在笑，一只手轻轻抚摸她的头发，另一只手指向南方。

几乎是一眨眼，他又消失了，雪原也消失了，眼前依旧是那个漆黑鲜红的火海世界。是梦？非梦？谭音低下头，她的手背上，还残留着一枚尚未融化的雪花。

抬眼望向遥远的南方，那里影影幢幢，似乎有山峦村庄。谭音咬牙起身，将剩余的神力压缩，护在心口，往南方飘行而去。

从远方望去，南方有村庄山峦，可靠近后却发觉，那是一团团浓黑的雾气，盘桓旋转，怨气冲天。

谭音静静凝望着这些怨念，她可以清楚感觉到，这里是韩女刺绣图小千世界的中心，她的绣图被魔力与怨气覆盖，遮蔽了本来面目。假如能够找到她绣图时的本心，兴许还有一丝破图而出的希望。

回头望去，依旧是漆黑鲜红交织扭曲的世界，方才的雪原与泰和，像是她在绝境中的幻觉。神的灵魂无比庞大，是不是泰和仍有执念留在这座小千世界中，等待着她？等着这一刻，拯救她？

谭音义无反顾，投身进入无比庞大的黑色雾气中，那些怨念比刀刃还要锐利，切割着她的身体，抗拒着她的侵入，四周浓黑无比，没有一点声音，韩女的本心像贝壳一样紧紧合闭，拒绝任何人的窥探。

出去，出去！怨念们缠绕着她，将她向外推压。

谭音周身泛出清光，释放出神力，咬牙试图强行突破。那些刀刃般的怨念遇到她的神力，像枯萎的叶子一样翻卷凋零下去，忽然，一个低低的叹息声在不知名的地方响起，黑暗中光亮骤然大盛，顽强抗拒的藤蔓般的缠绕瞬间消失，谭音一时没收回气力，差点摔在地上。

"姐姐！"

清亮的少女的声音乍然响起，紧跟着，一个瘦小的人影从眼前跑过。谭音忽然觉得自己像是落入一团浓稠温暖的水中，缓缓下坠，眼前阳光明媚，绿树婆娑，这里是一座山脚下的偏僻小村庄，疏朗地排列着几十户农家，那个叫着"姐姐"的小女孩，大约八九岁的模样，细手细脚，衣服上打满了各色补丁，虽然破旧，却很干净。

小女孩一路叫着笑着，"呼啦啦"一阵风似的跑进一座半旧的木屋里。屋中各色家具都十分破烂古旧，饭桌少了一条腿，随便砍了根竹子搭着。很明显，这户人家并不富裕，甚至非常清贫，然而家里的地上桌面都纤尘不染，显然主人是个爱整洁的人。

"哗啦——"侧屋的门帘被小女孩拉开，她冲了进去，侧屋很小，只摆了一张床，此刻床上堆满了各色丝线珠子之类的东西，一个十三四岁的少女倚窗而坐，正埋头刺绣，她年纪虽小，绣工却十分麻利，此刻绣的是一幅鲤鱼戏水莲叶下的图，针脚密密麻麻，精致异常。

眼见小丫头冲进来，少女头也没抬，开口道："别乱跑，这幅图就快绣好啦，今天交工拿钱给你买肉粽子吃。"

谭音乍听见这耳熟的声音，不由得愣了一下，是韩女？这是……她还是凡人的时候？

韩女很少提及自己凡人时的事情，她有个妹妹？她家……以前好像很穷的样子，简直是家徒四壁，这种生活谭音没有经历过，姬家凭借手艺活，过的是十分富裕的日子。谭音随意打量一圈，目光最后落在窗边少女柔婉的侧面上——是韩女，鼻子、眼睛、嘴巴一模一样，只是稚嫩很多，目光也比现在要纯真许多。

"姐，给我点钱！"小丫头跑到韩女面前，笑眯眯地轻轻挽住她的袖子。

第六章 不让你如愿

韩女急忙停下针线活，半嗔道："叫你别乱碰！又要钱？昨天不是才给过你，都花了？"

"张老头又来啦，这次带了好多外面新鲜有趣的东西来，我都好喜欢啊。"小丫头撒娇似的把她的袖子摇来摇去，乌溜溜的眼珠子哀求地看着她，十分惹人怜爱，"再给我一点钱嘛！好姐姐！"

韩女叹了一口气："这肯定又是村里那些小毛头勾搭着让你眼馋了。阿楚，咱们爹娘走得早，不像别人家那么富裕，姐姐只能保证你吃饱穿暖，没事别和村里小孩子攀比。张老头十天来一趟，每趟都带不一样的货，你个个都想要，要买到什么时候？"

阿楚不乐意地噘嘴："可他们都有！就你不给我买！"

韩女板着脸瞪她，她毫不畏惧抬头朝她做鬼脸，韩女倒绷不住笑了，叹着气从袖子里取出一个小小的钱袋，倒了几枚铜板给她："这个月就这么多了，省着点花，下次再也没了。"

阿楚"咯咯"笑起来，把铜板收好，又跟一阵风似的跑了，跑到门口还叫："姐，你一天到晚绣花啊草的，为什么不把那些会动的拿去卖？多新奇啊，肯定比那些普通的值钱多了！"

韩女皱起眉头："跟你说了多少次，不许说这个事！也不许跟旁人说！不然咱们都要被赶出这个村子了！"

阿楚挥了挥手，连说几个"知道了"，话没说完，人早已跑远。

韩女摇着头，拿起鲤鱼戏莲继续绣，她绣得非常麻利，就像谭音自己做东西时一样，一针一线要怎么穿插，色彩如何搭配，好像她天生就非常清楚，甚至想也不用想，一炷香的工夫，图已然绣好。韩女满意地伸个懒腰，正要将东西收拾起来，忽然，绣图中的鲤鱼像活了一样首尾摇晃起来，紧跟着"啪嗒"一声，它竟然真的活了，从图中一跃而起，摔在地上狼狈地跳跃着。

谭音看呆了，这是韩女的能力？与姬家传统的手艺不太一样，她这个似乎是天生的异能？

韩女手忙脚乱地捡起那只活蹦乱跳的鲤鱼，一时也不知该怎么办，打开方才绣好的图，果然只剩莲叶和莲花，鲤鱼的地方只是一片空白。她气恼地低咒一声，打开窗把鱼使劲丢出去，擦了擦手，摸起针线重新开始绣。

这次她绣得更快，天快黑的时候已经完工了大半，她故意把鲤鱼绣歪了一些，它果然没有再变成活鱼。韩女疲倦却又神情满足地将绣图折好，小心地放进篮子里，推门走了出去。

此刻天还没全黑，韩女走得非常快，沿着田埂，一路往村外走，忽见前面一群小孩闹哄哄的，还夹杂着一个尖利的哭声。韩女眼尖，一下就望见哭得凄凄惨惨的小丫头正是阿楚，她急忙跑过去，阿楚正被村里一群半大小孩儿围着做鬼脸，编着歌儿嘲笑她："穷光蛋小阿楚，偷东西还会哭鼻子！"

韩女咳了一声，那些小孩一见是她，纷纷跑开了，笑道："啊，你姐姐来啦！你姐姐是个魔女！你是小魔女！"

韩女冷冰冰地朝他们瞪过去，孩子们吓得全跑回家了，她把坐在地上哭的阿楚拉起来，拍拍身上的泥巴草屑，柔声道："好了别哭了，跟姐姐走，回头拿了钱给你买好吃的。"

阿楚气得一边哭一边捶她："我不要！你别管我！"

韩女好不容易把她搂住了，安抚道："别哭别哭，好啦，怎么回事？没买到想要的吗？那帮小毛孩又欺负你？"

阿楚大哭起来："钱不够！没买到！我就是舍不得拿过来看看而已！张老头说我偷他东西！他们、他们都嘲笑我！"

韩女叹了口气，抹抹她脏兮兮的小脸蛋："别理他们，下次张老头来，姐姐去找他。"

好不容易把哭得稀里哗啦的阿楚安抚下来，天已经黑了，韩女拉着她匆匆赶到村外的小镇上，绣坊的大娘正急得团团转，终于见到她来，呼天喊地地过去急道："你这丫头！今天来这么迟！周家要的货做好没？"

韩女把篮子里的绣图递过去，大娘翻开仔细看了看，赞道："小韩女的手艺越发精湛了，我看有些王城御用的绣娘也赶不上你呢！"

顺利地结了银子，大娘似乎还有话要说的样子，欲言又止。韩女见阿楚盯着外面的扁食摊流口水，便给她几枚铜板："去吃吧，在那边等我。"

阿楚终于绽放笑颜，搂着韩女在她身上蹭了好一会儿，这才兴冲冲地去吃扁食了。

大娘将韩女拉进里面的小屋，神秘兮兮地开口："韩女，如今还有一桩单子，人家催得紧，要三天内就做出来。我想着绣坊里没人能做得那么快那么好，只有找你了。"

韩女见她这样搞噱头，不由有些莫名，什么单子要到密室小声交代？

大娘特意到门外看了看，确定没人，这才从抽屉中取出一幅画卷，小心翼翼地展开。韩女一见到画上的人，不由得"啊"了一声。

这是一幅猛鬼图，图中的鬼青面獠牙，面目狰狞，十分恐怖。

"这是王城中一个大户人家想要的绣图，这种东西你也知道，不太吉利，所以特地跑到小地方的绣坊找绣娘来做。人家特地交代了，要绣工最好的，一定要用暗线绣得分毫不差栩栩如生，然后在鬼图外再严严密密地绣些别的花啊草啊，不许叫人看出来……你也晓得，大户人家总有些什么见不得光的东西，你别管那么多，只告诉我，愿不愿做，能不能做。"

韩女眉头拧紧，像是在犹豫。

大娘塞给她一只鼓鼓囊囊的钱袋，里面满满的，全是碎银。

"这是订金，绣完之日，完整的酬劳是三锭黄金。"

韩女紧皱的眉头终于松开，她将画卷放进篮子里，默默点了点头。

这并不是一个好单子，可谭音知道，韩女一定会答应下来，哪怕知道绣成图后会出现意料不到的情况，她还是会义无反顾地去绣。

正如同谭音自己对待工匠技巧的狂热，韩女对待刺绣也有同样的狂热，做自己没有做过的东西，打磨全新的手艺，这种诱惑没有人能够抗拒。

昔年曾有海外荒地的人重金求姬家做一尊木头咒术人，用以对付仇家，谭音的祖辈知道这并不是好东西，却还是花费数月的心血做了出来。这就是充满至诚热血的手艺人，他们心中没有世俗既定的善恶，所有的灵魂与热情都献给了制作。

猛鬼图用色大胆，画风凌厉，对韩女来说，这是个全新的挑战。她的篮子里此刻装的不再是平日里用的丝线珠子，而是绣坊大娘备好的无数染上色的人发，针也不是平时所用的绣花针，而是人骨打磨出的骨针。

整整三天，她不吃不喝不睡，埋头在绣图中，神情虔诚认真，她所做的是阴损无比的咒杀之器，可她的表情，却像是在完成一件自己最杰出的作品一般。假如藏在胸中的灵魂可以被人看见，那此刻韩女的灵魂之火一定是熊熊燃烧着的。

出乎意料，这三天阿楚并没有来吵她，她不知跑到哪里玩了，晚上回来睡觉，天一亮就又跑出去，韩女忙着刺绣，没顾得上她。

最后一天，天快要亮的时候，猛鬼刺绣图终于完成，韩女铰断线头，将这幅绣图举起细细端详，猛鬼用人发绣成，用骨针一针针刺出来，栩栩如生，靠近一些，甚至可以感觉到阴气扑面而来。光影微妙，猛鬼像是要伸展手脚从画中一跃而下。

"不许出来。"韩女低声呢喃，不知是说给自己听，还是说给这栩栩如生的猛鬼听，而画中的猛鬼终归是没有像鲤鱼一样跳出来，它安安分分地待在绣图中，眼中波光流转，竟像是有灵智一般。

她松了一口气，换上普通的绣花针与丝线，在猛鬼绣图上填补各色花草树木，很快，这幅阴损可怕的刺绣图就变了样子，图中春意盎然，分明是一派春日游园丽景之意。猛鬼被藏在远方起伏隐约的山峦之中，再也看不出。

完成这一切，韩女神情疲惫却又无比满足，她珍惜地用手轻轻抚摸这匹刺绣，将它细细折好，放进了篮中。今天可以交货了，报酬是三锭黄金，然后她可以请人建几间大瓦屋，换上崭新的家具,阿楚再也不用穿自己陈年的旧衣裳,她爱吃镇上的扁食与肉粽,今天可以带她吃个够。

她提着篮子正要出门,忽听外面客厅里有细微的脚步声,韩女一把揭开门帘,笑道:"阿楚,今天醒得很早呀,跟姐姐去镇上……"

话没说完,却见阿楚满身狼狈,脸上甚至遍布青紫,嘴角破了,血迹还没干,像是被人打的。她一见韩女,反而掉头就跑,韩女急忙追上去,拽住她破破烂烂的衣服,急道:"怎么了?谁打你?"

阿楚神情倔强,一言不发,她眼睛肿了好大一块,不知谁下的重手,韩女掏出手绢替她擦拭嘴角的血迹,才一碰,她就疼得"嘶"一声,奋力推开她,大叫:"别管我!你一天到晚就会绣花绣花!什么时候管过我!现在也别管!"

挣扎间,从她衣服里掉出一个钱袋,正是前几天绣坊大娘给的订金,此刻钱袋居然已经空了,里面一个铜板也没有。韩女又惊又怒,厉声道:"你偷钱?"

"我没有偷!"阿楚叫得比她还大声。

闹了半天,阿楚才结结巴巴地把事情经过说出来。

她们姐妹俩来到这个小村子不过两年时间,之前父母健在的时候,她们生活在另一个地方,韩女因为自小喜爱刺绣,六七岁的时候绣出的东西已经可以让大人们惊叹不已,母亲便有心培养她成为绣娘,时常叫她替邻居们绣些花花草草。原本一切都好,谁知有一天,她替邻居绣的鸳鸯戏水枕面,在夜里突然变成了活物,鸳鸯飞了出来,邻居被吓个半死,自此非议不断。父母受不了流言蜚语,带着两个孩子来到了这座村庄,原本相安无事,但世上没有不透风的墙,村里人不知从何处听来韩女以前的传闻,虽不知真假,但"魔女"这个称号再也没离开过她。

父母在日渐盛传的流言中相继病逝,只留下了她们姐妹俩相依为命,韩女几乎足不出户,加上有"魔女"的称号,村里小孩儿们大多还是挺怕她的,但阿楚年纪小,又活泼爱玩,偏偏还特别倔强,被村里的孩子欺负了回来也不说。

这次韩女拿了大笔的订金,阿楚有心在张老头和村里小孩面前显摆一下。上次他诬陷自己偷东西,毕竟她姐妹俩的穷在村里是出了名的,哪里有钱买得起张老头的东西,所以她每次只能过过眼瘾。

她故意带了一钱袋的碎银子去找张老头,不过是出于小孩子心态:你说我没钱买不起你的东西,我就带钱给你看看。她并不知道这些银子的分量足够村里一户五口之家衣食无忧地过上一年。张老头乍见这么多钱被一个小孩拿着,顿时起了贪心,联合村里一帮小毛孩,非说她的钱是偷来的,不但把银子抢了,还把她胖揍一顿,威胁她说要去报官。

阿楚平白无故被打了个遍体鳞伤，还担心他们报官，这几天过得实在很辛苦，每天去找张老头要钱，每天都被打。她又不敢告诉韩女，只能自己憋着，此时实在憋不住了，便只能把事情一股脑倒出来，哭得跟泪人一样。

韩女见阿楚脸上青一块紫一块，走路也一跛一跛的，又是心疼又是愤怒，顾不得责怪她私自拿钱的举动，当下匆匆替阿楚处理了一下伤口，然后牵着她的手出门找张老头去了。

张老头是镇上的一个流动小贩，平时背上的货箱里装的都是些小孩子喜欢的玩意，一般十天左右才来一次，最近不知什么缘故，来村里的次数很频繁。韩女刚上田埂，就见到他身边熙熙攘攘围着一群小孩儿，货箱被摊开，孩子们埋头在里面挑选自己喜欢的东西。

韩女冷着脸过去，怒道："你一把年纪了，还要骗小孩子的钱，知不知道羞耻？"

张老头一见是她，把白眼一翻："她偷钱，我这是替你这个姐姐教训她，养不教，父之过，你们没爹没娘没人管教，我便替你们的父母管教一下。"

韩女从没见过这么无耻的人，气得脸色发白："你不是要报官吗？走！我跟你去！"

她使劲拽着张老头的袖子，奈何毕竟年纪还小，力气也不大，被他用力一推，踉跄着一下又摔在了地上。

张老头匆匆收拾好货箱，恨恨地说："偷钱还这么理直气壮！没教养的东西！"

他转身想走，忽见阿楚在前面拦着，他想也不想，一脚踹上去："滚开！"

阿楚被踹得"滴溜溜"滚出老远，韩女气得浑身发抖，正要起身，忽觉身边阴风呼啸，绣图中那个恶鬼竟然在光天化日之下跳了出来，狞笑着扑向张老头，捉小鸡似的将他提在手中，在他的惨叫声中，一口一口把他生嚼了吞下肚去。

所有人都被这血腥的变故惊呆了，孩子们更是吓傻了，眼睁睁看着那只巨大的恶鬼流着口水，又抓住一个孩子，一口吞掉。

"呀！"不知是谁，突然尖叫起来，田中正在耕地的大人们终于反应过来，有的提着锄头，有的拿着镰刀，一齐冲上前保护自家的孩子。

韩女也吓呆了，她见那只恶鬼朝趴在地上的阿楚走去，急道："不行！回去！"

恶鬼依依不舍地看着遍地乱叫乱嚷的人们，这些都是它的食物，它畏惧地再看一眼韩女，她又尖叫："回去！"

它不甘不愿地化作一道青烟，回归绣图中。

四下里突然变得安静无比，韩女抱起阿楚。阿楚被张老头一脚踹中胸口，脸憋得发紫，紧紧绞着她的衣服，低声叫她："姐姐……"

"没事，没事。"韩女安抚她，"马上带你去找大夫。"

她吃力地抱着阿楚，快步朝镇上走去，身后有人在惨叫："魔女！她真的是魔女！放出恶鬼吃人！"

"别让她跑了！捉住她！"

话虽这样说，却没有人敢真的去追，那只恶鬼高有数丈，抓一个成年男子就跟提小鸡似的，村人愚昧，谁敢上前阻拦？只能在后面乱丢锄头镰刀石头之类的东西，韩女的后脑勺被石头砸破，鲜血把后背的衣服都染湿了。

她们姐妹俩，用最狼狈的方式，被人赶出了这座小村庄。

这件事甚至惊动了官府，毕竟恶鬼吃人是在光天化日众目睽睽下发生的，当时还没有众多修仙门派，也没有那么多得道的仙人，民间还是招摇撞骗者居多，请了数位"天师"斩妖除魔，寻找韩女姐妹的身影，闹了大半年也没消息，渐渐地，这件事还是被官府压下去，无人再提了。

那幅绣图换来的三锭黄金，大多被花费在了汤药上。阿楚被张老头踹中要害，奄奄一息，不知用了多少人参才救回来，虽然命被救回来了，但从此体质就弱了下去，再也没有以往那股天不怕地不怕的鲜活劲了。

阿楚身体虚弱，不能长途跋涉，韩女在附近山中搭建了一个简陋的木屋，姐妹俩就此隐居，一住就是六年。

六年时光匆匆而过，恶鬼的事让韩女决心放弃刺绣，阿楚身体又孱弱，时不时要用汤药，家里不能没有收入。好在山中地方大，这块土地也还算肥沃，种些菜自己吃，多余的便乔装打扮一番去山下卖，这些小钱只够勉强度日。

可阿楚毕竟渐渐大了，长得又那么秀美，做姐姐的怎么忍心看着她成日穿着打补丁的衣服呢？她身体虽然弱，活泼爱玩的性子还是没变，时常跑去镇子上玩，镇上有家小饭馆，老夫妻俩无儿无女，很是喜欢阿楚，便认了她做干女儿，偶尔让她来帮工，每个月还结算些月钱，却也不多，只够她自己买点胭脂水粉。

韩女整理出一些旧衣服，每件上取些布，缝制了一件新衣，虽然颜色各不相同，但她心灵手巧，这件衣服倒比有些裁缝店里定做的还好看。

阿楚对这件衣裳爱不释手，穿着在她面前转了好几圈，这才笑道："姐，你手艺这么好，怎么都不做刺绣的活了？你绣的花那么好，不做多可惜啊？更何况，明明那个赚钱更多。"

韩女摇了摇头："那只恶鬼，你忘了？"

阿楚恨道："是那些人自己不好！张老头骗了我的钱，本来就该死！那些小孩成天欺负我，也该死！村民把我们打出来，个个都该死！你当初干吗要逃？留下来让恶鬼把他们全吃掉才好呢！都是一群坏人！"

韩女有些讶异地看着阿楚，阿楚性子偏激，这个她知道，但也没想到阿楚竟偏激成这个样子。

"那是不吉利的东西，留在身边迟早会闯出大祸。"韩女淡声道，"这次没惊动真正的高人，假如被厉害的仙人们知道了，我们才真是死无葬身之地。你不知道，上次的恶鬼图，是王城中的一户人家要求做的，后来宅中死了许多人，惊动了仙人，才将那恶鬼降服，查来查去，最后得知绣图是上次那个小镇的绣坊里出去的。我如果再继续绣花，万一被有心人发现，才是真正糟糕了。"

阿楚噘着嘴，不太服气，过了一会儿，她突然一笑，低声道："姐，你别以为我不知道，这几年你还不是会私底下偷偷绣东西？我都看见了！其实你还是喜欢绣东西，就是不想拿去卖而已。"

韩女有点尴尬，她这些年确实有偷偷绣过花花草草，不是为了生计，她只是热爱刺绣，看见一朵花一棵草，都想着要怎样用丝线搭配颜色，让它们永远鲜活地盛开在丝绸上。

"既然你那么喜欢刺绣，为什么不干脆拿去卖呢？又喜欢，又能赚钱，你也不用那么辛苦种菜卖菜，多好啊？"

阿楚不理解这种感情，她开始像平常一样撒娇，韩女一向宠她，什么样的错事，只要她撒个娇，韩女就发不出脾气，苦笑着随她去了，从小到大，虽然没有别家孩子那样衣食无忧，她却被宠得无法无天，很是胆大。

可她这次撒娇撒到口干舌燥，韩女就是不点头，末了只丢下一句话："我不会再刺绣卖钱，莫再缠我。"

阿楚气得流下泪来，哽咽道："我都十六岁了！还成天穿补丁衣，连个像样的珠花都买不起！你知不知道我每天见到安平哥是什么心情！"

"安平哥？"韩女一下就抓住了这陌生的三个字，是谁？阿楚在镇上认识的男人吗？

阿楚像是发觉自己说漏了嘴，脸不由得红了，慢慢垂下头去，半晌不语。

韩女仿佛现在才想起阿楚年纪大了，已是十六岁的女孩子，可以嫁人了，少女怀春，实在是再正常不过的事。韩女突然发觉阿楚都这般亭亭玉立了，雪肤花貌，纤弱惹人怜，须得为她找个好人家，丈夫怜她爱她，可以照顾她一辈子才行。

韩女温柔一笑，低声道："安平哥是谁？做什么的？下次让姐姐见见他好不好？"

阿楚的脸更红了，半天才嗫嚅道："安平哥就是……我也不知道他是做什么的，有时候见他在赌场那边走动，很威风的样子。"

赌场？走动？韩女有些不安，难道是个游手好闲的无赖？

"听说是如果有人来赌钱，输了闹事，安平哥就把他们都赶出来。他个子可高了，身体也好，跟外边那些连只鸡都不敢杀的孱弱男人完全不一样！"阿楚说起心上人，渐渐胆子大了起来，两眼放光，"他很照顾我，每天都来饭馆看我，还会给我买东西。上次……上次看到我衣服上的补丁，他还叹气呢……我、我觉得好丢人！"

韩女叹了一口气，心疼地抱了抱她："是姐姐的错，明天给你买些新衣和珠花。"

阿楚见她还是不提卖刺绣赚钱的事，气得直接跑了。

韩女一夜没有睡好，她比任何人都期盼阿楚过得幸福，可她自己也不过是个弱女子，除了刺绣别无长处。偏偏刺绣再也不能拿来卖钱，万一被人发觉她就是那个绣出恶鬼的魔女，她被杀被剐也就罢了，阿楚要怎么办？

她打开箱子，箱底用杂物压着许多白布，轻轻抖开，无数鲜花小草扑簌簌地落地。这些年她的绣工越发精湛，绣出的东西也无一例外地都变成了活物精魅，她也渐渐知道了怎么让这些精魅回到绣布上再度成为刺绣。

可她绣花，绣鸟，绣恶鬼，这些都能够变成精魅四处游荡，唯独无法绣死物。往昔日子最艰难的时候，她甚至动过绣上几堆黄金珠宝的念头，针线穿好，刺绣图完成，盯着看了好几天，黄金也没变成活实物从绣图上掉下来，从此她就绝了这个念头。

无法靠刺绣赚钱，至少她还可以为阿楚裁几件好看的衣服。

第二天阿楚起得很早，一早就下山去了镇子上，韩女将所剩不多的积蓄全部带上，乔装打扮一番，跟在她身后也去了镇子上。

快到中午的时候，一个相貌英俊、身高腿长的年轻男人进了小饭馆，阿楚笑吟吟地迎出来了，两人相谈甚欢。

这人应该就是安平哥了。韩女躲在暗处，偷偷打量这男人，确然相貌堂堂，然而说话的神态与一些不经意的小动作，却能透露出此人的浮夸与不沉稳，更何况他两只眼贼兮兮地在阿楚的脸上和身上四处打转，分明没存什么好念头。

韩女心中更不安，阿楚面带红晕，目含春波，明显对这个男人情根深种，她能相信她这个姐姐的一面之词吗？或许是她自己想多了，单凭第一面就认定一个男人不是好东西，或许太快了。

她转身离开，用剩余不多的积蓄买了几匹布，外加几朵式样别致的珠花并胭脂水粉之物，希望能让阿楚开心些。

眼看天色不早，韩女准备先回去给阿楚一个惊喜，忽见那个安平哥带着几个一看就是无赖的年轻人摇摇晃晃地迎面过来。韩女心中忽然一动，将还剩几个铜板的钱袋取出，故意朝他撞过去，钱袋落在地上，几个铜板滚了一地。

"你他妈朝哪边撞！"安平哥立即火了，抬手就是一巴掌，韩女被抽得倒在地上，眼睁睁看着他们将那几个铜板捡起来，一路骂骂咧咧地边走边说。

"安平哥，最近火气不小呀！听说你看上一个姑娘？还没到手吗？"一旁的跟班笑眯眯地打趣。

安平哥笑得猥琐："看上去还是个雏，估计要花些日子了！"

韩女心惊肉跳地看他们走远，他们的对话她听得一清二楚，安平说的"雏"，莫非是指阿楚？这个男人根本就是个渣滓！绝不能把阿楚交给这样的无赖！

她慢悠悠地回到山上，心神不宁地量布裁衣，一直提心吊胆。直等到天黑，阿楚才回来，脸上红红的，明显心神还留在那个安平哥身上。

她见韩女正在做衣裳，而桌上放着崭新的珠花胭脂等物，高兴得大叫，急忙挑了朵最好看的珠花，顾不得重新梳头，就将它簪在耳边，左看右看，连声问："姐，这个好看吗？"

韩女勉强笑了笑："你戴什么都好看。"

阿楚脸红了："你怎么跟安平哥说一样的话，真是……一个个都甜言蜜语讨人欢心。"

韩女皱了皱眉头，低声道："阿楚，那个安平……你不要再跟他接触了。"

阿楚的笑容僵住了："为什么？"

"他不是可以托付终身的好人。"韩女想了想，将今天的事说了出来，又道，"以后不许跟他来往。"

阿楚怔了半天，突然冷笑一声，将珠花狠狠砸在地上："你骗人！我才不信！"

"他游手好闲，那么大个男人不想着靠自己本事谋生，反而成天闲逛，给赌场做打手，在街上横行霸道，他不过送了你一些东西，你就心甘情愿跟了他！"

韩女甚少这样言辞尖锐地责骂她，然而此时急怒攻心，却也顾不得其他了。

"明天开始不许下山！"

阿楚脸色惨白，厉声道："你凭什么这样管我？我爱跟谁就跟谁！你不许我下山，我就跳下去！安平哥是好人，你都是胡说的，我才不信！"

韩女森然道："你跳山死了，也比跟那个无赖耽误一生来得好！"

阿楚大约从未见过韩女这么冷酷的模样，可韩女越压，她越要弹起来，倔强偏激的性格，姐妹俩都是这样。

"你现在要来管我，端什么姐姐的架子！"阿楚口不择言，尖叫起来，"要不是你，我没准过得比现在好一万倍！要不是因为你绣的东西变成精魅，爹娘也不会被你气死！要不是因为你是个魔女，我至于小时候被人欺负吗？都是你耽误了我！我一点都不想住在这深山里，一点也不想成天穿着补丁衣服过得像个乞丐！你自己要隐居自己去就是了，为什么要拖上我？你以为我很喜欢你？我恨死你了！恨不得你马上就死！"

她身体虚弱，此时大吼大叫一通，忽然就站立不稳，扶着墙大口喘气。

韩女惊呆了，她没想到阿楚对自己有那么多怨言，可此时阿楚摇摇欲坠，她再寒心，也不能放任不管，当即过去扶住阿楚，柔声道："你怎么样？先坐下，慢慢喘气。"

阿楚狠狠甩开她的手，阴森森地瞪了她一眼，推门跑了出去。韩女急忙去追，可此时天色已黑，她上下山的次数没有阿楚多，对山路不及她熟悉，追了一段便再也见不到阿楚的身影了，她急得大叫："阿楚！快回来！是姐姐错了！是我错了！快回来！"

没有人回应，回答她的只有呜咽的冷风，韩女在山里找了一夜，也没有找到阿楚，好不容易等到天亮，又跑去镇上，饭馆里也没人，她顾不得隐藏身份，索性跑去赌场找安平，谁知安平也没在。韩女在镇上找了三天三夜，安平与阿楚全然不见踪影，她只得回到山上，抱着一丝希望，希望阿楚能在家中等着她。

可简陋的木屋空荡荡的，她走的时候没锁门，屋里像是被强盗翻过。卧房床头那个箱子被翻了个底朝天，大概强盗没找到什么值钱的东西，只将那几匹绣了花花草草的白布带走了。

韩女心力交瘁，此后每日都下山寻找，却始终一无所获。

到了第五日，这座山中木屋终于有人来了，来的人不是阿楚，却是几个装神弄鬼的"天师"。一见到韩女，天师们立即用桃木剑劈砍而上，韩女数日不吃不喝不睡，早已虚弱至极，被桃木剑打在头上身上，顿时摔倒在地，紧跟着身上一热，被人当头泼了一大盆腥热的东西——鲜红的，是狗血！

"大胆妖孽，还不速速降服！"

天师们一拥而上，用绳子将她捆了个结结实实，眼见此行顺利将她捉住，天师们这才松了口气，扛着满身狗血的韩女下山了。

不知为什么，她在山中隐居六年都没被人发觉，如今却突然被人找了出来，连官府都惊动了。她被五花大绑，趴在地上，周围似乎有许多人，有人在看她，有人在骂她，有些她认识，是曾经那个村庄的村民，有些她不认识，应当是镇子上的人。

"你们看看，当日放出恶鬼吃人的魔女，可是她？"县官颇有些战战兢兢，指着韩女问那些村民。

"就是她！"有人在大叫，"我儿子被她害死了！"

"是她没错！想不到她躲在这么近的地方！要不是县太爷英明神武，还不知道这魔女要害多少人！"

无数石子砖块甚至菜皮杂物都朝她抛掷过来，像六年前她被赶出小村时一样，她再次头破血流。只是，这次她逃不掉了。

是怎么被发现的？因为她没有乔装，在镇上奔波三天的缘故吗？

现在想这些已经没有意义，火堆已经被架起，烈焰熊熊，魔女的下场是被火活活烧死。周围有无数双眼睛看着她，有的兴高采烈，有的愤恨唾弃，有的微含怜悯，有的恐惧躲闪。韩女被高高架在火堆之上，她的目光最终落在遥远的方向。

幸好，阿楚没有被发现，只是阿楚一个人被留下，让她怎么能放心呢？

谭音用袖子遮住双眼，韩女被烈焰吞噬的景象，她实在没有办法默默直视下去。

万里无云的天空突然之间变得乌云密布，只不过眨眼的工夫，豆大的雨点瓢泼而至，熊熊燃烧的火堆一下就被泼灭了。架上的韩女体无完肤，惨不忍睹，可她还没死，她的双眼固执地停留在山上小木屋的方向，好像真的能见到阿楚平安回来似的。

火刑被天降大雨熄灭，上古时期万民愚昧，便认定天要护她，再也没人敢言语，县官吓得脸色发青，招呼几个衙役将韩女放下来，抬回小木屋，又叫了个大夫照料她，从此再也没人敢提魔女的事。

负责照顾韩女的大夫只来了三天，便再也不肯上山，在他眼里，韩女已经跟死人没什么区别，只剩一口气在那边苟延残喘，他能有什么法子救她？就算每天拿人参喂下去，也不过是延长她的痛楚，还不如早死早舒坦。

破旧的木屋里，韩女正躺在床上垂死挣扎，鲜血染透了床褥。这样残酷的景象谭音实在不想再看下去，她飘出木屋，在外面待了很久很久。

窗外阳光明媚，天空湛蓝，火刑当日的暴雨来得快去得更快，仿佛真的只是为了熄灭焚烧韩女的火焰一般。经此一事，人们虽然依旧忌讳着"魔女"，却再也没人敢大肆诅咒，甚至平日里绝口不提这件事。

谭音忽然想起，湖公主曾说过，成神有天地人三劫，他们这些神君神女都经历过天地两劫，对她自己来说，天劫便是姬家的灭族，地劫是死后不得解脱，在凡间徘徊数百年，而人劫便是成为源生天神的劫数。无数神君被人劫所难，魂飞魄散，直到如今，神界已然没有一位源生天神的存在，实实在在地衰竭了。

韩女的天劫是她天生的异乎寻常的能力，令她幼年漂泊流离，无一日展颜，地劫便是这残酷的火刑，让她求生不得求死不能，痛苦地度过身为凡人的最后一段岁月。

可她的人劫，为什么会是自己？韩女已经成魔，纵然她渡过人劫，难道会蜕变为源生天神吗？

这些问题没有人能够回答她。

阿楚足足五日后才上山，回到木屋探望她的姐姐，谭音早就见到她战战兢兢上山的身影，她穿着新裁的绫罗裙子，耳边簪了一朵白色小花，与往日满身补丁的瑟缩模样大不相同。她脸上的神情很古怪，又害怕，又担心，又恐惧，还有着茫然。

她扶着破旧的窗边，像是不敢进去，只透过缝隙悄悄朝里面看，大约看到的景象并不怎么让人愉快，她发出短促的尖叫，连连后退，踢歪了窗下的木桶，发出好大的声响。

阿楚捂着嘴，转身想跑，屋里忽然响起一个沙哑粗糙的声音："阿楚……是不是阿楚？"

阿楚踯躅了很久，最终咬牙推开木门，慢慢走进去。床上躺着一个浑身漆黑又泛红的恐怖的人，一股腐臭与血腥的气息，令人作呕。阿楚在门边徘徊，低低叫了一声："姐……"

由于烧伤，韩女说话声音完全变了，气息微弱短促，可她应当是在笑，放心地笑："你……去哪里了？现在是回家了吗？"

阿楚脸色微变，眼眶猛然红了，半响，哽咽道："我、我回来了……姐，我错了……我错了……你怎么样？痛不痛？"

韩女轻轻地说："别怕，一点也不痛。阿楚你过来，让我看看你。"

阿楚极慢地靠近那张可怕的床铺，韩女浑浊的眼睛盯着她看了一会儿，才柔声道："我眼睛有些不好使了，看不大清，再近些。"

阿楚踯躅着不愿再向前走，韩女像是顿悟了什么，笑道："我的样子很吓人吧？吓到你了……阿楚，这些天，你在哪里？"

阿楚忽然泪如泉涌，大哭起来，扑到床边，不顾床褥的血腥肮脏，凄然道："姐！我对不起你！是我对不起你！全是我的错！"

韩女柔声安抚了一阵，却听她又道："我……这些天在安平哥那里，姐……对不起，我嫁给他了……"

韩女幽幽叹了一口气，像是早料到这个结果，她低声道："只要他待你好，那也没关系了。阿楚，把针线替我拿来。"

阿楚抹着眼泪，全然不解："你都这样了……还是别动了，歇歇吧……"

"没事，替我拿来。"

阿楚只得将针线笸箩端来放在她手边，韩女漆黑焦烂的手好不容易摸起一根绣花针，线却怎么也穿不过去，还是阿楚帮她穿的。

"我只怕活不过几日。"韩女低声道，"你别哭，咱们家穷，我给不起好嫁妆，替你绣一幅最好看的图，拿去压箱底，等过去几年，说不定还能卖些银子……"

阿楚哭得哽咽难言。

"给你绣个漂亮的大房子……要是房子也能变成真的该有多好。"韩女微微一笑，第一针扎了下去，雪白的绸布上留下数滴鲜血。

第六章 不让你如愿

她最后的这幅绣图终究还是没能绣完，阿楚回来的第二日，韩女熬尽最后一刻痛苦的生命，不甘心地逝去了。她的生魂被神界感召，死后直接被封为神女，而那幅绣图，成了她身为凡人时最后一个遗憾。

她终于可以绣什么就出现什么，黄金、珠宝、房子，凡间所有的荣华富贵，都在她的一针之下展现，可她再也见不到阿楚了。

"这个，好漂亮，是你绣的吗？"

谭音忽然听见了自己的声音，回过头，看到了五千多年前身为神女的自己，白衣乌发，面容稚嫩目光却清冷，然而行动说话间，竟与阿楚有三四分相似。这是韩女绣图迷障中的回忆，也是韩女自己的回忆，原来，在她的回忆中，自己是这副模样。

这里是韩女在神界的居所，那时她刚上界，谁也不认识，谭音当日是去采集做东西用的材料，偶然路过韩女的宫殿，见到了悬挂在殿中的巨大绣图，驻足观赏，这才认识了韩女。

绣图巨大无比，里面是亭台楼阁，花树青山，一派人间富贵景象。倘若盯着看得久些，会发觉里面所有东西都像活的一样，俨然是一个与玲珑屋和乾坤袋都截然不同的小千世界。

谭音心中忽然一动，这幅图……莫非就是如今把她与泰和都困在其中的绣图吗？

现在想来，韩女第一次见她，待她就无比亲热，谭音并不了解人心，也没想过为什么韩女会无缘无故地对自己那么好，别人对她好，她自然而然就会对别人更好，就这么莫名其妙跟韩女关系亲密起来，连泰和都奇怪过。

此刻，她终于明白了，韩女对阿楚的感情让她把自己看得与阿楚极为相似，怪不得她对其他人都不假辞色，唯独对自己和颜悦色。

谭音又想起，韩女成神后，过得并不怎么开心，与他们这些颇有大彻大悟之态的神君神女不同，韩女对凡间有非常深的依恋，用泰和的话说，韩女与凡间的缘分还未尽。而当时神界的戒律越来越严格，成神后严禁与凡间有任何私通，韩女始终没能找到机会下界了结她的缘分，为此她一直有些郁郁寡欢。

那日三人在天河畔闲谈，韩女说起凡间的事，又陷入了沉默，无论谭音怎么问，她始终笑着摇头，不肯透露在凡间的经历，韩女实在是个很能守住秘密的人，她不想说的事情，无论是谁也不能问出来，若不是被困在绣图中，谭音只怕到死也不会知道她有过这么一段过往。

"不管是因为什么事，既然你已经不属于凡间，自然不该让凡间的缘分再把自己困住。"泰和当时坐在青石上，慢悠悠地开口了，"戒律是死的，人是活的，你这样下去，以后只怕要招来劫数。既然凡间有你放不下的事，不如丢下戒律偷偷下界去解决，你放心，我们都替你瞒着便是。"

韩女感激地看了他一眼，再看看谭音，她回忆里那个与阿楚有三四分相似的谭音也点了点头，笑道："去吧，我们绝对不说。"

韩女带上了那幅绣图，她承诺要送给阿楚做嫁妆的图，如今她已是神女，高楼广厦，黄金万两，也不过是眨眼的事情。此去经年，阿楚应该已是三十余岁的妇人了，她过得如何？那个安平会不会欺负她？

她满怀希望偷偷下界，收敛神光，先回到了当初山上那个破旧的小木屋处。她死后，木屋再也没人住，阿楚大约也没打理过，凡间十几年，木屋早已破败倒塌，废墟上爬满了青苔藤蔓。

韩女心中有一种微微的失望，她曾想过自己去后，阿楚或许还会打理一下这座木屋，毕竟她们姐妹两在这里住了六年，她也是在木屋里死去的……算了，无论如何，阿楚过得愉快便好，死的人已经死了，活着的人还要过日子，阿楚不能总困在这里出不去。

她隐蔽身形，走下山来到小镇上，十几年过去，这偏僻的小镇却没什么显著的变化，昔日阿楚做工的小饭馆还在。此时天色将晚，店里已没了客人，店主晃晃悠悠地过来关门，腆着个大肚皮，脑满肠肥的样子，韩女花了好半天才认出他是那个安平，往日的英俊少年早已被岁月蹉跎成一个猥琐大叔。

店里有个女人说了句什么，安平不耐烦地回头大吼："知道了！啰唆什么！"

韩女悄然飘入屋内，失望地发觉说话的女人并不是阿楚，而是个不认识的长脸女子，长得颇为刻薄。阿楚呢？难道没有和安平在一起？她不是说已经嫁给他了吗？还是说……这无赖终究是负了阿楚？

店门外突然响起小孩子号啕大哭的声音，还有砸门的声音，让韩女魂牵梦绕无数时日的声音在外面凄厉地响起："安平！你这个狗东西！没良心的王八蛋！抛下我和女儿，和狐狸精在一起！还抢了我的店！大家都来看看，都来评评理！看看这个良心被狗吃掉的混账东西！"

韩女浑身大震，再也顾不得其他，冲出门去，只见阿楚正拳打脚踢地捶着合拢的店门。她早已不是当年那个娇弱纤纤的少女，披头散发，脸色蜡黄，俨然路边常见的农家妇女。此刻她满脸泪水鼻涕，十分憔悴，曾经漂亮的脸上如今只有狰狞的神情，正不顾一切地踢着门。

周围的街坊邻居看热闹似的出来了，指指点点："那泼妇又来闹了，哈哈。"

"天天来闹，天天被打一顿，何必呢！"

"这家店是当年老板留给她的，如今被这无赖抢了去，无赖嫌她生的是女儿，给一张休书，把她赶出来了，也难怪……"

"啧啧，可怜啊……"

韩女两手在发抖，她曾经放在手心里呵护的小阿楚，在她死后居然过得这么凄凉！阿楚身边躺着一个八九岁的小丫头，是她的女儿吧？孩子哭得惊天动地，阿楚也不看一眼，只一门心思砸门，闹得一塌糊涂。

韩女上前一步，想要不顾一切地把阿楚带走，忽然店门开了，一盆水当头泼了出来，阿楚被淋个湿透，里面那个长脸女人鄙夷地看了她一眼，又瞪了一旁的安平一眼，提着盆走了，丢下一句："你自己解决！"

安平憋了一肚子火，冲出来一巴掌将阿楚抽得踉跄数步："贱人！不打断你两条腿不老实！"

他上来就是一顿拳打脚踢，阿楚只抱着他的腿哭喊："安平！你这个没良心的男人！当初你要与我在一起的时候，说的什么？你要我不缠你也行，那年官府赏的十两黄金给我！我马上带着孩子走得远远的！"

安平一脚踢飞她，怒吼："贱人！我早知道你没良心！你连亲姐姐都能出卖！我会娶你，真是当初瞎了眼！还十两黄金？你嫁给我这些年，哪天不是吃香喝辣满身绫罗？钱早就给你挥霍空了！"

他指着爬不起来的阿楚，朝周围看热闹的邻居们诉苦似的开口："你们看看她！不是我没良心，这女人当年贪图官府的十两黄金赏钱，撺掇我去报官，把她亲姐姐丢到火上烧死了！这事你们都记得吧？这种蛇蝎心肠的女人，你们谁敢要？"

邻居们"嗡"地一下炸开了，许多老人都记得当年火烧魔女结果天降大雨的事情，一时间众人都望向阿楚，原来她们是姐妹？妹妹为了十两黄金报官？众人的目光里难免夹杂了一些鄙夷和厌恶。

阿楚哭叫起来："我是不是为了你？是不是你说没钱娶我？我那天跟姐姐吵了架，才把这事告诉你了！我都是为了你，你今天却这样对我！你对得起自己的良心吗？"

安平冷笑："你问得对，你对得起自己的良心吗？"

后面的一切吵闹，韩女都没再看下去，她转过身，慢慢离开了这个噩梦般的小镇。过往的一切一幕幕出现在眼前，她忽然感到彻骨的寒冷，她是谁？她为什么会站在这里？她为什么会带着绣图下界？

嫁妆？烈焰焚身的痛苦？她真的经历过这些？

这是一个怎样的世界？每一张人脸都那么狰狞，要吃人，不是你死，就是我活。

韩女低下头，将绣图放在掌中细细摩挲，这张图上还留着她的鲜血，那时候她一心一意，拖着残败的身体，为阿楚缝制嫁妆。

杀了她，杀了她！韩女目中出现凶悍的红光，她转过身，大口喘息，疯狂的杀意在四肢百骸流窜，她仿佛又一次被架在火堆上，熊熊烈焰吞噬着她的皮肤、毛发。好痛！好痛！无法呼吸！

她摔倒在地，苍白的皮肤又现出如同烧伤般的漆黑鲜红的伤疤，无数鲜血从身体裂缝里汩汩而出，染红了绣图。

杀了她！

韩女眼中流下鲜血般的泪水，过了很久很久，那些伤痕又缓缓愈合，她慢慢从地上爬起来，慢慢转身，回到小镇。店门已经关上了，阿楚带着女儿在门口嘤嘤哭泣。

韩女静静地看着她，自己曾想把自己的一切都给她，用所有的灵魂去爱护她，让她每天欢笑，不会露出一丁点伤心的神情。

可是现在，阿楚在哭，她在哭，满身鲜血。

杀不杀？

杀不杀？

上界时，源生天神钟鸣般的告诫忽然回旋在耳边：既成神，从此凡间一切便要抛却，不可滥杀凡人，否则神格陨落，魂飞魄散。

她是神，她为什么要成神？杀了阿楚，她也活不成了，会魂飞魄散……

为什么，为什么她要成神？

阿楚，阿楚……她看着阿楚满身血迹斑斑哭得肝肠寸断的模样，忽然，眼前这个陌生的妇人，仿佛变成了十六七岁的小阿楚，她巧笑倩兮，挽着自己的手撒娇调笑。

自己曾为她付出过一切。

自己能够下手杀她吗？

不知过了多久，韩女慢慢将绣图卷好，收回袖中。

再一次转过身，阿楚的哭声她再也听不见，黑暗变成柔和的白光，她回到了神界。

对面，谭音正迎上来，白衣，乌发，笑靥，转瞬之间，她变成了阿楚年少时的模样，笑吟吟地上来拉住韩女的手，问："怎么样？解决了吗？"

韩女露出一个古怪的笑，又甜蜜，又绝望似的。

"嗯，解决了。"

一切光线，尽数回归黑暗。

这一段被韩女封印在绣图中的记忆，大约也终于到了尾声，光线与声音都变得混乱而纷杂，从她下界那天开始，她就已经被摧毁了，不停在绝望与宽恕中挣扎。

谭音在她回忆里的样子时而是阿楚，时而又变成白衣神女，莫可名状。

忽然，四周的光线变得柔和而晕然，韩女在他们不知道的时候，又一次下界了。许多年过去，阿楚已垂垂老矣，躺在一张半旧的床上，出气多，入气少。

窗外正值盛夏，鲜艳的紫藤花爬满栏杆，这里是一座不知名的陌生小村庄，孩子们在田埂上欢快地叫嚷奔跑着。小木屋里只有阿楚一人，她病得很重，床边却并没有人服侍。蝉鸣声在烈日下带来一阵阵聒噪，配合着她粗重吃力的喘息声，令人感到窒息。

韩女缓缓坐在床边，低头凝视阿楚。这个她曾经用尽所有心力去爱护的人，背叛了她，置她于死地。此后她的一生过得也并不顺遂，临死时也无人陪伴，到头来，居然还是自己陪着她。

"阿楚。"韩女低低叫着她的名字，她在凡间现出了神之躯，用手细细拨开阿楚花白汗湿的头发，"阿楚。"

半晕半醒的阿楚睁开眼，只望见一团被清光包裹的人影，她浑浊的双眼疑惑地看了很久很久，突然，苍老的容颜上现出恐惧的神色。

"是你！是你！"她沙哑地喃喃，"你是来带我走的吗？你来找我索命了？"

韩女面无表情，摇了摇头。

或许是因为极度的震惊与恐惧，阿楚开始剧烈地咳嗽，她极力朝床内躲避，嘶声道："你是来报复我的吗？我不怕你！不怕你！"

她拾起放在床边的扇子、簪子之类的东西使劲丢出去，韩女袖子轻轻一动，那些杂物被她收拢在掌中。阿楚恐惧的神色更甚，她的喘息渐渐加剧，像是快要断气似的。

韩女将杂物放在柜子上，半晌，方低声道："一直以来，我都想亲自问问你……阿楚，为什么？"

阿楚的声音断断续续："你、你恨我……何必说那么多……你把我带走吧！阴曹地府，刀山火海……我不怕……"

"为什么要背叛我？"

"我不怕……"

"为什么？"

阿楚忽然盯着她，露出复杂的笑容："你问这些，是想从我这里得到解脱吗？你被我害死，被冤屈束缚？现在想让我给你答案，让你解脱？"

韩女默然片刻，终于缓缓点头，她被这段孽缘困住，度日如年，她自己也清楚地知道，她会被这种心境摧毁。现在，她乞求一个解脱，只有阿楚能给她，无论答案是什么，都将了结她在凡间的孽缘。

阿楚笑得嘲讽："姐姐，你好自私，只想着自己解脱……我从小到大都活在你的阴影里，没一天快活，好不容易你死了，我却被那个男人抛弃……你想要解脱，你为什么不想让我解脱？如果没有你，我的人生不会是这样的……"

"你从小就天赋异禀，爹娘对你宠爱有加，没人关心我……他们最后因你而死，死了也是活该！"阿楚眸中泛出恨意，生平过往一切不遂意都一一浮现眼前，"你会绣花，那有什么了不起！老天有眼，让你绣出的东西都变成精魅恶鬼害人吃人！爹娘在地下知道，也要悔恨当日瞎了眼！要不是你，我不会从小被人欺负到大，我每次回家看到你伪善的嘴脸，都想撕烂！我喜欢上安平，你也要阻挠，你早点死了，我该有多开心！也不会被安平骂蛇蝎心肠！你知不知道后来流言四起，逼得我只能孤身一人带着女儿颠沛流离，惨淡度日！"

韩女脸色苍白，淡声道："那……也是你咎由自取。"

"是啊，我咎由自取。"阿楚凄然地笑起来，"你不是总爱标榜自己是好姐姐吗？你不是总爱插手我的事吗？你不是整天一副把我的事摆在第一位的嘴脸吗？你为什么不继续发挥你伟大的感情？你现在找我是为什么？你不是应该在知道真相后还是继续爱我，毫不介意吗？这才是真的爱我！那你现在是在做什么？你也无法解脱？你恨我？哈哈哈哈！原来你也不过如此！"

蝉鸣声变得越来越响，越来越缭乱，韩女失神地看着她布满皱纹的笑脸，觉得自己非但没有得到解脱，反而在往无穷无尽的深渊里继续摔落。她的后背一阵冷，一阵热，胸口也一阵紧，一阵松。

"我不管你现在是什么，冤魂也好……枉死的鬼也好……我不会让你解脱……我、我不会让你如意……你想报复我，我就不让你如愿……"阿楚的眼神渐渐变得涣散，声音也渐渐小下去了，"我不让你如愿……"

聒噪的蝉鸣忽然静止了，周围陷入一片令人窒息的死寂中。

韩女猛地站起来，她觉得自己快疯了，她抓起桌上那个苍老的身躯，绝望地发觉阿楚已经断气了。阿楚就这么死了，幽魂一缕，回归地府，天地轮回正业，纵然她贵为神女，也不能插手，只能眼睁睁地看着阿楚回归轮回，把她一个人丢在原地。

她，居然只能这样看着阿楚快活地死掉，结束多舛的一生，临死的时候，阿楚竟然是带着快意的笑容！

韩女盯着她嘴角那一丝笑意，忽然尖叫起来，千万道丝线倾泻而出，将这具苍老的尸体绞成了血沫。她跌坐在地上，白皙的肌肤再一次剥落焦煳，她再一次被架在火堆上——不，她将永远被架在火堆上，无法解脱，无法离开。

潮水般的丝线将这里的一切都吞噬了,鲜红的丝线,像烈焰一般,像鲜血一般,天空漆黑无光,地面火海无边,韩女被困在这幅绣图的小千世界里,凄厉地哀号着。无论她此后露在人前的表象如何光鲜温婉,谭音知道,这里才是她的本心,她一直被困在这一刻,苦苦挣扎。

谭音想起在神界时,韩女曾凄声问自己:"我的恨要怎么办?"

阿楚死了,她是凡人,进入轮回正业,下一世与此一世再无干系,再也没人能找到她。韩女的恨只能永远留存在这里,腐烂纠缠,生根发芽,最后将这些无边无际的恨意倾泻在无辜的旁人身上。

这是韩女的人劫,没有任何办法解决的人劫。她成神那一天开始,给予她的只有绝望。

谭音转首四顾,幻境已经结束,周围只有翻卷徘徊的浓黑怨气,怨气的中心,是那些如鲜血火焰般的丝线,韩女在里面哀号,声音凄凉沙哑。

她找到这座小千世界的缝隙了。

谭音双目紧闭,凝聚残余的神力,化作巨大的剪刀般的形状,毫不犹豫地向那些丝线铰去。不过一眨眼的工夫,丝线纷纷被铰断跌落,露出藏在下面的血肉模糊的人影。

韩女的心五千多年来一直被困在火堆上,反复焚烧,她浑浊的双眼痴痴望着一个地方,是曾经那座山上的小木屋吗?她在等阿楚回来,可最终她等到的却是背叛。烈焰焚身的时候,支撑她的一定是极其深厚的感情,所以当她明白真相时,才会被困在烈焰中无法自拔。

"韩女!"

谭音用尽所有气力叫她,火堆上的人影晃了晃,转过头,目光茫然地与她对视。

"阿楚已经死了!"谭音吃力地喊着,她不知道该和韩女说什么,可她还是要说,"我也不是阿楚!你醒醒!已经五千年了!你为什么不放过你自己?"

没有人回答她,韩女的双目移开,继续痴痴凝望远方。

谭音长叹一声,剪刀状的神力飞快地往那道被火焰吞噬的人影刺去,半空骤然划过裂帛般的巨大声响,伴随着韩女不可思议的惊叫,漆黑血红的天空被划开一道宽阔的缝隙,露出小千世界外的阳光明媚。

可以出去了。

谭音轻抚手腕,那片幻境中的雪花在手腕上干涸的感觉仍在。

泰和,和我一起出去吧!

小千世界中暗无天日,无法分辨时日,谭音闯出绣图时,外面已是深夜,月明星稀,光线昏暗。她依稀感觉到这里不是香取山,而是一座不算陌生的小山顶——韩女与阿楚曾住过的那座山。

夜风轻柔地拂过脸颊，伴随而来的，还有一声叹息。

"你居然能出来。"低沉的男音，是棠华的声音。

谭音浑身一震，急忙转身，却见一袭紫衣的棠华正站在悬崖边，夜风撩起他的衣衫与长发，他正用袖子捂住胸口，见她望过来，他淡淡一笑，放下长袖——他胸口赫然有一个大洞，鲜红的魔力与金色的神力交织，汩汩而出。

韩女还附身在棠华身上吗？

谭音警惕地朝后飘了一段距离，沉默而又惊疑不定地盯着她，她胸口的洞是从何而来？因为被她打破小千世界的缘故吗？难道绣图中残留的不光是韩女的怨气，她还将自己魂魄的一部分封印在了里面？

韩女低头看着胸口的大洞，像是在苦笑："原来被你找到了那地方……你是怎么找到的？"

"泰和告诉我的。"谭音慢慢回答。

韩女笑得讽刺："他还没彻底魂飞魄散？留了执念在图中吗？我真想不到，他对你的感情这么深。"

谭音没有说话，韩女任何言语上的利刺都无法再刺伤她、撼动她了。

她在端详韩女，或许，她并不是随意夺舍棠华的身体，只有一个原因，韩女自己的身体已经完全消散了，已入魔的神识却还留着，只能夺舍她熟悉的棠华的身体，用来迷惑自己。

可是，棠华的身体也不行了，可能是为了更方便吞噬泰和与自己的魂魄，韩女将神识的一部分封印在绣图中，这部分神识如今被谭音彻底打碎，韩女自己恐怕也想不到会有这样的事发生。

"你快不行了。"谭音淡漠地开口，"你会比我先魂飞魄散，我会亲眼看着。"

韩女嗤笑起来，眼中充满怨恨："你有那么恨我？为什么要恨我？我对你不好吗？你死了也不许我一些仁慈，让我解脱……"

"你看清楚些，我不是阿楚。"

韩女嘴唇紧闭，忽而转过身，望向山脚下那一片延绵的村庄。她抬起手，长袖挥过，那一片村庄转瞬间就被烈焰吞噬，不一会儿，惨叫与哭喊就被山风送了过来。

韩女露出畅快的笑容，她享受着这些声音。

"我在这里住过。"她低声道，"我恨这里的一切。如今，我终于不再是天神，我可以亲手了结这一切。"

第七章

心之归处

五千年，多么漫长的时光，沧海桑田，世上的一切都会被改变。可是韩女的心却永远被困在五千年前，那些曾经将她送上火堆的人早已死去，尸体腐烂成灰，偏僻的小村庄里住着他们的子孙后代，也有许多完全无干系的陌生人，都被她一把火烧得干干净净。

她说的没错，她不该成为天神，纵然天神的躯体与神识无比强大，可心灵却始终像凡人一样脆弱，所以才有那么多神君神女陨灭在人劫中。

"我是在这里死去的。"

韩女转身缓缓走向后方，那里曾有一座破旧的木屋，里面住过一个自以为幸福的姐姐，和一个心怀叵测的妹妹。木屋早已在漫长的时光中腐化，那一片空地长满了半人高的杂草灌木。火焰从韩女的袖中流淌而出，转瞬点燃了这一片山头。

"现在都结束了。"

漫天的火光笼罩着韩女，她面上挂着一丝诡异的笑容，有些虚脱，又好像盘算着什么诡计。

"你能震碎我的神识，实在是出乎意料。"她淡淡开口，"可我不会死，你不要得意，我不会死。"

棠华的身体忽然瘫软下去，他的头顶盘旋出一团半透明的红色人形雾气，它面向山脚下熊熊燃烧的小村庄，那里有无数刚才枉死的魂魄在徘徊，枉死的魂魄一时半会儿无法进入轮回正业，它张嘴吸过来了无数魂魄吞噬。

吞噬的魂魄越多，这只魔物的颜色就变得越发鲜艳，像是悬浮在半空的一团血。

血团糅合翻卷，最后化成韩女的容貌，头发与眼眸都像血一样红，她胸口的那只大洞也在慢慢变小。韩女得意地低头看着那只逐渐缩小的洞，狂笑起来："我不会死！无双，让我吃了你！你的魂魄一定比泰和的更加美味！"

她的身形如同一团血影，挥舞的双手与衣衫再也看不出区别，充斥天地间的烈火被魔力所感，骤然拔高数丈，变成了鲜血般的颜色，它们在炙烤着谭音的身体，蚕食着她所余不多的神力。

"来吧，你来……"甜蜜的声音诱惑着她，"泰和在等着你……在我身体里，你们可以团聚了，迟些我会替你找到那个凡间仙人，让他也与你团聚。"

卑微的凡间仙人，是源仲吗？

谭音只觉胸膛里的心脏像石头一样掉下去了，她被困在绣图中有多少天了？韩女化作棠华的样子去香取山，源仲又怎么会没发现？他找到她了？她杀了他？

"泰和为你而死，你还想着那个凡间仙人？无双，你真狠心。"韩女声音温柔，语气却讥诮狠毒，"那个仙人，脆弱得像一只蚂蚁，轻轻一捏他就死了……你要不要看看他是怎么死的啊？"

不！她不想看！

可是眼前的火光瞬间被无数丝线遮蔽，丝线扭曲纠缠着，渐渐化作香取山的一草一木，棠华紫色的身影仍在峰顶，那是谭音刚被收进绣图后的一瞬。

山下有一道金光翩跹而来，眨眼就落在峰顶，来人皂衣长发，脸上带着路人甲般过目便忘的假脸皮——源仲。他此刻神情戒备，紧紧盯着棠华，过了片刻，方道："你居然还敢出现。"

棠华淡淡一笑，似乎并不欲与他说话，他将绣图缓缓放进袖中，再抬头看看天色，转身便要下山。

"等一下！"源仲叫住他，神色越发警惕，"你是谁？"

棠华略有讶异："哦？怎么这样问？"

源仲捂住鼻子退了一步，沉声道："你身上只有死人的味道……你杀了棠华？"

韩女愕然笑了起来，她夺舍棠华的身躯，瞒过了谭音这个天神的眼，想不到却没瞒过一个小小凡间仙人的鼻子。她低头看着棠华的身体，上面没有血，没有伤口，这具身体被她修补得十分完美，他是怎么闻出来的？

像是看出她在想什么，源仲淡声道："有狐一族血液中带香气，这种香味是识别族人的证据之一。可只要人一死，香气便会消失，你空有棠华的皮囊，却没有我族的香气，你是夺舍了棠华的身体……能夺舍仙人的身体，莫非你就是那位想要我左手的天神？"

"精彩。"韩女忍不住鼓掌，"你很聪明。这个仙人的确为我所杀，为的是借他身体一用，他临死仍然感恩戴德，觉得自己为天神做了事，十分荣耀……倒是你，有狐一族不是侍奉天神的部族吗？见到我，为何不跪？"

源仲静静看着她，动也不动，半晌，忽然道："谭音呢？"

韩女笑道："你猜她会在哪里？"

这次源仲没有回答，他盯着她宽大的袖子，方才上山时，见到她将一幅古怪而巨大的绣图放进袖中。能够成为天神的，都是上古凡间那些至诚执念极深且有着逆天所行的凡人，谭音是天下无双的工匠，这个人身上带着绣图，莫非是刺绣天下无双的天神？既然是神，那绣图便不会是简单的绣图，说不定是与乾坤袋一样的另一个小千世界。

韩女见他看着自己放绣图的袖子，惊讶更甚："你真是聪明得令我吃惊。来，让我好好看看你。"

她手指一钩，源仲只觉一股全然不能抗拒的大力将自己朝她那边捉过去，他心头不祥的预感猛然加大，整个人忽然化作一道金光，强行突破她的桎梏，又向后退了数步。

"真不像话。"韩女皱了皱眉头，"你见到我，既不跪，也不敬，有狐族是这样侍奉天神的吗？"

"你不是天神。"源仲盯着她，"天神的气息不是这样的。"

她倒忘了，这个仙人跟一个货真价实的神女耳鬓厮磨了好一段时日，怪不得能察觉到她身上的波动与谭音不同。

源仲忽然将左手的袖子卷起，露出那只暗红色的糅合了神语与天河寒冰的左手。

韩女失笑："怎么，你想对付我？"

他没有回答，他不会狂妄自大，也不会妄自菲薄，眼前的人虽然气息与天神不同，却异样地恐怖庞大，他就算拼尽性命……不，就算此刻香取山内所有的仙人都聚在一处，也无法与她相比，妄动只不过会让自己死得像个笑话。

"你一直想要的左手。"他将手伸出去，镇静地看着她的双眼，"拿去，把谭音还我。"

韩女忍不住哈哈大笑起来，笑得衣衫乱颤，话都说不清了："我？想要你的左手？哈哈哈，你这个被蒙在鼓里的可怜虫！我好心些，让你死得瞑目——要你左手的人不是我，而是你心爱的无双神女。你知道为什么吗？因为她想让自己心爱的男人苏醒。

"你的左手是天上一位神君遗落凡间的，这位神君名为泰和，是你心爱神女的心上人。因为在神魔大战中失去左手，他陷入了神力衰竭的沉睡，一睡就是五千年。你的神女实在等不下去，就下界替他寻找左手，这才找到你。你觉得她陪着你，保护你，是因为喜欢你？哼哼……她的目的不过是为了你的左手，她不能强行砍下它，因为这样扰乱命数，泰和反而会魂飞魄散。她只有陪着你，等着你慢慢死掉，等你死后，她才能取下左手还给泰和——现在，你明白了吗？你的神女，一直盼着你早点死掉呢。"

源仲脸色苍白，目光却坚定不移地看着她，过了很久，他才轻声道："那又如何？"

韩女笑道："不如何，我告诉你真相而已，要怎样想是你自己的事。"

她像是厌烦了与他说笑，垂下肩膀，淡声道："你既对她情深如斯，我也应当成全你们，来！我送你去见她！"

她伸出手，源仲又感到那股恐怖的力量向自己汹涌而来，他急急后退，冷不防一道黑光自她袖中疾射而出，力量上的悬殊让他全然无法躲闪抵抗，胸口一凉，一柄漆黑的匕首深深刺入他的胸膛——正是方才他还给香取山主的弑神匕首之一。

血丝从他的嘴角缓缓流下，韩女厌恶了这种猫捉耗子般的戏弄，这次毫不犹豫捉住了他的喉咙，轻轻一提，他的身体突然变成泥块石头，"扑簌簌"落了一地。韩女脸色微变，拂开袖子上的泥迹，四处打量，只见地上残留一滩鲜血，香气浓郁，而这个卑微的凡间仙人，却不知逃去何处了。

逃命的本事还真不错。

她目中红光闪烁，忽然轻轻一跺脚，整座山峰立即轻微地晃了数下，极远处响起一声闷哼。这一脚的力道再一次重创他，没有天神替他修补身体，死不过是早晚的事。

韩女不屑为一个卑微的仙人浪费时间，身形一晃，便离开了香取山。

万千丝线一一收拢，最后柔顺地回归韩女袖中，她得意地看着谭音惨白的脸色，让她痛苦的一切都即将消失，她的恨，她的痛苦，伴随她五千多年的沉重枷锁，一点点被剥离。

她从未这么畅快过，凡人脆弱的幸福与悲伤，如今看来是多么渺小且不值一提的东西，魔的心是如此强大，吞噬一切，包容一切，她会成为最强悍的永远不会磨灭的存在，就像湖上的那位小公主一样。

"无双，我知道你打算做什么。"她淡然开口，"你想寻找个空隙逃走，去救你的凡间仙人。你猜，我会让你如愿吗？"

无边无际鲜血般的火焰包围着她们，谭音失神地望着被烈焰吞噬的夜空，她什么也没说，这种时候，说任何话都毫无意义。韩女热衷于这种猫捉老鼠般的戏弄，她享受每一个人的绝望挣扎。

低头看看身体，她的手脚早已完全消散，衣袂空荡荡地随风摇曳，饱含魔力的烈焰在蚕食她的神力，过不了多久，整个身体也会散开，她就会彻底的魂飞魄散，离开这个世间。

她深深吸了一口气，最后一次盘腿坐下，向着源仲那座小洞天的方向极目眺望。韩女在低声说着什么，笑着什么，她都没有再注意。月光朦朦胧胧的，远方山峦天际都模糊不清，焰山火海，浓烟肆卷，她的心和灵魂仿佛已经离开了身体，跨越千山万水，去寻找她的狐狸。

周围忽然安静下来，过了很久很久，韩女低声问："无双，在想什么？"

"你又在想什么？"谭音反问。

韩女笑了："我在想你魂魄的味道是怎样的，泰和的魂魄充满悲伤与遗憾，你呢？会不会很绝望很无助？你看看你现在，被火焰吞噬，能不能体会我当年被架上火堆的感觉？"

谭音嘴角微微翘起，淡声道："不要把你和我相提并论。"

韩女冷笑："你不过是装模作样，其实你心里怕得要死。那个仙人知道了真相，他不会原谅你，你最终会在绝望里独自魂飞魄散。"

"我只是有些遗憾。"谭音直视她，"我和他没有死在一处。"

"虚伪！"韩女嗤之以鼻，"你何不光明正大地承认你恨我？你心里明明恨我恨得入骨，到这种时候还要装模作样！"

谭音默默看着她，韩女已经被阿楚彻底摧毁，对她而言，世上每一颗人心都是可怕的，暗藏祸心，时时等待着给她致命一击。

她忽然问："你因为何种执念成神，还记得吗？"

韩女不屑回答这个愚蠢的问题，她是天下无双的绣娘，自然是因为刺绣工艺精湛，心里怀着对刺绣的挚爱而成神。

"我们因为执念而成神，有朝一日，一旦另有执念超越了这个成神的执念，便会遭遇人劫。"谭音轻声说着，她自己也是到了这个时候，才恍然大悟，"泰和是这样，我也是，你……也一样。"

她毫不畏惧盯着韩女的双眼："韩女，你的人劫不是我，是你对阿楚的恨意。"

"对我而言，世间太过复杂难懂，穷尽一生，只专心于工匠技巧，而如今，我心里也只有源仲，我不恨你，我对你没有那么强烈的感情，你从未在我心中留存过。恨你的人，是阿楚，不是我。"

韩女怔忡良久，勉强一笑，厉声道："那又怎么样？你还是会死在我手中！"

谭音合上双眼，不再说话。

韩女怔怔地瞪着她，谭音在自己眼前，一会儿是狼狈落拓的白衣神女，一会儿又变成了阿楚含恨凝视自己的模样。她想要的答案始终没有得到，她想要的解脱也始终没人给她，她的人劫是无法解开的死结，死者已入轮回，她的恨要归向何处？

这个世间无时无刻不让她感到窒息般的痛苦，没有人像她这样痛恨一切，也或许，一直以来她最恨的人其实是自己。泰和也好，无双也好，他们的人劫都不会像她这样，让她时时感受地狱般的煎熬，他们的逝去终究会变成心甘情愿，只有她不甘，她不甘。

一瞬间，昔日湖上公主淡若云烟的话语声又在耳畔响起："你现在想要的，我会给你，不过你要弄清楚，这些是不是你真正想要的。魔是双面刃，让你变得强大还是摧毁你，一切看你自己的心。"

漫山遍野的烈焰忽然迸发千丈，暗红色、血红色、干涸后血迹般的红褐色，千万般血色里藏着千万张阿楚的脸，有的对她笑，有的对她嗔，有的是柳眉倒竖的怒意，有的是饱含蔑视的恨意。

韩女感到一种深邃无边的痛楚，从灵魂深处蔓延肆虐而出，遍及四肢百骸，她无言地低头看着身体，她的身体被血红的火焰包围，就像五千年前她被架在火堆上，一模一样。她的衣服、皮肤、头发，都在火焰中迅速化成金色的泡沫。

韩女张开嘴，发出绝望的尖叫。

她已经成魔，她的心应该已经无比强大，不会再为任何事迷惑伤害,为什么？为什么！她的人劫还是要来！还是不放过她！胸口一阵空洞，她已经填补好的被谭音震碎的那部分神识，再一次离开了她，她觉得灵魂深处有什么东西也离开了她。

那些凡人的心，那些衣不蔽体食不果腹的青涩岁月，那些她与阿楚一起生活的幸福回忆……所有一切都离她而去了，只残留下她的痛苦与恨意，她被整个世界遗弃了。

韩女痛苦地在地上翻滚，到最后，只留下她与自己的人劫相对，视线所见只有阿楚蔑视痛恨的眼睛。她像一只被困在绝境的野兽，到处乱撞，忽然见到谭音在远处看着自己，目光淡然，无悲无喜，她不顾一切朝谭音伸出手。

"留下……"她凄厉地叫着谭音。

留下来！不要让她孤独地被人劫吞噬，魂飞魄散！

谭音转过身，毫不犹豫地飘远，源仲还等着她。

"别……"韩女摔落在地上，腰以下的部分迅速变成泡沫被风吹散。她想抓住什么，谁都好，不要让她一个人死去。可这里没有人，所有人都已经被她杀了，没有死的，也很快就会死去。

她只有与她的恨纠缠在一处，永生永世也分不开。

她的心也化成了泡沫，韩女感到一种奇异的麻木，她躺在滚烫的地上，进入视线的只有漫天火海，她又一次要被它们吞噬。最后一次了，她不想再看见这些火焰。

韩女的袖子轻轻挥舞一下，滔天的烈焰霎时被熄灭，只留下遍地疮痍。她怔怔看着乌黑的天，曾经被她吞噬的无数魂魄在一个接一个地喷涌而出，恍惚中，她好像见到了泰和，他也在用一种无悲无喜的目光看着自己。

就到这里了吧？

韩女闭上眼，她的整个身体瞬间化作一大蓬金色泡沫，"呼啦啦"迸发飘散，逐渐被山风吹得再也看不见。

谭音停下脚步，回头望去，却见韩女倒下的地方缓缓升起两粒金色的光屑，如日光般明亮，不用靠近她都可以感觉到里面纯粹而浩瀚的执念神力——这是天神的执念本心？

忽然间，四面八方无数的执念本心呼啸而来，谭音吃惊地看着这些本心纠缠在一处，渐渐融合，有的狂热，有的执着，互相填补着彼此的空隙缺陷。那些是曾经遭遇人劫而陨灭的神君们的本心吗？这是怎么回事？

金光璀璨，渐渐比日光还要耀眼，不可直视，谭音捂住双眼，回避这股庞大的神力，忽觉有一双手在头顶轻轻抚摸着，泰和温暖的感觉随即包围住了她。

"我去了。"他的声音缥缈、几不可闻。

谭音强行睁开双眼，只见泰和的身形淡若轻烟，悬浮在半空，他身后还有无数神君神女们缥缈的身影，包括韩女。

"泰和！"谭音大叫起来，冲上前想要抓住他，他没有死？没有魂飞魄散？

泰和低头朝她微微一笑，他淡若水墨的身影忽然消散，就像烟一样，包围住她的温暖的感觉也随之迅速消失，冰冷的山风再一次侵袭而来。紧跟着，那些神君神女的身形也纷纷如烟散去，他们残留的最后一丝凡人之心就此彻底消失，只留下那些执念的本心彼此包容融合，慢慢地，化作一团柔和的白光。

谭音惊呆了，这是……源生天神？无数早已为人劫所陨灭的神君神女们的本心融合而成的源生天神！神魔大战后源生天神全部消失，这是五千年来的第一位源生天神，它浩瀚而柔和，仿佛无所不知，无所不能包容，无比强大、无比谦顺。

湖公主曾说，能顺利渡过人劫的天神才能成为源生天神，可她没有告诉她，即便无法渡过人劫，天神们也会有神的本心残留，等待着融合成为源生天神的那天。

这就是天道？抛弃凡人的心，留下彻底的执念，才能够成为真正的源生天神。

谭音怔怔地看着源生天神消失在视界中，想必它回归神界了，留在神界的诸位天神必然会感到轻松很多，再也不会惧怕第三次的神魔大战。

结束了，韩女，还有泰和……那些曾经鲜活的痛苦的心，已在她眼前化作灰烬，那些奔腾的激烈的感情，也随烟而去，留下的只有她。

现在，她该去哪里过完她的人劫？

谭音慢慢转过身，离开了满目疮痍的小山头。

源仲在等着她，他的所在，便是她凡人之心的归处。

五岁的时候，谭音的爹娘都还在。娘是外族人，对姬家那些工匠手艺一窍不通，对这个成天钻研怎么做东西对自己不闻不问的丈夫也很不满。她身体不好，时常卧病在床，爹偶尔会去看她，做一些很精巧的小玩意逗她开心。

谭音记得那次有一位豪富定做十件玲珑屋，要得很急，一个月之内便要做好。为了完成这份数十万两黄金的单子，姬家老小几乎齐上阵，爹更是忙得废寝忘食，谁知娘的病情突然恶化了，爹毫不犹豫地丢下手里的活，在娘身边一陪就是大半个月。

族人对此很不满，那时还活着的许多叔伯都轮番斥责他，此事关乎姬家信誉，收了订金却给不出东西，与讹诈何异？

那段时间爹很憔悴，娘的病最终也没治好，在那一年的冬天去世了。她记得爹在娘的坟前坐了很多天，她坟前放着许多零零碎碎的小玩意，机关鸟，小木头人，甚至还有一只盒子，转开盖子，里面会探出一只芍药花，栩栩如生。

这些应当都是娘生前，爹做了讨她欢心的。

"谭音啊，这个你喜欢吗？"爹把那只漂亮精致的盒子递给她，含笑问。

五岁的谭音懵懂地捏着盒子，看了半天，摇头："我更喜欢那个大屋子。"

爹失笑："更喜欢玲珑屋？果然是姬家的孩子。可是，我现在觉得，我更喜欢做这些小玩意，因为里面有感情。"

直到爹去世，他再也没做过玲珑屋，玲珑屋的单子在谭音十岁的时候由她接手了。她年轻气盛，总想要做一些惊世骇俗的好东西，这愿望在她生前没有完成，却在她成神后实现了，她做了独一无二的魂灯。

她热爱工匠这个行当，热爱冰冷的青铜棒，坚硬的铆钉，每当脑海里有新的构思时，那种感觉令人热血沸腾，神为之夺。她从来也没想过，自己所做的东西里，有什么是她更喜欢的，每一件都是心血，每一件她都爱。

直到她做出了源小仲。

那一个瞬间，她忽然就明白了爹说的，"更喜欢做那些小玩意，因为里面有感情"这句话的真谛。因为这种感情，她甚至感到以后真的再也做不出东西了，为什么爹后来再也没做过玲珑屋，她终于明白了。

可，为什么会是源仲？她爱上任何人都好，可为什么会是他？让她痛苦彷徨地度过凡间的这些时光，与他在一起的日子，极度的甜蜜里总是掺杂着极度的惶恐，她恐惧未来，恐惧被他发觉真相，更恐惧自己会消失。

假如爱着的人是泰和，这一切都不会让你痛苦了。心里有个声音轻轻说着。

泰和……泰和已经死了，魂飞魄散，属于他的执念已融合成为源生天神，而他的凡人之心烟消云散，从此不存在于这个世间，她亲眼见到它们的消亡。

她没有让他知道，曾经她真的喜欢过他，那个天河畔吹着风车的神君，他送的天河金砂的丝囊，还有他的风车，她一直保存到今天。已经没有机会还给他了，再也没有机会。他们的缘分总是错开，无论是人为还是天定，他不够勇敢，她不够坦然。

她以为自己会一直喜欢下去，她会悄然无声地，默默在他身边看着他，像欣赏一朵美丽的花，单是这份不磨灭的存在便是喜悦。她还记得他的笑，他说的话，无论是残酷的还是温柔的，可是，她遇见了源仲。

某一天，当她突然想起泰和时，他的身形像一汪清水，回忆仍在，只是滋味淡了，她便明白，泰和已经过去了。

为什么会死？为什么一切都不告诉她？他在绣图中存了五千年的执念，她在神界默默等了五千年，一个是愚蠢的男人，一个是愚蠢的女人。

他有没有恨过她？离开的时候，有没有得到真正的解脱？

她永远也得不到答案了。

谭音缓缓睁开眼，天色暗沉，天空淅淅沥沥地落着冰雨，她蜷缩在一棵大树下，累得仿佛再也不能动一下。

人劫在体内肆虐，她快要消散了，神力星星点点地在胸口游荡，可她还没能赶到源仲身边。

心里有个声音在轻轻地叹息：真的要走下去？现在回神界的话，一切都还来得及，你热爱的工匠技巧还在等着你，天下无双的无双神女，值得吗？

不，她已不再是天下无双的无双神女，燃烧了五千多年的工匠之火似乎要在她体内渐渐熄灭了，她成了一个最普通不过的女人，全心全意爱上一个人，想要与他厮守一辈子。

为了他，什么都值得。

谭音强行起身，蹒跚前行。源仲一定在等着她，小洞天里的风与水、雪与花也都在等着她，还有源小仲、小二鸡。以后的以后，她魂飞魄散，源仲进入轮回，洞天再无人去，源小仲和小二鸡却会一直"活"下去，他们会替她记得一个男人的感情，一个女人的执着。

小洞天里的雪已经化了，湖畔的花树凝出了花苞，柳树也结出了嫩黄的新芽，来日春风数度，便是桃红柳绿，春日丽景。

今日是难得的好天气，源小仲如往常一样，替那些木头人上上发条，监督它们打扫卫生，再把小二鸡搬出来放在庭院正中，让它转着圈子晒太阳。药田里的仙家药草们被照料得很好，灵气越发浓郁了，过段时间就可以采摘，再种下新的。雪化了，等太阳再晒几日，旁边的两亩田里就可以播种了，种萝卜还是种韭菜呢？

撷香林中香气怡人，可惜它不懂香料，只有等大仲回来再弄了。可大仲什么时候回来？

主人什么时候回来？他们这一出门，时间可真长，都快春暖花开了，难道他俩打算在外面四处游荡做神仙眷侣，将他和小二鸡孤零零地丢下吗？

源小仲寂寞地叹了一口气，他连个可以说话的人都没有，可憋死他这个话痨了，只好去湖边找老鼋玩，跟它胡乱絮叨些废话。不过自从上次割了它腿上的一点肉后，老鼋见到他就躲，源小仲取了铁网强行把老鼋捞出来，坐在它身边，对着它默默流泪的双眼自顾自地唠叨。

"你说大仲他们什么时候回来？你又不会说话，小二鸡只会成日抽风转圈，我这样玉树临风英俊潇洒的美男子，就一个人孤零零地待在这么大的洞天里，是不是太凄凉了？啊，你哭了，你也觉得很凄凉是吧？"

老鼋痛不欲生地瘫在岸边，它恨不得自己明天就成精变成人身，然后离开这龙潭虎穴，远离这个残暴的机关人。

忽然，洞天生门处的一丝动静惊动了它，老鼋转过雪白的脑袋，疑惑地望过去，源小仲反应比它还快，早已一溜烟朝生门处狂奔而去———一定是大仲和主人回来了！

可他最终并没有迎来满面笑容的神仙眷侣，生门处躺着一个满身鲜血的狼狈男人，源小仲惊呼着跑过去扶起他，居然是大仲！他上半身已经被血浸透了，似乎伤处在胸口要害。是谁做的！

他将源仲轻轻抱起，飞快朝小楼跑去，忽觉他的手紧紧握住自己的手腕，颤声问："谭音呢？回、回来了没？"

源小仲急道："没有……你怎么了？为什么会变成这样？"

源仲眉头紧蹙，似在强忍痛苦，他脸色苍白，面颊上星星点点沾着干涸的血迹，呼吸时而急促时而细微，这是受到致命重创的表现。源小仲小心翼翼地把他抱回小楼，正要进门，忽听他又道："去庭院……树下……"

"你会死的！"源小仲急得口不择言。

"去。"

源小仲只得将他轻轻放在一株花树下："我、我去给你拿药……"

可他也不知道要用什么药，大仲伤在胸口，金创药能用吗？还是要先清洗一下伤口？源小仲手足无措，团团转圈。

源仲在树下喘息片刻，神色慢慢缓和，低头看看身上血污的衣裳，将之轻轻解开，脱下。源小仲这才发觉他的右手软软地耷拉在一旁，像是骨头断了，左脚也是……衣服被轻轻丢在地上，他的身体鲜血淋漓，胸口有个极深的血洞，浓稠的血液从里面缓缓流淌下来，更可怕的是，伤口正在逐渐扩大，像是有什么东西在侵蚀血肉一般。

"绷带，水，干净衣裳，梳子，铜镜。"

源仲简洁地吩咐。

都这种时候了还要什么干净衣服和梳子镜子！源小仲百思不得其解，只好违心地替他取来要的东西。

源仲将身上的血迹擦洗干净，用绷带缠绕伤口，换上了干净衣裳。铜镜被源小仲捧在手里，源仲盯着镜子看了很久，眼前渐渐开始模糊，无论如何也看不清镜子里的人影，他微微叹了一口气，拆开长发细细梳理。

过了很久，他才勉强将长发重新簪好，低声问："看上去如何？"

源小仲抓耳挠腮："看上去很好！可是大仲你的伤……"

"我在这里等她。"源仲声音很低，"你去吧，不要打扰我。"

这到底怎么回事？源小仲憋得快炸了，他退到一旁，眼睁睁地看着源仲，不敢说话，也不敢离开。他的气息越来越弱，脸色越来越白，好像随时会倒下去。

五天，他足足在庭院等了五天，血污的衣裳换了又换，始终用最光鲜的容貌等着。

湖畔的柳树抽出了嫩芽，风里带来春日的暖意与香甜，源仲倚树而坐，他漂亮的眼睛已经失去了神采，像两粒灰色的琉璃珠。

"开花了吗？"他忽然问。

源小仲折了一枝梨花递给他："开了。"

"小二鸡呢？"

"我、我去把它搬来。"

源小仲刚转身，就这么突如其来地，他见到了谭音。她白衣落拓，远远地悬浮在庭院外，大半边身体像是透明的，白衣被风吹得飘来荡去。源小仲的下巴差点掉地上，指着她一阵乱跳，张嘴尖叫："你的身……"

话没说完，他的喉咙又卡住了，再也发不出一个音节，只能像只青蛙一样愚蠢地跳着。

别说。

谭音漆黑的眼眸静静地望着他，源小仲再一次从里面读出了哀求的意思。许多天前，她也曾露出过同样的眼神。为什么？他还是不懂，可他挥舞的双手慢慢放了下来，神色忽然变得黯然，转身默默离开了。

树下的源仲没有抬头，他灰色琉璃珠般的双眼失神地凝望着远方，耳畔听得有人轻轻地踏草而来，熟悉的令人陶醉的气息缠绕着他。一个人慢慢蹲在他身边，低声道："终于找到你了。"

一前一后，他们都知道最终的归处一定是这里，他笃定地等待，她笃定地赶来。

这或许又是个梦，这些天他已做了无数个这样的梦，分不清白天与黑夜。是真？是假？他看不见她的脸，那双黑宝石般的眼睛里藏着春风般的笑，总是对他说着那些没有说出口的情意。

源仲闭上眼，慢慢地将身体倚在她肩上，低声呢喃："抱着我。"

柔软的气息包围着他，她的头发贴着他的脖子，冰冷光滑的脸颊紧贴着他的脸颊，她咬着袖子环抱在他双肩。

对不起，没有办法抱你。

"你在等我吗？"

"嗯。"

"你都知道了？"

"知道了。"

"想说什么吗？"

源仲沉默了很久，久到她以为他不会回答了，他忽然开口："你想要我的左手，我会把它给你。"

"不许这样做。"她摇头。

"那就说你喜欢我。"他的声音再度变得狂热。

这熟悉的对话，在他的梦境中出现过无数次，她什么也没有说过，他简直像一只追逐月亮的猴子，盲目地相信着，追赶着。他去过无数的地方，见过无数的人，也曾和无数的美人嬉笑玩闹，可他的心一直停留在癸煊台上，停留在她的双眼中。

要到何时，这种狂热的情感才能停歇？

你喜欢我，你只是不愿说，到现在还是不愿说。

几滴水忽然落在他唇上，尝起来咸涩无比，是泪水。

"我爱你。"她轻轻说着，声音似乎在发抖，这是第一次，或许也是最后一次了，"源仲，我爱你。"

眼前是无边无际的黑暗，星星点点惨绿的火焰似泪水般从虚空中坠落。脚底的小路笔直而狭窄，路旁影影绰绰开满了红花，潺潺的水声从昏暗中隐约传来——这是哪里？

源仲静静站在原地，心底懵懂却又犹豫，要不要往前走？他有一种直觉，仿佛继续向前的话，他会失去一些东西，心底那些缠绵的牵挂，脑海中那模糊的身影，都会被他彻底遗忘。

他曾思慕过谁？忧伤却又甜蜜，难以忘怀的柔软心绪。

黑暗中似是有个缥缈的声音在低低回答他心中那些迷惘的疑问："向前走吧，不要有任何留恋。"

可他还没有想起那个人，是不是曾刻骨铭心地爱过？

"所有都已终结，这里是你的归处，也将是你遗忘一切重新出发的地方。"

还不想走，让他多留片刻可以吗？好像快要抓住脑海中破碎支离的画面了，雪白的衣袂，乌黑的长发，还有那双让人魂牵梦萦的清冷双眸，那是他爱过的人？

"此处是爱怨情仇终结之所，存在过的终将消逝，消逝的也终会被世间所遗忘。忘却吧，去向你的新生，这碗水会涤去你的一切忧愁烦恼。"

一双修长白皙的手自黑暗中伸出，掌中端着一只琉璃碗，碗内水色清澈见底，不见一丝涟漪。

源仲只觉恍然如梦，他慢慢接过那只冰冷的琉璃碗，它出乎意料地沉重，随着他的动作，碗内的清水荡出片片涟漪，原本清澈见底的水竟好似突然藏了无数画面，其色溶溶，斑斓耀眼。

他的一生都藏在了这碗色彩斑斓的水中。

红色是那些被他所杀戮之人流淌出的鲜血；绿色是小洞天里树荫成群；白色是纷纷扬扬的飘雪；粉色是那些永不凋零的花朵；棕色是握在手中的香料木；黑色，是一个人浓密的秀发，还有秀发下清澈眼眸的色彩。

"喝下它，忘了吧。"虚幻缥缈的声音诱惑着他。

像是被蛊惑了一般，源仲举高琉璃碗放在唇边，水汽冰寒彻骨，靠近了仿佛有无数耳语近在面前。他有些疲惫地闭上双眼，手腕微微倾斜，冰冷的水沾了唇上。

身后忽然响起一个低柔的声音："源仲，不要喝。"

这无比轻柔的声音一入耳，却比最大的雷声还要震撼心神，源仲的手腕不禁一颤，半碗水洒在了地上，化为虚无。

他猛然转身，便见一个白衣少女静静立在黑暗中，黑宝石般的眼睛。一刹那，所有懵懂的感情全部归向灵魂，他想起还有无数的话要和她说，可是都没有来得及说。

他曾以为自己会恨，会妒忌，会问她泰和是谁？发泄般地将左手砍下还她，用她的泪水与悔恨，圆满心中的失落。

但此时此刻这一切都不重要了，三个甲子的感情，他得到了回应，他们终于平等地站在一处。他从来也没有后悔过在癸煊台上遇见她，懵懂的生命已经有了真正的意义，他死而无憾。

源仲快步走向她，可是无论怎么跑，怎么飞跃，都无法靠近她身边。

那缥缈的声音骤然响起，带着些许恼怒："此乃轮回正业之地，即便是神女，也没有资格擅入，请速速离去！"

轮回正业？他已经死了？源仲情不自禁低头望着自己的身体，他是这样苍白而透明，如同残像一般悬浮在半空，他竟真的死了！

奔跑的脚步缓缓停下，他静静望向谭音，忽然微微一笑，低声道："这不是梦？你在这里？"

为了他来的吗？

她也悬浮在半空，袖子与衣摆将手脚遮盖，看起来倒比他更像一只鬼魂，可她的眼睛里又分明藏了一颗星，温柔而明亮，直率地看着他。

"不是梦。"她的声音像三月林间温暖的风。

源仲的目光带了些许狂热，声音却越发低了下去："之前的话……能再说一遍给我听吗？"

谭音静了片刻，忽然摇头："我不在这里说，你想听，就和我一起回去。小洞天里，想要我说多少遍都可以，一辈子也可以。"

一辈子……源仲心头忽然微微酸楚，她说过会永远陪着他，直到死亡降临，现在，他已经死了。

他也缓缓摇头，柔声道："谭音，我在这里等你，我不喝忘川水。你不来，我不走。"

谭音面上现出一层焦急之色："不，和我走，你还可以活很久，不要留在这里！"

"上面的时间是有尽头的。"源仲温柔地看着她，"我想要在无穷无尽的时间里和你在一起。"

她的焦急之色更重，急道："别留在这里好吗？和我一起离开！"

为什么她如此执着死生的问题？他的一生大部分时间都活在失落中，仅在生命最后的那段尾声忽然有了色彩与声音。对人世间，他毫无留恋，那里没有永远，一切的一切都有尽头。他只想要与她一起的永远。

身后那缥缈的声音再度响起："她是神女，死后不入轮回，因此想要将你带回人间。为一己之私破坏轮回之道，将有暗火焚身，魂飞魄散之灾！"

源仲面色骤然剧变，忽见一向温和的谭音眼中第一次带了攻击与敌意，她宽大的长袖如翅膀般张开，将他的身体卷起，转身如飞一般掠过那些血红的花朵。惨绿的火焰在她身后坠落，黑暗中那双修长之手的主人并没有追上来，只有声音在虚空中回荡："你早已时日无多，我不来追你，善自珍重吧。"

一簇阴影般的火焰从黑暗中疾射而出，弹入谭音的后背，她倒抽一口凉气，却没有停下，只是沿着这条笔直却漫长的小路疾飞。金色的碎屑在她衣衫后面拖了很长一截，她的半截身体像云一样柔软易散，渐渐像是变成了半透明的，阴影般的暗火在她体内灼灼跳跃，吞噬着她所剩无几的神力。

她突然低头朝他露出一个笑，姬谭音一直死蠢死蠢的，即便是笑，也笑得老气横秋，要么就笑得像个傻子，但此刻她居然笑得有些俏皮，像是在说：我第一次这么大胆地做坏事。

源仲怔怔地看着她，忽地抬手用力抱紧她纤细的身体，她要散开了，像流沙一样。魂飞魄散？为什么不告诉他！这世间最痛苦的是被留下的人，她要让他看着她逝去，一个人被孤零零地留在世上无处可去吗？

"不要忘了我。"谭音贴着他的耳朵，声音越来越轻，"我会回来的，为了你回来，好好活着，等我。"

她将他用力一推，源仲只觉四周满是炽热的白光，她的脸在白光中渐渐变得模糊，再也看不见，他奋力伸出手臂，指尖只触到她那一丝变成金屑的肌肤，她最后一句话深深潜入他的耳中："我爱你，我一直都爱着你。"

他重重摔在了什么硬邦邦的东西上，下意识地翻身坐起，却见眼前繁花似锦，刚刚抽出嫩芽的柳树在和风中款款摇曳，远方山水氤氲，这是他熟悉的人间，他的小洞天——方才那是一场梦？

他的身体不再疼痛，反而神清气爽。撕开胸前血湿的绷带，那道致命伤像是从未存在过一般，心脏稳稳地跳动着，可以闻见花香，感到和暖日光洒落发间的温柔，他还活着……他活过来了！

谭音呢？源仲猛地跳起，像个慌乱无助的孩子四处张望，小洞天里空荡荡的，再也不见那道雪白的身影。像是从未在这世间出现过一般，她就这样寂静无声地消失了，只有留在地上的乾坤袋与被修补好的身体告诉他，她曾经真的存在过，不是他的妄想，他被她深深地爱过。

院门被推开，源小仲满面悲伤寂寥地牵着小二鸡出来晒太阳，他们两个都是木头做的，不多晒晒迟早会发霉，可是发霉听起来也不错，机关人就这样发霉烂掉，或许也是一种死亡的终结，好过他永久孤独地一个人留在这块伤心地，只能对着源仲和主人留下的东西满心感慨。

"主人走了，大仲也死了。"他伤心地对着小二鸡絮絮叨叨，也不管它是不是能听懂，"以后只有你跟我两个在这块洞天过，你这蠢货连句话也不会说……唉，我们去看看大仲吧，好在他是仙人，身体不会烂，也是留个念想……"

行至小花园，忽然一阵风呼啸而过，乱花迷眼，源小仲赶紧用袖子替小二鸡挡住风，它可不比自己做工精细，万一有片小花瓣、小树枝之类的刮进眼睛里，下场很可能就是它再也不能动了，这蠢货虽然不会说话不懂事，但至少能动动，要是连动都不会动，自己这天下第一的机关人也太命苦了。

"要是大仲还活着，我才不用操心这些事。"源小仲絮叨着忽然想哭，机关人憋不出眼泪，他只有苦着脸带着点哭腔，"大仲那没用的东西，一个仙人说死就死！主人也是的，大仲一死就跑了，她看起来可不像这么没良心的人啊！"

说罢它难受地望向摆放源仲尸体的那尊冷石台，谁知冷石台空空如也，对面的梨花树下，源仲正静静站着，手里拿着主人的乾坤袋，任由莹白的花瓣落了满头满身。

源小仲受惊过度地张大嘴，大仲！他活过来了，还是诈尸了？之前他分明死得不能再死了，千真万确，自己再三确认过！就算是仙人，死了也不能复活吧？

"大、大仲……"它颤巍巍地唤了一声。

源仲神情萧索地转向他，源小仲身后那紧随的雪白身影一瞬间攫住了他所有的心神，可是定睛一看，才发现那是小二鸡。

他想起那一夜在结冰的湖上，被谭音偷偷动了手脚的小二鸡，曾给了他多少惊喜，而如今她在何处？是不是还会在某一日同样来一次恶作剧？

源小仲见他始终一动不动，不由得害怕起来，连连挥手急道："大仲！是你吗？快说话啊！难道真是诈尸！"

话音未落，却见源仲转身疾步而来，源小仲吓得踉跄后退，却见源仲抬起手，一把将小二鸡抱在了怀中，他的脸埋在它的头发里，大颗大颗的眼泪顺着漆黑的毛发滑落。

这是他第一次看见源仲流泪，原来他哭起来竟是这样无声无息，只有硕大的眼泪一粒粒滚落，像是永远不会停下一样。

那天，看门灵鬼传讯说有客拜访时，眉山君正坐在亭中赏雪，红泥小炉上热着前几日傅九云送来的美酒，香气浓郁叫人垂涎。他被勾得心神不宁，半点见客的心都没有，毫不客气地叫人赶出去。

谁知没过一会儿，灵鬼们又惊慌失措地跑回来叫道："是那个有狐一族的大僧侣！他居然还活着！"

眉山君也被吓了一跳，有狐一族的大僧侣？有多久没听见这人的消息了？一百年？三百年？当年最后一次听到他的消息，是传闻他一个人跑去极西荒地中的重雷之山，那地方终日雷鸣电闪，犹如阴暗鬼蜮，遍地暗藏杀机，就算是仙人，擅自过去也极易受到重创。

果然大僧侣去了后就再也没见踪影，方外山乱成一锅粥，好在那会儿有狐一族和战鬼的争端已暂时停歇，有狐族人几乎倾巢出动四处寻人，沸沸扬扬闹了数年，连根头发也没寻着，最后，所有人都不得不默认他人已死，又过了许多年，才无人再提及他。

原来他竟然还活着！

眉山君一骨碌跳起来，脚不沾地朝门口狂奔，一靠近门口便嗅到那股十分熟悉的有狐一族的熏香气息，门外积雪的木桥上停着一辆金碧辉煌的大车，拉车的极乐鸟姿态傲然，形态美妙至极。

车前站了三个人，为首那人身着白衣，领口袖口皆纹绣着华丽的金色花纹，显得十分清贵。听见了踏雪声，他缓缓回身，眉山君不禁怔了一下，此人面色苍白，却奇异地不显病态，一双眼微微上挑，目光湛然若神，冷漠却不刻薄，惬意却不浪荡，那出众的轮廓与这双明亮至极的双眼比起来，竟也显得黯然失色。

无论如何，这是个极俊美极出色的年轻男子，最关键的是——很眼生，他确定自己一次都没见过，这是谁？有狐一族的大僧侣？这是他的真面目？

眉山君见他微微一笑，霎时天地间一切景致都被他比了下去，他甚至突如其来一股自惭形秽的感觉，当即轻咳一声，道："大僧侣殿下？"

源仲笑着从袖中取出两只白玉小酒坛，晃了晃："眉山君，许久不见，可愿共饮一杯否？"

那是美酒天下无双！眉山君顿时喜得嘴也合不拢，连连挥手："快进来！"

他见源仲身后还跟着两人，看身形像是一男一女，个个头戴斗笠，上面坠下纱巾，将面容挡得严严实实，不由一面走一面奇道："这二位是有狐一族的仙人吗？"

源仲笑着将那男子的斗笠揭开，却见斗笠下居然是一张与他一模一样的脸，虽然五官无一处不像，可表情却要生动得多，并没有真正的源仲那迫人的风采，但多了一些可亲近的味道。

眉山君又被结结实实地吓一跳："这是你……双生兄弟？"

他好像没听说大僧侣有双生兄弟啊？居然长得一模一样！

那戴斗笠的男子顽皮一笑，用力敲了敲自己的脑袋，发出空空的声响，它望着眉山君张大的嘴巴，哈哈笑道："看，脑袋里是空的，我是机关人。"

机关人！眉山君一连受了太多惊吓，已经完全傻了。机关人是什么样的存在？那是多久远之前的传闻？上古时期才有工匠造机关人的传说，据说造出的机关人活灵活现，与常人一般无异，甚至有自己的想法与性格，堪称逆天之术。

神魔之战后，上古时无数奇巧之术都已流失，机关人便是其中之一。眼前这个男人居然说自己是机关人，叫他怎么相信！

源仲目中忽然浮现出一丝顽皮的笑意，抬手将源小仲的脑袋揪了下来，眉山君惊得跟跄着倒退数步，便见那颗脑袋在源仲手上眉毛倒竖，露出十分恼怒的神情，口中更是怒道："大仲！你又来这套！跟你说了多少次在旁人面前不要这样！我虽然是机关人，也有尊严的！"

头掉了还能说话！眉山君浑身都僵住了。

源仲又将那颗脑袋拧回去，笑道："就是这样了，只要发条能转，他就永远能说能跳能跑。"

那、那旁边的女子也是机关人？眉山君又转向那头戴斗笠的女子。

源仲但笑不语，与他踏雪进入小亭，红泥小炉上酒正沸腾，香气四溢，他毫不客气自己先斟了一杯，放在唇边浅尝一口，道："哦，这是东边申河龙王所酿的霞光，不错，好酒。"

眉山君狠狠喝了三大杯酒，终于把散乱的思绪拉回来了，他盯着源小仲看了许久，越看越觉奇异，不禁喃喃道："这是谁做的？哪一位惊天动地的工匠？太像了……太厉害……"

源仲默然片刻，淡声道："她会回来的，回来后便可见到。"

这话不知是说给眉山君听的，还是说给他自己听的。数百年来，这样的话早已在心底说过无数次，没有人比他更笃定，也没有人比他更不相信这脆弱的谎言。

眉山君终于听出这位大僧侣话语中的沧桑无奈之意，他的目光又落在这数百年不知所踪的仙人身上。

"大僧侣殿下，这些年你去哪儿了？"

源仲笑了笑："四处走走罢了。"

天下之大，兴许谭音就藏在某一个不为人知的地方，他一处一处地找，一处一处地看，看遍了无数风景，也看过了无数的人，却没有一个是她。

人家摆明了不想说，眉山君便识趣地不再多问。霞光酒喝完，那两坛天下无双也很快进了肚皮，虽然分量少，却依旧让他这身经百战的酒鬼感到微微醺然。

纷纷扬扬的大雪不知何时停了，天边露出一轮新月，澄澈清寒。眉山君趁着酒意问道："你接下来有什么打算？还是继续四处走走？说起来，上回你给了傅九云十坛天下无双，是要问一个女人的事情，这些年你是在找那个女人？"

大僧侣消失前来过眉山居一趟，问了一些关于天神的那些虚无缥缈的事情，其后又突然送给傅九云十坛天下无双，把他拉去一边问了好久的悄悄话。后来人走了，傅九云才透露，他是问一个女人的事。

奇怪的是，那女子傅九云心中有印象，确然是见过，可怎样也想不起与她见面的情形，甚至连容貌声音与姓名也想不起，这情况颇为诡异，他二人谁也猜不出个所以然来，渐渐也就丢在脑后不去想了。

想不到，素来高洁淡漠的有狐大僧侣，也会对女子这般念念不忘，眉山君颇有些妒忌地看着他出色的容颜，就凭这张脸，他还愁没有美女投怀送抱？

源仲叹道："不走了，我要回自己的洞天。这次来找你，是想托你替我弄些材料，你认识的人多，路子广，也省去我许多工夫。"

他反手将身后那始终沉默的女子头顶的斗笠揭开，眉山君骇然发觉它居然也是个机关人，而且是一眼就能看出的机关人，纵然身姿曼妙，可那张脸却斑驳开裂，五官很是古怪，一看就与源小仲不是一个层次的东西。

"这、这是……"他又开始结巴。

源仲爱怜地摩挲着它开裂的木头脸，声音变得十分柔和："这是我做的，时间太长，木头有些朽了，须得重新打磨下。"

这位大僧侣殿下居然连机关人都能做出来了！这些年到底发生了什么？难不成结识了什么徘徊上万年的工匠老鬼吗！眉山君的好奇心已经膨胀到了快憋不住的地步，正想要问个清清楚楚，却见源仲面上流露出一丝深刻的伤感。

这种伤感他一点也不陌生，当年傅九云也有过同样的眼神与表情，那是失去心爱之人的表情。

眉山君用力咬住舌头，把脱口欲出的问话硬生生咬回去，疼得他眼泪汪汪。

源仲在月下细细摩挲着那磨损的机关人，仿佛正爱抚着藏在心底的人，很久都没有抬头。

或许是月色太凄迷，也或许是那天下无双的美酒后劲太足，眉山君此时此刻竟也被勾起那些久埋在心中的回忆。对了，他也曾爱过一个姑娘，可她是个再普通不过的凡人，在她最美妙的年华里，他与她相遇，可惜她自始至终都不是他的。

已经数百年了啊……眉山君长叹一声，昔日倩影，早已成了黄土，被留下的人徒留淡淡伤感，无可奈何。

眉山君的动作果然快，两日不到，重做小二鸡的材料都已送来，大大小小堆了满车厢。源仲毫不留情地拒绝了眉山君想要观摩制作机关人的心愿，驱车回到了暌违数百年的小洞天。

皑皑白雪覆盖了一切景致，却丝毫不影响源小仲回到家的兴奋，凡人几年不回家就开始个个吟唱思乡之情，他可是几百年都没回来了，都快忘记小洞天长什么样了！

推开房门，里面的积灰简直比外面的雪还要厚，脏得无法形容，以前主人做的那几个专门打扫的机关人早就被岁月腐蚀成了烂木头，一个不剩，源小仲忙上忙下打扫了整整一天，好不容易收拾干净了，才捧着瓷瓮去采梅树上的雪花，打算烧水泡茶给大仲送去。

一出门，却见源仲不知何时已坐在湖中心那座小岛上，湖面上两行深深浅浅的脚印，雪粒随着狂风在肆卷，源仲埋头专心地修补小二鸡，神情虔诚，甚至隐隐有一种绝望的期待。

对了，那天……也是这样的雪，这样的夜，白衣神女落在湖心，落在他怀中，冷浸溶溶月。

源仲熟练地雕凿着小二鸡的脸，数百年过去，他的手法终于也不再生疏，秀致脸庞的雏形渐渐出现在手下，微微带着一丝稚气的面颊，饱满的额头，最后是清瘦的下颌。

将黑宝石嵌入眼眶，头发细细套上去，源仲痴痴地看着眼前的白衣少女，白衣在风中翻跹，她像是要乘风而去似的。他不禁张开双臂，将这具冰冷的木头人揽入怀中，不要离开他。

木头人颈后有一根细细的发条，源仲轻轻转了数圈，小二鸡"咔咔"响了几声，忽然开始原地转圈，数百年过去，他这个主人还是没有一点长进，只能让它笨拙地转圈，连一句完整的话也说不出。

生硬的声线回荡在空无一人的湖面上："姬谭音！姬谭音！我是姬谭音！"

源仲忽然笑了起来，他不知自己究竟在等待怎样的奇迹。这一湖雪，一天月，一切的一切都与当年毫无差别，不同的只是那个人再也不会偷偷让机关人说出不一样的话，她再也不会回来了。

他等了数百年，等得心力交瘁，怀抱的那一丁点的希望即将破灭。

要怎样放弃不甘心的希望？或许下一刻她会回来，或许明天她会忽然出现……靠着这些或许，他撑过了许多年，再也撑不下去了。他其实是被一个人留在世上，遗世独立，了无生趣。

这从不会说谎的女人，在最后的最后居然撒了一个弥天大谎，哄着他痴痴等了那么久，其实她根本不会回来，她早已魂飞魄散，从此世间再也找不到姬谭音的痕迹。

"骗子。"她这个卑鄙的骗子。

"姬谭音！你这骗子！"

源仲在空荡的湖面上怒吼着，狂风吹散他的长发，风声呜咽，像是她在说话，说没有骗他，可是很快一切又陷入无声的死寂。

他仰面倒在积雪中，苍穹辽阔，漫天的星子，还有一轮凄冷弯月。

像是她的眼睛在看着他，源仲缓缓合上双目，一颗泪珠从眼角掉下来。

他好像又做梦了，粉白嫣红无数花枝缭乱，他一个人在无边无际的花树林中缓缓走着，不知要去哪儿。

即便手执画笔，却无人可画；奏琴高歌，却无人相和；举杯对花，却无人伴他自螺杯。

花下一个白衣人影凝立，源仲停下徘徊的脚步，眼睁睁地看着那让他魂牵梦萦的背影，他不敢动，怕一动便将她惊跑了，也不敢开口说话，怕一开口便要醒来，再也见不到她。

即便知道这是个梦，他还是静静地看着这个背影，心底祈求着她能够回过头，望见他。

白衣人影动了一下，像是听见了他心底无声的祈求。她缓缓转过身，还是那张数百年依旧刻骨铭心的面容。她神色温柔，爱怜地凝视他，忽然抬起手臂，指向自己的心口，紧跟着又指向他的心口。

"源仲。"她无声地唤着他。

他在这里，一直都在，一直等着她。

她迈开脚步，轻盈地向他走来，源仲张开双臂，她轻若羽毛般扑入他怀中，倏地消失在他胸前，源仲只觉胸口一阵滚烫，像是要被灼伤般，不禁微微一颤。

一只手在用力推他，源小仲的惊叫声越来越响："大仲，你快醒醒！你身上在发光！你怎么了？"

源仲猛然睁开眼，但见漫天飘雪，不知何时又开始下雪了。源小仲正蹲在自己身边惊慌失措地大叫大嚷着。他有些迷惘，缓缓坐起身，纰细的白雪从身上扑簌簌滚落，他忽然发觉自己胸前发出清莹的白光，仿佛怀中藏了一颗小月亮。

胸口炽热又仿佛要被撕裂的感觉再度来袭，源仲一把撕裂衣衫，却见心口处白光四溢，好像有什么东西正试图撞破胸骨而出——这是神力？他体内怎会有神力？是谭音最后一次替他修补身体时留下的吗？

他来不及想清这些，仙人的身体无法容纳活跃起来的神力，哪怕一丁点也不行，源仲只觉胸膛撕裂的痛楚越来越强烈，犹如剜心一般，早已习惯受伤痛楚的他竟也承受不住，咬紧的牙关中开始溢出血来，发出沉闷的痛呼。

源小仲吓得六神无主，他这是怎么了？会死吗？该怎么做？去叫大夫，还是先把他扶上床？

耳边听得源仲忽然痛叫一声，斑斑点点的鲜血从他口中喷出，落在雪地上，他双手捂住心口，剧烈地颤抖着，从他手指缝隙中透出刺目的清光，那不可逼视的清光像是灼灼跳跃的火焰般，将他手掌上的皮肤瞬间烧得焦黑裂开。

"大仲！大仲你要撑住！千万不能死！"源小仲简直不晓得自己在嚷嚷什么。

源仲用力弯下腰去，很快又站直了身体，他剧烈喘息着，鲜血顺着唇角一点点落下，捂着心口的双手却缓缓放了下来，他掌心中有一团清光，像心脏一般一下一下地跳动着。

他不可思议夹杂狂喜地盯着这团清光，熟悉的神力，熟悉的气息，是谭音！她真的回来了！这团清光，是她的神之心？

源小仲连连怪叫，可源仲根本不理会它，他双手就这样捧着清光，忽然化作一股狂风冲出小洞天，连声招呼都没打。源小仲急得团团乱转，回头一眼望见后面的小二鸡，立即问："发生了什么！"

小二鸡当然不可能告诉它什么，它也只有继续满地乱窜，不知是该追出去看看情况，还是乖乖留在小洞天等源仲回来。

这一等就是三天，源仲回来的时候狼狈不堪，头发散乱，眼睛里满是血丝，衣服脏得根本不能看，可他的两只眼从未这么亮过，一只手捧着那团跳动的心脏般的清光，另一只手提着乾坤袋，依旧一言不发，狂风似的冲上楼。

源小仲急忙追进房门，却见源仲从乾坤袋中取出数朵白莲，这白莲与寻常莲花生得极为不同，花瓣重重叠叠，每一朵都是八十一片莲瓣，且生得巨大，其上竟还有灵力缠绕，俨然是仙品之莲。

它惊愕地看着源仲将那团清光放入白莲中，霎时间光芒大作，源仲将另外数支白莲都轻轻投入清光，低声道："为何是这仙品之莲？为何不是人身？"

源小仲惊道："你在说什么？"

源仲怔怔望着那些流肆的清光："谭音回来了。"

源小仲反倒惊叫起来："你疯了！主人她……她已经、已经死了啊！大仲！我知道你伤心难过几百年！可这种白日梦有什么意义！"

源仲没有与他争辩，这三日他一直在为谭音寻找凡人的身体，从十七八岁女孩子的新死尸体，到活着的人，她的神之心始终没有一点反应，直到他偶然路过方外山，那喷泉池水中，仙品之莲在隆冬之际居然反常地盛开，谭音的神之心在他掌中开始剧烈跳动，竟是对这些莲花感到满意。

其中的缘由，他不懂，可只要她回来就好，哪怕用石头堆一个身体都是好的。

清光渐渐弱了下去，光芒中，隐隐可见一个赤裸的少女闭目躺在床铺之上，五官身段，竟与谭音活着的时候丝毫无差。源小仲清楚地听见自己下巴断在地上的声音，这一次轮到它什么都说不出来了。

清光过了许久才彻底消散开，赤裸的少女平躺着，好似在沉睡一般。源仲凑上前，听见她细微却平缓的呼吸声，听见她切切实实的心跳声，他心中只是无尽的狂喜，想要笑，甚至想快活地大叫几声，可他的眼睛却模糊了。

扯过被子将她的身体裹好，他将她连人带被抱在怀中，再也没有放手。

神之心

尾声

源小仲打开青铜鼎，用钳子拨了拨里面雪白的香灰，重新夹了一块压成梅花状的香料投进去，很快，一股幽淡而清凉的香气弥漫在安静的卧房内。

　　他蹑手蹑脚地走到床边，拨开帐幔轻轻看了一眼，谭音一如半年前，始终阖目静静躺在被窝里，动都没动一下。源仲睡在她身边，他眼底有浓厚的黑影，看起来十分憔悴疲惫，想必是累到了极致，他终于肯睡了。

　　也难怪他这样着急，主人自有了身体后，一直睡着，虽然有呼吸有心跳，却一次都没醒过，已经从冬天睡到夏天了。

　　源小仲将窗户关了半扇，让盛夏阳光不会直射在他们脸上，又忍不住回头再看一眼谭音，她还是毫无知觉般沉睡着。

　　它忍不住想叹气，这大半年来，它问得最多的问题就是主人什么时候醒，源仲一次都没回答过。事实上，除了刚开始有了身体的那天，源仲狂喜过，其后开始直到今天，他的脸色反而越来越阴郁。

　　或许他是在后悔，不该那么荒谬地用莲花给主人做身体？一直不能醒来大概是这莲花身体的缘故？有了身体还不比当初的虚无缥缈，得到希望后再失望，没有什么比这个让人更痛苦更绝望。倘若谭音始终不醒，它觉得源仲一定会彻底疯掉的。

　　他们猜测过无数次，为何谭音的神之心留在了源仲的心里。源仲认为是谭音给自己修补身体的时候，残余了神力在身体中，可它却不这么想。

　　身为一个机关人，它或许不能够将人那些细腻善变的感情与心思猜得透彻，可它明白谭音对源仲的执着。

　　她原本是神女，成神者无一不是热血精诚，万般执着之辈，曾经让她执着不能忘的，是那些工匠技巧。可后来她爱上了源仲，比对工匠技巧还要专注热烈，她的神之心变了。

留在源仲心里的，是她对他的执着。

不管其中的道理能不能说得通，反正在它心里，主人就是这样一个无比聪明却又无比笨拙的女子，从头到尾只有一颗心，不是全部交给工匠技巧，就是全部交给所爱之人，她活得笨拙而吃力。

源小仲叹息着转身欲走，忽听帐幔内响起一个无比熟悉的久违的低柔声音："源小仲。"

他惊得一蹦三尺高，急急转身，便见谭音轻轻揭开帐幔，一根手指放在唇边，示意它不要叫嚷。

她醒了！源小仲用力捂住嘴巴，省得下巴再断开，也以免自己控制不出发出狂叫声。

谭音细细打量它，微微一笑，又躺了回去："还不能太适应这身体，倦得很，我还要睡一天，你别叫，等我醒了好好和你说话。"

源小仲忙不迭地点头，一步三回头，依依不舍地离开了卧房，房门被它无比轻柔地合上了。

谭音静静望着躺在面前的源仲，他瘦了，憔悴了这么多，原本浓密乌黑的长发中，竟有小半变成了银色的，这许多年，他吃了太多苦。

她慢慢靠向他，将身体靠进他怀里。想不到自己真的能回来，从地府中将他救回来的时候，她对他撒谎了。

她知道，源仲一定会选择不喝忘川水，孤单地徘徊在地府中，永远地等着自己，而一旦他明白神女不入轮回，不进地府，只怕会彻底崩溃，就此万念俱灰。

她不想让源仲那样绝望地结束这一世，他还可以活很长时间，过很久很久，久到足够将她忘记，重新开始下一段真正的幸福。她的源仲，死时也该笑着去地府，饮下忘川水，在这一世毫无遗憾才对。

那天源仲被她带回人世间，她的神之体也彻底崩碎，化为金屑消散开，像韩女消散的时候一样，迷迷蒙蒙中，她感应到了强大的源生天神的光辉，许多声音在呼唤她，让她融入那无比温暖的光芒中。

可她始终没有去，如同当年死后不能过奈何桥一般，她的固执令她也不能够让神之本心成为源生天神的一部分。

光影交错中，不知过了多少年月，谭音孤零零一个人执着而顽强地抵抗着源生天神的呼唤。不知是哪一天，那许多道人声忽然沉默了下去，一个从未听过的柔和声音轻轻问她："真的不行吗？你的心已经不在这里了？"

是的，她的心已经不在这里了，从她明白自己爱上源仲的那天开始，她就已不再是天下无双的工匠，不再是高高在上的无双神女，她的心已经留在了源仲心中。

"神之本心变了便无法融合，你去吧。"

失去神之本心的神就不能再算是神，谭音本能地循着自己残留的神力而来，睁开眼，便望见了源仲昏睡憔悴的面容。

他好像累得很厉害，被她轻轻抱住也没有醒，口中喃喃说着听不清的梦呓。

谭音浅浅一笑，将他抱得更紧一些。

睡吧，心爱的人，当你醒来，这世界一定不会再有伤痛和泪水。我们会一直笑着，幸福环绕，永不分离。

番外一 魂灯

天色渐渐暗下来，狂风呼啸，漫天雪花乱飞，亭渊刚推开门，便被扑了一头一脸的雪，和刀子似的刮得脸上生疼。他抬头望向东方最高的那座高台，那里仿佛永远乌云密布，阴暗得吓人，鬼哭狼嚎的阴风都是从那边吹过来的。

　　自从五年前魂灯在天原皇宫内被点燃，皋都就再也没见过阳光，一年四季都阴沉沉的，不是下大雪就是下大雨，要么就是刮大风，农田早已荒废，留下来的人也大多半死不活，大臣们要求迁都的折子递了有三层楼高，奈何父皇就是不置可否，兴许他又不知从哪位方士口中听到什么奇闻怪谈，以为魂灯这种神器可以为他延年益寿。

　　亭渊拿了一只灯笼，独自一人往高台方向走去。

　　当日魂灯被点燃，悬浮半空，许多天无人敢近，直到父皇听信方士谗言，以为将魂灯放在寝宫可以延年益寿，便强行令侍卫去触摸魂灯，那个可怜的侍卫爬在梯子上，指尖还未触到魂灯，便突然化作一团青烟，吓得父皇晕死过去。

　　后来……

　　亭渊将手里的灯笼随手扔掉，这种大风天，点什么灯笼都没用，走两步就灭了，好在天色尚不算太黑，高台的台阶被白雪覆盖，还算看得清。他一步一步上了高台，台上空荡荡一片，既无雕栏也无灯台，正中地上刻了一圈漆黑的咒文，魂灯悬浮在咒文的圈内，上下摇晃，散发出令人十分不快的诡异光芒。

　　"喂！"亭渊将手拢在嘴边，朝前方不远处招呼，"今天是大年三十了，我答应给你五年时间，你到底有没有找到你要找的人？"

　　空荡荡的高台边缘，雪花渐渐凝聚，一晃眼便化作一个白衣男子，风雪甚大，看不清他的容貌，唯有满头乌发随风摇曳。

　　"把灯灭了吧。"那人声音淡漠，仿佛有无穷无尽的心事。

当初因为无人能近魂灯，宫里很是混乱了一段时间，大约过了半个多月，忽然来了一个白衣男子，不知他用了什么说法打动父皇，父皇令人赶工，半年内造了一座式样十分古老的高台，这个男子亲自在台上刻下咒文，又亲自将无人能近的魂灯捧上来，灯一放就是五年。

亭渊吸了一口气，宫墙外零星有鞭炮声，隐隐约约，和着风雪鬼哭狼嚎的声音，实在听不真切。今天可是大年三十，过年了，宫内宫外，整个皋都却如此这般死气沉沉，讨厌得很。

"那我可真灭了。"亭渊笑了笑，"只是害你白等五年。"

白衣男子没有说话，事实上他虽然在高台上待了五年，说的话却只怕不超过十句。

五年前高台建好，魂灯安置入内，当天晚上，白衣男子便直接来到了他面前，也在那时，他才看清此人的容貌，是意想不到的普通，他甚至觉得随便从皋都街上抓个普通路人，都长得要比他有特点。可那张异常清淡的脸上，却有一双极有神采的双目，以至于被他的目光看着的任何人，都不敢放浪形骸。

"我是有狐一族的人，"白衣男子声音低沉地介绍着自己，"有狐一族的大僧侣。"

亭渊听过有狐一族，也听过战神一族，这些古老的与曾经的天神有关联的家族所剩无几，昔日的辉煌也渐渐式微，然而毕竟地位不同，一国的皇子也要对他们礼敬有加。他双手合十恭敬行礼，只问："不知大僧侣有何指教？"

大僧侣心事重重："我知道神之眼在这里，她可以熄灭魂灯。但我希望你给我五年时间，我想在这里……等一个人。魂灯亮着，她……或许会来。"

亭渊笑了笑，反问："为什么找我？湖公主可是太子带回来的，如今住在父皇的炼丹阁，找我有何用？"

大僧侣面上浮出一丝淡淡笑意，却没有回答这个问题。

亭渊看了他一会儿，忽然说道："你听，外面风很大。"

大僧侣双眉挑高，静静望着他。

"我不喜欢这些怪力乱神的东西。"亭渊也看着他，"更不喜欢皋都变成幽暗鬼蜮，你给我什么，我要给你五年？"

大僧侣淡声道："你想要什么？"

亭渊想了想，忽然失笑："被你这样一问，我还真想不出究竟要什么。"

"那等你想好了便告诉我。"大僧侣的身影渐渐消失，像雪花一样融化开，"我欠你一个愿望。"

亭渊很好奇："什么愿望都可以？"

"在我能力范围之内，什么都可以。"

话虽然这么说，他也不知道有狐一族的大僧侣到底有什么能力，总觉得做了亏本买卖似的，但无论如何，五年还是过去了。这五年里发生了不少事，太子死了，国师死了，他自己也与阿湖成了夫妻，失去妖魔大军的天原国，每一场胜仗都来之不易。

五年，一切的一切都变化太大，唯独这个在高台之上等候的大僧侣没有变，他一点也没有变，甚至连等候的那个姿势都与五年前一样，忧郁而沉默，心事重重。

"看起来你并没有等到你想要等的人。"亭渊在剧烈的风雪中拢了拢大氅，好奇地又问一句，"是男是女？"

大僧侣依旧没有回答，片刻，开口道："五年了，想好要什么没？"

亭渊还是失笑："又是这么突然的一问，我依旧想不出要什么。"

大僧侣难得面上又露出一丝笑容，这位皇子身负无双命格，周身三尺内神魔不可近，可之前被打压得完全出不了头。这样的人，却说自己不知道要什么，他的心思究竟有多深？

大僧侣从袖中取出一只金光璀璨的小盒子，轻轻抛给亭渊。

"留个表记，日后想起要什么，就拿来找我。"

亭渊打开盒子，盒内铺了一层朱红绒布，布上放了一根银白色的羽毛，不知是什么鸟身上的，羽毛上还沾了几滴露水，清澈透明。

"我走了。"大僧侣长叹一声。

"等下。"亭渊突然唤住他，"不想看看魂灯怎么熄灭吗？"

大僧侣想了想，渐渐也露出好奇的神色，关于神之眼的传闻，他也只是听过，却没见过。半年前，这位皇子娶了神之眼为妻，可也没看出有什么夫妻恩爱的模样，对他们皇族来说，娶妻大约考虑更多的是权力利益之类，娶了名扬万里的神之眼，总归是获益更多的。

亭渊从怀里取出一枚拇指大小的莹白海螺，对着它笑道："阿湖，你能来吗？"

没有任何回音。风雪渐渐更大了，鹅毛大雪铺天盖地，两人在高台上站了许久，大僧侣忽然惊觉了什么，急急转身向后望去，只见白茫茫的雪夜中，一辆空荡荡的孤车在空中摇曳前进，不过片刻，车便已驶到眼前，轻轻落在高台之上。

一只细瘦纤白的手揭开了帘子，漫天风雪仿佛都停顿了一瞬，那鬼哭狼嚎的阴风也渐渐弱了下去。大僧侣只觉一股无形的压力迎面而来，他竟说不出这股压力是善意还是恶意。

"二皇子，"车里的人声音低迷柔软，虚幻得像一片云，"这是你求我的第一件事。"

亭渊未置可否，只站在一旁，面上带着微微的笑意。

车帘被一双无形的手掀起，大僧侣也曾想象过传说中的神之眼是何等模样，按照年纪来看，应当有二三十岁了，或许是个美艳而神秘的女人，也或许会是异常纤瘦文静的巫女，可他怎样想，也想不到神之眼是一个看上去只有十二三岁的小姑娘。

她生得那么纤细而妖媚，浓密的长发像云一样，穿着深紫色绣满金色文竹的长衫，风雪那么大，她好像马上就要被吹碎了。她的步伐犹如幽灵……不，她并没有用双脚走路，仿佛有无形的人托着她，抱着她，就这么轻飘飘地飘到了魂灯前，她伸出纤瘦的双手，慢慢捧住了这个传说中的神器。

风忽然大起来，阴魂们在喟叹，在哭泣，在哀求，求她救他们脱离苦海。

湖公主凝视着苍白的烛火，她的双眸比最昏暗的深夜还要漆黑，两点莹莹之火在眼底跳跃。她端着魂灯，就像端着一支最普通的烛台，轻轻噘起唇，对着幽幽摇晃的烛火吹了一口气——所有的呼号哀泣都停下了，周围突然变得无比安静，魂灯的四只火焰似乎不甘地晃了晃，无声无息地灭了。

大僧侣看呆了，不知过了多久，久到他忽然发现暴风雪停了，一轮细眉般的弯月跃然而出——久违的月光，五年未见。

渐渐地，宫里有人在呼叫，有人在奔跑，宫外声浪一阵高过一阵，所有人都发现雪停了，风停了，月亮出来了。

这会不会是一场梦？

湖公主轻轻放下魂灯，神色柔倦，一言不发地回到车内，这辆孤车腾空而起，这次飞得更快，眨眼就看不见了。亭渊慢慢吐出一口气，朝大僧侣苦笑一声，耸耸肩膀："太古怪了，真是搞不懂。"

大僧侣摇摇头，转身飘然而去。

今日所见，闻所未闻，他们这些古老的与天神关联的家族，会不会是坐井观天？世间怎么会有神之眼？她究竟是一种怎样的存在？这许多的问题，他回答不上来，族里最年老的长老，想必也回答不上来，就算问世间所有人，所有人都回答不出。

大僧侣望向天边那枚弯月，新月弯弯，像一个人的眉毛。

如果是她，应该会知道吧？

可是，她在哪里？

他长叹一声，无可奈何。

君如月

番外二

源仲刚从极乐鸟背上跳下，便见辛丑长老早早率领了一大帮橘子湖的族人等在前面。自从他成了大僧侣之后，每次来橘子湖看看其他族人，辛丑长老都要先领着一群族人来迎接，次数多了他都不好意思来了。

　　"说了多少次，您老就是不听，还是这样兴师动众。"源仲叹着气凑过去，双手合十，优雅地行了个礼。

　　辛丑长老笑道："礼不可废，你一日是我有狐族的大僧侣，就少不得这样大排场，否则方外山那些家伙又要跟我嘀咕了。"

　　源仲笑吟吟地背着手朝前走，橘子湖与方外山景致截然不同，林间小道修葺得繁密而幽静，沿途每一棵树上都系着明珠，湖上的清风幽幽似龙吟，穿梭在林间小巧却精美绝伦的房舍间，是一种有别于方外山富贵景象的优雅。

　　及至林间空地，美酒与佳肴早已备好，辛丑长老斟了满满一杯醉生梦死，只捡一些风花雪月的逍遥事情来说，全不谈方外山那些乱七八糟的事。

　　源仲这孩子他很了解，丁戌肯定又叫他做了什么他不愿做的事，他的左手天生神力，为此他不得不做有狐族向外龇露的獠牙。自橘子湖族人与方外山几乎断绝往来后，源仲也很少来了，偶尔会来，也都是因为心中郁闷。自己看着这孩子长大，不想叫他难受，酒席间只谈风月，一句话也不多问。

　　明月攀上高高的树梢，林间明珠光晕幽幽，色泽如醉，湖面上忽然旋起一阵香风，源仲端着酒杯欲饮的动作停了下来，展眼望去，却见湖面之上蒸腾起大片大片水雾，那雾气中人影幢幢，竟好似有无数绝色女子在其中且歌且舞。

　　月色苍蓝，雾气氤氲，纤腰、青丝、明眸、朱唇、纤纤玉指，翩跹飞舞，似真似幻，景致旖旎。丝竹之声婉约清丽，似是从天边传来，和着柔美的女声，令人心旷神怡，一扫室闷。

源仲眼睛登时亮了，一面以指节合着节拍轻叩桌面，一面笑道："这就是我爱来这边的缘故，橘子湖的美女姐姐就是多，等我老了也来这边逍遥度日，每日喝喝酒，看看美女唱歌跳舞，何等自在！"

辛丑长老见他酒过半巡，已然微醺，便道："你喜欢这里，不如多住几日。小源仲，你年纪不小了，应当找个合眼的定下来，好过终日漂泊。"

源仲还是笑："可我个个都喜欢，挑了谁都会后悔。"

辛丑长老瞪了他一眼："这我却不信，你当真看不上一个？你且再仔细看看！"

他忽地一拍掌，霎时间，雾气消退，乐声停歇，在湖上且歌且舞的那些绝色女子一个个轻盈地走上前来行礼。源仲扶着下巴欣赏了一圈，这才发觉周围的其他族人不知何时早已散了，只留他与辛丑长老在原处。

他看着眼前数名年轻貌美的族人姑娘，再看看辛丑长老，心中顿时明白了他的用意，反倒失笑起来。

"有狐一族人丁日渐稀少，"辛丑长老晓得他一贯聪明通透，索性将话说开，"丁戌那个人分不清轻重，还忙着做他的美梦，耽误方外山族人许多年。你当务之急可不是帮他杀什么人，而是延续我族血脉，身份高贵的大僧侣怎能孤身漂泊？小源仲，我知道你喜欢美女，这几个丫头还不够好看？我不信！"

源仲此时已有醉意，索性不再像平日里那般避让此事，大大方方地欣赏面前的绝色女子们。果然好看，辛丑长老好像知道他更偏好那种外貌明艳的，眼前的莺莺燕燕，雪肤花容，香风醉人，真真叫人忘忧也。

他笑着拉过一个美女，将她揽在怀中，摇头道："辛丑长老，万一我占完便宜就跑，怎么办？"

辛丑淡声道："你真是占了便宜就跑，反倒好了，怕的是你连便宜也不占就要开溜。"

源仲捏住那女子的下巴，低头凝视她明亮妩媚的双眸，轻笑："你这是叫我做坏事？"

辛丑无声无息地起身，挥手让其他女子退下，自己也退了数步，低声道："你是我族大僧侣，这也不叫坏事，我倒盼你能更放纵些，何必活得那么辛苦。"

语毕，辛丑人已消失，四下里忽然变得寂静无比，只有怀中美人的吐息声，似小钩子一般挠着他耳畔，又麻又痒。

"大僧侣殿下，我为你斟酒。"

那女子柔声唤他，一面举起酒壶，在他空了的酒杯中倒了一杯，自己却忽然拿起来喝了一半，钩住他的脖子宛转相迎，竟是要将口中酒哺度给他。

源仲轻轻捂住她的唇，笑着摇了摇头，轻道："我这个大僧侣可不是恶霸。"

　　那女子目中竟露出一丝受伤的情绪："莫非大僧侣殿下看不上我？"

　　源仲摸了摸自己的脸皮，揶揄道："你说反了，是你看不上我才对。姑娘，我这张脸你会一见钟情吗？"

　　他从没在任何人面前露出过真容，顶着不停变幻的路人甲的脸皮，在世人眼中，他的心也像是被蒙上了面具，高深莫测，不可接近。

　　那女子竟微微一笑，柔声道："我知道，这不是大僧侣殿下的真容，殿下身负要务，容貌千变万化，我早已知晓。您对自己太过妄自菲薄，族中被您吸引的姑娘可不少，我也是一个，您怎知我不是心甘情愿？"

　　源仲没有说话，杯中残酒摇晃，天边月落其中，清幽溶溶，他想起昔日癸烜台上，那冷浸溶溶月的白衣神女。

　　所有的旖旎景致在那一瞬间都被沉淀，他抬手将怀中的女子轻轻推开，低声道："你去吧，让我静一静。"

　　那女子幽幽看了他片刻，忽然起身在他身前盈盈拜下，一字一句慢慢说道："我叫子夷，很小的时候，便听说过大僧侣殿下的事情了。您对我来说，像天上的月亮一样，我暗暗追逐着您，收集一切您的消息，却始终无法靠近您一步。我知道您爱吃什么，爱穿什么颜色的衣裳，我一直想，倘若可以再了解您多一些，那不知该有多幸福。这一次不是辛丑长老将我逼迫而来，是我自愿的。您不信我的感情，我无怨，子夷所求唯有这一夜，此后绝不敢纠缠，大僧侣殿下可否成全？"

　　源仲有些震惊地盯着她，他从来都不知道，在他过着唯我独尊、颠沛流离的日子时，竟有人在背后用这样柔情的眼凝望他，细细收集他的一切。

　　她明亮的眼睛那么熟悉，他见过许多次，在铜镜中，在水面上——那是他自己的眼，他有着同样的眼神，专注而寂寞，炽烈却又有着无处可去的无助。

　　源仲抬手，轻轻握住了她的双肩。子夷微微一颤，紧紧闭上双眼，发出一声狂喜的哽咽，珍珠似的泪水顺着她纹绣的衣裳滚落下去。

　　他再度将这姑娘揽入怀中，一下一下，抚摸她的后背和长发，低声道："抱歉，我……做不到，对不起……"

　　他那无处可去的感情，每日每夜迫使他在追赶着什么，他的心与魂魄，被封在了那一夜的癸烜台上，从此眼中再也看不见其他。对那些求而不得的人来说，心系之人永远都是天边之月，至少她的月尚能垂怜歉语，而他的月，却遥不可及。

　　"求求您……"子夷紧紧攀附着他，绝望地哀求着。

源仲长叹一声，还是摇着头："抱歉。"

她乞求了很久，久到眼泪都哭干了，他始终没有让步。子夷默然从他怀中离开，跪坐在地上，带着一丝怨恨看着他，声音沙哑："您的心真像铁石一样。"

源仲只有一笑。

隔日，辛丑长老来了，见着他便摇头，神情不快。

"我老了，实在不懂你的固执为何。"他坐在源仲身边，无奈地低语。

源仲喝了一夜醉生梦死，却是越喝两眼越亮，他笑吟吟地再度斟满一杯，一口喝干，轻道："我自己也不懂。"

为何不能卸下梦中的那双眼，让自己放纵一刻？他连那个人是真是假都不知，就这样一头陷进去，连一个可以诉说的对象都找不到。

一面告诉自己那个人永远也不能再相遇，一面却又始终在心底残存着一星希望之火，倘若他陷入红尘魅惑的陷阱中，哪怕只有一瞬间，仿佛都会再也见不到那个人一样，不知道理由，他就是这样认为。

"下次辛丑长老还是这样给我准备惊喜的话，我可真的再也不敢来了。"

源仲将酒杯整齐地放好，喝了整整一夜，他的醉意反而淡了，笑得风轻云淡。

辛丑长老瞪了他一眼："你让子夷那么伤心，铁石心肠的坏名都传开了！哪里还有姑娘敢跟你啰唆！你当我是专门卖女子的人牙吗？以后找不到姑娘，自己想想昨夜的事，莫要后悔！"

源仲哈哈笑起来，起身振衣而去，一眨眼，人已在数丈之外，金碧辉煌的极乐鸟不知何时已被他牵在手中，他一面在清晨的薄雾中缓行，一面道："我可不信自己真有这么悲惨。罢了，我去也，过些时日再来看您老人家。"

辛丑长老思前想后，终于还是将一直藏在心底的话说了出来："小源仲，无论那年在癸煊台上出现的是天神还是幻影，都不是我们能触及的人，不要让自己陷进全无希望的事情里。"

源仲骤然停下脚步，他没有回头，只是停了一会儿，又继续向前走去。

"迟了。"他只回答了两个字。

早已迟了，他是对着海面上月光倒影恋恋不舍的猴子，执着与寂寞已流入血脉，得不到那一片月，那其他一切也都没有好与坏之分。无所谓，都不是在乎之人和事。

愚蠢？固执？随他们说吧！他的有生之年，她的天边如月，她永远是他一个人的、追逐不休的月。

今夕何夕

番外三

淅淅沥沥的小雨已下了三四天，看起来似乎还没有要停的趋势，归虚的早春总是这般潮湿而微寒。

　　一个女子撑着紫竹骨的油纸伞，静静立在路边新发了嫩叶的杨柳之下。伞面上画着大朵大朵鲜艳的工笔芍药，伞下的人却一身素白，长发垂肩，圆额明眸，竟是个妙龄少女。

　　路过的行人们都忍不住要朝她多望几眼，要说她容貌绝美，倒也不是，只是秀气干净，看着十分舒服，可她身上仿佛有一种特殊的气质，令人感觉她不是普通的小女孩，甚至叫人不敢亵渎。

　　她的身体似乎并不太壮实，在春雨中站了一会儿，便冻红了鼻头，轻轻把手放在唇边呵气，指尖冻得都青了。

　　街边开扁食店的杨大娘已经瞅了她大半天，这孩子看上去不过十六七岁，身子比旁边的小杨柳还单薄，看服饰打扮像是富贵人家的，可哪个富贵人家的千金会在这种潮湿冰冷的下雨天在外面等人？还一等就是大半天。

　　见她冷得轻轻跺脚，杨大娘到底忍不住发了善心，扬手招呼她："那边的小姑娘，要不要进来喝点热汤暖暖身子？"

　　少女望着她微微一笑，明珠宝玉似的脸庞，两只眼像会说话一般，杨大娘心中不禁喝了声彩，对她立即生出许多好感来。见她撑着伞走近前，杨大娘立即将坏了一半的木门使劲推开，再度招呼："快进来吧！外面多阴冷啊！"

　　她一面说，一面往热气腾腾的大锅里下了两把扁食，又道："你是哪家的千金？我看你在那边站了半天，是在等人，还是和下人走散了？你光站在那边也不是个事，冻坏了身子怎么办？"

　　少女收起伞，似是对这脏兮兮的小小扁食店并不嫌弃，擦也不擦一下便直接坐在油腻的椅子上，低声道："我在等……等我夫君。"

杨大娘倒愣了一下，像是不相信似的回头仔细打量她一番，她看上去分明是个黄花闺女，连辫子都是姑娘式样的，居然已嫁人了？

她摇头笑道："你夫君怎舍得叫你一人站着等那么久，等他来了，我可要好好说说他。"

说话间，扁食已熟，杨大娘给她捞了满满一大碗，撒了一把绿油油的葱花，牛骨汤喷香扑鼻，油光水亮，浓郁的汤汁中，一粒粒扁食像饱满的小白云，令人食指大动。

少女并不客气，细细喝了一口热汤，抬头朝她又是一笑："好香。"

杨大娘见她不嫌弃自己的小店破旧肮脏，吃扁食也这样爽快，心中更是喜欢："吃吧，你平日怕是不会吃这些粗糙的东西，偶尔吃一次也罢。若是不够，我再给你下点。"

少女一面斯文地吃着扁食，一面静静打量这座破旧的扁食店，见杨大娘出出进进都要将那扇坏了的木门挪开挪回，防止雨水灌入店中，十分麻烦累人，她忽然又开口："店门是坏了吗？怎么不叫人修？"

杨大娘将接满了雨水的陶盆费力端进来，叹道："请个工匠可贵了，一来肯定又是说得天花乱坠，诓着我非叫我把两扇门都换了，换他那个什么好木料，与其花那个冤枉钱，还不如我辛苦些。"

少女又看了看那坏了的半扇门板，温言道："这是桃木吧？木料还未朽，不需要全换，重新上个门闩便好了。"

杨大娘随口接道："可不是，我也这么说。可城里的工匠不肯啊！这年头有点手艺的人，哪个不是一门心思赚钱？"

说着说着，忽见那姑娘竟然朝门边走去，也不嫌雨水泥泞，蹲在地上将那扇门板抬起一些细看。

"仔细弄脏了你的衣服！"

杨大娘慌忙凑过去想阻止，少女却摇了摇手："不打紧，我替你弄，很快就好了。"

杨大娘目瞪口呆地看着她将手伸入腰间的旧牛皮囊内，那牛皮囊也不过拳头大小，能放几锭碎银一把梳子已是极限，谁知这姑娘却从里面掏出一把黑色的小锤子，并着一些铆钉铜闩，最后眼前一花，她竟从里面提出两个和普通人一般高矮的木头人来。

这是做梦吗？杨大娘不可思议地揉了揉眼睛，木头人居然会动？居然还会拆门！她半旧的店门被它们麻利地拆了下来，重新擦洗打磨，不一会儿上面多年的油污脏物都消失得干干净净。

那少女的两只雪白的手像画画似的，轻轻巧巧，顺顺利利，也不见她怎么用力，锤子敲了几下，竟将新的铜闩上好了。两个木头人捧着门板儿，她几下就将门安回去，还轻轻推了推,笑道:"应该结实了,再用个几年不成问题。"

杨大娘瞠目结舌,外面途经的路人们见到会动的木头人也纷纷驻足观看,不知是谁叫了一句:"能叫木头生灵,莫不是神仙现身了!"

神仙?杨大娘这才发觉这姑娘一晃眼又把木头人收了回去,这种神通,不是神仙是什么?她登时慌得不知如何是好,膝盖一软便要跪下去,忽听门外一个男子带着恼意怒道:"谭音!谁叫你出来的?"

那少女的脸色一下变了,像是做坏事被抓了个现行,满面尴尬窘迫,店门前围观的人群呼啦一下让开,紧跟着,一个皂衣男子快步走入破旧的扁食店中。他身量修长,脖子上围着一圈雪白的貂毛围巾,衣领袖口皆有金色纹绣,服饰十分清贵,而雪白貂皮上的那张容颜更是叫人移不开眼。

天底下竟有这样俊美的男子,除了神仙还能是什么?他眼尾微微上挑,风情浓洌,可神情里却带着拒人千里之外的冷酷,此刻那双魅惑的双眼正恶狠狠地瞪着那叫谭音的少女,满是怒火。

谭音捏着衣带一顿揉,支吾道:"我……本来想给你个惊喜。"

她自苏醒后,由于是以仙人莲花做了寄托生出的身体,不比当年神之躯,比寻常人还要脆弱些,又怕冷又怕热,所以源仲一向不许她离开小洞天,每次要采购些什么,都是他自己匆匆赶来归虚,买了便立即回去陪她。今天她原想跟他一起出来逛逛的,想不到说了半日他就是不肯,无奈之下,她只有趁着源仲先离开,才跟着偷偷出来。

她不想让他始终觉得自己是一朵脆弱的花,她和以前其实没什么不同,怕冷多穿些衣服就是了,怕热去凉快的地方就是了,倘若一直在小洞天里窝着,她也只能这样脆弱下去。

谭音见源仲气得脸都白了,不由得咬住唇,又道:"本来只想偷偷看你一眼,没想到被你发现了。"

源仲皱起眉头,上前一把抓住她的胳膊:"跟我回去。"

他真是气得够呛,一拐弯见着这扁食店门前全是人,他心里就有种不好的预感,待见到那两只木头人,他更是怒得七窍生烟。

她永远也不会懂他的恐惧,所以才这样任性妄为。

谭音被他拽得快步走了一段,又道:"我吃了一碗扁食,还没给钱。"

源仲冷着脸掏出荷包,从里面拽出一粒珍珠,重重放在桌上。众人见他怒气冲冲地拽着那姑娘出门,又将她抱着丢上一只通体华贵的极乐鸟,及至飞走了,也没人敢拦,更没人敢劝。

源仲坐在谭音身后,将她柔软的身体紧紧抱在怀中,用大氅裹了个严严实实。好冷,她的肌肤好冷，鼻子冻红了，手指更是冷得像冰块一样。他心中难受，什么也不想说，只紧紧抱着她。

谭音沉默片刻，终于又开口："抱歉，我不该这么任性，叫你担心了。"

他还是不说话，极乐鸟载着他们很快飞回小洞天，源仲将她一路抱着，一把推开屋门，屋内温暖馨香，源小仲正楼上楼下喊魂似的乱跑乱嚷嚷，这迟钝的木头人好像到这会儿才发觉自己的主子不见了。

"主人！"他听见声响立即冲下楼来，见源仲将谭音抱着，登时松了口气，"你跑哪儿去了？吓死我了！"

谭音终于真正感到愧疚，她摸了摸鼻子，低声道："那个……我……对不起，我只是想出去透透气……"

源仲将她抱着上楼，忽然冷声道："送一桶热水来。"

源小仲见他神情阴郁，二话不说立即去厨房烧水了，大仲好像很生气，主子肯定要被骂，它还是躲远一些，以免遭遇池鱼之殃。

谭音被一路抱上楼，送进了她自己的房间。屋内帐幔层层，加了银炭的火盆烧得正旺，玉鼎里点着清爽的青木香，暖香四溢，她冰冷的身体终于渐渐开始恢复暖意。

源仲始终不说话，只是神色淡漠地将大氅从她身上取下，热水被源小仲小心翼翼地放在了门口，它只朝她比了个古怪的手势就捂脸跑了，叫她全然摸不着头脑。

她坐在床边，低头看着源仲替她脱了潮湿的鞋袜，将她冻青的一双脚慢慢放入热水中，用掌心细细捧着，仿若捧着珍宝。

谭音看着他低垂的脸，扇子般浓密的睫毛正在微微颤抖，她伸出手轻轻抚在他的头发上，没有说话。

直到她的小腿都被热气蒸得红红的，源仲才用干布将她的脚擦干净，小心地用被子将她盖住。沉默了这么久，他终于说话了："还会有下次吗？"

谭音摇了摇头，她不愿见到源仲现在的模样，她可以想象得出，在自己离开的那段时间，他是怎样地失魂落魄，肝肠寸断。

"让我抱着你，可以吗？"她轻轻拽了拽他的袖子，像一只讨好的猫。

源仲蹲在床边，任她将自己抱在了怀中，他的脸贴在她胸前，她的气息在，热度在，稳重的心跳声也在，他方才因一时激怒而恍惚的心神也终于渐渐安定下来。

她的手在他长发上细细摩挲，替他将耳畔的头发理顺送去耳后，忽然道："要不要上来一起睡？"

源仲登时僵住了，他想朝后让，可她的柔软双臂正抱着自己，先前心神激荡，所以他竟没发觉自己的脸是贴在她胸前的，好……柔软。

他有些坐立不安起来，低声道："先放开我。"

谭音不明所以地放开他，却见他面上有些泛红，一言不发脱了外衣鞋袜上床，虽是在同一个被窝，却离她远远地，一个人靠墙坐着。

"还在生气？"谭音凑过去摸了摸他的脸，"别气了，这次是我的错，以后再也不会。"

他哪里还是生气！源仲摇了摇头，眼睛一时不知该往哪里看。

想要看她，却又怕自己冲动，她醒来后是那么脆弱，稍微冻着些便会生病，他这些时日根本没敢有任何旖旎的心思。可是，和一个自己爱到了极致的女人躺在一个被窝里，此时此刻他若没有半点邪心，那才是见鬼了。

"还可以抱你吗？"谭音见他神色不对，问得更加小心。

源仲僵硬地伸开胳膊，将她抱入怀中，她的身体是那么柔软轻盈，他一丝力气也不敢用，只轻轻将胳膊搭在她背上，一下一下地摩挲着。

"为什么不说话？"谭音终于感到不对劲，"你怎么了？"

源仲叹了口气，忽然轻轻捏住她的下巴，他想要小小地放纵一下，在受到那么大的惊吓之后，吻她应该不会有什么事吧？

他的唇重重落在她唇上，久违了许多时日的亲吻，这样突如其来，倒让谭音吃了一惊，她只愣了片刻，很快便放松了身体，宛转相承，手臂勾着他的脖子，任由他将自己的唇巨细靡遗地亲吻过来。

可是很快，他的动作变得激烈起来，再也不满足唇瓣的摩挲，开始撬开她的唇齿，攻城略地，与她无处躲藏的舌头纠缠在一处。谭音只觉渐渐喘不过气，可又不是窒息的痛苦，她鼻间不由自主发出细微的呻吟，整个人脱力般依偎在他怀中。

他的手本能地抱着她，揉着她，原本就单薄的衣裳在他掌下渐渐变得松垮，他的指尖不知何时忽然触到了她肩上的一丝滑腻肌肤，像是嗅到肉味的狼，他再也压抑不住，双手深深探入了她的衣服里。

谭音只觉昏昏沉沉，说不出是欢愉还是紧张，直到他的手忽然碰到了她胸前，她浑身不禁一颤，连带着他的动作也停下了。

源仲喘息着闭上眼，眷恋指尖柔腻的触感，他有一万分舍不得撤离。半响，他哑着嗓子道："你若是不喜欢，我马上便放开。"

谭音静静望着他的双眸，轻声道："我喜欢。"

源仲笑了一声，在她鼻尖上吻了一下，促狭道："这是欢迎我把你吃掉吗？"

她没有回答这个不是问题的问题，他也没有再问，这些问题根本不用问，每个人都知